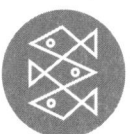

Bisher in der Reihe erschienen:
Ein schottischer Buchladen zum Verlieben
Die schottische Bäckerei zum Glück

Lin führt einen Blumenladen im Hauptort der wundervollen Isle of Mull. Sie hat ein Händchen für Kreationen aller Art und wird oft empfohlen, wenn es um Hochzeitsgestecke geht. So wird Callum Strayton auf sie aufmerksam, der vor kurzem den Job als Manager eines Hotels übernommen hat. Doch ehe sich mehr entwickeln kann, kommt eine Frau auf die Insel, die einiges durcheinander wirbelt ...

Emma Bishop ist das Pseudonym der erfolgreichen Autorin Tanja Neise. Schon früh entdeckte sie ihre Liebe zum Schreiben. Ihre zweite große Leidenschaft gilt Schottland und seiner einzigartigen Schönheit und Natur. In ihrer Isle-of-Mull-Reihe entführt sie uns aus dem Alltag und erzählt mit viel Gefühl von zwischenmenschlichen Beziehungen, Freundschaft und Hilfsbereitschaft. Dabei darf die Liebe nie zu kurz kommen, und ein Happy End ist garantiert. Die Autorin lebt mit ihrem Mann und ihren Kindern in einem Dorf in Brandenburg.

EMMA BISHOP

Der schottische
Blumenladen
der Herzen

Roman

FISCHER
TASCHENBUCH

2. Auflage 2025
Originalausgabe
Erschienen bei FISCHER Taschenbuch

Dieses Werk wurde vermittelt durch die
Literarische Agentur Michael Gaeb.
Redaktion: Christiane Branscheid
Satz: Dörlemann Satz, Lemförde
Druck und Bindung: CPI books GmbH, Leck
ISBN 978-3-596-70930-4

Kontaktadresse nach EU-Produktsicherheitsverordnung:
produktsicherheit@fischerverlage.de

1

Life isn't about waiting for the storm to pass.
It's about dancing in the rain.
– Im Leben geht es nicht darum, zu warten,
bis der Sturm vorüber ist. Es geht darum, im Regen zu tanzen. –
(Vivian Greene)

Montag, 27. November

Der Wind pfiff mir eiskalt um die Ohren, als ich die letzten Pflanzen in meinen Transporter lud. Es war Ende November, und der Winter hielt Einzug. Stürmisch griff das nasskalte Wetter nach meinen Haaren und ließ sie feucht an meinem Gesicht kleben. Ich war sicherlich keine Frostbeule, aber heute war ich für diese klamme Kälte nicht bereit.

»Hast du alles, Lin?«, wollte Mo wissen, der in dem Großmarkt arbeitete, in dem ich montags immer eine Wagenladung Blumen abholte. Grünschnitt und alles, was es an einheimischen Pflanzen gab, kaufte ich bei meinen Eltern in der Gärtnerei. Doch die meisten Schnittblumen musste ich hier im Großmarkt besorgen.

»Ja, ich habe alles. Danke dir!« Ich hob zum Abschied die Hand, und er erwiderte den Gruß, dann stieg ich so schnell wie möglich in meinen Wagen und drehte die Heizung hoch.

Ein Blick in den Spiegel ließ mich die Augen verdrehen. Meine roten Haare kringelten sich wegen der Feuchtigkeit in der Luft unkontrolliert, und die Wangen waren knallrot. Schon als Kind hatte ich es gehasst, dass ich eine so empfindliche Haut hatte, und leider hatte sich das als Erwachsene kein bisschen geändert.

Da es früh am Morgen war, waren die Straßen relativ leer. Jeden Montag fuhr ich mit der ersten Fähre von der Isle of Mull aufs Festland nach Oban, besorgte die Blumen für die nächsten Tage und gab die Bestellung für die zweite Wochenhälfte auf. Diese wurde mir donnerstags meistens geliefert, so dass ich auf der Insel nur bis zum Hafen fahren und sie dort abholen musste.

Als ich zehn Minuten später beim Fähranleger ankam, herrschte auch dort gähnende Leere, und ich konnte mich ganz vorne in die Fahrspur für Autos stellen, die auf die nächste Fähre wollten. Es war noch stockdunkel.

Ein Frösteln ging durch meinen Körper. Jetzt, da ich den Motor ausgeschaltet hatte und die Heizung nicht mehr lief, wurde es schnell kalt im Innern meines Wagens. Ich trank einen Schluck Kaffee aus dem Thermobecher, den ich mir heute früh abgefüllt hatte, und war dankbar, dass er noch heiß genug war, um mich ein wenig zu wärmen.

Doch lange musste ich nicht mehr warten. Die Fähre stand schon bereit, und einige Minuten später ging es los. Die wenigen Autos, die so früh auf die Insel übersetzen wollten, wurden nacheinander auf die Fähre gelassen und auf die entsprechenden Plätze eingewiesen. Am liebsten wäre ich in meinem Wagen geblieben und hätte ein Nickerchen gemacht, aber sobald man den Motor abgestellt hatte, musste man das Auto verlassen und die Fahrt auf dem oberen Deck verbringen.

Ich schnappte mir meinen Thermobecher, der noch immer halb gefüllt war, und zog den Reißverschluss meiner Jacke bis hoch zum Kinn, ehe ich ausstieg und rasch nach oben lief. Der Warteraum für die Passagiere hatte genug Plätze für alle, und es war mollig warm hier. Ich suchte mir eine ruhige Ecke, ließ mich auf die gepolsterte Sitzbank sinken und nippte an meinem Kaffee, während ich darauf wartete, dass wir ablegten.

Doch die Hoffnung, hier ein bisschen Ruhe zu finden, war vergeblich. Denn kurz bevor es losging, setzte sich ein Mann mir gegenüber an den Tisch. Da ich keine Lust auf Smalltalk hatte, ignorierte ich ihn und sah weiter aus dem Fenster, wie es die meisten Touristen taten. Auch der Mann schob sich bis an die Glasfront und sah interessiert auf das Wasser hinaus. Vor sich hatte er einen Tee stehen, den er sich am Automaten gezogen hatte. Aus Erfahrung wusste ich, dass das Getränk ungenießbar war.

Endlich legte die Fähre ab. Die Überfahrt dauerte etwas weniger als eine Stunde, ehe wir in Craignure ankämen und ich zurück nach Tobermory, die Hauptstadt der Insel, fahren konnte.

Die Isle of Mull war ein ruhiger Urlaubsort. Teil der Hebriden, einer Inselgruppe vor der Küste Schottlands. Zwar fanden mittlerweile immer mehr Touristen zu uns, dennoch war die Insel nicht überlaufen. Grundsätzlich war es für uns Ladenbesitzer gut, wenn noch mehr kaufwütige Urlauber kamen, aber ich war froh, dass wir nicht so überrannt wurden wie zum Beispiel die Isle of Skye. Dort fand man kaum ein ruhiges Plätzchen in den Dörfern, weil sich überall Touristen tummelten. Zu uns kamen die Urlauber eher, weil sie wandern oder sich entspannen wollten. Die wilde schottische Natur entfaltete sich auf Mull in all ihren Farben, und man fand etliche Plätze der Stille. Zwar hatten wir kaum teure Restaurants oder Designerläden, dafür jede Menge kleine Orte und idyllische Buchten.

»Mist!«, stieß der Mann mir gegenüber hervor und riss mich aus meinen Gedanken.

Im nächsten Moment spürte ich eine warme Flüssigkeit auf meinem Bein und sprang von dem Sitz hoch. Als ich mir die Misere genauer ansah, erkannte ich, dass der Kerl seinen Tee umgekippt hatte und der über den Tisch auf meine Hose gelaufen war.

»Na toll!« Genervt, weil ich nun erst wieder in meine Wohnung musste, um mich umzuziehen, ehe ich den Laden öffnen konnte, griff ich in meine Tasche und holte ein Halstuch heraus. Es war aus dunklem Stoff, der dementsprechend ein bisschen Tee verkraften würde. Vorsichtig tupfte ich mit dem Schal über den Fleck.

»Es tut mir schrecklich leid!«, entschuldigte sich der ungeschickte Mann und reichte mir eine Packung Papiertücher.

»Schon gut«, gab ich missmutig von mir und ignorierte die angebotenen Taschentücher, während ich aufstand und zur Toilette ging.

Ich nahm ein paar Tücher aus dem Handtuchspender und versuchte, den Schaden an meiner Hose zu beheben und so viel Flüssigkeit aufzunehmen wie möglich, aber auch damit erreichte ich kaum etwas. Meine helle Jeans war jetzt mit einem bräunlichen Teefleck verziert, und selbst wenn ich es schaffte, sie ein wenig zu trocknen, würde der Schmutzfleck bleiben.

Ich stopfte den Schal zurück in die Tasche und wusch mir die Hände. Aus dem Spiegel blickte mir eine müde Version meiner selbst entgegen. Ich zog das Haargummi aus den Haaren und fuhr mit den Fingern durch meine rote, lockige Mähne. Zwar sahen meine Augen immer noch müde aus, aber die offenen Haare würden zumindest ein wenig von meinem Gesicht ablenken.

Als ich zurück zum Tisch kam, sah ich mir mein Gegenüber

das erste Mal genauer an. Der Mann trug einen schicken Anzug, und seine Frisur sah aus, als wäre er heute früh bereits beim Friseur gewesen. *Geschniegelt und gestriegelt* fiel mir sofort zu ihm ein. Ein Geschäftsmann vermutlich, der auf die Isle of Mull wollte, um irgendwelche Verträge abzuschließen. Seine Entschuldigung hatte so gestochen scharf geklungen. Ich war mir sicher, dass London seine Heimat war. Aber zu hundert Prozent konnte ich das nicht sagen.

Der leichte Bartschatten war modisch gestutzt, und seine grünen Augen sorgten dafür, dass er ganz außergewöhnlich aussah. Auf mich wirkte er mit seinen ebenen, leicht kantigen Gesichtszügen viel mehr wie ein Grieche als wie ein Engländer oder gar Schotte. Ich musste gestehen, dass er wirklich attraktiv war.

Er lächelte nicht, sah mich nur ohne jede Emotion an, so als wäre ich lästig. Dabei war ich doch zuerst da gewesen und er derjenige, der mir den Tee übergekippt hatte. So ein Schnösel!

Kaum hatte ich mich gesetzt, holte er sein Handy hervor und fing an, eine Nachricht zu tippen. Irgendwie nahm ich es ihm übel, dass er nicht einmal einen Blick für die schöne schottische Landschaft übrighatte, die unter dem langsam heller werdenden Himmel vor den Fenstern an uns vorbeizog. Er kam doch nicht von hier, war es da nicht etwas Besonderes, sich das alles anzuschauen?

Ich wandte den Blick von ihm ab und blickte wieder aus dem Fenster. Ich war ein Landkind und konnte mit solchen Großstadtmenschen nicht viel anfangen. Ich liebte Blumen und meinen Laden, in dem es sehr viele davon gab und der in Tobermory direkt in der Main Street am kleinen Fischereihafen lag. Ich las mit Vergnügen und sah mir gern romantische Filme an. Doch seit ein paar Monaten drehte sich mein Leben hauptsächlich darum, nicht Insolvenz anmelden zu müssen. Der kleine Blumenladen lief okay, aber okay war eben nicht genug, um schwarze Zahlen zu schreiben. Deshalb hatte ich angefangen, Bastelkurse zu geben, das half mir ganz gut über die Runden, aber bedeutete zusätzliche Arbeitszeit, da diese immer nach Geschäftsschluss stattfanden. Für die Zukunft musste ich mir überlegen, wie ich das alles bewerkstelligen konnte.

Mein Blick glitt über das Wasser, das an der metallenen Außenwand der Fähre Wellen schlug. Die Isle of Mull war in Sicht, und nach kurzer Zeit passierten wir Duart Castle. Die Burg präsentierte sich majestätisch in der jetzt langsam aufgehenden Novembersonne. Die Spiegelungen in ihren Fenstern wirkten beinah so, als würde hinter dem Glas Licht brennen. Aber ich wusste, dass um diese Uhrzeit noch niemand von den McLeans oder ihren Angestellten dort war.

Duart Castle war ein richtiger Touristenmagnet, seit bekannt geworden war, dass Sean Connerys Familie zum Clan der MacLeans gehörte. Außerdem waren hier schon viele Filme gedreht worden. Es war eine schöne Geschichte, die sich hinter dem Namen Duart Castle verbarg.

Anfang des zwanzigsten Jahrhunderts war von Duart Castle nur eine Ruine übrig gewesen, bis das damalige Clanoberhaupt entschieden hatte, die Burg wieder aufzubauen. Man trug alle Materialien zusammen und tauchte sogar im Sound of Mull nach Schätzen, die ursprünglich von der Burg stammten. Heutzutage fanden zwar noch oft Bauarbeiten dort statt und immer wieder musste etwas instandgesetzt werden, aber die Burg sah nicht aus, als wäre von ihr vor hundert Jahren kaum noch etwas übrig gewesen.

Da wir Duart Castle nun hinter uns ließen, bedeutete das,

dass wir bald anlegen würden. Doch noch durfte niemand zu den Autos, also wartete ich geduldig.

»Ich möchte nochmals sagen, dass es mir leidtut, dass ich den Tee über Ihrer Hose verschüttet habe.«

Ja, eindeutig ein Londoner Schnösel. Innerlich schüttelte ich über mich selbst den Kopf. Seit wann hatte ich solche Vorurteile?

Ich sah ihm in die Augen. »Hören Sie, Sie müssen sich nicht dauernd bei mir entschuldigen. Jedem kann mal so etwas passieren, und ich sagte doch schon, es ist okay.«

Ein Lächeln zupfte an seinen Lippen und veränderte das strenge Gesicht.

»Danke.« Er hielt mir die Hand hin. »Mein Name ist Callum Strayton.«

Verdutzt schüttelte ich seine Hand. Warum stellte er sich mir vor? Wir würden uns vermutlich nie wiedersehen.

»Lindsay Bloom.« Eigentlich nannte mich niemand Lindsay, manche wussten nicht einmal, dass dies mein voller Name war. Für jeden, den ich kannte, war ich Lin. Aber ich hatte irgendwie das Bedürfnis, mich nicht zu sehr vor diesem Mann zu entblößen. Als er meine Hand losließ, stieß ich befangen hervor: »Einen schönen Aufenthalt.« Dann hastete ich weg von ihm und seinen grünen Augen, die mir auf unerklärliche Weise unter die Haut gingen.

Bis die Passagiere aufgerufen wurden, zu ihren Autos zu gehen und die Fähre zu verlassen, setzte ich mich auf die oberste Treppenstufe. So konnte ich als Erste runter in den Bereich, in dem die Wagen standen und würde dem grünäugigen Londoner nicht mehr begegnen.

In der Zwischenzeit schrieb ich eine Nachricht in den Chat,

den ich mit meinen beiden besten Freundinnen hatte, damit sie sich nicht wunderten, wenn ich heute ein paar Minuten später den Laden öffnete. Ich erklärte ihnen, was gerade hier auf der Fähre passiert war, und dass ich mich erst mal umziehen musste.

Da wir drei jede einen Laden in der Main Street in Tobermory hatten, beste Freundinnen waren und aufeinander aufpassten, wusste ich, dass sie sich sofort Sorgen machen würden, wenn ich nicht pünktlich mein Geschäft aufschloss.

So war das schon immer gewesen. Wir gingen seit Ewigkeiten zusammen durch dick und dünn. Deshalb war es auch nicht verwunderlich gewesen, dass wir fast zeitgleich unsere Geschäfte eröffnet hatten. Schon als Kinder hatten wir gespielt, dass wir unsere eigenen Läden hätten. Da meine Eltern eine Gärtnerei führten, war ich schon immer das Blumenmädchen gewesen. Ally, unsere lesebegeisterte Freundin, besaß einen wunderschönen Buchladen. Und Hailey, die bereits als Jugendliche bei Allys Großmutter Lizzy in der Bäckerei ausgeholfen hatte, hatte irgendwann das *Lizzy's* übernommen, was Bäckerei und Café in einem war. So hatte jede von uns ihr Auskommen und ihren Lebensmittelpunkt in einem der hübschen bunten Häuschen in der Main Street von Tobermory, die fast jede Postkarte zierten, die von der Isle of Mull verschickt wurde.

Fünfzehn Minuten später konnte ich endlich runter zu meinem Transporter und mich hinter das Steuer setzen. Ich wartete anschließend darauf, dass ich vom Personal der Fähre die Anweisung erhielt, loszufahren. Da es mehrere Reihen mit wartenden Autos gab, musste man geduldig sein, bis die Ordner einen aufforderten, sich entsprechend einzuordnen, um das Schiff zu verlassen. Als es endlich so weit war, startete ich den Motor. Doch gerade als ich den Gang einlegte und aufs Gas drückte, fuhr ein silberner Maserati an meinem Wagen vorbei und drängelte sich vor, so dass ich voll auf die Bremse treten musste.

Der Motor des Transporters soff ab, und ich schlug wütend mit der Hand aufs Lenkrad. Wenn ich mich nicht irrte, hatte ich durch das Fahrerfenster einen Mann im Anzug gesehen, der dem Kerl frappierend ähnlich sah, dem ich während der Überfahrt gegenübergesessen hatte.

»Super! Erst kippt er mir seinen Tee über die Hose, dann rammt er beinahe mein Auto«, schimpfte ich und sortierte mich in die Schlange der ausfahrenden Wagen ein. Vor mir der silberne Maserati. Kein Wunder. Genau das passende Angeberauto für einen Schnösel aus London, der so gut aussah, dass er auch Filmschauspieler sein könnte. Manche Menschen dachten echt, sie hätten die Welt gepachtet, nur weil sie mehr Geld besaßen als andere.

Moment mal, vielleicht war er Schauspieler und gerade auf dem Weg zu Ben, dem Freund von Hailey, der häufig vorübergehend bei ihr wohnte. In ihrem zauberhaften Cottage waren in den letzten Wochen immer wieder mal Menschen aus der Filmbranche ein- und ausgegangen.

Aber egal, wer er war, für mich war er ein Idiot. Jemand, der sich dermaßen vordrängte, war mir nicht sympathisch. Ellenbogenmentalität war nichts, was ich guthieß. Deswegen wollte ich mit solchen Menschen nichts zu tun haben.

Als ich jedoch endlich auf die Straße bog, die nach Tobermory führte, lenkte mich der Anblick, der sich mir hier bot, für einen Moment von meinen Gedanken ab und entschädigte mich für das frühe Aufstehen. Die Sonne erhob sich über dem Loch Linnhe, und das rötliche Licht spiegelte sich auf der Wasseroberfläche, von der leichter Nebel aufstieg. Ich liebte meine

Heimat sehr und wollte nirgends sonst leben. Die Isle of Mull war für mich die schönste Insel der Hebriden. Auf ihr wurde einem alles geboten. Von dunkelgrünen Wäldern, über Wasserfälle bis hin zu einem Strand, der aussah, als läge er in der Karibik. Sofort hob sich meine Laune, und ich freute mich wieder auf den Tag.

* * *

»Und dann ist der Kerl mit seinem superschicken Angeberauto auch noch fast in meinen Transporter gefahren, weil er nicht warten konnte, bis er an der Reihe war«, erzählte ich Hal und Ally und musste den Kopf schütteln, als ich an den Moment dachte, da mir mein alter treuer Wagen abgesoffen war.

Wie meistens zur Mittagszeit saßen wir im *Lizzy's* zusammen und aßen ein leckeres Gericht, das Hal zubereitet hatte. Heute gab es ein Zucchini-Mango-Süppchen mit Knoblauch-Rosmarin-Fladen, und wie immer schmeckte das Essen einfach wunderbar.

Die Bäckerei hatte in den Verkaufsraum noch ein kleines Café integriert. Zwar dominierte die reich mit Köstlichkeiten bestückte Kuchentheke, sobald man den Laden betrat; wandte man sich jedoch nach links, blickte man in einen großen Raum, der von den Panoramafenstern stets vom Tageslicht geflutet wurde. Er war gemütlich eingerichtet. Holzfußböden und weiße Holzmöbel schenkten der Bäckerei ein hübsches Flair, und die Sprücheschilder an den Wänden waren modern, aber zeitlos. Man musste sich hier einfach wohlfühlen.

Hailey servierte alles, was man in der Bäckerei kaufen konnte, und dazu gab es warme und kalte Getränke. Und weil Hal nicht nur hervorragend backen, sondern auch köstlich kochen konnte, hatte sie irgendwann einen Mittagstisch eingeführt. Jeden Tag gab es eine Suppe und ein oder zwei weitere herzhafte Gerichte.

»Ist das vielleicht einer von Bens Freunden gewesen?«, sprach Ally den Gedanken aus, der mir auf der Fähre schon gekommen war, und sah Hal dabei fragend an. Allys dunkle Haare waren heute zu einem Zopf gebunden, außerdem trug sie eine schwarze Stoffhose und dazu einen kuscheligen weißen Wollpulli. Mit der Brille kombiniert, sah sie wie eine typische Buchhändlerin aus.

»Nein, Ben ist gerade gar nicht auf Mull.« Da ihr Freund in London lebte und arbeitete, es sei denn, es wurde woanders gedreht, verbrachte er nur die freien Tage bei Hal. Sie sahen sich dennoch oft, aber eben nicht ständig.

»Auf die Idee mit Ben bin ich auch schon gekommen. Der war angezogen wie ein Geschäftsmann. Vielleicht macht er irgendwelche Vertragsabschlüsse hier auf der Insel.« Ich zuckte mit den Schultern. Da ich aber nicht länger über den Kerl sprechen wollte, der mir dermaßen rüde die Vorfahrt genommen hatte, lenkte ich das Gespräch auf ein anderes Thema. »Wie läuft es mit dem Beltanefest?«

Sofort strahlte Hal über das ganze Gesicht. Ihre blonden, langen Haare hatte sie zu einem lockeren französischen Zopf frisiert und trug dazu ein beiges Wollkleid, das ihrem schlanken Körper schmeichelte.

»Ich habe von der Verwaltung grünes Licht bekommen, und die Feuerwehr ist auch schon mit im Boot. Wir werden ein Beltanefest hier auf der Isle of Mull veranstalten!« Haleys Wangen nahmen einen rosa Ton an, als sie davon berichtete.

Ally klatschte aufgeregt in die Hände. »Das wird toll werden! Und Anna wird ausflippen, wenn sie davon erfährt. Sie liebt das

Beltanefest. Es ist eins der wenigen Dinge, die sie hier auf der Insel wirklich vermisst.«

Anna war die Tochter von Allys Verlobtem Jamie. Als die beiden vor einigen Monaten hier auf die Insel gezogen waren, hatte Anna ihre Freunde zurücklassen müssen, doch sie hatte schnell neuen Anschluss gefunden. Aber das große Beltanefest, das jedes Jahr in Edinburgh stattfand, fehlte ihr wirklich. Das Maifest hatte eine lange Tradition in Schottland und galt der keltischen Göttin Beltane, die Wachstum, Fruchtbarkeit und Leben bringen sollte. Es gab auch Stimmen, die behaupteten, dass das Fest zu Ehren der Sonne und des Lichts abgehalten wurde. In jedem Fall wurde es üblicherweise am Abend des dreißigsten April gefeiert. Egal wofür es ursprünglich gestanden hatte, nun wollten wir es hier auf der Insel ebenfalls in großem Rahmen begehen, weil die kleine Anna uns auf diese großartige Idee gebracht hatte. Außerdem hofften wir, dass sie sich dadurch bei uns noch ein bisschen mehr wie zu Hause fühlen würde.

So wie Ally zu uns gehörte, taten das nun auch Jamie und Anna, spätestens seit Jamie Ally einen Antrag gemacht hatte. Deshalb hatte Hailey angefangen, alles daranzusetzen, die Feierlichkeiten auf der Isle of Mull zu organisieren.

»Ich finde es so genial, dass du dich darum kümmerst«, lobte ich Hal, die immer irgendetwas Gutes tun musste. Sei es eine Sammelaktion von Kleidungsstücken für Obdachlose oder die Hilfe in Suppenküchen in den großen Städten, die Bedürftigen Essen ausgaben. Haileys eigene Vergangenheit war traurig, und vermutlich stammte daher auch ihr Helfersyndrom, das wir zwar alle in irgendeiner Weise in uns trugen, das bei Hal jedoch viel ausgeprägter war.

»Das hätten wir schon viel früher auf die Beine stellen sollen.

Aber ich bin erst durch Anna auf die Idee gekommen, dass so ein Fest eine gute Sache ist, die man einfach umsetzen muss.« Hal grinste. »Das wird sicherlich noch mehr Touristen anziehen und für uns alle ein großer Erfolg werden. Das ist der Grund, weshalb die Inselverwaltung möchte, dass wir Geschäftsinhaber eine Arbeitsgemeinschaft gründen.« Kurz stockte sie und sah von einer zur anderen. »Seid ihr dabei?«

Ally und ich stimmten sofort zu, und Hal wirkte sichtlich erleichtert. »Schön, dann können wir ja demnächst mit der Planung loslegen.«

Ich legte ihr eine Hand auf den Unterarm und suchte ihren Blick. »Und was ist mit deinem ganz persönlichen Problem? Wann fahren wir nach Inverness?«

Hal schluckte und senkte den Kopf. »Ich weiß es nicht. Vielleicht im Frühjahr?«

»Wenn du so lange warten kannst, bis du deinen Bruder wiedersiehst ...«, wandte Ally vorsichtig ein.

Hailey wirkte befangen. »Ich will meinen Bruder nicht in die Enge treiben. Was, wenn er mich gar nicht sehen will? Was wenn mein Auftauchen ihn zurück in die Drogensucht treibt? Was wenn ich dem nicht gewachsen bin?« Bei den letzten Worten zitterte ihre Stimme.

»Oh, Hal!«, stieß ich hervor und lehnte mich zu ihr rüber, um sie in die Arme zu nehmen. »Ich habe das nicht gefragt, um dich zu etwas zu drängen. Ich wollte dir nur klarmachen, dass ich jederzeit bereit bin, ins Auto zu steigen und mit dir nach Inverness zu fahren, und das sieht Ally bestimmt auch so. Oder?«

»Auf jeden Fall. Wir sind bereit, wenn du es bist«, fügte Ally hinzu und strich Hal beruhigend über den Rücken.

Ich konnte Hailey ihre Unsicherheit nicht verdenken. Sie

hatte eine so schreckliche Kindheit gehabt, dass ich allein bei dem Gedanken, was sie erlebt hatte, schon innerlich zerbrach. Wie musste es ihr da erst gehen? Seit sie kleine Kinder gewesen und unterschiedlichen Pflegefamilien zugeteilt worden waren, hatten sie und ihr Bruder sich nicht mehr gesehen. So viel war geschehen, und nun hatte Hal von ihrem Anwalt die Nachricht bekommen, dass man ihren Bruder gefunden hatte. Das konnte schließlich jeden aus der Bahn werfen. Hailey, aber sicherlich auch ihren Bruder Jerry. Dass sie Angst davor hatte, war also nachvollziehbar.

»Ich weiß, dass ihr nur das Beste für mich wollt. Aber ich bin einfach noch nicht so weit ... « Zwischen den Zeilen wollte sie uns vermutlich mitteilen, dass sie nicht wusste, ob sie das jemals wäre. Aber auch das war verständlich, und niemand von uns würde ihr deshalb einen Vorwurf machen.

So funktionierte unsere Freundschaft. Wir waren füreinander da, verstanden uns in den meisten Fällen blind. Und sollte wirklich mal etwas sein, was die anderen nicht nachvollziehen konnten, dann sprachen wir darüber und räumten es aus der Welt. Jede von uns behielt die Geheimnisse der anderen für sich, und wenn es etwas gab, was wir nicht teilen wollten, dann war das okay, ohne dass sich die anderen beiden verraten fühlten. Auf diese Art überdauerte unsere Freundschaft nun schon zwanzig Jahre.

Ich war so unendlich dankbar, diese beiden Frauen an meiner Seite zu haben, mit absoluter Sicherheit würde niemals etwas zwischen uns kommen. Wir waren ein Team, und so würde das immer bleiben.

* * *

Freitag, 01. Dezember

Die Vorbereitungen für das Beltanefest wurden immer konkreter. Ich war mir sicher, dass es ein großartiger Erfolg werden und bestimmt auch Anna glücklich machen würde. Noch hatten wir ihr nicht verraten, was gerade hauptsächlich von Hailey geplant wurde, aber irgendwann ließ sich das nicht mehr vor ihr verheimlichen. Ally meinte, dass sie es ihr vielleicht morgen oder übermorgen erzählen wollte.

Vor mir auf dem Tisch in meinem Verkaufsraum hatte ich die aussortierten Blumen liegen, die zum Binden eines großen Straußes nicht mehr gut genug waren. Jedoch hatte ich mir vorgenommen, sie zu trocknen, um dann Trockenblumenkränze oder Gestecke damit zu bestücken.

Im Moment war einfach zu wenig los. Die Touristen bevorzugten die Monate von April bis in den Oktober hinein, um die Isle of Mull zu besuchen. Im November und Dezember hatten wir hier wenig Urlauber, und dementsprechend schlecht lief zurzeit mein Laden. Schließlich fehlte nicht nur die Laufkundschaft. Auch die Cafés und kleinen Pensionen bestellten kaum etwas bei mir. Klar, ich hatte Ende November Advents- und Türkränze passend zur Weihnachtszeit verkaufen können, und momentan waren auch sonstige weihnachtlichen Gestecke gefragt, genauso wie Grabgestecke, die ich ganzjährig verkaufte. Aber das genügte nicht, um zu überleben.

Das war auch der Grund, warum ich seit dem Sommer Bastelkurse anbot und mir damit ein zusätzliches Standbein aufgebaut hatte. Es half mir in Monaten wie diesem, über die Runden zu kommen. Ich war froh, dass die Kurse gut angenommen wurden. Und seit ich auch das Bastelmaterial anbot und so wie heute Blumen trocknete, die ich dann in den Kursen an die Teilnehmer verkaufen konnte, schaffte ich es einigermaßen, den Laden am Laufen zu halten.

Gerade gestern hatte es einen weihnachtlichen Serviettentechnik-Workshop gegeben, den sieben Frauen besucht hatten. Nächste Woche wollte ich einen Kurs für Kinder anbieten, in dem sie Weihnachtsgeschenke für ihre Eltern und Großeltern basteln konnten, die über das übliche »Mal doch mal ein schönes Bild« hinausgingen. Auch hierfür hatte ich schon zehn Anmeldungen, und fast alle Eltern hatten das Bastelzubehör, das für den Kurs benötigt wurde, bereits bei mir gekauft.

Dennoch musste ich über kurz oder lang entweder mehr Kurse geben oder mir noch etwas anderes für die Wintermonate überlegen. Vom Frühling über den Sommer bis in den Herbst lief es gut, aber nicht so gut, dass ich mir für die restlichen Wochen im Jahr ein Polster zurücklegen konnte. Doch ich war mir sicher, dass mir noch irgendetwas einfallen würde.

Positiv denken, das war mein neuer Leitspruch, den ich mir jeden Morgen selbst zuflüsterte, ehe ich in den Tag startete. Zu lange hatte ich in einem tiefen Loch gesteckt, nachdem ich von meinem Ex-Freund verlassen worden war. Mir war es schlecht gegangen, und das hatte sich auch auf meinen Laden ausgewirkt. Ich hatte es einfach nicht geschafft, rechtzeitig eine Lösung für meine finanziellen Probleme zu finden. Erst als ich den Mut aufgebracht hatte, Ally und Hailey davon zu erzählen, hatte ich aus dem Tief herausgefunden und mit ihnen gemeinsam überlegt, welche Möglichkeiten es gab, um mehr Geld in die Kasse meines Blumenladens *Blooms for Flowers* zu bekommen.

Als das Glöckchen über der Tür bimmelte, hatte ich die Blumen bereits zu kleinen Sträußen gebunden und sie zum Trocknen aufgehängt. Gerade war ich dabei, den Dreck vom Boden aufzufegen, der bei einer solchen Tätigkeit automatisch anfiel. Mit einem Handfeger und einer Schippe in den Händen richtete ich mich auf, um die Kundin oder den Kunden zu begrüßen, der sich bei dem Regenwetter, das draußen herrschte, in meinen Laden verirrt hatte. Ich stoppte jedoch mitten in der Bewegung und blinzelte, denn der Mann, der sich meine Blumen genauer ansah, war kein anderer als der Schnösel mit dem silbernen Maserati.

Auch heute sah er aus, als wäre er einem Magazin für CEOs entsprungen. Er trug einen schwarzen Trenchcoat, und darunter entdeckte ich eine Anzughose in Dunkelgrau. Sein Haar war feucht vom Regen, aber es sah dennoch aus wie frisch frisiert. Wie machte es der Mann, egal zu welcher Tageszeit und bei welchem Wetter so gestylt auszusehen?

Wie war noch mal sein Name gewesen? Callum ... ja, genau Callum. Der Nachname fiel mir allerdings nicht mehr ein.

Ehe er sich zu mir umdrehen konnte, entsorgte ich noch den Abfall der Blumen und wandte mich ihm dann wieder zu. Noch hatte er nicht in meine Richtung gesehen. Deshalb wusste er auch nicht, wer ihn gerade beobachtete. Er schlenderte von einem Blumenkübel zum nächsten und sah sich alles ganz genau an.

Ich fand es interessant, ihn zu beobachten. Die meisten Männer, die meinen Laden betraten, machten sich nicht die Mühe, die Blumen so ausführlich zu inspizieren. Üblich war viel eher die Bitte um einen Strauß mit einer bestimmten Sorte Blumen darin. Das war dann für gewöhnlich die Lieblingsblume der Mutter, Großmutter, Frau oder Freundin. Eigeninitiative gab es nur selten, deshalb weckte der Mann mein Interesse. Ich mochte

Menschen, die nicht blind durchs Leben marschierten und sich auch mal rechts und links umschauten und dabei die eigene Komfortzone verließen.

Nach zwei oder drei Minuten hatte er alles genau betrachtet und drehte sich zum Verkaufstresen um, wo ich stand und auf seine Wünsche wartete. Seine Stirn legte sich in Falten, als er mir ins Gesicht blickte und mich erkannte.

»Lindsay Bloom, das ist ja nett, dass wir uns wiedersehen.« Ein Schmunzeln legte sich auf seine schönen Lippen.

Ohne mein Zutun hoben sich meine Mundwinkel. Er hatte sich tatsächlich meinen Namen gemerkt. »Callum ... «

»Callum Strayton«, klärte er mich auf, als ich zögerte, und schien es nicht persönlich zu nehmen, dass mein Gedächtnis offenbar weniger gut war als seines.

Ich besann mich und hörte auf, dümmlich zu grinsen. »Mr. Strayton, was kann ich für Sie tun?«

Offenbar bemerkte er die Veränderung bei mir, und nachdem er sich geräuspert hatte, war sein Gesicht leider wieder ernst und das Schmunzeln verschwunden. »Ich benötige einen Hochzeitsstrauß. Uns ist viel zu spät eingefallen, dass zu einer Hochzeit auch ein Strauß dazu gehört.«

Oh, er heiratete? Hier auf der Insel? Im Dezember?

»Das sollte kein Problem darstellen. Bis wann brauchen Sie ihn?«

»Bis morgen früh.« Er zuckte entschuldigend mit den Schultern.

Ich nahm das Auftragsbuch zur Hand und machte ein nachdenkliches Gesicht. Dabei tat ich so, als hätte ich den Kalender voll mit Aufträgen, obwohl darin nichts vermerkt war. Doch das wollte ich einen Mann wie ihn nicht wissen lassen. Sicherlich war er ein erfolgreicher Geschäftsmann. Sein Mantel sah aus, als wäre er ein Vermögen wert. Mit dem Stift tippte ich gegen meine Lippen und tat, als müsste ich überlegen, wie ich den Hochzeitsstrauß zeitlich unterbringen konnte.

»Mh, wenn ich heute Abend ein bisschen länger bleibe, sollte das möglich sein.«

»Großartig.« Callum sah entspannt aus und hatte die Hände in die Taschen seines Trenchcoats gesteckt.

»Welche Farben sollen die Blumen haben, die ich in dem Strauß verarbeite? Welche Lieblingsblumen hat Ihre Frau? Und wohin soll ich den Strauß liefern?«, hakte ich die üblichen Fragen ab.

»Weiß und Rot würden ihr sicherlich am besten gefallen. Sie mag Rosen. Ins *Tobers*, bitte.« Callum beantwortete jede Frage, ohne dabei mehr Informationen preiszugeben. Das gab es hin und wieder. Viel öfter waren die Menschen jedoch redselig, wenn es um ihre eigene Hochzeit ging.

»Ins *Tobers*? Oh, da haben Sie sich aber ein schönes Hotel für die Feier ausgesucht.« Ich verriet ihm nicht, dass das Hotel einem meiner besten Freunde gehörte.

Ursprünglich hatte Matt in der Gärtnerei meiner Eltern eine Lehre absolviert. Doch wenn ich ehrlich war, war mir von Anfang an klar gewesen, dass Gärtnern nicht seine Lebensaufgabe sein würde. Schon als Junge hatte er davon geträumt, das altehrwürdige Gebäude des ehemaligen und bereits damals seit Jahren leer stehenden Hotels oberhalb der Main Street in neuem Glanz erstrahlen zu lassen. Hatte uns in schillernden Farben, erzählt, wie er es sich vorstellte. Und dann hatte er mit einem Lotterielos einen höheren siebenstelligen Betrag gewonnen und zugeschlagen.

Ohne zu zögern, hatte er seinen Beruf als Gärtner aufgegeben und war in die Hotellerie eingestiegen. Er hatte das Gebäude renovieren lassen und kurze Zeit später das *Tobers* eröffnet. Das Hotel hatte er so benannt, weil er uns Bewohner von Tobermory immer mit diesem Begriff bezeichnete.

»Ja, ich finde, es ist eins der besten Hotels auf der Insel«, erwiderte Callum Strayton.

Ich schüttelte vehement den Kopf. »Es ist *das* Beste.«

Amüsiert lächelte er. »Schön, dass wir uns da einig sind.«

Sein Blick verhakte sich mit meinem, und ich musste mich zwingen, nicht länger in diese außergewöhnlichen Augen zu schauen.

Entschlossen, mich nicht von ihm durcheinanderbringen zu lassen, nahm ich einen Stift in die Hand und notierte in meinem Auftragsbuch alles, was ich bis jetzt in Erfahrung gebracht hatte.

»Wie ist der finanzielle Rahmen für den Strauß?«

»Hundertfünfzig Pfund.«

Hundertfünfzig Pfund? Beinah hätte ich das laut und ziemlich ungläubig ausgesprochen. Das war ein hoher Betrag, doch ich würde mich nicht beschweren, wenn ich genügend Spielraum für den Hochzeitsstrauß hatte. Geld, das ich gut gebrauchen konnte. »Damit bekommen Sie einen richtig schönen Strauß. Gibt es irgendwelche Einschränkungen bezüglich der Größe? Eine besondere Form? Möglichst kompakt oder mit Schleier?«

»Das überlasse ich ganz Ihnen, aber er muss nicht extravagant sein – einfach nur schön.«

»In Ordnung. Ich werde ihn morgen früh pünktlich um neun Uhr im *Tobers* abliefern. Passt das zeitlich?«

»Das passt.« Er zückte seine Scheckkarte und hielt sie mir hin.

Ich hob abwehrend die Hand. »Da ich mir nicht sicher bin,

ob ich die hundertfünfzig Pfund tatsächlich komplett benötige, um den Strauß zu binden, würde ich gern erst morgen abkassieren. Ich bringe dann ein mobiles Kartenlesegerät mit.«

Seine Augenbrauen wanderten nach oben. »Ist das üblich?«

»Ein mobiles Kartenlesegerät?«

»Nein, dass man erst zahlt, wenn die Ware fertig ist. Was, wenn sie den Strauß erstellen und niemand ihn dann bezahlt?«

Das brachte mich zum Lachen.

»Sie sind nicht von der Isle of Mull.« Es war eine Feststellung, keine Frage. Immerhin lebte ich hier schon mein ganzes Leben lang und kannte jeden Inselbewohner. Dauerhaft wohnten auf der Insel weniger als tausend Menschen und jeder kannte jeden oder man hatte zumindest schon voneinander gehört.

»Nein, ich komme aus London. Wieso? Würde ich sonst Rabatt bekommen?« Immer noch sah er mich ernst an. Doch dann zwinkerte er verschwörerisch, was mich extrem irritierte.

Warum tat er das?

»Nein, natürlich nicht. Aber auf der Insel vertrauen wir einander«, klärte ich ihn auf.

Wissend nickte er, obwohl er vermutlich nicht nachvollziehen konnte, wie sich das Leben auf einer so kleinen Insel gestaltete. »Gut, dann bezahle ich morgen im Hotel. Ich benötige allerdings eine Rechnung. Wenn Sie die mitbringen könnten, wäre ich Ihnen dankbar.«

»Kein Problem«, erwiderte ich und reichte ihm den Auftragszettel. »Schauen Sie mal über die notierten Punkte. Ist alles wie besprochen?«

Aufmerksam las er meine Notizen durch und nickte anschließend. »Alles bestens.«

»Schön, dann sehen wir uns morgen, Mr. Strayton.« Dieses

Mal lächelte ich ihn zögerlich an. Doch ich ärgerte mich, als es anfing, in meinem Magen zu kribbeln, kaum dass auch er ebenfalls seine Mundwinkel anhob. Morgen würde seine Hochzeit stattfinden, und ich hatte nichts anderes zu tun, als ihn anziehend zu finden. Das war ein absolutes No-Go!

»Vielen Dank. Bis morgen, Lindsay.« Er sah mich einen Moment zu lange an, dann drehte er sich um und verließ meinen Laden.

In der plötzlichen Stille sah ich ihm hinterher, wie er die Straße überquerte und zu dem Punkt ging, an dem normalerweise die Boote zu Wasser gelassen wurden. Er schlug den Kragen seines Trenchcoats hoch, um sich gegen Wind und Nieselregen zu schützen, während er bis ans Wasser schritt, in die Hocke ging und dann die Finger danach ausstreckte. Sanfte Wellen umspülten seine Hand. Dieser Mann war wirklich faszinierend. Offenbar mochte er es, alles genau zu erkunden, und nahm auch Kleinigkeiten liebevoll wahr.

Ich musste wohl oder übel meine erste Einschätzung von ihm widerrufen. Er war doch jemand, mit dem ich mehr zu tun haben wollte. Jemand, der mich neugierig machte. Schon lange hatte ich keine Schmetterlinge mehr im Bauch gespürt. Bisher war ich davon ausgegangen, dass Brian diese Flatterwesen alle umgebracht oder mitgenommen hatte. Wie schade, dass ausgerechnet dieser Mann sie wieder zum Leben erweckte.

Ich wandte den Blick von Callum Strayton ab und sah hinaus aufs Meer. Egal wie faszinierend er war, er würde morgen heiraten.

Draußen hoben und senkten sich die drei Boote der Fischer aus Tobermory. Egal welches Wetter wir hatten, sie fuhren jeden Tag hinaus und sorgten dafür, dass wir frischen Fisch hatten. So, wie ich jeden Tag dafür sorgte, dass die Inselbewohner Blumen kaufen konnten. Jedes Rädchen auf dieser Insel drehte sich und griff ins nächste. Nur so funktionierte das Leben auf den Hebriden. Wir waren eine Gemeinschaft, füreinander da und passten aufeinander auf. Das liebte ich besonders am Leben auf der Isle of Mull. Teil von etwas Größerem zu sein, gab einem auch an dunklen Tagen einen Sinn. Es gab immer einen Grund weiterzumachen.

Tief in Gedanken versunken, bemerkte ich Callum erst wieder, als er in Richtung des Hotels an meinem Schaufenster vorbeiging. Noch einmal lächelte er und hob zum Gruß die Hand.

Ich holte tief Luft. Der Kerl sollte nicht denken, dass er mit mir flirten konnte. Also nickte ich nur und wandte mich dann wieder meiner Arbeit zu. Ich nahm mir vor, für die zukünftige Mrs. Strayton den perfekten Strauß zu binden. So schön, dass er alle Blicke auf sich ziehen würde, auch Callums.

2

Gum biodh Eòin Gràidh nan
Gàidheal fillte ri dealbh fo bheatha.
– Mögen die »Vögel der Freundschaft der Gälen«
für immer im Muster deines Lebens eingewebt sein. –

Samstag, 02. Dezember

*G*uten Morgen, Hal!«, begrüßte ich meine Freundin, als ich ihr Café betrat. Im Innern war bereits alles weihnachtlich geschmückt. Hailey hatte sich mal wieder selbst übertroffen. Es hingen viele Lichter an den Wänden, und Kerzen brannten auf den Tischen, so dass die normale Beleuchtung nicht angeschaltet werden musste. Tannengrün und rote Schleifen rundeten das weihnachtliche Bild ab und sorgten für eine festliche Atmosphäre.

Draußen war es bewölkt, aber es regnete endlich mal nicht. Aus diesem Grund hatte ich mich entschlossen, eins meiner selbst genähten Kleider anzuziehen.

Neben Blumen und Basteln liebte ich es, mir eigene Modelle auszudenken und selbst herzustellen. Es machte mir unheimlich viel Spaß, die passenden Stoffe auf den großen Märkten zu suchen. Und wenn ich dann mal wieder ein neues Kleidungsstück fertig hatte, war das ein ganz tolles Gefühl, sobald ich mich mit eben diesem Teil im Spiegel anschauen konnte.

Das Kleid, das ich heute trug, war aus dunkelgrünem Samt

und hatte ein enganliegendes Oberteil mit einem ausgestellten Rock, der unterhalb der Knie endete. Das dunkle Grün passte super zu meinen roten Haaren. Dazu hatte ich mich für schwarze Stiefel und einen schwarzen Mantel entschieden. Und aus der gleichen Farbe hatte ich mir einen breitkrempigen Filzhut aufgesetzt.

»Nanu, was machst du denn so früh am Morgen hier?«, fragte Hailey und drehte sich zu der Uhr an der Wand um, auf die sie demonstrativ schaute. »Es ist gerade mal halb sieben.«

Ich verdrehte die Augen. »Mach nicht so einen Aufriss. Ich muss einen Hochzeitsstrauß binden und ihn um neun Uhr im *Tobers* abgeben.«

»Der ist aber nicht für Matt, oder?« Hailey machte ein Gesicht, als wäre sie schockiert und zog dabei den Zopf, der von einem Haargummi gehalten wurde, fester.

Das brachte mich trotz der frühen Morgenstunde zum Lachen. »Du albernes Huhn. Als ob er uns das nicht sofort erzählen würde, wenn er vorhätte zu heiraten.«

»Dem traue ich alles zu. Schon in der Schule hatte er es faustdick hinter den Ohren.« Hal grinste breit, was ihre hübschen grünen Augen zur Geltung brachte.

»Oh ja, der hat immer nur Unsinn im Kopf gehabt«, erwiderte ich und erinnerte mich an den ein oder anderen Blödsinn, den Matt als Junge verzapft hatte. »Aber ich glaube nicht, dass er heimlich heiraten würde. Mit Sicherheit wäre das eine ganz große Feier und würde hier für viel Wirbel sorgen.«

»Mit Sicherheit!« Wir sahen uns an und kicherten. Das war einer dieser besonderen Momente, die man nur mit seinen besten Freunden und Freundinnen teilen konnte. Als wir uns beruhigt hatten, fragte Hal mich: »Was kann ich dir als Stärkung mitgeben, damit du den phantastischsten Hochzeitsstrauß aller Zeiten binden wirst?«

»Hast du schon deine Zimtschnecken fertig?« Hoffnungsvoll sah ich in die Auslage, aber da war noch nichts zu finden bis auf verschiedene Scones.

»Ja, war das Erste, was ich heute in den Ofen geschoben habe. Warte kurz«, antwortete sie und holte ein Blech aus der Küche. »Die waren noch zu warm, um sie hier vorne auszulegen. Wie viele soll ich dir einpacken?«

Ich stellte meine metallene Brotbox auf den Tresen und antwortete: »Zwei wären toll.« Beim Gedanken an eine warme Zimtschnecke lief mir das Wasser im Mund zusammen.

Hailey packte mir zwei der Köstlichkeiten in meine Brotbox und reichte sie mir anschließend. »Lass den Deckel noch offen, weil sie noch zu warm sind. Nicht dass sich Schwitzwasser bildet.«

»Super! Ich danke dir.« Ich hob die Box an die Nase und schnupperte daran. Himmlischer Zucker-Zimt-Duft stieg in meine Nase und ließ mich lächeln.

»Sehen wir uns zum Mittagessen?«

Ich nickte und legte ihr das Geld passend auf den Tresen. »Ja, ich komme. Aber erst gegen eins. Ich mache heute schon früher zu und komme dann danach.«

Hal strahlte über das ganze Gesicht. »Perfekt, dann bis nachher. Ich sag Ally wegen der Uhrzeit Bescheid.«

Ich winkte ihr zum Abschied und verließ daraufhin ihren Laden. Draußen hatte sich die Wolkendecke geöffnet, und ein einzelner Sonnenstrahl stahl sich durch das Schlupfloch. Wie immer, wenn ich so etwas sah, musste ich an Grandma Lizzy denken, die Großmutter meiner Freundin Ally. Sie hatte immer gesagt, dass ein solcher einzelner Sonnenstrahl ein Fingerzeig Gottes sei.

Wie auch Hal und Ally vermisste ich die toughe Frau sehr. Sie war für jede von uns dreien ein Fels in der Brandung gewesen. Zwar hatte ich im Gegensatz zu meinen beiden Freundinnen eine Mutter, mit der ich über alles reden konnte, dennoch war auch Allys Granny eine meiner Bezugspersonen gewesen. Als sie vor ungefähr eineinhalb Jahren ganz plötzlich an einem Herzinfarkt gestorben war, hatte das auf der Isle of Mull für Entsetzen gesorgt. Kaum einer der Inselbewohner hatte nicht schon von ihren leckeren Backwaren gekostet. Jeder mochte Lizzy und so hatte die Welt stillgestanden auf Mull.

Doc Anderson hatte ihr Tod eine volle Praxis beschert. Auf einmal wollten alle zur Vorsorgeuntersuchung gehen, weil niemand nachvollziehen konnte, wie die gesunde Lizzy ausgerechnet an einer Herzerkrankung sterben konnte.

Zwei Häuser von Haileys Café entfernt war mein Blumengeschäft. Das Haus, in dem mein Laden und auch meine Wohnung lagen, war von außen in dem gleichen Dunkelgrün wie mein Kleid angestrichen, und die Rahmen der Fenster und Türen waren weiß, was einen schönen Kontrast zur dunklen Fassadenfarbe bildete. Nachdem ich aufgeschlossen und die Tür aufgestoßen hatte, bimmelte über meinem Kopf ein Glöckchen. Wie an fast jedem Tag brachte mich das zum Lächeln. Ich liebte das Geräusch. Es hörte sich an wie Nachhausekommen, Geborgenheit und wie der Ort, der mich erfüllte.

Zuerst schaltete ich das Licht ein. Ich bezweifelte, dass es heute überhaupt richtig hell werden würde. Anfang Dezember hatten wir oft Tage, an denen es so dunkel draußen blieb, dass elektrisches Licht im Laden unabdingbar war, auch weil durch die enge Bauweise der Häuser an der Main Street nur durch die Ladenfronten überhaupt Tageslicht fiel.

Auch die Wände im Innern hatte ich in einem kräftigen Dunkelgrün gestrichen, so dass man das Gefühl hatte, hinter den bunten Blumen begänne ein dichter Wald. Ich liebte den Anblick der vielen verschiedenen Blüten, die man hier in allen Farben und Formen in den Kübeln entdecken konnte.

Vor der Verkaufstheke blieb ich stehen. Sie hatte etliche Schubladen, in denen ich allen möglichen Kleinkram aufbewahrte, den ich zum Basteln und Binden der Sträuße brauchte. Davor hatte ich zwei Stühle und einen filigranen Tisch aufgestellt, auf dem jede Menge Deko und natürlich auch Blumen zu finden waren. Als es vor der Eröffnung darum gegangen war, den Laden einzurichten, hatte ich darauf geachtet, dass alle Möbel aus Holz waren. Wie die Ladentür waren sie weiß lackiert und schon alt. Das war das Einzige, was sie gemeinsam hatten. Ansonsten waren sie grundverschieden und passten doch ganz harmonisch zusammen. Nach und nach hatte ich sie gemeinsam mit meinen Freundinnen auf Flohmärkten ergattert und restauriert.

Meine Eltern hatten mich zwar bei der Eröffnung meines Ladens unterstützt, aber es war mir wichtig gewesen, ihn trotzdem sparsam einzurichten. Außerdem mochte ich die alten Möbel mit Geschichte.

Vorsichtig stellte ich die Metallbox mit den Zimtschnecken auf der Theke ab und ging in den hinteren Raum, um mir einen Tee zu kochen, den ich zu den Schnecken trinken wollte.

Während das Wasser kochte, nahm ich meinen Lieferschein-Block zur Hand und legte ihn mit einem Stift auf die Theke neben das Gebäck. Darin würde ich nachher notieren, welche

Blumen und sonstigen Dinge ich verwendet hatte, um den Hochzeitsstrauß zu binden. Mr. Strayton sollte nachvollziehen können, wie sich der Preis zusammensetzte.

Während ich schließlich eine meiner Schnecken aß und dazu eine Tasse Tee trank, ließ ich meinen Blick über die Blumen wandern und machte mir gedanklich bereits Notizen. So konnte ich gleich nach meinem nicht gerade gesunden Frühstück zur Tat schreiten.

Zehn Minuten vor neun schnappte ich mir den fertig gebundenen Hochzeitsstrauß, den ich bereits in Papier eingeschlagen hatte, und verließ meinen Laden. Da ich erst um zehn Uhr offiziell öffnete, war es auch kein Problem, dass ich den Strauß selbst auslieferte.

Am Himmel flogen die dunklen Wolken in rasantem Tempo dahin. Die Luft roch nach Regen, und das Meer war heute besonders aufgewühlt. Die wenigen Boote, die im Hafen lagen, schaukelten wild hin und her. Ich hatte den Mantel angezogen und bis oben hin zugeknöpft, dennoch fror ich leicht. Zudem hatte ich mir wieder den breitkrempigen Hut aufgesetzt, den ich jetzt festhalten musste, damit er nicht durch eine Böe von meinem Kopf geweht wurde.

Ich lief bis zum Ende der Main Street und ging dann durch das Tor auf den steilen Weg, der zum Hotel hoch führte und vor einem weiteren Tor endete.

Pünktlich um neun Uhr betrat ich mit dem Hochzeitsstrauß im Arm das Foyer des *Tobers* und blickte mich um. Matt hatte wirklich etwas aus dem alten Gebäude gemacht, nachdem er es hatte restaurieren lassen. Es konnte mit den meisten Hotels auf dem Festland problemlos mithalten. Ich hatte damit gerechnet, etlichen Hochzeitsgästen zu begegnen, wenn ich den Strauß ablieferte, aber der große Raum war fast leer.

Am Empfangstresen stand Monica. Die hübsche Blondine war etwa vierzig Jahre alt und arbeitete seit der Eröffnung für Matt. Mit einem Lächeln sah sie mir entgegen. Ansonsten entdeckte ich nur noch Esther, eine Fünfundfünfzigjährige mit hochgestecktem ebenfalls blondem Haar, die oft in meinen Laden kam und ausgefallene Topfpflanzen für ihr Zuhause kaufte. Sie war eine stille Frau, die ebenfalls für Matt arbeitete und gerade die Pflanzen abstaubte und die Blätter mit einem Glanzöl einrieb.

Alles war bereits weihnachtlich geschmückt und wirkte sehr einladend. Obwohl die Tannengirlanden und Gestecke natürlich von mir selbst stammten, hätte ich wetten können, dass alles hier edler und gediegener anmutete als in den Jahren zuvor. Aber vielleicht irrte ich mich auch.

Wen ich nicht entdeckte, war Strayton. Beinah war ich erleichtert. Diesem gut aussehenden Mann in einem Smoking kurz vor seiner eigenen Hochzeit gegenüberzutreten würde sich sicherlich in meinen Erinnerungen verankern. Dennoch würde mir das wohl oder übel nicht erspart bleiben, wenn ich mein Geld für den Strauß erhalten wollte.

Ich erwiderte Monicas Lächeln und ging zu ihr.

»Guten Morgen«, begrüßte ich sie freundlich.

»Morgen, Lin. Hast du eine Lieferung?« Sie deutete mit dem Kinn auf den Blumenstrauß in meinem Arm.

»Ja, der Hochzeitsstrauß.«

Ein nachdenklicher Ausdruck legte sich auf ihr Gesicht.

»Welche Hochzeit? Momentan haben wir keine Gäste, die heiraten. Lediglich zwei Männer haben sich einquartiert. Fotografen, die auf die Insel gekommen sind, um ein paar spektakuläre Naturaufnahmen zu machen.«

Kurz stockte mir der Atem, und ich erinnerte mich an die Worte meines Kunden. Er hatte mich gefragt, was ich tun würde, wenn ich den Strauß vergebens kreieren und niemand ihn bezahlen würde. War ich womöglich wirklich zu gutgläubig? Offensichtlich hatte er mich vor sich selbst warnen wollen.

Doch so schnell gab ich nicht auf. Vielleicht interpretierte ich auch etwas völlig Falsches in diese Situation. »Keiner deiner Gäste heißt Strayton?«

Monicas Augenbrauen schossen nach oben. »Strayton, sagst du?«

»Ja.« Warum sah sie mich jetzt so fassungslos an?

»Ähm ... ja ... Mr. Strayton kenne ich. Doch ...«, stammelte sie.

Mir riss der Geduldsfaden, aber vielleicht war das auch dem Umstand geschuldet, dass ich gerade hundertfünfzig Pfund davonschwimmen sah.

»Monica? Ich habe hier einen Hochzeitsstrauß für Callum Strayton. Den hat er gestern Abend bei mir im Laden bestellt und gesagt, dass ich ihn um neun Uhr hierherbringen soll.« Meine Stimme klang viel zu schrill und laut für das stille Foyer.

Esther, die sich mittlerweile dem Drachenbaum hinter dem Tresen widmete, drehte sich zu uns um und sah mich fragend an. Ich hob die Hand, rang mir ein Lächeln ab, aber offenbar genügte es, um sie zu beruhigen. Denn sie wandte sich wieder ihrer Arbeit an der Pflanze und deren Blättern zu, nachdem sie mein Lächeln unsicher erwidert hatte.

»Callum Strayton ist unser neuer Hoteldirektor, den Matt

eingestellt hat«, klärte mich Monica auf, als ich mich ihr wieder zuwandte.

Nun war es an mir, sie ungläubig anzuschauen. »Hoteldirektor?«, wiederholte ich das eine Wort, das mir eigentlich alles hätte verraten sollen und mich doch völlig ratlos zurückließ. »Und der will gleich in der ersten Arbeitswoche hier heiraten?«

Damit brachte ich Monica zum Lachen. »Nein, der heiratet nicht. Vielleicht ist das ein Missverständnis gewesen.«

»Das war ganz bestimmt kein Missverständnis!« Ich war extrem wütend, weil ich mich von diesem Callum total auf den Arm genommen fühlte. Was sollte das? Warum kam er in meinen Laden und bestellte einen Hochzeitsstrauß, wenn er gar nicht vorhatte zu heiraten und es auch keine Hochzeit im *Tobers* gab? »Dieser Kerl ist der neue Hoteldirektor? Der, von dem mir Matt erzählt hat? Dieser Schnösel aus London?«, empörte ich mich.

Plötzlich änderte sich wieder der Ausdruck auf Monicas Gesicht. Das Lächeln erstarb auf ihren Lippen. Hinter mir hörte ich ein leises Räuspern, und mir war bereits klar, wer dort stand, bevor ich mich umdrehte.

Ich atmete tief durch. Zum Ersten, um mich auf die mir bevorstehende Auseinandersetzung vorzubereiten, und zum Zweiten, um meine eigene Wut in den Griff zu bekommen. Erst als ich mich bereit fühlte, wandte ich mich Callum Strayton zu.

In einem schicken Anzug stand er etwa zwei Meter von mir entfernt, hatte die Arme vor der Brust verschränkt und sah mich mit ernstem Blick an. Er brauchte keinen Smoking, um beeindruckend genug auszusehen, dass ich mich für immer an seinen Anblick erinnern würde, musste ich notgedrungen feststellen.

36

Äußerlich blieb ich jedoch gefasst und ließ mir nicht anmerken, dass mich seine Erscheinung beeindruckte.

»Guten Morgen, Mr. Strayton. Ich bringe Ihnen Ihren Hochzeitsstrauß. Hoffentlich wird das Arrangement Ihrer zukünftigen Gattin zusagen.« Jedes Wort war überladen mit Sarkasmus, und jedes presste ich mit aller Willenskraft hervor. Eigentlich war ich eine total umgängliche Person und hatte immer für alles und jeden Verständnis, aber dieser Mann brachte mich dazu, an meinen eigenen Charaktereigenschaften zu zweifeln. Dabei kannten wir uns nicht einmal.

Natürlich ließ er mich zappeln, sah mich nur teilnahmslos an und wartete eine Weile ab, ehe er mir antwortete. »Mrs. Bloom, ich möchte Sie bitten, mir in mein Büro zu folgen, damit wir das Ganze klären können.«

Am liebsten hätte ich ihm den Strauß vor die Füße geschmissen und wäre aus dem Hotel gerauscht. Aber ich war auf das Geld angewiesen und konnte es mir nicht leisten, Blumen im Wert von beinah hundertfünfzig Pfund zu verschleudern. Also nickte ich ruckartig und folgte ihm, als er sich umdrehte und in einem der Gänge verschwand.

Monica warf mir noch einen aufmunternden Blick zu. Esther hingegen war so in die Pflege ihrer Pflanzen vertieft, dass sie das eben geführte Gespräch nicht einmal mitbekommen hatte. Schon oft hatte ich mich gefragt, was in ihrem Kopf vor sich ging, wenn sie so vertieft und der Welt entrückt wirkte.

Vor einer Tür aus dunklem Holz blieb Mr. Strayton stehen und öffnete sie, um mir anschließend den Vortritt zu lassen. Ihn keines Blickes würdigend, betrat ich sein Büro und marschierte auf den Schreibtisch zu, wo ich den Hochzeitsstrauß vorsichtig ablegte. Die Blumen konnten schließlich nichts dafür, dass sie zu etwas benutzt worden waren, dessen Sinn und Zweck sich mir noch nicht erschloss.

Nachdem ich die Hände nun frei hatte, setzte ich mich auf einen der beiden Besucherstühle, verschränkte die Arme vor der Brust und wartete ab, wie mir dieser angebliche Hoteldirektor das Ganze erklären wollte. Und ich war gespannt, ob ich überhaupt eine Bezahlung für meine Arbeit erhalten würde.

Aber eins nahm ich mir vor, ich würde Matt von dieser Sache berichten. Ich war jetzt schon neugierig, was er dazu zu sagen hatte. Sicherlich würde er dieses Verhalten nicht gutheißen. Es sei denn ... Hatte Strayton den Strauß privat beauftragt? Dann wäre es mies, wenn ich Matt davon erzählen würde. Was ging ihn schließlich das Privatleben seiner Angestellten an?

»Mrs. Bloom, schön, dass Sie zur vereinbarten Zeit hier sein konnten«, begann der Kerl das Gespräch. Dabei tat er überheblich, setzte sich mit einer Pobacke auf den Tisch und verschränkte die Arme. Diese Position erlaubte es ihm, auf mich herabzuschauen, was mir gar nicht gefiel.

»Sie waren zu spät«, konnte ich mir deshalb nicht verkneifen zu sagen. Ich lehnte mich in dem Stuhl zurück und ließ ihn keinen Moment aus den Augen.

»Das stimmt. Ich musste noch ein Telefonat mit meinem Boss führen. Entschuldigen Sie bitte«, nahm er mir sofort den Wind aus den Segeln, indem er seinen Fehler eingestand. »Darf ich?« Er deutete auf den in Papier eingeschlagenen Strauß.

»Selbstverständlich. Ihre Bestellung, Ihr ... Brautstrauß.« Ich löste meine Arme, verschränkte stattdessen die Hände in meinem Schoß und beobachtete, wie Callum Strayton um den Tisch herum ging, vorsichtig das Papier von den Blumen entfernte und sich anschließend den Strauß von allen Seiten genau ansah. Ganz so, als wäre er ein Floristenkritiker, jemand der Rezensionen über die Bindetechniken eines Hochzeitsstraußes schrieb.

»Das sieht hervorragend aus, man erkennt, dass Sie Ihr Handwerk erlernt haben.« Wohlwollend nickte er und legte den Strauß wieder zurück, ehe er sich mir gegenüber an den Tisch setzte und die Arme locker auf der Tischplatte ablegte. »Sie fragen sich sicherlich, warum ich Sie einen solchen Strauß habe binden lassen.«

Ein zynisches Lächeln versuchte, sich meiner Lippen zu bemächtigen, doch ich unterdrückte es und sah ihn stattdessen mit hoffentlich unbewegter Miene an. »Das könnte man so sagen.«

»Es findet keine Hochzeit statt«, erwähnte er unnötigerweise und lockerte seine Krawatte, als benötige er Luft bei der Vorstellung, dass er hätte heiraten müssen. Das sagte vermutlich mehr über den Mann aus als alles, was ich bis jetzt von ihm erfahren hatte. »Es ist vielmehr so, dass ich als Hoteldirektor einige Veränderungen an der Führung dieses Hotels vornehmen werde. Dazu zählt, dass ich die vermieteten Zimmer stets mit frischen Blumen ausstatten möchte. Da eine Zimmerbuchung auch recht kurzfristig stattfinden kann, wollte ich in Erfahrung bringen, wie Sie mit Druck umgehen können.«

Ein abfälliges Schnauben entfuhr mir. Er hatte mich also testen wollen. Das wurde ja immer verrückter.

»Und dazu konnten Sie mir nicht einfach den wahren Grund für Ihren Besuch in meinem Laden verraten und vielleicht etwas bestellen, das dem, was sie im Normalfall von mir haben wollen, näherkommt?«

»Gutes Argument, aber es ging mir tatsächlich darum, Ihre Fertigkeiten auch bei ungewöhnlichen Bestellungen einschätzen zu können. Ich habe in dem Hotel, in dem ich vorher gearbeitet habe, schon Hochzeiten erlebt, bei denen wir auf den letzten Drücker einen neuen Blumenstrauß benötigten.« Aufmerksam sah er mich mit diesen grünen Augen an, die mich an das Wasser des Meeres in Asien erinnerte. Ein dunkelblauer Ring umrandete die Iris, die zur Mitte hin ein fast schon strahlendes Türkis annahm. Dieser helle Ton war so auffallend in dem gebräunten Gesicht mit dem dunkelbraunen, beinah schwarzen Haar, dass ich immer wieder mit meinem Blick an seinen Augen hängen blieb.

Ich besann mich der Tatsache, dass dies ein geschäftliches Gespräch war und es mir ein zusätzliches Einkommen ermöglichte, wenn wir uns einig werden würden. Also ignorierte ich mein aufkommendes Interesse für diese ungewöhnliche Augenfarbe.

»Und? Habe ich den Test bestanden?«, fragte ich neugierig.

»Zu hundert Prozent, Mrs. Bloom.« Er schenkte mir ein Lächeln, doch seine Augen erreichte es nicht. »Und selbstverständlich erhalten Sie auch die entsprechende Zahlung für Ihre erbrachte Leistung. Bitte glauben Sie mir, dass es dabei niemals darum ging, Ihre Arbeit nicht zu entlohnen.«

Ich wollte es mir nicht anmerken lassen, aber diese Ankündigung erleichterte mich. »Ihr Interesse an einer Zusammenarbeit freut mich, und um Ihre Frage vorwegzunehmen: Ja, ich könnte mir das ebenfalls gut vorstellen. Wie kommen wir ins Geschäft?«, fragte ich geradeheraus.

Nun lehnte er sich in seinem Schreibtischstuhl zurück und sah mir fest in die Augen.

»Ich werde von heute an dreimal die Woche jeweils fünf mittelgroße Sträuße für die Hotelzimmer von Ihnen benötigen. Lieferungen sollten dienstags, donnerstags und samstags erfolgen, so dass die Blumen stets frisch aussehen.«

»Ich gebe eine Hundert-Stunden-Frischegarantie, theoretisch müssten Sie die Blumen nicht nach so kurzer Zeit auswechseln. Sollte es doch einmal dazu kommen, dass ein Strauß seine Form vorzeitig verliert, würde ich für Ersatz sorgen«, wandte ich ein.

Kurz überlegte Strayton, doch dann erwiderte er: »Sehr gut, das passt so. Die Sträuße können wir auch für mein Büro, den Empfang oder einen sonstigen Raum verwenden. Diese Bestellung wäre fix, und egal, wie viele Zimmer vermietet sind oder Sträuße benötigt werden, auf die Abnahme dieser Menge an Blumen können Sie sich verlassen. Sobald wieder Saison ist und mehr Gäste kommen, wird sich diese Zahl sicherlich erhöhen. Ich plane auch, demnächst kleinere Sträuße für das Restaurant zu ordern. Und bei anstehenden Feierlichkeiten, die wir ausrichten sollen, werde ich ebenfalls auf Sie zurückkommen, um individuelle Konzepte auszuarbeiten. Ich erwarte pünktliche Lieferungen und gegebenenfalls Sonderlieferungen, wenn es notwendig ist. Die Zahlungen für die regelmäßigen Lieferungen würde ich gerne als Dauerauftrag einrichten, während sie für Sonderlieferungen stets umgehend nach Erhalt der Ware vergütet werden.«

»Das hört sich gut an.« Ich gestattete es mir, ihm ein Lächeln zu schenken. Kein allzu überschwängliches, aber eins, das meine Zufriedenheit ausdrückte. Niemals zu viel Euphorie zeigen. Das hatte mein Vater mir über Geschäftsverhandlungen beigebracht. Und daran hielt ich mich auch heute noch. Ich wollte diesen Auftrag unbedingt. Ich brauchte ihn sogar, und er würde mir ermöglichen, mal durchzuatmen. Aber das würde ich dem Mann, der mir gegenübersaß, natürlich nicht zeigen.

»Ich werde Ihnen ab dem zehnten Strauß jeder Bestellung einen Mengenrabatt und bei Sofortzahlung drei Prozent Skonto einräumen.« Auch solche Punkte bei geschäftlichen Gesprächen hatte ich von meinem Vater gelernt. Dadurch wirkte man auf sein Gegenüber professioneller. Manchmal war es nicht schlecht, dass ich von Eltern erzogen worden war, die eine große Gärtnerei führten und mich auch früh schon in die Geschäfte mit einbezogen hatten.

»Sehr schön«, sagte Callum Strayton und stand auf, ohne mein Lächeln zu erwidern. »Ich merke, wir sind uns einig. Ich werde einen Vertrag aufsetzen und Ihnen diesen zukommen lassen.«

Ich stand ebenfalls auf. »Und da heute Samstag ist, werde ich Ihnen nachher die erste Lieferung vorbeibringen.«

»Sehr gut!« Mit einem zufriedenen Lächeln gab er mir die Hand. Diesmal erreichte es sogar seine Augen.

»Ich danke Ihnen für den Auftrag«, sagte ich, erwiderte sein Lächeln und schüttelte seine Hand.

»Nichts zu danken. Ich bin ehrlich erstaunt, wie gut Sie Ihren Job verstehen. Mit so etwas qualitativ Hochwertigem habe ich auf dieser Insel nicht gerechnet.«

Das war der Moment, in dem mein Lächeln erstarb. Was bildete sich dieser Londoner Schnösel eigentlich ein? Glaubte er, dass es nur in seiner Stadt gute und fähige Menschen gab, die ihr Fach verstanden? Fest biss ich die Zähne aufeinander, um keinen Kommentar abzugeben, den ich nachher bereute.

Callum Strayton bemerkte entweder nicht, was in mir vorging, oder er ignorierte es bewusst. Mit einem Nicken drehte er sich zur Tür und öffnete sie. »Einen schönen Tag noch, Mrs. Bloom.«

»Ihnen auch«, antwortete ich und eilte aus dem Hotel hinaus.

Draußen empfing mich leichter Sprühregen, und der Wind blies mir ins Gesicht. Dennoch konnte ich mir ein Grinsen nicht verkneifen. Ich hatte einen Auftrag! Dreimal pro Woche fünf mittelgroße Sträuße, das waren fünfzehn Sträuße die Woche und sechzig im Monat. Und es würden mehr werden, wenn die Touristenzeit auf der Insel begann. Außerdem wollte Strayton kleine Gebinde für das Restaurant einplanen. Das war doch definitiv ein Grund, glücklich zu sein.

Obwohl es regnete und windig war, lief ich durch das eiserne Tor des Hotels hinaus auf den abschüssigen Weg, der hinunter zur Main Street führte, und tanzte vor Freude, bis ich meinen Laden erreichte.

∗ ∗ ∗

»Ich weiß, Mum.« Da mich niemand sehen konnte, verdrehte ich die Augen.

Meine Mutter hatte genau in dem Moment angerufen, als ich Feierabend machen und zu Hailey ins *Lizzy's* gehen wollte. Während ich in den turbulenten Sommermonaten samstags in der Regel bis drei oder vier am Nachmittag geöffnet hatte, schloss ich den Laden jetzt im Winter immer etwas früher. Es lohnte sich einfach nicht, so lange auf Kundschaft zu warten, die ohnehin nicht kam. Wer auf der Insel wohnte, wusste das und kam vormittags vorbei.

Die ersten fünf Sträuße für das *Tobers* hatte ich schon gebunden und wollte sie nach dem Mittagessen ins Hotel bringen.

Und warum hatte meine Mum mich angerufen? Weil sie mir mal wieder einen Vortrag darüber halten musste, wie schnell die biologische Uhr einer Frau ablief! Jetzt, da Ally und Hal offenbar ihre Partner fürs Leben gefunden hatten und unser Schulfreund Toni mit seiner Freundin ein Baby erwartete, kam sie immer häufiger auf dieses Thema zu sprechen.

»Vielleicht solltest du mal Brian anrufen. Bestimmt hat er endlich erkannt, was er hier zurückgelassen hat.«

Kurzfristig verschlug mir dieser Vorschlag die Sprache, doch dann blinzelte ich mehrmals und holte tief Luft, ehe ich ihr antwortete. »Schlägst du gerade ernsthaft vor, dass ich meinen Ex-Freund anrufen soll, der mich betrogen und mit gebrochenem Herzen zurückgelassen hat? Wofür?« Erneut atmete ich tief ein und ballte die Finger zu einer Faust. Der Schlüssel, den ich bereits in der Hand hielt, um die Tür hinter mir abzuschließen, bohrte sich schmerzhaft in meine Haut. »Hör zu, Mum. Ich weiß, du mochtest ihn, aber er ist ein elendes ... « Im letzten Moment verkniff ich mir den Ausdruck, der mir passend erschien, und räusperte mich, ehe ich weiterredete. »Selbst, wenn er hier auf Knien angerutscht käme, wäre ich nicht bereit, ihn zurückzunehmen. Ich will nichts mehr mit ihm zu tun haben. Nicht einmal telefonieren möchte ich mit ihm.« Als ich das ausgesprochen hatte, registrierte ich das erste Mal, dass ich tatsächlich genau so empfand. Für mich war Brian gestorben und die Sache mit ihm erledigt, abgeschlossen.

Erstaunt richtete ich den Blick hinaus auf den Sound of Mull und gestattete mir ein Lächeln. Das war gut. Das war sogar sehr gut. So lange hatte ich unter dem Verrat meines Ex gelitten. Er war meine erste große Liebe gewesen, der erste und bisher einzige Mann, mit dem ich intim geworden war. Doch jetzt war ich über ihn hinweg. Ich war geradezu erleichtert, dass ich das nicht nur so dahinsagte, um meine Mutter zu überzeugen, sondern es wirklich so meinte, so fühlte.

»Reg dich doch nicht so auf. Das war doch nur ein Vorschlag«, rechtfertigte sich meine Mutter.

»Ein ganz schlechter Vorschlag«, konterte ich umgehend. »Brian hat mich verlassen.«

»Weil er einen neuen und besseren Job angenommen hat«, versuchte Mum mal wieder, Partei für meinen Ex zu ergreifen.

»Und ...«, kurz zögerte ich, weil ich Mitleid mit ihr hatte. Doch dann schob ich dieses Gefühl von mir und ließ die Bombe platzen. »Er hat mich verlassen, weil es bei Antritt des neuen Jobs schon lange eine neue Frau gegeben hatte. Die er im Übrigen vor ein paar Wochen geheiratet hat.«

Ich hörte durch das Telefon, wie meine Mutter nach Luft schnappte. Bisher hatte ich ihr diese Tatsachen verheimlicht und sie in dem Glauben gelassen, dass Brian nur gegangen war, weil er sich beruflich hatte verändern wollen. Ich wusste selbst nicht, warum. Vermutlich hatte ich nicht gewollt, dass es ihr weh tat, dass er ihr weh tat, so wie mir. Denn mich hatte es extrem verletzt, das zu erfahren.

Ersetzt zu werden, während man noch da war, war nichts, was man so einfach wegsteckte. Ich hatte mich automatisch gefragt, was ihm gefehlt hatte. Was hatte ich ihm nicht bieten können? War ich zu dick? Zu alt? Zu langweilig? Oder etwa zu dumm?

Aber auch mit meinen Freundinnen hatte ich noch nicht über die Tatsache gesprochen, dass Brian nun verheiratet war und mit einer anderen das Leben lebte, das ich mir einmal gewünscht hatte. Vielleicht wurde es langsam Zeit, das zu ändern. Einen Abschluss zu finden, nicht nur im Kopf. Ich sollte es laut hinausschreien, damit keiner mehr auf die Idee kam, mich wie ein rohes Ei zu behandeln, sobald der Name Brian fiel.

»Das hat er nicht, oder, Lin?«, fragte meine Mutter in weinerlichem Ton.

»Tut mir leid, Mum.«

»Dieser Idiot!«, entfuhr es ihr mit einem Mal, und ich musste schmunzeln, als ich den Zorn in ihrer Stimme wahrnahm. Sie war schon immer eine Löwenmutter gewesen, die mich verteidigte und für mich da war.

»Da sagst du etwas Wahres. Er ist ein riesengroßer Idiot!«, erwiderte ich, doch ich spürte nichts dabei. Keinen Zorn, keinen Schmerz und auch keine Traurigkeit.

Für einen Moment schwieg meine Mutter, dann fragte sie leise: »Seit wann weißt du es?«

»Seit ein paar Wochen schon«, gestand ich ihr und hatte ein schlechtes Gewissen, weil ich es ihr nicht erzählt hatte. Ihr nicht und meinen Freundinnen nicht.

»Oh, Linny. Warum hast du es mir denn nicht schon früher gesagt. Du weißt doch, dass du mit mir über alles sprechen kannst.« Ich hörte, wie sie einen Schluckauf bekam. Das war typisch für sie. In emotional angespannten Situationen bekam sie immer Schluckauf. Selbst bei ihrer eigenen Hochzeit soll sie ihn gehabt haben, hatte mein Dad mal erzählt.

»Das weiß ich, Mum. Aber ich musste das selbst erst mal verarbeiten.«

Das war nicht gelogen. Auch wenn sich Brian schon vor etwas mehr als einem Jahr von mir getrennt hatte, war es dennoch ein Schock gewesen, als ich ein Hochzeitsbild auf seinem Facebook-Account entdeckt hatte. Wir waren zwar nicht mehr in den sozialen Netzwerken befreundet, aber ich hatte ein paar Wochen nach unserer Trennung seinen Account in meiner Timeline gehabt mit einem Profilbild von ihm und seiner Neuen. So hatte ich bereits früh von seinem Verrat erfahren, doch das Hochzeitsbild war wirklich ein Schock gewesen. Brian hatte mich schon während unserer Beziehung mit seiner jetzigen Frau betrogen. Das hatte mir echt zugesetzt, und ich hatte nicht einmal mit Ally und Hal darüber reden können. Und irgendwann war der Zeitpunkt verstrichen, da es mir noch richtig erschienen wäre, überhaupt darüber zu sprechen. Vielleicht sollte ich das wirklich endlich ändern.

»Dieser Vollidiot!«, empörte sich Mum erneut und brachte mich damit zum Lachen. »Was denn? Warum lachst du?«

»Weil es guttut, zu wissen, dass du auf meiner Seite bist.« Ich fand es einfach nur süß, wie sie sich für mich aufregte, aber das konnte ich ihr so nicht sagen. Meine Mutter war nicht einmal einen Meter fünfzig groß, deshalb hasste sie es, wenn man sie als süß betitelte. Also lenkte ich ab: »Tust du mir einen Gefallen?«

»Jeden, mein Schatz!«

»Lass uns nicht mehr über ihn reden. Brian ist es nicht wert, dass wir uns über ihn aufregen.«

»Einverstanden«, antwortete Mum sofort.

Ich schaute auf die Uhr. Es war bereits fünf Minuten nach ein Uhr. »Ich muss jetzt los, Ally und Hal warten sicherlich schon mit dem Mittagessen.«

»Alles klar, mein Schatz. Grüß die beiden von mir. Kommst du nachher auf einen Tee zu uns?«

»Heute schaff ich es nicht, aber nächsten Samstag komme ich auf jeden Fall.« Das war eine Lüge gewesen. Ich hatte heute Nachmittag nichts vor, aber nach dieser Enthüllung würden meine Eltern sicherlich einen riesengroßen Aufriss machen. Vielleicht würden sie nicht direkt darüber reden, das hatte sie mir schließlich eben versprochen, aber es wäre bestimmt eine unschöne Situation. Ich hoffte, dass die nächsten Tage dazu beitragen konnten, dass ich bei meinem Besuch nicht behandelt würde, als wäre ich schwer krank oder psychisch instabil.

»Versprochen?«, hakte Mum nach.

»Versprochen!«

Ich hörte, wie sie tief Atem holte »Gut, dann sehen wir uns nächsten Samstag um drei Uhr, dein Dad wird sich freuen, dich mal wiederzusehen. Man könnte meinen, wir würden auf verschiedenen Inseln wohnen, so selten wie wir uns im Moment treffen. Aber ich will mich nicht beschweren«, fügte sie schnell hinzu. »Hauptsache, du kommst.«

Sie wollte sich zwar nicht beschweren, aber dieser Hinweis war dennoch eine Klage. »Schon gut, Mum. Ich muss jetzt wirklich los.«

»Alles gut. Bis Samstag nächste Woche.«

»Grüß Dad von mir.«

»Mach ich. Hab dich lieb.«

»Ich dich auch.« Dann konnte ich das Gespräch endlich beenden und tief durchatmen.

3

Strive for greatness.
– Strebe nach Großartigkeit. –
(Lebron James)

as ziehst du denn für ein Gesicht?«, begrüßte mich
Ally, als ich gerade aus der Tür meines Blumenladens trat. Offenbar hatte sie auf mich gewartet, um
mit mir gemeinsam zu Hailey zu gehen.

Ich winkte ab. Schnell knöpfte ich den Mantel zu, als eine eis-
kalte Windböe mir den Regen ins Gesicht wehte.

»Meine Mutter hat mir mal wieder in den Ohren gelegen,
dass meine biologische Uhr tickt.« Mittlerweile bereute ich,
dass ich heute früh ein Kleid angezogen hatte, zumindest trug
ich wollene Strumpfhosen und Stiefel, das schützte ein wenig
gegen die Feuchtigkeit. Trotzdem fand der Wind seinen Weg
unter die Stoffschichten, und ich begann schon jetzt zu frösteln.

Ally glucкste und sah mich unter ihrem Regenschirm hervor
feixend an. »Sie will unbedingt Enkelkinder haben, die sie genau so sehr verwöhnen kann, wie sie es mit dir gemacht hat.«

»Ich weiß. Sie liebt Kinder und braucht ein Ventil für all die
Liebe, die sie in sich trägt.«

»Wovon sie definitiv mehr als andere Menschen abbekommen hat«, fügte Ally nachsichtig hinzu.

»Aber ohne den passenden Mann wird das so schnell nichts.«
Ich lächelte meiner Freundin zu, damit sie nicht auf die Idee kam,

49

dass mich das traurig machte. Momentan war ich nicht scharf darauf, Kinder zu bekommen. Gerade erst schrieb mein Laden wieder schwarze Zahlen, und das erforderte viel Kraft und Zeit. Selbst mit Mann wäre das der denkbar ungünstigste Zeitpunkt, um für Nachwuchs zu sorgen. Ich schloss die Tür ab und wandte mich zum Gehen. »Mein Lebensziel ist nicht, eine Großfamilie zu gründen, auch wenn das wahrscheinlich der große Traum meiner Mutter ist«, mutmaßte ich.

»Ja, so war sie doch schon immer. Je voller das Haus war, desto glücklicher ist sie gewesen.«

Ich überwand die Distanz zu Ally und hakte mich bei ihr ein. Gemeinsam gingen wir geschützt vorm Regen unter dem Schirm weiter die Straße entlang.

»Stimmt, das war für sie immer das Größte. Je mehr Kinder im Haus waren, desto mehr sie ist aufgeblüht, hat gekocht und gebacken, und mein Dad konnte sich in seinem Sessel zurücklehnen und Zeitung lesen. Dem war es egal, wie viel Trubel im Haus war.« Die Erinnerung an regnerische Tage, die wir bei uns im Haus verbracht hatten, ließ mich lächeln. Ich hatte eine wunderbare Kindheit gehabt, auch wenn ich wusste, dass das Verhalten meiner Mutter vermutlich darin begründet lag, dass man ihr aufgrund einer Fehlbildung ihrer Gebärmutter schon als junge Frau gesagt hatte, dass sie keine Kinder bekommen könne, und ich sozusagen ihr persönliches kleines Wunder war.

Zu keiner Zeit hatte ich eine schlechte Kindheit erleben müssen, ganz im Gegenteil zu meinen beiden Freundinnen, die viel hatten durchmachen müssen. Hal noch mehr als Ally. Ich war froh, dass sie durch meine Eltern viele meiner eigenen wundervollen Erinnerungen mit mir teilen konnten und so auch gute und schöne Momente erleben durften.

»Das waren tolle Zeiten, wir drei, Toni und Matt ...«, schwärmte Ally und zog die Tür zum *Lizzy's* auf.

Da konnte ich nur zustimmend nicken. Es waren wirklich tolle Zeiten gewesen, auch wenn man sie als Kind nicht annähernd zu schätzen gewusst hatte.

»Hey, ihr beiden!«, begrüßte uns Hailey und kam uns entgegen. Dabei deutete sie einmal in den Raum und sagte: »Ihr seid die einzigen Gäste. Ich denke, ich werde heute auch früher Feierabend machen. Die Backwaren sind fast leer. Bei dem Wetter sind die Leute froh, nach der Arbeit nicht noch mal vor die Tür zu müssen und kaufen stattdessen für daheim ein. Phil habe ich auch schon nach Hause geschickt.«

Phil, der ursprünglich aus Irland kam, war seit dem Sommer ein fester Bestandteil des *Lizzy's* und gelernter Bäcker. Für Hal eine echte Hilfe. Ich hoffte für sie, dass ihr der dreißigjährige, recht schlaksige Mitarbeiter noch lange erhalten bleiben würde, denn erst vor zwei Wochen war Moira zurück aufs Festland gegangen, um ihr Studium fortzusetzen. Sie hatte den ganzen Sommer über für Hal gearbeitet.

Hailey nahm zuerst mich in den Arm, und nachdem Ally den Schirm zugemacht und in den Ständer gestellt hatte, wurde sie ebenfalls fest gedrückt. »Kommt, setzt euch. Ich habe heute eine ganz einfache Tomatensuppe für euch. Bei dem Wetter passt das, oder?«

»Auf jeden Fall genau das Richtige, wenn es draußen so ungemütlich ist«, stimmte Ally ihr zu und zog sich die Jacke aus. Darunter trug sie eine dunkelblaue Chinohose und einen weißen Zopfpullover.

»Aber ich bin mir sicher, dass ich noch nie etwas ganz Einfaches bei dir gegessen habe. Es war immer alles so gut, dass es in jeder Sterneküche Platz finden würde«, gab ich zu bedenken, zog ebenfalls meinen Mantel aus und nahm den Hut ab.

Hailey schüttelte nachsichtig den Kopf und ging lächelnd voraus. Sie wusste ganz genau, dass sie eine begnadete Köchin war, aber dennoch hörte sie nicht gern Komplimente. Irgendwie hatte sie nie gelernt, damit umzugehen.

»Da hat Lin absolut recht!«, pflichtete Ally mir bei und streckte Haileys Rücken die Zunge heraus, was mich kichern ließ.

Wir setzten uns an unseren Stammplatz. Auf dem Tisch standen schon eine Kanne Tee auf einem Stövchen, Tassen und eine Flasche mit Wasser und Gläser. Hal hatte offenbar wirklich Langeweile gehabt und schon den Tisch für uns gedeckt. Das kam nicht oft vor, weil der Laden meistens gut besucht war und sie für solche Vorbereitungen dann keine Zeit hatte.

Als Hailey kurz darauf mit einem Tablett, auf dem drei Schalen mit dampfender Suppe und ein Korb mit Ciabattabrot standen, zu uns an den Tisch kam, hatten wir uns schon Tee eingegossen. Ich umklammerte meine Tasse und wärmte mir die Hände daran. Der Duft von Pfefferminze stieg mir in die Nase, eine Teesorte, die Hal besonders liebte. Doch kurz darauf gesellte sich ein Hauch Knoblauch dazu, der aus der Suppenschüssel herüberwehte, und ich merkte sofort, wie hungrig ich war, denn mein Magen gab grummelnde Geräusche von sich.

Hailey verteilte die Schüsseln und setzte sich zu uns. »Lasst es euch schmecken.«

Statt zu antworten, brummten Ally und ich nur, weil wir bereits den ersten Löffel in den Mund geschoben hatten. Grinsend sahen wir drei uns an und aßen weiter. Die Suppe war ein Gedicht. Fruchtig süß und sahnig mit der Schärfe des Knoblauchs.

»Wie ist der Hochzeitsstrauß angekommen?«, wollte Hailey von mir wissen.

»Hochzeitsstrauß? Wer hat denn geheiratet?« Ally bekam große Augen. Wie in jeder Kleinstadt beziehungsweise jedem Dorf war auch in Tobermory eine Heirat ein großes Thema. Was vermutlich daran lag, dass man sich untereinander kannte.

»Niemand. Tatsächlich war die Bestellung des Hochzeitsstraußes nur ein Test. Könnt ihr euch das vorstellen?«

Aufmerksam geworden, beugte sich Hal näher zu mir. »Wer ist denn auf die blöde Idee gekommen?«

Ich musste auflachen, weil mir bewusst wurde, dass ich ihr heute Morgen gar nicht erzählt hatte, wer die Bestellung aufgeben hatte.

»Das werdet ihr mir kaum glauben«, begann ich. Um die Spannung zu erhöhen, machte ich eine kurze Pause. »Könnt ihr euch noch an den Kerl erinnern, der mir am Montag auf der Fähre den Tee übergekippt hat?«

Ally nickte sofort. »Klar. Gut aussehend, aber ein Idiot.«

Hal schluckte schnell ihr Essen hinunter und fragte dann: »Ja, der hat dir doch danach auch die Vorfahrt genommen, oder?«

»Genau der.« Mehr verriet ich erst mal nicht und beobachtete stattdessen, wie die Reaktionen der beiden ausfielen. Lange ließen sie mich nicht darauf warten.

»Was? Der wollte dich testen? Aber warum?«, regte sich Ally auf und sah mich mit großen Augen an.

Hal lehnte sich in ihrem Stuhl zurück und verschränkte die Arme vor der Brust. »Ich bin gespannt. Erzähl!«

Zuerst berichtete ich ihnen, wie Callum Strayton am Freitagabend in meinem Laden aufgetaucht war und den Strauß bei mir bestellt hatte. »Und dabei hat er mich die ganze Zeit glauben lassen, er würde am nächsten Tag heiraten. Ich habe ihn gefragt, welche Farben seine Verlobte bevorzugt, so wie ich das immer mache, und er hat geantwortet, als gäbe es da tatsächlich eine Braut, die ihn heiraten will.«

»So ein Blödmann!« Hal sah finster zu mir rüber, so als trüge ich eine Mitschuld. Aber ich wusste, dass sie oft einen solchen Blick aufsetzte, sobald man ihr etwas erzählte, was ihr nicht gefiel. Auch wenn das nicht persönlich gemeint war. »Du hast ihm hoffentlich ordentlich die Meinung gesagt.«

»Ja, das hoffe ich auch. Aber jetzt erzähl erst mal, wie du rausbekommen hast, dass er nicht heiraten will«, forderte Ally mich auf, und ich konnte die Neugier in ihrem Gesicht ablesen.

Ich trank noch rasch einen Schluck von dem Pfefferminztee und stellte die Tasse dann zurück auf den Tisch. »Ich bin heute Morgen um neun Uhr im Hotel gewesen … «

»In welchem Hotel?«, unterbrach mich Ally und sah mich fragend an.

»Im *Tobers*«, klärte Hal sie ungeduldig auf.

»Oh!«

»Ja, genau: oh!«, erwiderte ich. »Jedenfalls bin ich am Empfang gleich belehrt worden, dass keine Hochzeitsgäste im Hotel untergebracht seien. Ich habe dann gefragt, ob man denn einen Callum Strayton im *Tobers* kenne. Da hat Monica angefangen, so komisch herumzudrucksen. Und jetzt haltet euch fest!«

Meine beiden Freundinnen sahen mich voller Anspannung an, was mich zum Schmunzeln brachte.

»Callum Strayton ist der neue Geschäftsführer, den Matt eingestellt hat. Ihr erinnert euch?«

Ally sah mich mit hochgezogenen Augenbrauen an, aber Hailey wusste sofort, von wem ich sprach, und fing an zu lachen, ehe sie sagte: »Klar! Er hat uns erzählt, dass er einen eingebildeten Kerl aus London für die Stelle genommen hat. Das passt ja zu dem Maserati und dem Vorfahrtnehmen!«

Grinsend nickte ich. »Ganz genau! Und er wollte mich testen, ob ich für das Angebot geeignet bin, das er mir anschließend unterbreitet hat.«

Ally klatschte zweimal in die Hände. »Dabei hätte er sich doch einfach eine Braut suchen können.«

Hal lachte laut auf. »Oder er hätte unsere Lin fragen können.«

Wir kicherten ausgelassen. Ally wurde als Erste wieder ernst. »Das hört sich aber wirklich gut für dich an.«

»Ist es auch«, entfuhr es mir, und ich erklärte den beiden, was wir besprochen hatten und dass ich von nun an das Hotel belieferte. »Nachher bringe ich die erste Bestellung hin.«

»Das ist großartig!« Ally war total begeistert und rutschte unruhig auf ihrem Stuhl herum.

Und auch Hailey freute sich für mich. Doch dann fragte sie mich mit skeptischem Gesichtsausdruck: »Aber den Strauß hast du hoffentlich heute Morgen bezahlt bekommen?«

»Ja, den hat der Kerl anstandslos bezahlt.«

»Noch besser«, entfuhr es Ally. »Hundertfünfzig Pfund für einen Strauß, den niemand braucht. Das ist eine Ausgabe, die er Matt erst mal erklären muss.«

»Von mir erfährt er das nicht«, erwiderte ich leichthin. »Das sollte Strayton schon allein klarstellen, immerhin muss er dafür eine Quittung beim Boss einreichen. Die habe ich ihm jedenfalls ausstellen müssen.«

Hal wiegte den Kopf hin und her. »Dann wird er das sicherlich als Ausgabe absetzen können.«

Kurz schwiegen wir und tranken unseren Tee. Dann besann ich mich dessen, was ich mir vorgenommen hatte.

»Ich muss euch noch etwas gestehen«, begann ich vorsichtig. Meine Stimme zitterte leicht und das Herz schlug viel zu schnell. Sofort hatte ich die Aufmerksamkeit von Ally und Hal. Ein Paar blaue und ein Paar grüne Augen sahen mich neugierig an. »Es geht um Brian«, erklärte ich. Im nächsten Moment veränderte sich die Stimmung meiner Freundinnen. Abwartend und ernst sahen sie mich an. Vermutlich befürchteten sie, dass ich ihnen meinen Herzschmerz klagen wollte. »Ihr müsst euch keine Gedanken machen. Ich bin endgültig über ihn hinweg.«

»Ist das so?«, hakte Hal skeptisch wie immer nach.

»Ja, auf jeden Fall. Ich habe das vorhin bei einem Telefonat mit meiner Mum erkannt, und ich freue mich einfach sehr, dass ich dieses Kapitel meines Lebens endlich hinter mir lassen kann. Das wollte ich euch erzählen.«

Ally hob den Daumen, um mir zu signalisieren, dass sie der gleichen Meinung war wie ich.

Hailey wirkte noch immer skeptisch. »Wie kommst du zu der Erkenntnis?«

Ich musste lächeln, angesichts der Art wie Hal nun versuchte, mich auf die Probe zu stellen. Das war so typisch für sie. Immer skeptisch und auf der Hut. Sie befürchtete stets das Schlimmste, daran hatte auch ihre romantische Beziehung zu Ben nichts verändert. Vermutlich waren ihre Ängste zu tief verwurzelt.

Doch dann hörte ich auf zu lächeln, weil ich mich auf das eigentliche Thema besann, dass ich den beiden erzählen wollte. »Es ist so, dass ich vor einiger Zeit Brians Profil auf Facebook angezeigt bekommen habe.«

»Was?«, entfuhr es Ally. Hektisch richtete sie sich auf. Doch als sie mein Gesicht kurz studiert hatte, entspannte sie sich und stieß im nächsten Moment etwas hervor, das mich stutzen ließ. »Gott sei Dank!«

»Was meinst du damit«, fragte ich sie, weil ich nicht nachvollziehen konnte, warum sie so erleichtert reagierte.

Ally lief hochrot im Gesicht an, so dass sich Hailey gezwungen sah, ihr aus der Patsche zu helfen.

»Ich bin ihm mit dem Account von Granny Lizzy eine Zeitlang gefolgt. Du weißt doch, dass ich damit den Geschäftsaccount vom *Lizzy's* betreue, oder?« Ich nickte wissend. »Deshalb wissen Ally und ich auch, was er gepostet hat. Aber nachdem ich alles auf meinen Account umgestellt habe, ist er mir trotzdem weiterhin angezeigt worden. Offenbar teilt er gern alles mit der ganzen Welt.«

»Oh!« Ich sah beide abwechselnd an. »Ihr habt es die ganze Zeit gewusst?« Meine erste Reaktion war, dass ich mich verraten fühlte.

Auf Allys Gesicht erschien ein schuldbewusster Ausdruck.

Hailey hingegen nickte ernst. »Wir haben es die ganze Zeit gewusst, das mit seiner Freundin, die er schon länger hat, und auch die Hochzeit haben wir mitbekommen.«

Ich sackte ein wenig in mir zusammen. »Warum habt ihr nicht mit mir darüber geredet?«

Hal beugte sich zu mir und legte ihre Hand auf meine. »Wir wollten dir nicht noch mehr weh tun, als dieser Volltrottel es schon getan hat.«

Ich schluckte den Kloß des Verrats hinunter. Sie hatten mich schließlich nicht hintergehen wollen, sie hatten mir nur etwas nicht erzählt, um mich zu schützen. »Okay, das verstehe ich.«

»Wirklich?«, hakte Ally nach und legte ihre Hand auf Haileys.

»Wirklich ... Auch wenn es im ersten Moment gerade ein komisches Gefühl war«, gestand ich.

Hal suchte meinen Blick. »Wir wollten dir nichts verheimlichen, sondern dich nur schützen. Du hast so gelitten, als er dich verlassen hat. Deshalb wollten wir nicht dafür sorgen, dass es dir noch schlechter geht.«

Ich nickte tapfer. »Ich weiß. Damals hätte ich es wahrscheinlich nicht so locker weggesteckt wie jetzt.«

»Seit wann weißt du es?« Ally sah mich fragend an.

»Ich habe das mit der anderen schon ein paar Wochen nach unserer Trennung erfahren.«

»Was? Und warum hast *du* nie was zu uns gesagt?«, regte sich Hal auf.

Ich zuckte mit den Schultern. »Es war mir peinlich, dass er mich für jemand anderen verlassen hat«, gab ich flüsternd zu. Im nächsten Moment fand ich mich in einer Umarmung meiner beiden Freundinnen wieder.

»Das muss dir nicht peinlich sein. Ihm muss es peinlich sein, weil er so hinterlistig und intrigant war. Dieser Idiot hat eine so tolle Frau wie dich nicht verdient«, hörte ich Hailey dicht an meinem Ohr sagen.

»Ganz deiner Meinung!«, pflichtete Ally ihr bei.

Ich schwieg. Was hätte ich auch sonst tun sollen? Ihn in Schutz nehmen? Meinen Freundinnen beipflichten? Gehörten nicht immer zwei dazu, dass eine Beziehung zu Ende ging? Falls das stimmte, dann traf mich eine Mitschuld, auch wenn ich bis heute nicht wusste, welche. Warum? Weil er mir nie die Chance gegeben hatte zu erfahren, was mit mir nicht stimmte.

Irgendwann lösten wir uns.

»Jedenfalls habe ich eben meiner Mutter davon erzählt, als sie vorschlug, ich solle mich doch noch mal bei Brian melden. Sie ist aus allen Wolken gefallen. Und als ich gesagt habe, es sei vorbei, ich sei über ihn hinweg, da war mir plötzlich klar, dass es die Wahrheit ist. Genau das ist es, was ich fühle. Er ist mir egal. Ich bin über ihn hinweg«, verkündete ich, um das Thema auch hier an diesem Tisch abzuschließen. Meine Freundinnen nickten wohlwollend, und Ally grinste uns herausfordernd an.

»Da wir das nun geklärt haben und ja alle heute früher Feierabend machen, können wir ja über das reden, was wir in diesem Monat lesen wollen. Neuer Monat, neues Buch. Ihr wisst schon«, sagte sie und wackelte mit den Augenbrauen.

Ich war ihr dankbar, dass sie auf ein anderes und unverfänglicheres Thema ablenkte.

Da wir drei einen Buchclub hatten und uns immer für ein Buch entschieden, dass wir innerhalb eines Monats gemeinsam lesen wollten, kam ich viel öfter dazu, meine Nase in einen Roman zu stecken als früher. Hailey, diejenige unter uns, die am wenigsten las, hatte seitdem zumindest ein Lesepensum, dass sie erreichen musste und auch wollte. Außerdem machte es total Spaß, mit meinen Freundinnen über die gelesenen Romane zu sprechen. Es war erstaunlich, wie unterschiedlich wir auf die Geschichten reagierten und was wir aus ihnen mitnahmen. Dieser Buchclub war eigentlich Allys Steckenpferd gewesen, aber mittlerweile war ich froh, dass sie uns damals überredet hatte, ihn zu gründen.

»Jetzt sag nicht, dass du Bücher mitgebracht hast!« Hal sah sie kopfschüttelnd an und grinste.

»Wann schleppe ich mal nicht Bücher mit mir rum?«, stellte Ally die Gegenfrage.

»Na, dann erzähl mal, welche Bücher zur Auswahl stehen«, forderte Hailey sie auf und setzte sich wieder auf ihren Stuhl.

Erst jetzt bemerkte ich die Tragetasche, die Ally offenbar mitgebracht hatte. Sie zog vier verschiedene Bücher aus dem Beutel und legte sie vor sich auf den Tisch. »Das hier ist eine Biographie von einer Umweltaktivistin, die erklärt, wie sie schon vor mehr als zwanzig Jahren angefangen hat, für eine saubere Welt zu kämpfen.« Ally reichte das Buch an mich weiter, ehe sie fortfuhr. »Das hier ist der neueste Thriller von Stacey Storx. Den ersten Thriller der Autorin habe ich im Frühjahr Tally für ihre Mutter empfohlen, und sie war begeistert. Erinnert ihr euch?«

Tally war eine der vielen Saisonarbeiterinnen, die zur Touristenzeit hier auf der Insel eine Arbeitsstelle gefunden hatten. Doch nicht nur das, sie hatte sich in Toni, unseren Schulfreund, verliebt, und die beiden erwarteten nun ganz unverhofft ihr erstes Kind.

»Ich kann mich zwar nicht erinnern, dass du Tally ein Buch empfohlen hast, aber ich habe den Thriller auch gelesen und fand ihn super!« Hal nickte begeistert.

»Ach ja, stimmt!« Ally lächelte und freute sich sichtlich über Haileys Begeisterung. Dann reichte sie das nächste Buch weiter. »Und hier ist was fürs Herz. Ein Roman über die Liebe, die man nicht findet, wenn man sie sucht, aber auf dem Silbertablett überreicht bekommt, wenn man sie nicht will.«

Diese Beschreibung brachte uns alle zum Lachen. Neugierig griff ich danach. »Hört sich witzig an. Und was ist dein letzter Vorschlag?«

Ally grinste verschmitzt. »Ein Zeitreiseroman. Mal was ganz anderes.«

»Fantasy?«, fragte Hal mit einem Gesicht wie sieben Tage Regenwetter.

Ich hingegen war begeistert. »Ich liebe Zeitreiseromane! Wann und wo spielt der?«

»Diese Geschichte beginnt in unserer Zeit, und die Protagonistin reist zurück ins Jahr 1349. Das Ganze spielt in Irland«, klärte Ally mich auf.

Sofort grapschte ich mir das Buch mit dem schönen grünen Cover und den floralen Ornamenten. Passenderweise war darauf auch eine Uhr zu sehen. »Das lese ich auf jeden Fall. Aber wir können gern den Thriller für alle nehmen.« Nachsichtig blickte ich zu Hailey.

»Ja, bitte!«, flehte sie und lächelte mich dann dankbar an. »Noch was fürs Herz halte ich echt nicht aus. Ich brauche mal wieder etwas Blutrünstiges.«

»Dann könnten wir doch auch mal einen Vampirroman lesen«, schlug ich vor, obwohl ich ganz genau wusste, dass Hailey vermutlich lieber tot umfallen würde, als so einen romantischen Kram zu lesen.

»Niemals!«, stieß sie auch sogleich hervor.

Grinsend schlug ich den Zeitreiseroman auf und las die ersten drei Sätze. Der Schreibstil gefiel mir, und ich freute mich schon, das Buch bei einem leckeren Tee und einer brennenden Duftkerze auf meinem Sessel lesen zu können.

»Gut, dann also der Thriller.« Ally holte noch ein zweites Buch davon hervor und legte es vor mich auf den Tisch. Hailey hielt ihr Exemplar fest umklammert und schob die anderen Bücher weit von sich. »Schon gut, die sind nicht giftig«, zog Ally

Hal auf und steckte die Biographie und den Liebesroman wieder in ihren Beutel.

Ich las zwar auch gern Thriller, aber auf den Zeitreiseroman freute ich mich noch viel mehr. »Danke, für deine tollen Tipps, Ally. Geld bekommst du morgen.« Eigentlich schoben wir oft unser Geld hin und her, weil wir immer bei den anderen beiden einkauften. Manchmal schrieben wir auch einfach auf, was die eine der anderen schuldete, und verrechneten es dann.

Sie winkte ab. »Immer mit der Ruhe.«

»Schade, dass wir hier auf der Insel leben.« Als ich die Gesichter von Hal und Ally erblickte, stoppte ich und fügte anschließend erklärend hinzu: »Nein, versteht mich nicht falsch. Ich lebe hier total gern. Aber manchmal wäre das Festland doch besser.«

»Wie meinst du das?«, fragten meine beiden Freundinnen fast zeitgleich.

»Na ja, so eine Lesung mit einer Autorin oder einem Autor wäre doch auch nicht schlecht. Aber auf die Isle of Mull wird sich so schnell keiner verirren.«

Ally nickte bekräftigend. »Das stimmt. Und wenn, dann nur mit dem entsprechenden finanziellen Anreiz. Das bekomme ich niemals durch verkaufte Bücher rein. Von daher habe ich so was bisher auch nicht in meinem Buchladen organisiert.«

»Verständlich. Wer will schon draufzahlen?«, erwiderte Hal.

Die nächste Stunde sprachen wir noch über alles Mögliche und widmeten uns dann der weiteren Planung von Allys und Jamies Hochzeit, die im Mai stattfinden sollte. Hailey hatte jede Menge Hochzeitsmagazine organisiert, die wir zusammen durchblätterten.

Ich ertappte mich dabei, wie ich immer wieder andächtig über das grüne Cover des Buches strich. Sobald ich die Blumen an das Hotel geliefert hatte, würde ich es mir damit gemütlich machen.

* * *

Dienstag, 05. Dezember

An diesem Morgen trat ich gut gelaunt aus meinem Laden, in den Händen einen Karton mit Blumensträußen, den ich hoch zum Hotel bringen wollte. Ich hatte mich dazu entschieden, weiße Moosröschen und viel Grün zu verwenden, so passten sie mit Sicherheit in jedes Zimmer. Denn bei der Planung war mir klar geworden, dass ich gar nicht wusste, ob die Räume für die Gäste alle gleich oder unterschiedlich eingerichtet waren. Matt hatte uns zwar eins der Zimmer mal gezeigt, als er kurz vor der Eröffnung des *Tobers* stand, aber mehr hatte ich von den Zimmern nicht mitbekommen. Ich hoffte, dass die Blumendekoration im Sinne des neuen Hoteldirektors war – zur ersten Runde vom Samstag hatte ich bisher keine Rückmeldung erhalten.

Das ganze Wochenende hatte ich mit Lesen verbracht. Der Zeitreiseroman war toll gewesen. Bereits am Sonntagnachmittag war ich damit fertig geworden. Und weil ich dann noch Zeit und Muße zum Lesen gehabt hatte, hatte ich mich anschließend auf unseren Buchclub-Thriller gestürzt. Zwischenzeitlich hatte mich ein schlechtes Gewissen gequält, weil ich die Zeit auch dazu hätte nutzen können, meine Eltern für ein oder zwei Stunden zu besuchen. Aber nachdem ich mit neuer Kraft in die

Woche gestartet war, zweifelte ich nicht mehr an der Richtigkeit eines entspannten Wochenendes. So etwas gönnte ich mir viel zu selten.

Da ich heute mal wieder ein Kleid mit einem offenen Mantel darüber trug, war ich froh, dass es nicht regnete. Ich ging am Hafenbecken entlang, in dem trotz der niedrigen Temperaturen immer noch kleine Boote vertäut waren, und erfreute mich der Sonnenstrahlen, die das Wasser glitzern ließen, als wäre es von klitzekleinen Diamantsplittern bedeckt. Gerade war die Fähre aus Kilchoan angekommen, aber Anfang Dezember verirrten sich nur noch wenige Touristen auf die Insel. Zeit zum Durchatmen, sagte Hailey immer. Aber für uns Ladenbesitzer eben auch eine Zeit der Flaute.

Als ich am *Lizzy's* vorbeiging, waren die Scheiben des Cafés beschlagen von den vielen Menschen, die sich dort aufhielten. Offenbar konnte sich Hal nicht über zu wenig Kundschaft beklagen. Der Laden war rappelvoll von Gästen, die gerade ihr Frühstück zu sich nahmen. Oft kamen auch Arbeiter, die im Café ihre Pause verbrachten, oder eben Inselbewohner, die sich im *Lizzy's* trafen, um gemeinsam einen Plausch zu halten.

Ich ließ das Café hinter mir und ging den Rest der Straße hinunter, bis ich an das schmiedeeiserne Tor kam, das hoch zum Hotel führte. Es war ein bisschen kniffelig, mit dem Karton hindurchzutreten, ohne irgendwo hängen zu bleiben, aber letztendlich gelang es mir. Nur eine Strähne meines roten Haares, das ich heute offen trug, verfing sich am Zaun, die ich jedoch nach kurzem Ziehen losmachen konnte.

Mittlerweile haderte ich mit meinem Entschluss, die Blumen zu Fuß zum Hotel zu bringen. Doch mit dem Auto hätte ich länger gebraucht, weil ich einen riesigen Umweg hätte fahren müssen, da es mal wieder vor Baustellen wimmelte. Die Insel-verwaltung nutzte die Wintermonate immer dazu, die Straßen instand zu setzen, so auch dieses Jahr.

Der Weg hinter dem Tor war ausgetreten und führte bergauf. Hin und wieder waren schon vor vielen Jahrzehnten einige Stufen eingelassen worden. Diesen Weg benutzten nur Einheimische oder Menschen, die ein paar Tage länger im Hotel verbrachten. Oben angekommen, holte ich erst einmal tief Luft. Ich sollte unbedingt mal wieder Sport treiben. Ich war zwar nicht so sehr ein Sportmuffel wie Ally, doch am Laufen konnte ich auch nicht annähernd so viel Freude empfinden wie Hailey. Aber meine Fitness ließ wirklich zu wünschen übrig. Vielleicht konnte ich mich ja hin und wieder zu einer Walking-Einheit durchringen oder auf den Ben More, den höchsten Berg auf der Insel, wandern. Von dort oben hatte man einen phänomenalen Ausblick, der einen dafür entschädigte, die neunhundertsechsundsechzig Höhenmeter überwunden zu haben.

Als ich wieder normal atmen konnte, betrat ich das Foyer des Hotels. Entzückt stellte ich fest, dass die Weihnachtsdekorationen noch ein bisschen mehr geworden waren. Ich liebte Weihnachten und all den Kitsch, den die Feiertage mit sich brachten. Alles wirkte hier einladend, und würde ich nicht ohnehin auf der Insel wohnen, würde ich sofort hier meine Urlaubs- und Weihnachtstage verbringen wollen. Große Schleifen, Mistelzweige und weiß-rote Stangen waren an meinen Tannengirlanden befestigt worden, und in der Mitte des weit umfassenden Raums stand jetzt ein Weihnachtsbaum mit wunderschönen Kugeln daran.

Nachdem ich mich genügend umgesehen hatte, blickte ich zur Rezeption. Monica war heute nicht dort, und auch von Esther

McKay war nichts zu sehen. Das verwunderte mich, sollte nicht immer jemand am Empfang sitzen? Stattdessen stand dort eine Klingel, neben der ein Schild angebracht war, dass man läuten solle, wenn man jemand vom Hotelpersonal sprechen wolle.

Ich zuckte mit den Schultern und ließ die Hand flach auf die Klingel knallen, so dass sie ein altmodisches Läuten von sich gab. Schon als Kind hatte ich diese Dinger geliebt. Und in diesem Moment musste ich dem kindlichen Drang widerstehen, einfach grundlos mehrmals auf das metallene Teil zu hauen. Angesichts meiner albernen Gedanken musste ich schmunzeln.

In genau diesem Moment kam Callum Strayton den Gang entlang und erwischte mich mit dem dümmlichen Grinsen im Gesicht.

Wie immer sah er aus, als wäre er einem *GQ*-Magazin entsprungen. Maßgeschneiderter Anzug, fein säuberlich frisiert und glattrasiert. Mit durchdringendem, ernstem Blick sah er mich an, und ich bewunderte mal wieder diese auffallend türkisgrünen Augen.

»Guten Morgen, Mrs. Bloom. Sie scheinen ja richtig gute Laune zu haben.« Er lächelte höflich, aber ich war mir sicher, dass das Lächeln seine Augen nicht erreichte.

Wie schon die Male zuvor machte er auch heute auf mich den Eindruck, dass sich hinter dem Anzug und seinem blitzsauberen Auftreten ein Mann verbarg, der sich Gefühle nicht zugestand. Im Grunde genommen konnte er mir leidtun, aber dennoch verletzte mich seine Distanziertheit. Diese Reaktion meinerseits verwirrte mich, was dazu führte, dass ich dem Mann, der nun zu mir trat, nicht antwortete.

Mit in Falten gelegter Stirn sah er mich an. »Alles in Ordnung?«

Ich blinzelte und sagte rasch: »Ja, alles okay. Ich habe mich nur gefragt, wo Monica heute Morgen abgeblieben ist.«

Mr. Strayton machte ein Gesicht, als hätte er in eine Zitrone gebissen. »Oh ja. Mrs. Andrews und auch Esther McKay haben sich beide krankgemeldet.«

Interessant. Vor nicht einmal einer Woche hatte er das Ruder übernommen, und schon meldeten sich zwei Festangestellte krank.

»Sicherlich nicht so schön für Sie, wenn Sie nun auch noch den Empfang übernehmen müssen, oder?«, hakte ich nach und beobachtete seine Reaktion auf meine Frage.

Er schüttelte den Kopf. »Glauben Sie mir, dass es mir lieber ist, die beiden bleiben daheim und kurieren ihren Magen-Darm-Infekt aus, als dass sie mir die anderen Mitarbeiter oder vielleicht sogar Gäste anstecken. Und nachher kommen die Leute, die im Restaurant arbeiten, und ich werde einen Teil der Pflichten an sie abgeben. Das klappt schon irgendwie.« Dann sah er den Karton und kam zu mir, um ihn mir abzunehmen. »Die Blumen, nehme ich an?«

Seine Finger berührten meine, als Callum danach griff. Beinah hätte ich die Hand weggezogen, weil es sich anfühlte, als hätte ich mich verbrannt. Doch ich ließ mir nichts anmerken und registrierte, dass er es war, der seine Hand zuerst wegzog, zusammen mit dem Karton.

»Ja, das sind sie«, antwortete ich und trat einen Schritt zurück. Dabei stieg mir sein Duft in die Nase. Er roch frisch. Vielleicht nach Kiefern? »Ich ... ich habe die Arrangements in einfachem Grün und Weiß gehalten, so dass sie neutral sind und zu jeder Inneneinrichtung passen.« Irgendwie hörte sich das so unsinnig an und erinnerte mich an *Baby* aus *Dirty Dancing,* als sie zu dem Tanzlehrer sagt, dass sie eine Wassermelone getragen hat.

Callum bekam von meinen unreifen Gedanken glücklicherweise nichts mit und stellte den Karton auf den Tresen, ehe er mich wieder mit diesem distanzierten, aber höflich unverbindlichen Gesichtsausdruck ansah. »Das hört sich gut an. Die Rechnung liegt im Karton?«

Rasch nickte ich.

»Sehr gut, dann werde ich Sie nicht länger aufhalten als nötig.« Wieder schenkte er mir ein neutrales Nicken und entließ mich damit offensichtlich aus dem Gespräch.

Eigentlich hatte ich vorgehabt, ihn noch darum zu bitten, mir die einzelnen Zimmer des Hotels zu zeigen, aber nun fühlte ich mich so unwohl, dass ich so schnell wie möglich hier rauswollte.

»Dann bis Donnerstag, Mr. Strayton«, verabschiedete ich mich und wartete seine Antwort nicht ab. Er sagte auch nichts mehr, bis ich durch die Tür trat.

Draußen wehte mir ein leichter Wind durch die Haare, und ich atmete erst einmal tief durch.

Warum war die Situation zwischen uns beiden jedes Mal so angespannt?

Warum schafften weder ich noch Callum Strayton es, unbefangen miteinander umzugehen?

Vielleicht war er einfach nicht der Typ für normale Dialoge?

Vielleicht war er aber auch einfach ein Londoner Schnösel, so wie ihn Matt schon vor Wochen beschrieben hatte.

* * *

Kurz vor vier Uhr schloss ich mit einem Lächeln, das alle draußen willkommen heißen sollte, meinen Laden wieder auf. Wochentags hatte ich bis fünf Uhr nachmittags geöffnet, so wie alle anderen Geschäfte in der Main Street auch. Doch heute hatte ich schon zwei Stunden früher geschlossen, denn vor dem Bastelkurs mit den Kindern hatte ich noch einiges vorbereiten müssen. Die Woche war an sich ruhig gewesen, aber die Vorbereitungen für den Bastelkurs konnte ich erst nach Geschäftsschluss machen. Ich hatte einen Tisch und Stühle platziert, das Bastelmaterial daraufgelegt und zwei Kannen Tee gekocht, den ich den Kindern zusammen mit Plätzchen anbieten wollte, die ich gestern gebacken hatte.

Draußen standen bereits drei Mütter und unterhielten sich, während zwei Mädchen von sieben Jahren Fangen spielten und etwas abseits ein Junge stand, der mürrisch mit dem Fuß einen Kieselstein wegtrat. Der kleine Kerl, bei dem es sich um den achtjährigen Kenny handelte, sah nicht gerade glücklich aus, dass er heute mit mir basteln sollte. Ich nahm mir vor, ihn besonders einzubinden und ihm die Scheu oder den Unwillen vor der anstehenden Tätigkeit zu nehmen. Irgendwie würde mir das schon gelingen. Für Kinder hatte ich ein gutes Händchen. Kenny kannte ich von etlichen Einkäufen seiner Mutter in meinem Laden. Ich war also keine Fremde für ihn.

»Guten Abend!«, begrüßte ich die sechs Leute, die mich sogleich anschauten, als ich die Tür aufzog und das Glöckchen über meinem Kopf bimmelte.

»Hallo, Lin!«, riefen die beiden Mädchen im Chor. Sie trugen rosafarbene Jacken und hatten unzählige Spangen im Haar, die im Schein der Straßenbeleuchtung glitzerten. Emily und Lea waren bereits bei einem anderen Bastelkurs vor ein paar Wochen dabei gewesen und freuten sich offenkundig auf die nächsten Stunden.

Der Junge war im Gegensatz zu den Mädchen in dezenten Blautönen gekleidet und brummte etwas Unverständliches, als er vor den anderen an mir vorbeiging und sich an den Tisch setzte. Sein dunkles Haar war zerzaust, und als er die Arme vor der Brust verschränkte, wurde mir klar, dass es nicht so einfach werden würde, ihn von mir und dem Kurs zu überzeugen.

»Oh ja, den habe ich auch schon zu Gesicht bekommen. Der ist echt heiß!«, hörte ich in diesem Moment Soraya, die Mutter von Kenny, sagen. Die hübsche dunkelhaarige Frau mit indischer Abstammung fächelte sich gespielt Luft zu und brachte mich damit zum Grinsen.

Soraya war von ihrem Mann verlassen worden, weil er angeblich ihre Familie nicht mehr ertrug, die hin und wieder zu Besuch kam. Meiner Meinung nach – oder lag es an den Erfahrungen, die ich mit Brian gemacht hatte? – steckte da mehr dahinter. Ich kannte aber keine Einzelheiten. Die Leute erzählten viel, während sie darauf warteten, dass ich ihnen einen Strauß band. So hatte ich auch erfahren, dass der Vater von Kenny seit seinem Weggang angeblich kein Interesse mehr an seinem Sohn gezeigt und ihn bis heute kein einziges Mal mehr besucht hatte.

Kristin hingegen hatte den werdenden Vater schon während ihrer Schwangerschaft rausgeschmissen und war schon immer alleinerziehend. Ich war neugierig, von wem diese drei so unterschiedlichen Frauen sprachen.

Emilys Mutter Agnes kicherte verhalten, während die Dritte erwiderte: »Ich gehe am Sonntag zum Brunch ins Hotel.«

»Was? Aber doch nicht extra wegen des neuen Hoteldirektors, oder?«, fragte Soraya sofort und grinste über das ganze Gesicht, als wüsste sie etwas, das ich noch nicht erfasst hatte.

Schlagartig hatten die Frauen meine komplette Aufmerksamkeit auf sich gezogen. Sie sprachen von Callum Strayton! Oder irrte ich mich? Dann überlegte ich, ob die gesagten Worte auf ihn zutrafen. Ja, eindeutig! Er war heiß. Aber machte man so etwas heute überhaupt noch? Sich so über einen anderen Menschen auszulassen? Als Frau wollte ich nicht zu einem Sexobjekt degradiert werden. Deshalb war es sicherlich politisch nicht korrekt, wenn die drei Mütter so über Callum sprachen. Schließlich hatten Männer die gleichen Rechte wie wir und sollten nicht nur auf das Aussehen reduziert werden.

Die blonde Kristin, Leas Mutter, lächelte triumphierend. Sie war hübsch, passte in das Beuteschema vieler Männer und schien selbst vielen verschiedenen Typen gegenüber aufgeschlossen. Allerdings hatte sie einen so hohen Verschleiß an Männern, dass sie kaum noch jemanden auf der Insel fand, der es ernsthaft mit ihr versuchen wollte. Jedem Mann in Tobermory war klar, dass Kristin nicht auf der Suche nach etwas Dauerhaftem war. Jedenfalls war das der Eindruck, den ich inzwischen von Kristin hatte.

»Na klar!«, sagte sie. »Ich bin ungebunden und auf der Jagd. Der Kerl ist eine echte Sahneschnitte, und soweit ich weiß, ist er Single. Was spricht dagegen, die Lage ein wenig zu sondieren und anschließend Spaß mit diesem Adonis zu haben? Komm doch mit.« Es war offenbar, so wie ich es mir gedacht hatte. Kristin gab es offen zu, dass sie auf Beutetour war. Jetzt verstand ich, worum es bei diesem Gespräch ging. Junger, ungebundener Mann kommt auf die Insel, und alle alleinstehenden Frauen im heiratsfähigen Alter stürzen sich auf ihn ... Vor allem der männermordende Vamp Kristin. Und ich musste zugeben, sie würde Callum sicherlich sofort optisch auffallen.

»Okay, aber nur, wenn ich Kenny mitbringen kann. Wann sollen wir uns treffen?«, fragte Soraya, jedoch klang ihre Stimme nicht gerade enthusiastisch. Auch sie war ungebunden und offenbar neugierig auf Mr. Strayton, sonst hätte sie bestimmt nicht zugesagt. Oder irrte ich mich da, und Soraya war ein Mensch, der schlecht nein sagen konnte?

Oh Mann, wie ausgehungert die Frauen auf der Insel nach Männern waren. Peinlich, wie Kristin sich benahm. Oder war ich da einfach nur zu altmodisch? Für mich hatten Sex und Liebe schon immer zusammengehört. Das eine gab es für mich nicht ohne das andere.

»Na klar, bring ihn mit. Der wird sich doch auch allein beschäftigen können, oder?«

Sorayas Stirn legte sich in Falten. »Vielleicht kann er ja auch irgendwo zum Spielen hingehen.«

»Super, dann bin ich nicht allein, und es sieht nicht allzu auffällig aus. Ich gehe um elf Uhr hin. Lea ist bei ihrem Dad.« Kristin sah zu der dritten Frau rüber, die im Gegensatz zu den anderen beiden recht still war. »Und du, Agnes?«

Rasch schüttelte sie den Kopf. »Nein, das ist ein Adventssonntag. Da bin ich lieber zu Hause bei meiner Familie.«

Kristin warf Soraya einen Blick zu, den ich nicht deuten konnte. Im Gegensatz zu den beiden war Agnes mit ihrer Sandkastenliebe Daniel verheiratet und das sehr glücklich. Deshalb war es nicht weiter verwunderlich, dass sie nicht mitwollte. Agnes war mir von den dreien die Liebste. Sie war intelligent und zuverlässig und wollte nicht ständig im Mittelpunkt stehen. Da sie zwei Jahre älter war als ich, hatte sie mir damals in Mathematik Nachhilfe gegeben. Und das mit Erfolg. Meine Noten hatten sich unter ihrer Anleitung schnell verbessert.

Plötzlich sah Kristin zu mir. »Und du, Lin? Du könntest auch mitkommen. Du bist doch auch Single! Eine Dunkelhaarige, eine Blondine und eine Rothaarige. Da hat der Mann dann die Qual der Wahl.« Sie stieß ein Gackern aus, das mich dazu veranlasste, den Kopf zu schütteln.

»Nein, danke. Aber euch wünsche ich viel Spaß.« Nach kurzem Zögern fügte ich noch hinzu: »Und einen grandiosen Erfolg bei der Männerjagd.« Auf keinen Fall wollte ich mich den beiden anschließen. Eine Auswahl an Frauen für den neuen Mann auf der Insel ... Das klang mittelalterlich, und das würde ich auf keinen Fall unterstützen.

Ich hatte es nicht beabsichtigt, aber mit dem Wort Männerjagd brachte ich die anderen Frauen zum Lachen. Geduldig wartete ich ab, bis sie sich von ihrem Lachanfall erholt hatten. »Holt die Kids bitte um acht Uhr wieder ab«, ermahnte ich die Mütter, genau in dem Moment als ein Pärchen zu uns stieß und seine Tochter nach vorne in meine Richtung schob.

Kristin nickte und hakte sich bei Soraya ein, ehe sie diese von mir wegzog. Agnes lächelte verhalten und hob die Hand zu einem Abschiedsgruß, dann folgte sie den anderen beiden zu den parkenden Autos.

»Na, wer bist du denn?«, fragte ich das Mädchen, das gerade eingetroffen war, und ging in die Knie, um mit ihr auf einer Augenhöhe zu sein. Ich wusste zwar, wer die Eltern waren und wie sie hieß, aber da sie noch nie bei mir in einem der Bastelkurse mitgemacht hatte, gab ich ihr so die Gelegenheit, sich mit mir vertraut zu machen.

Schüchtern sah sie mich an. »Amber.«

»Hi, Amber. Ich bin Lin.«

Ein zaghaftes Lächeln legte sich auf die Lippen des Kindes. »Ich weiß.«

»Das weißt du? Kannst du hellsehen?« Ich machte ein schockiertes Gesicht und legte die Hand auf meine Brust, als müsste ich mich von diesem Schrecken erst einmal erholen. Damit erntete ich ein Kichern von dem Mädchen. »Wenn du magst, kannst du schon reingehen. Auf dem kleinen Tisch steht für jeden eine Flasche Wasser, und Hailey vom *Lizzy's* hat mir ein paar ihrer berühmten Cookies für euch gebracht.«

Der Bann war gebrochen, und Amber verabschiedete sich lächelnd und gelassen von ihren Eltern. Danach hopste sie zu den anderen beiden Mädchen, die ihr entgegensahen und sie zu sich winkten.

»Danke, Lindsay.« Ambers Vater sah mich lächelnd an. Er hatte die gleichen rotbraunen Locken wie seine Tochter.

»Keine Ursache«, wiegelte ich ab und richtete mich wieder auf. »Ich habe euch zu danken, dass ihr mir euren Goldschatz anvertraut.«

Ambers Mutter Nola sah mich mit diesen traurigen Augen an, die sie hatte, seit bei ihrer Tochter ein Herzfehler festgestellt worden war. Das Paar hatte es nicht leicht gehabt, seit ihr Kind auf die Welt gekommen war. Sie alle hatten eine schwere Zeit hinter sich. Schon früh nach der Geburt hatten die Ärzte eine Diagnose für Amber gehabt. Aber bis sie medikamentös richtig eingestellt worden war und ein ganz normales Leben führen konnte, war fast ein Jahr vergangen, und immer wieder mussten sie zu Tests und Untersuchungen nach Glasgow ins Herzzentrum fahren. Umso schöner war es für mich, dass sie ihrer Tochter erlaubten, den Kurs bei mir mitzumachen. Bestimmt fiel es den Eltern nicht leicht, ihren kleinen Sonnenschein fremden Menschen anzuvertrauen. Mir würde es da sicherlich nicht anders ergehen.

Nachdem ich mich auch von den beiden verabschiedet hatte, trafen auch noch die restlichen Mädchen mit ihren Eltern oder Großeltern ein. Der Abend konnte beginnen.

Ich freute mich schon auf den Kurs. Die Mädchen glühten ohnehin schon alle vor Begeisterung, und auch den einzigen Jungen in der Runde würde ich noch dazu bringen, dass es ihm Spaß machte.

Ich hatte mich entschlossen, mit ihnen Weihnachtssterne aus Butterbrottüten zu basteln. Das war schnell und unkompliziert, und die Kinder hatten etwas, das sie gleich zu Hause ihren Eltern zeigen konnten. Anschließend wollte ich mit den Kids noch ein Bild aus Trockenblumen erstellen. Dafür hatte ich passende Rahmen besorgt und die getrockneten Blumen der letzten Wochen sortiert und auf dem Tisch verteilt. Das Bild konnten sie dann gemeinsam mit mir am Ende des Abends einpacken und den Eltern oder anderen Verwandten zu Weihnachten schenken. Das würde sicherlich allen Spaß machen und für zufriedene Gesichter bei den Kindern sorgen.

4

Gun dìonadh sibh Dia agus an taigh leotha!
– *Gott schütze Euch und Euer Haus!* –

Der Abend mit den bastelnden Mädchen und dem einen ganz speziellen Jungen, der eigentlich nicht hatte da sein wollen, war anstrengend gewesen. Jetzt, wo ich fast alle Kinder wieder in die Obhut ihrer Eltern gegeben hatte, war ich wirklich müde. Klar, es hatte Spaß gemacht, aber der kleine Kenny hatte immer wieder meine besondere Aufmerksamkeit gefordert. Ich hatte mein Bestes gegeben, aber der Junge war unmotiviert und schlecht gelaunt in meinen Kurs gestartet.

Nun saß er auf einem der Stühle, war schon fix und fertig angezogen und wartete, dass seine Mutter ihn abholte. Ich sah auf die Uhr. Es war bereits viertel vor neun.

»Mach dir keine Sorgen. Bestimmt kommt deine Mum gleich«, sagte ich zu ihm, als ich gerade das Licht im Hinterzimmer ausmachte. Doch das beruhigte ihn nicht wirklich, stattdessen fing er an zu weinen. Rasch überwand ich die Distanz zu ihm und legte ihm eine Hand auf die Schulter, in der Hoffnung, dass ihn das beruhigen würde. »Hey, nicht weinen. Manchmal verspäten wir Erwachsene uns.«

Heftig schüttelte er den Kopf. »Sie kommt andauernd zu spät.«

Was sollte ich darauf antworten? Ich konnte diese Behauptung nicht entkräften, so gut kannte ich Soraya nicht.

»Vielleicht braucht sie eine neue Uhr?«, versuchte ich die Situation mit einem Scherz aufzulockern.

»Ich ... ich ... Sie mag mich nicht.«

Schockiert riss ich die Augen auf. »Wie kommst du denn darauf? Mütter mögen ihre Kinder immer.« Doch in dem Moment, da ich diesen Satz ausgesprochen hatte, wurde mir klar, dass es eine glatte Lüge war. Man musste nur Haileys Mutter ansehen, die ihre Kinder beinah hatte verhungern lassen. Mütter waren nicht immer selbstlos und liebend. Leider. »Warte kurz, ich ruf deine Mum mal an und frage, wo sie bleibt. Okay?«

Tapfer nickte er und wischte sich mit dem Handrücken über die Augen. Er tat mir schrecklich leid. Für Kinder war es immer schlimm, wenn sie sich nicht auf ihre Eltern verlassen konnten. Selbst wenn es dabei nur darum ging, dass sie pünktlich zur vereinbarten Uhrzeit am richtigen Ort waren.

Besorgt blickte ich erneut auf die Uhr. Schon wieder war beinahe eine Viertelstunde vergangen. Also wählte ich die Nummer, die Kontaktnummer, die Soraya mir für Notfälle hinterlassen hatte. Sie dazu zu nutzen, den Eltern hinterherzutelefonieren, weil sie ihr Kind scheinbar bei mir vergessen hatten, hatte ich dabei eigentlich nicht im Sinn gehabt.

Soraya nahm das Gespräch nach fünfmaligem Klingeln an. Völlig atemlos sprach sie ins Telefon.

»Hey, Lindsay. Es tut mir leid, aber ich habe einen Platten. Kannst du dir das vorstellen?« Sie kicherte albern, und ich hatte sofort das Gefühl, dass sie mich anlog.

Klar konnte ich mir das vorstellen. Bei den teilweise schlechten Straßenverhältnissen auf Mull kam das öfter vor. Deshalb schob ich meinen ersten Gedanken von mir und beschloss, ihr einen Vertrauensvorschuss zu geben.

»Das tut mir leid, Soraya«, antwortete ich, fragte mich jedoch, warum sie mich nicht einfach angerufen hatte, um mir das zu sagen. Offenbar war mit ihrem Handy alles in Ordnung. Dann wäre Kenny sicherlich auch nicht so in Tränen ausgebrochen.

»Ich muss jetzt auf meinen Nachbarn warten. Er will mir helfen, den Reifen zu wechseln. Der kommt aber erst in einer halben Stunde bei mir an.« Noch immer hörte sie sich völlig außer Atem an, als wäre sie gejoggt oder eilig unterwegs, was ja eigentlich nicht sein konnte, da sie ja angeblich auf jemanden wartete. Das Gefühl, angelogen zu werden, verstärkte sich zunehmend.

»Das ist kein Problem, du kannst Kenny bei mir abholen, sobald der Wagen wieder fahrtauglich ist«, versuchte ich sie zu beruhigen, schließlich ging es hier um ein Kind. Ob sie mich anlog, konnten wir ein anderes Mal klären. »Mach dir keine Sorgen.« Ich beendete das Telefonat mit einem ungutem Gefühl. Was hielt Soraya auf, ihren Jungen abzuholen?

»Kenny«, wandte ich mich an das Kind. Mit verweinten Augen sah er mich an. »Deine Mum muss das Auto reparieren. Der Reifen ist platt, und so kann sie nicht fahren. Sie kommt aber bald.«

Auf dem Gesicht des Kindes erschien ein grimmiger Ausdruck.

»Das ist nur eine Ausrede. So oft hat keiner einen Platten. Sie hat mich wieder vergessen.«

»Das glaube ich nicht«, sagte ich, obwohl ich mir da nicht mehr so sicher war.

»Ich muss mal aufs Klo«, gab Kenny schniefend von sich und vermied es, mir ins Gesicht zu sehen.

Kurz entschlossen nahm ich den kleinen Kerl mit nach oben

in meine Wohnung, anstatt ihn unten im Laden auf die Toilette zu schicken.

Ich lebte direkt über dem *Blooms for Flowers* und liebte meine zwei kleinen Zimmer sehr. Viel Platz hatte ich nicht, dafür war es aber gemütlich. Mein Schlafzimmer hatte gerade genügend Raum für ein Doppelbett und zwei Kommoden, und unter der gegenüberliegenden Dachschräge stand mein kleiner Schreibtisch. Den Mittelpunkt der Wohnung bildete die Wohnküche, die ich in hellen Sandtönen eingerichtet hatte. Viele Möbel meiner Einrichtung hatte ich auf Trödelmärkten oder bei Wohnungsauflösungen erworben. Doch das sah man ihnen nicht an.

Vor der weißen Holzküche stand ein runder Tisch mit vier Stühlen, und an einer Seite des großen Zimmers gab es eine schmale Couch und einen Lesesessel, dazu ein Bücherregal. Auf einen Fernseher hatte ich bewusst verzichtet. Wenn ich mir Filme ansah, dann auf dem Tablet, da brauchte ich mir nicht so ein klobiges Gerät in die Wohnung zu stellen.

Außerdem hatte ich eine drei mal drei Meter große Terrasse, auf der ich gern an wärmeren Abenden auf meiner Rattanlounge saß und den Tag mit einem guten Buch ausklingen ließ.

Während Kenny auf der Toilette war, machte ich für jeden von uns eine heiße Schokolade mit Sahne. Das würde ihn sicherlich ein wenig beruhigen und aufmuntern. Ein warmer Kakao war doch immer gut für die Seele. Mir half er jedenfalls, wenn es mir mal nicht gut ging.

Als Kenny aus dem Bad zurückkam, hatte er sich ein bisschen besser unter Kontrolle, weinte nicht mehr und sah sich aufmerksam um.

»Komm her«, rief ich ihn zu mir und wir setzten uns zusammen an den Küchentisch. »Ich habe dir eine heiße Schokolade gemacht. Ich hoffe, du magst sie.«

Strahlend nickte er und griff nach der Tasse. Gemeinsam nippten wir in stillem Einverständnis an dem warmen Milchgetränk.

»Die ist echt lecker!«, lobte Kenny mich und lächelte glücklich. Erleichtert, dass er sich etwas entspannte, atmete ich aus. »Soll ich dir meine Bücher zeigen?«, fragte er schüchtern.

»Oh, du hast Bücher dabei?«

Grinsend nickte er und deutete auf seinen Rucksack, ehe er mir erklärte, dass er nie ohne sie das Haus verließ, und dass Bücher seine Freunde wären. Das machte ihn mir sympathisch. Nur Bücherwürmer konnten so etwas verstehen. Nicht lesende Menschen würden den Jungen vielleicht für ein wenig verschroben halten, aber für mich war diese Erklärung total logisch.

»Na dann pack mal aus und zeig sie mir!«, forderte ich ihn auf.

In kürzester Zeit lagen fünf Bücher auf dem Tisch, und er berichtete mir, was in jedem davon passierte und welches sein Lieblingsbuch war und warum. Hier in meiner Wohnung entspannte der Junge sich zusehends, lächelte und schien glücklich. Eine totale Veränderung war mit ihm passiert. Zwar hatte Kenny mich den Abend über auf Trab gehalten, aber ich erkannte, dass in ihm ein lieber Kerl steckte. Vielleicht brauchte er einfach länger, bis er mit anderen Menschen warm wurde. Oder die vielen aufgeregten Mädchen machten ihm Angst. Egal, was es war, das ihn vorher belastet hatte, jetzt ging es ihm eindeutig besser.

»Hast du die denn alle schon selbst gelesen?«

Stolz nickte er. »Ich lese gern. Ich darf nicht so viel fernsehen wie die anderen Kinder«, erklärte er mir mit einem Schulterzucken, das zeigte, wie egal ihm das war. »Ist aber nicht schlimm, weil ich Bücher viel spannender finde.«

»Da bin ich ganz deiner Meinung.« Ich deutete auf den Lesesessel in der einen Ecke der kombinierten Wohnküche. »Da sitze ich ganz oft und lese.«

»Das sieht gemütlich aus.«

»Das ist es auch.«

»Wann kommt meine Mum?«, wollte Kenny nochmals wissen.

Ich schaute schnell auf die Uhr, es war mittlerweile zwanzig nach neun. Hoffentlich würde er nicht wieder in Tränen ausbrechen. »Bestimmt bald.« Nach kurzem Zögern fragte ich: »Warum denkst du, dass deine Mum dich vergessen hat?«

Er zuckte zuerst nur mit den Schultern, doch im nächsten Moment sah er mich mit großen Augen an und begann zu erzählen. Ich erfuhr, dass sie in letzter Zeit häufiger zu spät gekommen war und er dann immer auf sie hatte warten müssen. Deshalb hatte er schreckliche Verlustängste, die sich vorhin vervielfacht hatten, als seine Mutter wieder einmal nicht aufgetaucht war.

»Außerdem vermiss ich meinen Dad ganz doll«, gab Kenny leise von sich.

Das brach mir beinah das Herz. Ich konnte mir kaum vorstellen, wie ich damit umgegangen wäre, wenn mein Vater plötzlich nicht mehr Teil meines Lebens gewesen wäre. Das musste eine schreckliche und einschneidende Veränderung für Kenny gewesen sein.

»Das kann ich mir gut vorstellen. Kommt er dich denn gar nicht besuchen?«

»Nein, seit Mum und Dad geschieden sind, ist er auch nicht mehr in Schottland.« Unsicher kaute er auf seiner Lippe herum.

»Wirklich? Das wusste ich gar nicht«, erwiderte ich und stellte die Tasse ab, nachdem ich den letzten Schluck Kakao getrunken hatte.

»Er hat sich freiwillig beim Militär gemeldet und ist jetzt in einem anderen Land stationiert. In welchem, weiß ich nicht. Er hat mir bis jetzt nicht einmal eine Karte geschrieben.«

Es tat mir in der Seele weh, wie traurig das den Jungen machte. Wieso gab es Eltern, die ihrem Kind so weh taten? Aber ich war selbst keine Mutter, was wusste ich schon von Elternschaft? Trotzdem tat mir Kenny furchtbar leid. Armer kleiner Kerl.

Um ihn ein bisschen von seinem Leid abzulenken, schlug ich vor: »Was hältst du davon, wenn du dir ein Buch aussuchst und es dir in meinem Lesesessel gemütlich machst?«

Sofort erhellte sich das Gesicht des Jungen und er sprang von dem Stuhl herunter, schnappte sich eins der Bücher und setzte sich im Schneidersitz auf den Ohrensessel.

Erleichtert lächelte ich und räumte die Tassen weg. Dann bereitete ich Sandwiches zu und setzte mich neben Kenny auf die Couch, wo ich ebenfalls ein Buch zur Hand nahm. Friedlich aßen wir die Sandwiches und lasen.

Als es endlich an der Tür klingelte, war es schon kurz vor zehn Uhr.

»Oh schau, deine Mum ist da!« Lächelnd sah ich ihn an und stand auf, um die Tür zu öffnen. Kenny brummte nur etwas Unverständliches und sah nicht aus, als freute er sich, abgeholt zu werden.

Nachdem ich den Türöffner betätigt hatte, wartete ich darauf, dass Soraya die Treppe heraufkam. In der Zwischenzeit packte

Kenny seine Sachen wortlos und mit mürrischem Blick wieder in seinen Rucksack.

Soraya wirkte verschwitzt, als sie oben ankam. So als hätte sie sich extrem beeilt, so schnell wie möglich herzukommen. Doch die Tatsache, dass sie eineinhalb Stunden bis hierher gebraucht hatte, obwohl sie gerade mal zwanzig Minuten von hier entfernt wohnte, sorgte dafür, dass ich mich fragte, wo auf der Insel sie gewesen sein konnte. Es gab nur wenige Orte, von denen man so lange bis nach Tobermory brauchte.

Aber vielleicht hatte sie auch tatsächlich einen Platten gehabt und in der Aufregung darum vergessen, mich anzurufen. Ein Reifenwechsel brauchte immerhin seine Zeit einschließlich der Wartezeit, bis ihr Helfer eingetroffen war ... Doch so wirklich konnte ich das nicht glauben.

»Entschuldige bitte, Lindsay. Es tut mir schrecklich leid, dass ich so spät komme.« Außer Atem blieb sie vor mir stehen und suchte mit dem Blick nach ihrem Sohn.

»Schon okay«, gab ich von mir, aber ich hörte meiner Stimme selbst an, dass es nicht ehrlich klang. Ich biss mir auf die Unterlippe und lächelte entschuldigend.

»Da bist du ja endlich!«, maulte Kenny und trat zu uns. »Ich habe schon gedacht, du kommst nicht mehr.«

Soraya kniff für einen Moment ärgerlich die Lippen aufeinander, dann legte sie Kenny die Hand auf die Schulter und sagte: »Natürlich komme ich. Was denkst du denn? Dass ich meinen Sohn nicht abhole?«

Kenny zuckte mit den Schultern und schüttelte die Hand seiner Mutter ab. »Wär mir auch egal gewesen, dann hätte ich bei Lin auf dem Sofa geschlafen. Ist schön hier.«

Ich stand neben den beiden und wusste nicht so recht, was ich dazu sagen sollte. Die Situation war mir extrem unangenehm. Auch wenn ich mich freute, dass Kenny sich bei mir wohlgefühlt hatte.

Soraya sah mich mit einem flehenden Ausdruck in den Augen an. »Tut mir leid, Lindsay. Wir gehen jetzt besser. Bestimmt bin nicht nur ich todmüde.«

»War schön, wie wir beide zusammen gelesen haben«, wandte ich mich an Kenny.

»Ja, fand ich auch. Danke für die Schokolade. Bis dann, Lin«, verabschiedete er sich von mir und ging die Treppe hinunter, ohne seine Mutter eines Blickes zu würdigen.

»Danke nochmals. Und es tut mir wirklich schrecklich leid.« Soraya reichte mir die Hand, die ich ergriff und zum Abschied schüttelte.

»Schon okay«, erwiderte ich, obwohl ich das Gegenteil dachte. War bei den beiden zu Hause alles in Ordnung?

Ich beschloss, Hal und Ally mal danach zu fragen. Die zwei wussten vielleicht mehr. Eigentlich war ich nicht der Mensch, der sich in die Angelegenheiten von anderen einmischte, aber hier ging es um ein Kind. Was, wenn Kenny jemanden brauchte, der genau das tat? Was, wenn ich bei etwas wegschaute, das hätte Beachtung finden müssen, und der Kleine darunter litt? Das würde ich mir niemals verzeihen können.

Die Sache ging mir noch lange, nachdem Soraya und Kenny gegangen waren, im Kopf herum. Während ich mich bettfertig machte und mir die Zähne putzte, dachte ich über Soraya und ihre merkwürdige Entschuldigung nach. Das wirkte alles so konstruiert auf mich. Und dass es dem Jungen im Moment nicht gut ging, war offensichtlich. Andererseits war das normal, nach einer Trennung der Eltern. Dramatisierte ich das Ganze zu sehr?

Während ich über all das nachdachte, wälzte ich mich in meinem Bett mehrmals hin und her. Es dauerte eine Ewigkeit, bis mir endlich die Augen zufielen und ich in den Schlaf fand.

* * *

Samstag, 9. Dezember

Um ein Uhr schloss ich den Laden ab und ging nach oben in meine Wohnung. Bevor ich nachher zu meinen Eltern fahren würde, wollte ich noch ein bisschen entspannen, mir vielleicht einen Tee machen und etwas lesen.

Mit absoluter Sicherheit konnte ich schon jetzt sagen, dass meine Mutter Tee, Kuchen und Kaffee auftischen würde. Das tat sie jedes Mal, wenn ich angekündigt nach Hause kam. Ich freute mich darüber, weil sie einfach die besten Scones machte – Haileys nicht mit eingerechnet, die waren genauso perfekt. Deshalb hatte ich mich jedoch dazu entschlossen, das heutige Mittagessen mit Ally und Hal abzusagen. Ich hatte den beiden Bescheid gegeben, damit sie nicht vergebens auf mich warten mussten oder sich gar Sorgen machten. Mittagessen und Kuchen waren eindeutig zu viel für meinen Magen.

Total erschöpft setzte ich mich in meinen Lesesessel und atmete tief durch. Erst in diesem Moment merkte ich, wie müde ich war, und beschloss, für ein paar Minuten die Augen zuzumachen, bevor ich mich auf den Weg zu meinem alten Zuhause machen würde. In zwei Stunden sollte ich bei meinen Eltern sein, aber bevor ich hinfahren konnte, musste ich erst mal Kraft tanken.

Die Nacht war nicht erholsam gewesen, weil ich mir stundenlang über Soraya und Kenny den Kopf zerbrochen hatte. Zu wenig Schlaf war schon immer etwas gewesen, womit ich nicht klarkam. Es dauerte auch nicht lange, bis ich erschöpft einnickte.

Als ich wieder die Augen aufschlug, war es fast drei Uhr nachmittags. Ich schnellte aus dem Sessel hoch und stöhnte. Ich hätte schon längst zu meinen Eltern losfahren müssen. Rasch griff ich nach dem Telefon und rief meine Mutter an, um ihr zu sagen, dass sie sich keine Sorgen machen musste und ich auf dem Weg war.

»Kein Problem, Linny. Gerade kam noch ein Geschäftskunde her. Und Matt ist auch hier. Mach langsam und fahr vorsichtig.«

»Okay, bis gleich.« Erleichtert ging ich erst einmal ins Bad und bürstete mein Haar, benutzte mein Lieblingsdeo und trug etwas Lipgloss auf. Beim Blick in den Spiegel stellte ich erleichtert fest, dass mein dunkelblaues Wollkleid, das ich sehr mochte, weil es so gut zu meinem roten Haar und der blassen Haut passte, noch sauber war. Das war nicht immer so, wenn ich von der Arbeit kam. Ich musste mich nicht mehr extra umziehen.

Also schlüpfte ich in meine Stiefel, griff ich nach dem Mantel und rannte die Treppen hinunter. Der Transporter stand genau vor der Haustür, und kaum dass ich eingestiegen war, stellte ich meine Lieblingsmusik an. Die Sonne schien, dennoch war es kalt. Aber dadurch wurde die Insel in dieses kühle Licht getaucht, das die hügelige Landschaft von einer ganz anderen Seite zeigte als der Sommer. Mit etwas mehr Zeit hätte ich vielleicht das Fahrrad genommen, unterwegs die schöne Landschaft genossen und sogar ein paar Fotos geschossen, aber jetzt war ich so schneller.

Ich fuhr an *Joe's Pub* vorbei und bog dann in die Back Brae ein, die mich in den oberen Teil der Inselhauptstadt brachte, und schließlich in die Erray Road, in der nicht nur die Cottages von meiner und Allys Familie standen, sondern auch die Gärtnerei meiner Eltern.

Um Viertel nach drei bog ich in die Einfahrt vor dem wunderschönen weißen Cottage ein, das selbst in dieser Jahreszeit von verschiedenen sorgfältig ausgewählten Pflanzen umgeben war, die dank der milden Temperaturen auf Mull auch im Winter blühten. Man sah dem Garten ihre Liebe für die Pflanzen auf den ersten Blick an.

Neben dem privaten Grundstück lag die Gärtnerei, und dazwischen stand ein kleiner Gartenschuppen, der lange Zeit der Zufluchtsort von Hailey, Ally und mir gewesen war. Wir hatten ihn uns gemütlich eingerichtet und hier unsere Puppen und Spielsachen aufbewahrt. Der Schuppen hatte auch für meine Freundinnen offen gestanden, wenn ich mal nicht zu Hause gewesen war. Er war unser Clubhaus gewesen, in dem wir uns unsere ersten Geheimnisse anvertraut hatten, uns über unsere Eltern beschwert oder über Jungs gesprochen hatten. Mittlerweile waren in der Gartenlaube keine Dinge mehr aus meiner Kindheit untergebracht. Meine Eltern nutzten sie nun als Abstellmöglichkeit für Gartengeräte. Das war natürlich total sinnvoll, aber in den ersten Wochen dieser Zweckentfremdung hatte ich doch damit zu kämpfen gehabt.

Bis Ally vor ein paar Monaten mit Jamie zusammengezogen war, hatte sie mit ihrem Vater zusammen in dem Haus gegenüber gewohnt. Ihr Dad lebte noch immer dort.

Als wir noch Kinder gewesen waren, hatte Ally viel Zeit bei mir zu Hause verbracht. Mit wenigen Schritten war sie bei mir oder ich bei ihr gewesen. Hal hatte es zwar ein bisschen weiter gehabt, aber auch sie hatte es jede freie Minute in die Erray Road gezogen. Mit einem Lächeln erinnerte ich mich an die vielen schönen Tage, die wir hier verbracht hatten.

Völlig in Gedanken versunken, bemerkte ich erst jetzt den silbernen Maserati, der neben dem alten Ford meines Vaters stand. Wem der gehörte, war mir sofort klar. Da musste ich nicht lange Ratespielchen veranstalten. Callum Strayton war also der Geschäftskunde, und war deshalb auch Matt hier?

Neugierig und mit einem ganz blöden Bauchgefühl öffnete ich die Haustür, die immer nur nachts abgeschlossen war. Mir kam das letzte Aufeinandertreffen mit Callum am Dienstag in den Sinn. Ich konnte mich noch sehr gut an alle Einzelheiten erinnern. Die Atmosphäre zwischen uns war angespannt, und er war sehr distanziert gewesen. Ich hätte ihn gern noch einmal gesehen, um vielleicht dazu beizutragen, dass wir in Zukunft lockerer miteinander umgehen konnten. Aber ich war ihm seitdem nicht mehr begegnet. Am Donnerstag hatte Monica die Lieferung entgegengenommen und heute früh Terry, ein weiterer Mitarbeiter des Hotels, der am Empfang arbeitete.

Als ich den Flur betrat, hörte ich bereits die Stimmen aus der Küche. An den Kleiderhaken hingen etliche Jacken, so dass ich nicht sagen konnte, ob außer Callum und Matt noch andere Gäste im Haus waren. Der Duft von warmen Scones kitzelte meine Nase und ließ mir das Wasser im Mund zusammenlaufen. Da ich seit dem Frühstück nichts gegessen hatte, meldete sich mein Magen sofort.

Ich hängte meinen Mantel zu den anderen an die Garderobe und betrat die große Wohnküche. Nicht nur der normale Alltag spielte sich in diesem dreißig Quadratmeter umfassenden Raum ab, auch geschäftliche Besprechungen hatten meine Eltern schon immer hier abgehalten, während sich das Büro der Gärtnerei in einem schmalen Nebenraum befand.

Ich blieb an der Tür stehen und ließ den Anblick, der sich mir hier bot, auf mich wirken. Der runde Küchentisch stand in einem Erker mit bodentiefen Fenstern, die mit hübschen Gardinen dekoriert waren. Daran saßen meine Eltern zusammen mit Callum und Matt, dessen rote Haare meinen so ähnlich waren, dass man uns früher oft für Geschwister gehalten hatte. Die Szenerie wirkte völlig harmonisch, ganz anders als das Zusammentreffen, das ich zuletzt mit dem neuen Hoteldirektor hatte.

Alle lachten, weil Matt irgendeinen Witz gerissen hatte, was so typisch für ihn war. Schon immer hatte er andere gern geneckt und es geliebt, witzige Geschichten zu erzählen.

Noch hatte mich keiner der vier entdeckt, was mir die Möglichkeit gab, Strayton genauer anzuschauen. Er trug legere Kleidung, und sein sonst immer korrekt frisiertes Haar war heute eher zerzaust. Seine Haltung hatte nichts mehr von dieser verkniffenen Art, die er offenbar nur während der Arbeit an den Tag legte. Oder lag es an mir, dass er sich so verhielt?

Matt schien ebenso entspannt zu sein und hatte den Arm auf der Rückenlehne hinter seinem Angestellten abgelegt. Es wirkte, als wären die vier Leute hier im Raum schon viele Jahre miteinander befreundet. Der Anblick versetzte mir einen Stich, den ich selbst nicht wirklich einzuordnen vermochte.

Hatte Matt nicht gesagt, dass er den neuen Hoteldirektor für einen eingebildeten Londoner Schnösel hielt? Warum saß er dann mit ihm zusammen hier in der Küche meiner Eltern und lachte, als wäre die Welt in Ordnung und der Maseratifahrer sein neuer bester Freund?

Meine Mum entdeckte mich als Erste und lächelte stolz. »Linny, komm her. Schau mal, wen Matt uns mitgebracht hat.«

Unsicher, wie ich mit dieser Situation umgehen sollte, trat ich an den Tisch und fing Matts amüsierten Blick auf.

»Hey, Lin!«, begrüßte mich mein langjähriger guter Freund, stand auf und nahm mich in den Arm. »Deine Mum hat mich eingeladen, und da dachte ich, ich bringe Callum mal mit, damit er sich mit deinen Eltern anfreunden kann. Immerhin bezieht auch das Hotel von ihnen die Pflanzen. Da ist es nicht schlecht, sich persönlich zu kennen.«

»Damit auch dein neuer Mitarbeiter die gleichen Prozente aushandeln kann wie du, Matt?«, zog ich ihn auf.

Er bejahte es mit einem schelmischen Grinsen und ließ mich los. »Siehst du, Callum, ich habe dir doch gesagt, dass Lin eine schnelle Auffassungsgabe hat.«

Irritiert blinzelte ich. Die beiden hatten über mich gesprochen? Wahrscheinlich hatten sie sich nur über die Qualität meiner Sträuße und Straytons Experiment unterhalten.

Dann sah ich zu dem Mann neben Matt und nickte ihm zur Begrüßung zu. »Guten Tag, Mr. Strayton.«

»Oh, ihr kennt euch bereits?«, fragte meine Mum, als ich Callum mit seinem Nachnamen ansprach.

»Ich hatte schon das Vergnügen, deine Tochter kennenzulernen, Nora«, klärte er meine Mutter auf, löste den Blick jedoch nicht von mir, aber seine Mimik blieb unbewegt. »Guten Tag, Mrs. Bloom.« Diese geheimnisvollen Augen schienen in mich hineinsehen zu können, und der unbeirrte Blick verunsicherte mich.

Kurz war ich verwirrt, dass er meine Mum so vertraulich mit dem Vornamen ansprach. Wie lange saßen die zwei schon hier in der Küche meiner Eltern? Callum wirkte so verändert und locker in Gesellschaft von Matt, meinem Dad und meiner Mum, ganz anders als an den Tagen, an denen ich ihm bisher begegnet war. Wäre er jedes Mal, wenn wir uns gesehen hatten, so aufgeschlossen gewesen, dann hätte ich sicherlich nicht dieses dumme Gefühl in meinem Magen, das in seiner Gegenwart nicht verstummte.

Ich riss meinen Blick von Strayton los, ging um den Tisch herum und beugte mich über die Schulter meines Dads, um ihm einen Kuss auf die Wange zu geben. »Hey, Dad.«

»Schön, dass du gekommen bist, mein kleiner Sonnenschein. Ich habe dich in den letzten Wochen vermisst.« Wohlwollend tätschelte er meine Hand, als ich ihm über den Oberarm strich.

»Ich dich auch. Aber du kannst mich jederzeit besuchen kommen«, neckte ich ihn. »Ich besitze einen ganz zauberhaften kleinen Blumenladen unten im Ort, weißt du?« Ich wusste, dass er genau wie ich immer viel zu viel Arbeit um die Ohren hatte.

Anschließend nahm ich meine Mutter in den Arm, die mir ins Ohr flüsterte: »Das ist ein ganz charmanter junger Mann.« Sofort war mir klar, auf was das jetzt hinauslaufen würde.

Meine Mutter hatte mal wieder meine biologische Uhr im Sinn und hörte deren Ticken so laut, dass sie den neuen Junggesellen im Ort sofort als passenden Kandidaten für mich sah. »Nimm doch Platz«, wies sie mich an und deutete auf den Stuhl neben Callum, auf dem sie bis gerade eben noch gesessen hatte. »Ich hole dir eine Tasse und einen Teller. Dad hat einen Earl Grey gekocht, und ich habe Scones gebacken. Ich hoffe, du hast Hunger?«

»Ja, das habe ich.« Ergeben setzte ich mich auf den mir zugewiesenen Platz und versuchte, Callum so gut wie möglich zu ignorieren, während Matt meinem Dad irgendwas von einem Beet erzählte, das Callum beim Hotel anlegen wollte, damit die Köche immer frische Kräuter zur Verfügung hätten.

»Linny, hast du schon gehört, dass heute *STC Central* im *Tobers* war?«, fragte mich meine Mutter, als sie mit Teller, Tasse und Besteck zurück an den Tisch trat.

Das lenkte Matts Aufmerksamkeit auf mich. Sofort fing er an, mir von seinem gestrigen Tag und dem Besuch des schottischen Fernsehsenders zu berichten. »Ja, das war wirklich cool, Lin. Ich dachte, ich schreib die mal an und erkläre ihnen, dass wir einen neuen Hoteldirektor haben. War eigentlich nur so eine verrückte Idee von Toni und mir. Als die gestern dann wirklich ein Interview wollten, war ich echt baff«, überschlug sich Matt mit seiner Erklärung.

»Das hört sich ja wirklich großartig an. Und sind die einfach vorbeigekommen, oder haben sie sich vorher angemeldet?«

Ich sah an Callum Strayton vorbei. Warum ich ihn so geflissentlich ignorierte, wusste ich selbst nicht so genau. Vielleicht lag es an der Tatsache, dass wir uns hier bei meiner Familie befanden und er irgendwie fehl am Platz wirkte, weil er mir noch immer so fremd war. Mir war die Nähe zu ihm in dieser Umgebung auf absurde Weise zu viel. Aber eventuell lag es auch an der Tatsache, dass er alle anderen mit dem vertraulichen Du ansprach und mich weiterhin siezte.

Leider war das eine meiner Schwächen – viel zu oft fühlte ich mich ausgeschlossen, obwohl die anderen es gar nicht so meinten, und dann stand mir mein verletzter Stolz im Weg, das zu ändern. Da ich meine Schwäche kannte, versuchte ich einfach normal mit dieser Situation umzugehen, obwohl mir das nicht leichtfiel.

»Die haben sich gestern Morgen um acht Uhr angemeldet und sind dann drei Stunden später da gewesen. Heute Abend ist übrigens die Ausstrahlung.« Matt machte ein Gesicht, das mir sofort verriet, dass ihm das alles nicht leichtgefallen war.

»Lass mich raten, du bist total aufgeregt gewesen und hast kaum gewusst, was du auf die Fragen antworten sollst«, neckte ich ihn.

Mein alter Schulfreund lachte entspannt und schlug dann Callum kumpelhaft auf die Schulter. »Kann man so sagen, aber ich hatte einen tollen Partner an meiner Seite. Callum war tiefenentspannt und hat das Ding gerockt. Ich habe nur ja und nein sagen müssen.«

»Ich kann mir gut vorstellen, dass Mr. Strayton dich da retten musste.« Was war nur los mit mir? Ich hatte die Serviette zwischen meinen Fingern schon völlig zerknittert. Ich musste ruhiger werden, befahl ich mir selbst, legte das Tuch auf dem Tisch ab und strich es glatt, ehe ich meine Hand darauf ablegte.

»Warum bist du denn so wortkarg, und was soll dieses alberne Sie. Nenn ihn doch Callum!«, forderte mich Matt ungezwungen auf und versetzte mir damit einen Seitenhieb, ohne es zu ahnen. Er wusste ja nicht, dass ich mir gerade eben noch den Kopf darüber zerbrochen hatte, warum ich hier die Einzige war, die ihn noch mit der Höflichkeitsanrede ansprach.

Ich sah nicht zu Callum. Ich wusste nicht, ob ich ihn überhaupt im Kreise meiner Familie und Freunde haben wollte. Allein der Gedanke ließ mich zusammenzucken. Seit wann war ich denn so missgünstig und wollte jemanden nicht in meiner oder der Nähe der Menschen haben, die ich liebte, nur weil ich ihn nicht kannte? Er hatte mir doch nichts getan und machte auch nicht den Eindruck, als wäre er ein Massenmörder, vor dem ich die anderen schützen musste.

Dennoch war die Situation mehr als merkwürdig. Ich war fest davon überzeugt, dass dieses Angebot – ihn mit seinem Vornamen anzusprechen – von ihm hätte kommen müssen und nicht von seinem Boss. Deshalb ging ich nicht auf Matts Aufforderung ein, erst recht nicht, als sich Strayton nach einigen Sekunden noch immer nicht zustimmend dazu geäußert hatte. Offenbar war er nicht der Meinung, dass wir zu einer solch freundschaftlichen Anrede übergehen sollten.

Aber warum reagierte ich so verletzt darauf? Spielten hier meine Hormone verrückt, nur weil ich den Kerl attraktiv fand und er mich offenbar abwies? Hoffentlich nicht!

Um die Situation nicht vollends gegen die Wand zu fahren, griff ich nach einer Geheimwaffe. »Wortkarg? Ich? Sag mal, kannst du dich noch an das Theaterstück in der Middle School erinnern?«

»Oh nein, sprich bitte nie wieder von diesem Horrortag!«, stieß Matt hervor und versteckte das Gesicht peinlich berührt hinter seinen gigantischen Händen. Er war fast zwei Meter groß und wirkte neben meiner wirklich sehr kleinen Mum wie ein Riese.

Dad lachte auf. »Etwa das Theaterstück, in dem Matt den stummen Romeo spielte?«

»Genau das!«, stimmte ich ihm zu und kicherte.

»Ja, daran kann ich mich auch noch gut erinnern«, sagte Mum, die neben Dad saß. »Das war wirklich niedlich. Matt hatte praktisch seine Zunge verschluckt«, klärte sie Callum auf. »Er hat während der Aufführung kein einziges Wort von sich gegeben, und Hailey hat praktisch seine Rolle übernommen. Sie ist aus dem Hintergrund nach vorne gekommen, hat sich hinter Matt versteckt und ihre Stimme verstellt. Das hätte auch ganz gut geklappt, wenn Matt nicht wie ein verschrecktes Reh ins Publikum gestarrt hätte, ohne die Lippen zu bewegen. Nach ein paar Minuten hat die Lehrerin das Licht ausgeschaltet und Matt von der Bühne geführt. Die Zweitbesetzung hat dann übernommen.«

Die Erinnerung brachte uns alle zum Lachen, auch Callum neben mir fiel mit ein. Es war das erste Mal, dass ich ihn lachen hörte. Es klang angenehm und tief und sorgte für leichte Vibrationen in meinem Magen.

»Erinnert mich bitte nicht daran. Das war der Tag, an dem ich den Wunsch, Schauspieler zu werden, an den Nagel gehängt habe. Von da an hat man mich auf keiner einzigen Bühne mehr gesehen.« Langsam ließ Matt die Hände sinken, grinste aber über das ganze Gesicht. »Jetzt könnt ihr euch ungefähr vorstellen, warum mir dieses Interview so schwergefallen ist.«

Mum beugte sich über den Tisch und griff nach einer seiner Hände. »Das muss alte Wunden aufgerissen haben«, sagte sie ernst, doch dann konnte sie das Lachen nicht mehr zurückhalten.

Ich fiel mit ein und stieß zwischen mehreren Lachflashs hervor: »Oh ja, du siehst echt mitgenommen aus.«

»Na, warte, Lin. Das werde ich dir heimzahlen. Mir fällt sicherlich noch irgendwas ein, das dir unangenehm ist.« Er lehnte sich zurück und verschränkte die Arme vor der Brust und kniff die Augen zusammen, als müsse er angestrengt nachdenken.

Ich hielt den Atem an. Da Matt und ich uns schon seit dem Kindergarten kannten, gab es sicherlich genug peinliche Situationen aus meinem Leben, von denen er hier erzählen konnte.

»Bitte nicht, Matt!«, flehte ich in gespieltem Entsetzen. Aber ganz unangebracht war die Bitte nicht. Immerhin saß hier im Raum ein Mann, der mich und meine Geschichten nicht kannte. Vor allen anderen hatte ich keine Geheimnisse.

»Oh doch! Wie du mir, so ich dir«, stieß Matt hervor und drehte sich zu Callum. »Halt dich fest, Kumpel. Dieses kleine Luder hat mal die Kollekte in der Kirche gestohlen.«

Callum riss die Augen auf und sah mich fasziniert an. »Das kann ich mir irgendwie nicht vorstellen. Lindsay wirkt so erfrischend ehrlich.«

Erfrischend ehrlich? Was wollte er denn damit ausdrücken? Er kannte mich doch überhaupt nicht. Und warum erfrischend?

»Ich sag dir, sie hat es faustdick hinter den Ohren.« Matts Grinsen wurde immer breiter, was vermutlich daran lag, dass meine Wangen immer heißer und damit auch röter wurden.

Mein Vater gluckste vor sich hin. »Dann musst du Callum aber auch erzählen, dass Linny damals erst acht Jahre alt gewesen ist und das Geld nur mitgenommen hat, um für ihre Freundin einen Wintermantel zu kaufen.«

»Spannend!« Callum lehnte sich zu mir. Sein Duft stieg in meine Nase und ließ mich unwillkürlich noch tiefer einatmen. Ich machte den Fehler und sah ihn direkt an. Seine Augen fesselten meine Aufmerksamkeit, und ich vergaß beinah zu blinzeln. Ich erwachte erst aus meiner Erstarrung, als er zu mir sagte: »Jetzt bin ich wirklich neugierig.«

Matt bekam nicht mit, dass ich ernst geworden war und wenn, dann interpretierte er es vermutlich als meine Reaktion auf seine Enthüllung und fuhr ungerührt fort.

»Das Geld war für Hailey. Ihr gehört das Café unten am Hafen. Das *Lizzy's* ist ein absoluter Besuchermagnet, solltest du dir mal ansehen, dann musst du unbedingt die Zimtschnecken probieren.« Matt trank einen Schluck Tee und stellte die Tasse mit einem Klirren auf dem Unterteller ab. »Jedenfalls ist Hailey damals als Waisenkind auf die Insel gekommen und hat kaum was zum Anziehen gehabt. Die Pflegeeltern wollten ihr nichts Neues holen, sagten, dass der alte Mantel reichen müsse, aber der war weder wind- noch wasserfest. Beides unerlässlich auf der Isle of Mull.«

Ich riss meinen Blick los, sah kurz Matt an, nur damit er sogleich wieder zu Callum glitt.

»Hailey ist damals innerhalb eines Tages meine Freundin geworden. Sie hat mich vor Matt verteidigt, als ich den Mund nicht aufbekommen habe«, erklärte ich Callum und streckte Matt die Zunge heraus. »Der ist damals ein echtes Scheusal gewesen und hat uns Mädchen andauernd geärgert. Und als Hailey nach einer Woche auf der Insel eine schwere Erkältung hatte, weil sie ständig nass geworden ist, habe ich mir vorgenommen, dass ich etwas ändern muss.«

»Und da hast du gedacht, dass die Kollekte ja für die armen Kinder gesammelt worden ist und du das Geld auch ebenso gut einem armen Mädchen unserer Gemeinde geben könntest«, meinte meine Mutter und lächelte wohlwollend. Anschließend stand sie auf und holte die Platte mit den noch warmen Scones.

Ich nickte mit einem Lächeln, als ich mich an die Zeit zurückerinnerte. »Erstaunlicherweise habe ich keinerlei Ärger bekommen. Sogar der Pfarrer hat mir damals freundlich über den Kopf gestreichelt, als ich ihm erklärt habe, wofür ich das Geld gebraucht habe. Innerhalb von wenigen Stunden hat Hailey eine wind- und wasserfeste Winterjacke bekommen und dazu noch warme Stiefel, und mir ist die Absolution erteilt worden.«

Nachdem ich das erzählt hatte, grinste ich Matt frech an. Ich freute mich, dass ich seine Neckerei in etwas verwandelt hatte, das mich in einem besseren Licht dastehen ließ als zuvor. Doch der erwiderte nur mein Grinsen und zwinkerte. Ich erkannte, dass er gar nicht vorgehabt hatte, mich bei Callum irgendwie in Misskredit zu bringen.

»Verständlich«, sagte Callum zu mir und lächelte. »Das ist geradezu ritterlich gewesen. Man nehme es von den Reichen und gebe es den Armen. Ein weiblicher Robin Hood.«

»Genau! Das war Lin schon immer. Aber Hailey hat sich diesen Namen mittlerweile noch mehr verdient. Stimmt's, Matt?«, fragte meine Mum und legte jedem ein Scone auf den Teller.

Auf dem Tisch stand eine Schale mit Clotted Cream und eine mit Lemon Curd. Mir lief das Wasser im Mund zusammen. Schon als Kind hatte ich dieses typisch traditionell englische Gebäck gern gegessen.

»Oh ja. Hailey organisiert ständig irgendwelche Wohltätigkeitsveranstaltungen, Altkleidersammlungen oder Spendenaufrufe. Niemand ist davor gefeit. Das wirst du sicherlich noch selbst zu spüren bekommen, wenn du ein wenig länger auf der Insel bist«, gab Matt lachend von sich.

Ich griff zeitgleich mit Callum nach der Clotted Cream, sodass sich unsere Finger an der Schale berührten. Sofort durchzuckte mich das gleiche Gefühl wie beim letzten Mal, doch jetzt zog ich die Hand ruckartig zurück. Ich wurde das Gefühl nicht los, dass er mich nicht sonderlich mochte, auch wenn er heute lockerer war. Mit allen anderen ging er total vertraut um, nur mir gegenüber war er distanziert und unterkühlt.

Und wenn ich mit dieser Annahme richtiglag, dann waren ihm Berührungen von mir sicherlich noch unangenehmer als mir. Unsicher nahm ich meine Tasse und trank einen Schluck von dem schwarzen Tee, den ich gesüßt und mit Milch veredelt hatte. Ich versuchte wieder, Callum zu ignorieren, was mir nicht sonderlich gut gelang. Deshalb konzentrierte ich mich darauf, ihm nicht zu zeigen, wie sehr mich seine Art mir gegenüber verletzt hatte und wie sehr ich auf den Callum abfuhr, der mich mit diesem besonderen Blick angesehen und gelächelt hatte.

Während sich nun die anderen miteinander unterhielten, wovon ich nicht viel mitbekam, hoffte ich, dass dieser Nachmittag schnell vorbeigehen würde. Zwischendurch schrieb ich in den Gruppenchat, den ich mit meinen beiden Freundinnen führte und den wir *Lieblingsmenschen* genannt hatten.

Hilfeeeee!!!
Matt ist mit Callum, dem neuen Hoteldirektor, hier, und der hat meine Eltern für sich eingenommen.

Hal antwortete sofort, ihr Freund Ben war momentan nicht auf der Insel und sie verbrachte den Nachmittag wahrscheinlich allein.

Das hört sich nach echter Folter an. Du Arme. Und lass mich raten, deine Mum wittert einen potenziellen Schwiegersohn?

Grinsend tippte ich meine Antwort ins Handy.

Du kennst meine Mutter echt gut ...
Übrigens kommt heute Abend eine Sendung im Fernsehen mit Matt und Callum in den Hauptrollen. Die bewerben da das Tobers.

In Sekundenschnelle erhielt ich eine Antwort, die so kurz und doch so aussagekräftig war.

YES! Das ist doch genial für Matt!

Grinsend legte ich das Handy zurück in die Tasche. Das war Hal, kurze Antworten, die es in ihrer Kürze auf den Punkt brachten.

Meine Freundin Ally war mittlerweile Stiefmutter der zehnjährigen Anna und ging voll darin auf, die Mutterrolle für das Mädchen zu übernehmen. Samstagnachmittage und auch die Abende gehörten seitdem Anna und das Handy hatte Funkstille. Deshalb brauchte ich in den nächsten Stunden nicht mit einer Nachricht von ihr zu rechnen.

5

Life is a journey, not a destination.
– *Das Leben ist eine Reise, kein Ziel.* –
(Ralph Waldo Emerson)

B leib doch hier und schau dir mit Matt, Callum, deinem Dad und mir die Sendung an«, forderte meine Mutter mich auf.

Sie war mir extra hinterhergegangen und hatte mich im Flur abgefangen. Nun legte sie ihre Hand auf meinen Unterarm, um ihre Worte zu bestärken, und ich drehte mich zu ihr um. Ihr früher blondes Haar wies mittlerweile mehr weiße Strähnen auf, und in ihrem Gesicht waren einige Falten zu sehen. Außerdem hatte ich das Gefühl, sie sei geschrumpft. Ich war zwar nur einen Meter siebzig groß, dennoch überragte ich sie um fast einen Kopf. War das früher auch so gewesen?

»Bitte«, fügte sie dann noch hinzu. »Callum ist so nett, ihr könntet euch auf diese Weise besser kennenlernen.«

Ich verdrehte die Augen. Auf keinen Fall wollte ich, dass meine Mutter sich Hoffnungen auf einen Schwiegersohn machte, der als Hoteldirektor im *Tobers* arbeitete. Einen Mann, der mich offenbar nicht sonderlich gut leiden konnte.

Warum wollten Matt und Callum überhaupt ihren gesamten Samstagnachmittag einschließlich des Abends bei meinen Eltern verbringen? Irgendwie kam mir das merkwürdig vor. Klar, Matt war gern hier, aber was trieb seinen neuen Mitarbeiter dazu, seine freie Zeit in meinem Elternhaus zu verbringen?

»Nein, lass mal gut sein. Ich will nach Hause«, erwiderte ich und zog mir den Mantel an. Ich hatte mich während der letzten zwei Stunden unwohl gefühlt. Was zum Teil daran lag, dass ich überhaupt nicht wusste, wie ich mit Callum Strayton umgehen sollte. »Ich habe eine kurze Nacht gehabt, und der Morgen im Laden ist echt anstrengend gewesen.«

Mum machte ein enttäuschtes Gesicht, doch sie wusste, dass sie mit mir nicht diskutieren musste. Den Dickkopf hatte ich von meinem Vater geerbt, und die vielen Jahre, die die beiden bereits zusammenlebten, hatten sie gelehrt, auf einen besseren Zeitpunkt zu warten – bei meinem Vater *und* bei mir. »Schade. Aber ich habe mich gefreut, dass du uns heute endlich mal wieder besucht hast. Zusammen mit Matt und Callum war das ein bisschen so wie früher, als unser Haus noch voll war.« Sie sah irgendwie verloren aus, was mir naheging. Vermisste sie die Zeiten damals so sehr? Ich hatte immer gedacht, Eltern wären ab einem bestimmten Zeitpunkt froh, dass ihre Kinder flügge wurden und sie wieder mehr Zeit für sich und füreinander hatten. Vielleicht hatte ich das falsch eingeschätzt?

Beherzt nahm ich Mum in den Arm und knuddelte sie. »Ich komme nächsten Samstag wieder zur Teatime, einverstanden?«

Mum lehnte sich zurück und sah mir prüfend ins Gesicht. »Da freu ich mich schon jetzt drauf, Linny. Aber du musst nicht kommen, wenn dir das zu viel ist.«

»Quatsch, mir ist das nicht zu viel. Nur manchmal bin ich einfach müde von der Woche und froh, ein paar Stunden lesen zu können und mit niemandem reden zu müssen – nicht einmal mit euch.«

Wissend nickte sie. Sie kannte mich, wusste, dass ich hin und wieder Zeit für mich brauchte, um zur Ruhe kommen zu können. Noch einmal drückte ich sie und drehte mich dann schnell um, ehe sie noch anfangen würde zu weinen. In den letzten Monaten war sie sehr nah am Wasser gebaut. Ob dieses Verhalten hormonell ausgelöst wurde? Sie war Mitte fünfzig, vielleicht waren das die berühmt-berüchtigten Wechseljahre?

»Fahr vorsichtig, mein Schatz!«, rief sie mir hinterher, als ich das Haus mit einem kurzen Winken verließ.

Ich drehte mich noch einmal zu ihr um. Sie stand in der Tür und schenkte mir dieses typische Mütterlächeln, gefüllt mit Liebe und auch Wehmut, weil ihr Kind schon groß und selbständig war.

»Mach dir keine Sorgen«, sagte ich in sanftem Tonfall. »Ist ja nur ein kurzer Weg.« Dann warf ich ihr noch eine Kusshand zu, und sie tat so, als würde sie den Kuss auffangen.

Mit dem Gefühl, geliebt zu werden, stieg ich in meinen Transporter und fuhr nach Hause in die Main Street, wo ich den Abend mit Lesen verbringen wollte. Aber zuerst würde ich mir die Sendung über das *Tobers* anschauen.

* * *

Zehn Minuten später betrat ich meine Wohnung. Zuerst entledigte ich mich des Mantels und der Stiefel, und nachdem ich mir die Hände im Badezimmer gewaschen hatte, ging ich in die Wohnküche, um mir einen Tee zu kochen. Dort entdeckte ich einen kleinen pinken Zettel auf meinem Küchentisch. Neugierig griff ich danach. Die handgeschriebene Nachricht darauf lautete:

Liebe Lin,

ich dachte, nach einem Nachmittag mit Matt und diesem ominösen Mr. Strayton brauchst du etwas Seelenfutter;-)

Steht im Kühlschrank.

Lass es dir schmecken.

Hab dich lieb,

Hal

Lächelnd legte ich den Zettel zurück auf den Tisch. Ally, Hal und ich hatten jeweils die Wohnungsschlüssel der beiden anderen, wodurch jede von uns freien Zutritt zur Wohnung beziehungsweise zum Haus der Freundinnen hatte. Wobei ich bei Ally und Hal nicht mehr unangekündigt ins Haus stürmen würde, wie ich das früher manchmal getan hatte. Seit beide feste Partner in ihrem Leben hatten, war ich da zurückhaltender geworden.

Neugier wallte in mir auf. Was sie mir wohl mitgebracht hatte? Also ging ich zum Kühlschrank, öffnete ihn und als ich eine Schale mit Kürbissuppe entdeckte, entlockte mir das ein Lächeln. Hal wusste ganz genau, dass ich eine Schwäche für Suppen hatte. Es gab kein Gericht, das mich mehr beruhigte und zufriedener machte als eine gute Suppe. Sie konnte die Seele wärmen und dem Körper Kraft schenken wie kein anderes Essen.

Ich nahm die Schale aus dem Kühlschrank und erwärmte die Suppe in der Mikrowelle. Unterdessen befüllte ich den Wasserkocher und stellte ihn an. Das Geräusch, das daraufhin die Küche gemeinsam mit dem Brummen der Mikrowelle erfüllte, steigerte meine Vorfreude. Ich nahm eine Tasse aus dem Schrank und gab einen Teebeutel des Kräutertees hinein, den ich vor kurzem bei Mrs. Tenner im Supermarkt entdeckt hatte. Als ich das kochende Wasser in die Tasse gab, ließ die Mikrowelle auch schon ein Ping erklingen. Kaum dass ich die Tür des Geräts öffnete, strömte der angenehme Geruch nach Curry und Ingwer in meine Nase. Das roch bestimmt nicht nur lecker, sondern schmeckte mit absoluter Sicherheit auch hervorragend.

Mit der Schüssel und einem Löffel bewaffnet setzte ich mich an den Küchentisch, wo ich in der Zwischenzeit mein Tablet aufgestellt und den Regionalsender mit den schottischen Nachrichten eingeschaltet hatte. Der erste Löffel sorgte dafür, dass sich die orientalischen Gewürze in meinem Mund ausbreiteten. Der zweite ließ mich genussvoll aufstöhnen, als sich das Geschmackserlebnis in seiner ganzen Komplexität auf meiner Zunge entfaltete. Ja, die Suppe war mal wieder eine geniale Kreation von Hal, die in jedem Sternerestaurant serviert werden könnte.

Ich liebte sie!

Als die Schale halb leer war, kündigte die Moderatorin den Bericht über das *Tobers* an.

»Heute zeigen wir Ihnen ein Hotel auf der Isle of Mull, gelegen in der wunderschönen Inselhauptstadt Tobermory. Seit wenigen Tagen hat dieses bereits sehr beliebte Hotel einen neuen Direktor, der noch einmal frischen Schwung in das ohnehin schon ausgereifte Konzept bringen will. Das hat uns dazu veranlasst, genau diesem Mann einen Besuch abzustatten und uns das Hotel von ihm zeigen zu lassen.«

Dann begann auch schon die Reportage, und man konnte Matts Hotel von außen sehen. Gestern hatte die Sonne geschienen, und man musste dem Kameramann ein Lob aussprechen. Das *Tobers* erstrahlte im winterlichen Sonnenlicht und sah aus wie ein kleines Märchenschloss. Es fehlte nur noch glitzernder Schnee. Bestimmt würde der Fernsehbericht dafür sorgen, dass es in den nächsten Wochen mehr Reservierungen für die Hotelzimmer gab. Es sah einfach zu verlockend aus.

Die folgende Einstellung zeigte das weihnachtlich geschmückte Foyer, so wie ich es bei meinem letzten Besuch dort gesehen hatte. Monica stand hinter dem Empfangstresen und lächelte. Auch durch eine Kameralinse betrachtet, war sie eine wunderschöne Frau in den besten Jahren. Anschließend drehte die Kamera auf den Reporter, der ein Mikrophon in der Hand hielt. Das Licht der vielen Lampen im Foyer ließ seine gegelten Haare glänzen, und er lächelte, als wolle er der künstlichen Beleuchtung Konkurrenz machen.

»Willkommen im *Tobers*, einem der besten Hotels in Schottland. Mein Name ist Jack Morgan, und ich werde Sie, meine lieben Zuschauer, heute mitnehmen und Ihnen die ansprechenden Zimmer und das Restaurant zeigen. Aber auch die Mitarbeiter werden zu Wort kommen.«

Es war faszinierend, einen Ort, den man gut kannte, durch die Linse einer Kamera zu sehen. Alles wirkte wie immer und doch wieder nicht. Der Reporter wies mit der Hand zur Seite, und die Kamera schwenkte im nächsten Moment auf Callum Strayton, der locker vor dem Weihnachtsbaum stand und freundlich lächelte. Er sah noch besser aus als sonst, auch wenn ich das nicht für möglich gehalten hätte. Vielleicht lag das an der richtigen Beleuchtung, oder aber die Filmemacher hatten einen Weichzeichner verwendet. Bestimmt würde er nach diesem Auftritt Angebote von Werbefirmen und Schauspielagenturen bekommen. Wer wollte sein neuestes Produkt nicht von einem solchen Gesicht promoten lassen, nach so jemandem suchten sie bestimmt.

»Mr. Strayton, Sie sind der neue Direktor dieses wundervollen Hotels. Was hat Sie dazu veranlasst, auf die Isle of Mull zu ziehen und London den Rücken zu kehren?«

»Da gibt es verschiedene Gründe. Ein Angebot für einen neuen Job, das ich nicht ablehnen konnte, und ein neues Zuhause, das genau dem entspricht, was ich mir schon immer vorgestellt habe, sind nur zwei davon.«

Das ließ mich nun doch stutzen. Er wollte schon immer auf der Isle of Mull leben? War er hier bereits im Urlaub gewesen? Oder hatte er auf der Insel Verwandte, von denen ich noch nichts wusste? Dieser Mann machte mich ständig neugierig, bevor er erneut dafür sorgte, dass ich mich unwohl fühlte.

Als ich mich wieder auf den Monitor meines Tablets konzentrierte, erklärte Callum gerade: »Gelernt habe ich in einem Hotel in Paris und bin dann über ein paar Umwege im *Savoy* in London gelandet, wo ich, bis ich hierher wechselte, gearbeitet habe.«

Der Reporter riss die Augen auf und sagte: »Wow, das ist eine ziemlich edle Adresse in unserer überaus geliebten Hauptstadt.«

Callum lächelte in die Kamera und erwiderte: »Ja, da haben Sie recht, Jack. Das *Savoy* gilt als eines der besten Hotels des ganzen britischen Empires, und das zurecht.«

»Also haben Sie Ihren alten Arbeitsplatz nicht mit einem Groll verlassen?«

»Nein, absolut nicht. Ich werde immer nur gute Worte für das *Savoy* übrighaben. Es ist und bleibt ein ganz wunderbares Hotel, aber ich werde dafür sorgen, dass man in den gleichen Tönen vom *Tobers* sprechen wird.«

»Das hört sich gut an. Aber nun geben Sie uns doch einen Einblick in Ihr neues Wirkungsgebiet, Mr. Strayton.«

»Sehr gern. Lassen Sie uns zuerst einen Blick in unser hervorragendes Restaurant werfen. Wir bieten dort vor allem regionale Produkte an. Fangfrischen Fisch und Fleisch von Tieren, die auf der Insel ein glückliches und zufriedenes Leben führen durften.«

Die nächsten Minuten zeigte Callum das Restaurant, die Küche und Speisen, sowie eins der Zimmer. Dann ging Callum mit dem Reporter durch den Flur, der zu seinem Büro führte, und erklärte, dass sich in diesem Gemäuer schon immer ein Hotel befunden, es jedoch lange Jahre leer gestanden hatte.

Als sich die Türen zum Büro wie durch unsichtbare Hände öffneten, erblickte man Matt, der mit verschränkten Armen vor dem Fenster stand und hinausschaute, ehe er sich zur Kamera drehte. Ganz in Dunkelblau gekleidet und natürlich in einem Anzug mit Goldknöpfen, stellte er das Sinnbild eines Hotelbesitzers dar.

Beinah musste ich lachen, weil das für mich so unübersehbar nicht Matt war. Er hatte sich für die Fernsehsendung verkleidet. Kein Wunder, dass er sich so unwohl gefühlt hatte. Das würde sicherlich jedem so gehen, wenn er dermaßen herausgeputzt worden wäre.

Matt wurde kurz vorgestellt, worauf er mit einem jovialen Nicken antwortete. Callum erzählte von dessen Lottogewinn und wie Matt sich damit einen Traum erfüllt hatte, den er schon als Jugendlicher geträumt hatte. Wieder sah Matt maskenhaft in die Kamera und wirkte unnahbar, ganz anders, als ich ihn kannte. Mein guter, alter Schulfreund verkaufte sich als kaltherziger Hotelinhaber à la Donald Trump. Ich konnte es nicht fassen. Er musste wahrhaft aufgeregt gewesen sein.

Dann wurde Callum wieder ins Bild gerückt. Er stand nun direkt neben dem Strauß, den ich für die angebliche Hochzeit gebunden hatte. Selbst nach einer Woche sahen die Blumen noch super aus. Ich lächelte wohlwollend, weil ich stolz auf meine Arbeit und die Qualität der Ware war.

Noch während ich mich selbst lobte, was ich eigentlich viel zu selten tat, wurden Callum die nächsten Fragen gestellt. Er berichtete, dass am Wochenende ein Wettstreit im Hotel stattfinden sollte.

»Wir fordern alle, die an diesem Wettkampf mitmachen wollen, auf, am Sonntag um drei Uhr nachmittags zu uns zu kommen. Das schönste Weihnachtsgesteck wird gesucht. Eine Floristin wird eine Vorgabe liefern, und die Teilnehmer des Wettkampfs werden hier vor Ort die Möglichkeit haben, sich an diesem Gesteck orientierend, ihr eigenes Kunstwerk zusammenzustellen. Das Material, Getränke und Snacks werden für einen Unkostenbeitrag von zwanzig Pfund zur Verfügung gestellt, und das Gesteck darf nach Beendigung der Veranstaltung mit nach Hause genommen werden. Unter allen Teilnehmenden wird das *Tobers* drei Gewinner küren. Der dritte Platz erhält einen Fünfzig-Pfund-Gutschein für unser hauseigenes Restaurant, das Sie ja schon vorhin besichtigen konnten.« Callum sah in die Kamera und lächelte, was ein merkwürdiges Kribbeln in meinem Magen verursachte. »Für den zweiten Platz gibt es ein Candle-Light-Dinner für zwei im selben Restaurant. Und auf den Gewinner«, hier machte er eine geschickte Pause, ehe er fortfuhr, »warten zwei Übernachtungen für zwei Personen in unserem Hotel, und für das leibliche Wohl während des Aufenthaltes wird ebenfalls gesorgt.«

Staunend hatte ich ihm gelauscht. Ein Wettkampf für das schönste Gesteck? Da war ich ja schon jetzt gespannt, was die Leute so zustande bringen würden. Aber noch mehr erstaunte es mich, dass er offenbar noch weitere Floristen unter Vertrag genommen hatte. Wer lieferte das Gesteck und die Materialien? Ein wenig war ich neidisch auf denjenigen, der diesen Auftrag hatte ergattern können.

Doch als Callum gefragt wurde, ob das Hotel einen eigenen Floristen hatte, hielt ich unwillkürlich die Luft an.

»Tatsächlich haben wir eine regionale Floristin beauftragt, uns regelmäßig mit frischen Blumen zu beliefern.« Er drehte sich ein Stück zu meinem Strauß, der nicht mehr meiner war, und sagte: »Dieses wundervolle Gesteck beispielsweise ist von der hiesigen Floristin Lindsay Bloom gemacht worden. Ihr gehört der Laden *Blooms for Flowers* in der Main Street. Den Laden und ihre Arbeit kann ich jedem, der Blumen liebt, wärmstens empfehlen.«

Mir fiel die Kinnlade herunter, ich bekam kaum noch genügend Luft. Mein Name im Fernsehen! Der Mann hatte meinen Laden und mich als Floristin beworben! Ich konnte es nicht fassen. Das konnte doch nur ein Traum sein. Aber als mein Telefon klingelte und auf dem Display der Name von Hailey erschien, wusste ich, dass ich nicht die Einzige war, die diese Sendung gesehen hatte.

»Oh mein Gott! Lin, wie genial ist das denn?«, schrie mir Hal aus dem Hörer ins Ohr, nachdem ich das Gespräch angenommen hatte. Vergessen war der Bericht, von dem gerade die letzten Minuten liefen.

»Hey, Hailey. Ich bin grad völlig durcheinander«, gestand ich ihr.

»Das glaube ich dir. Er hat in einer landesweiten Sendung Werbung für dich gemacht! Und er sieht wirklich heiß aus. Ein bisschen wie ein griechischer Gott.« Hal schwärmte so sehr, dass ich die Augen verdrehte und genervt stöhnte, obwohl ich bei unserem ersten Aufeinandertreffen denselben Vergleich gezogen hatte.

Letztendlich musste ich ihr recht geben. Callum Strayton sah heiß aus und das nicht zu wenig. Vermutlich hatte er ab sofort einen eigenen Fanclub, wenn nicht in ganz Schottland, dann zumindest auf der Isle of Mull. Zu Kristin und Soraya würden sich noch etliche gesellen und Matt hätte in Zukunft ausgesorgt, weil das Restaurant im Hotel immer ausgebucht sein würde. Doch das sagte ich nicht zu Hailey. Ich wollte sie nicht noch auffordern, ihre Schwärmerei auszuschmücken.

»Meinst du wirklich, dass die Erwähnung meines Ladens etwas bringt?«, fragte ich unsicher.

»Na klar!«, antwortete sie, ohne zu zögern.

»Vielleicht sollte ich doch endlich den Onlineshop eröffnen und die Trockengestecke anbieten. Dann könnten auch Kunden von weiter weg etwas bestellen, und ich könnte es ganz sorglos auf dem Postweg versenden. Ich habe eigentlich alles fertig, muss die Seite nur online stellen. Sozusagen aufs Knöpfchen drücken.« Das hatte ich schon länger vorgehabt, aber bisher immer vor mir hergeschoben.

»Mach das. Sofort! Ich warte so lange am Telefon, und dann schau ich sie mir als Erste an.« Ich konnte das Lächeln in ihrer Stimme heraushören.

»Meinst du?« Ich war unsicher. Würde das überhaupt angenommen werden? Wenn ja, würde ich mich damit vielleicht übernehmen?

»Auf jeden Fall! Los, hol den Laptop, Baby!«

Ich schob meine Zweifel von mir, stand kichernd auf und kam mit dem Laptop zurück. »Hab ihn.«

»Das ist so aufregend. Und ich darf dabei sein!« Hal übertrieb mal wieder extrem.

Aber das mochte ich an ihr. Mit ihr fühlten sich Momente wie dieser ganz besonders an. Hätte ich die Seite einfach so online gestellt, dann wäre dieser Zauber, der gerade in der Luft lag, nicht zu spüren gewesen.

»Und? Hast du die Seite schon aufgerufen? Ich würde jetzt am liebsten neben dir sitzen und dir über die Schulter schauen.«

»Warte, ich öffne sie jetzt.« Ich klickte den Browser an und rief meine Webseite auf, die noch im Schlafmodus und damit nur für mich sichtbar war. Dann überprüfte ich noch mal alles, was ich in den letzten Wochen geschrieben und aufgebaut hatte. Alle Bilder waren schön platziert, die Preise richtig und die Beschreibungen passten. Es gab nichts mehr, was ich hätte ändern müssen. »Okay, ich bin so weit!«

»Soll ich rückwärts zählen?«, fragte Hal kichernd.

»Einverstanden«, erwiderte ich und ließ den Finger über dem Veröffentlichungsbutton schweben.

»Okay, mach dich bereit! Drei – zwei – eins – go!«

Ohne weiter über irgendwelche Fallstricke nachzudenken, die dieser Schritt mit sich bringen konnte, drückte ich den Finger auf die Taste, und die Seite ging online. »Die kleine Sanduhr in der Mitte dreht sich. Warte … Jetzt! Sie ist online, Hal!« Ich kreischte es fast. Mein Herz schlug schneller als der Takt eines Technoliedes, und mir war plötzlich extrem heiß.

»Yes, Baby! Herzlichen Glückwunsch! Ich bin so stolz auf dich, Linnymaus. Ich rufe sie gleich auf – www.blooms-for-flowers.com, richtig?«

»Ja, richtig.« Aufgeregt wartete ich auf ihre Reaktion. Sobald sie sich alles angeschaut hätte, würde sie mir ihre Meinung sagen. Bei Hal musste man mit allem rechnen, sie nahm kein Blatt vor den Mund. Sie sagte immer ihre Sichtweise, und man wusste stets, woran man war. Ich liebte ihre ehrliche Art, doch nicht jeder kam damit zurecht. Schon so manches Mal war sie angeeckt und hatte Menschen vergrault, weil sie zu direkt mit ihnen umgegangen war. Menschen, die sich selbst in Watte packen wollten und unehrliche Antworten bevorzugten.

»Wow! Lin, das sieht großartig aus. Ich wusste gar nicht, dass du dich so gut mit dem Erstellen von Webseiten auskennst. Es ist total professionell.«

Sie hatte Ahnung in Computerdingen, deshalb freute ich mich umso mehr über ihr Lob. Die letzten Wochen hatte ich mich eingehend mit der Erstellung meiner Webseite befasst, hatte Gestecke angefertigt – momentan winterliche und weihnachtliche – und alles fotografiert und hochgeladen. Es war viel Arbeit gewesen, aber allein Haileys lobende Worte entschädigten bereits für die viele Mühe.

»Danke. Jetzt bin ich aufgeregt, ob mich überhaupt jemand im weltweiten Web finden und dann etwas bestellen wird.«

»Ganz bestimmt! Nach der Werbung durch den Hoteldirektor des *Tobers* zur besten Sendezeit wird es da sicherlich haufenweise Interesse geben!« Haileys Begeisterung war geradezu ansteckend. »Bestimmt haben sie schon alle deinen Namen in die Suchleiste eingegeben.«

»Das wäre wirklich genial.« Allein die Vorstellung verursachte ein warmes Gefühl in meinem Magen.

»Aktualisiere doch mal die Seite, auf der man die Seitenaufrufe ablesen kann«, forderte sie mich auf.

Ich tat es und bekam große Augen. »Schon hundert Seitenaufrufe!«, entfuhr es mir mit einem Quieken in der Stimme.

Das brachte Hal zum Lachen. »Ich hab's dir doch gesagt! Wie gut, dass ich dich angerufen habe.«

»Ja, ohne dich hätte ich die Seite nicht online gestellt«, gestand ich meiner Freundin.

»Dachte ich mir schon«, sagte sie in sanftem Tonfall. »Aber du solltest dich auf jeden Fall bei dem Kerl bedanken, wenn du ihn das nächste Mal siehst. Das ist nicht selbstverständlich, was er da für dich getan hat.«

Da war ich der gleichen Meinung. »Das mache ich, auch wenn ich einfach nicht verstehe, warum er das getan hat. Immerhin gibt er mir ständig das Gefühl, dass wir absolut nicht auf einer Wellenlänge sind. Heute auch, da hat er alle anderen geduzt und sich duzen lassen. Nur bei mir ist er beim Sie geblieben.« Ich war genervt, dass meine Stimme sich so jämmerlich bei dieser Enthüllung anhörte.

»Hast du ihm denn das Du angeboten?«, stellte Hal eine absolut legitime Frage.

Dennoch hielt ich kurz inne. »Nein, das habe ich nicht. Ich dachte, das hätte er tun müssen. Immerhin ist er mein Auftraggeber. Da sollte man doch immer auf die Hierarchie achten und nicht jemandem, der über einem steht das Du anbieten, oder?«

»Das ist doch veralteter Blödsinn! So wie das gelaufen ist, kannst du dich auch nicht beschweren. Wenn dir das wichtig gewesen wäre, hättest du ihm doch das Du anbieten können. Vielleicht hat er darauf gewartet?«

Hatte Hal etwa recht? Hatte Callum darauf gewartet, dass ich ihm das Du anbot, dass ich auf Matts Vorschlag einging? »Mh, gut möglich.« Das zuzugeben gefiel mir ganz und gar nicht. Hatte ich die Situation vorhin so falsch eingeschätzt?

»Na siehst du. Denk dran, wir leben zwar in einer modernen Welt, aber manchmal reagieren die Menschen immer noch ein bisschen altmodisch. Ich warte zum Beispiel immer darauf, dass diejenigen, die älter sind als ich, mir das Du anbieten. Vielleicht ist dieser Callum auch altmodisch und wollte, dass die Frau ihm das Du anbietet, weil er dir nicht zu nahe treten und dir die Möglichkeit geben wollte, das selbst zu entscheiden. Der hat vielleicht gar nicht daran gedacht, dass er dein Auftraggeber ist, sondern hat einfach wie in einer ganz normalen privaten Situation reagiert. Oder genau umgekehrt. Er wollte dich als die in gewisser Weise von ihm abhängige Dienstleisterin nicht in Verlegenheit bringen, damit du dich nicht genötigt fühlst, das Angebot anzunehmen, um den Auftrag nicht zu gefährden.«

Zaghaft nickte ich. Vielleicht hatte sie recht.

»Und erinnere dich an mich, als ich Ben nicht anrufen wollte, weil ich dachte, den Schritt müsste der Mann gehen.«

»Ja, stimmt.« Ich konnte mich noch gut daran erinnern.

»Na klar, wir sind alle nur Menschen und oft festgefahren in unseren Verhaltensweisen. Geh auf ihn zu, vielleicht werdet ihr ja doch noch gute Freunde«, schlug Hal nachsichtig vor.

Ich wiegte den Kopf und überlegte. Freunde? Mir wäre es schon recht, wenn ich unbedarfter mit ihm umgehen könnte. Bisher war mir das nicht gelungen. Er übte eine Anziehungskraft auf mich aus, die zum Teil irrational handeln oder denken ließ. »Vielleicht werde ich das machen.«

Wir sprachen noch ein paar Minuten über alles Mögliche, dabei erwähnte Hal immer wieder Callum und wie gut er aussah. Als wenn man mir das unter die Nase reiben musste. Das hatte ich schon selbst festgestellt.

Kurz darauf verabschiedeten wir uns. Das war mal wieder ein aufschlussreiches Gespräch mit meiner Freundin Hailey gewesen. Sie hatte es geschafft, mir die Augen zu öffnen. Mir zu zeigen, dass es nicht nur meine Sichtweise, sondern auch die von Callum gab, die möglicherweise ganz anders war als meine eigene.

Den Rest des Abends verbrachte ich mit Lesen. Doch hin und wieder unterbrach ich meine Lektüre und schaute in die Mails. Auch wenn ich es nicht für möglich hielt, gab es tatsächlich schon ein paar Bestellungen über meine neu veröffentlichte Webseite.

* * *

Montag, 11. Dezember

»Wie viele Seitenaufrufe und wie viele Bestellungen hast du mittlerweile?«, rief mir Hailey entgegen, als ich am Montagmittag in ihren Laden kam. Es war rappelvoll, und sie hatte mit dieser laut gestellten Frage die Aufmerksamkeit aller auf mich gezogen. Zudem fragte ich mich, wie viele der etwa fünfzehn Gäste die Sendung am Samstag gesehen hatten, denn die meisten grinsten wissend.

Da ich mit der ersten Fähre rüber aufs Festland gefahren war, um neue Ware zu holen, hatte ich Hal heute noch nicht gesehen. Frühstück hatte ich mir vorsichtshalber schon zu Hause gemacht.

Als ich gegen halb sechs Uhr zum Großhandel aufgebrochen war, hatte ein dichter Nebel über der Insel gehangen und nicht nur mich dazu veranlasst, auf den Straßen, allen voran den Single

Track Roads, vorsichtiger und vor allem langsamer zu fahren als normalerweise. Das war auf der Rückfahrt immer noch so gewesen. Die Fähre hatte Verspätung gehabt, die Bewohner von Mull waren langsamer gefahren, und das alles hatte dazu geführt, dass ich mich hatte beeilen müssen, um meinen Laden noch rechtzeitig öffnen zu können.

Grinsend ging ich auf den Tresen zu, hinter dem Hailey hervorkam. Liebevoll nahm ich sie in den Arm. Als sie mich wieder losließ und mir ins Gesicht sah, antwortete ich ihr endlich: »Ich kann das immer noch nicht fassen. Es sind so viele Bestellungen, was absolut phantastisch ist. An die zehntausend Aufrufe, und ich habe schon fünfzig Aufträge. Nur gut, dass ich so viele Blumen getrocknet habe und damit auch alles zeitnah liefern kann.«

Hailey klatschte in die Hände und sprang auf und ab. »Das ist so toll.«

In diesem Moment kam Ally ins *Lizzy's* und sah irritiert zwischen uns hin und her. »Was ist toll? Ich will mich auch mit euch freuen.« Uns nicht aus den Augen lassend, zog sie sich eine knallrote Pudelmütze vom Kopf und versuchte anschließend, sich des dazu passenden Schals zu entledigen.

Hal nahm Ally in den Arm, während der Schal noch halb an ihrem Hals baumelte, und drehte sich einmal um die eigene Achse mit ihr. »Unsere Lin ist eine kleine Berühmtheit!« Dann brachte sie unsere gemeinsame Freundin auf den neuesten Stand.

Phil, der gerade frische Scones in die Auslage legte, hob die Hand zum Gruß, und ich winkte ihm zur Antwort. Anschließend ließ ich meinen Blick umherschweifen und lächelte die Leute an, für die wir hier eine echt unterhaltsame Show ablieferten.

Unser alter Mathelehrer aus der Primary School, Mr. Turner, hob sogar anerkennend seinen Daumen, als ich seinem Blick begegnete. Früher war er ein Furcht einflößender Mann gewesen, hatte oft Strenge walten lassen. Doch mittlerweile war er gutmütiger geworden und lächelte viel öfter, was seinem Gesicht, das von einem grauen Bart umrahmt war, einen großväterlichen Glanz verlieh. Seit einigen Monaten kam er fast täglich ins *Lizzy's* und trank dann mehrere Tassen Tee, aß etwas und löste Sudokus. Sogar einen Stammplatz hatte er bereits. Er lebte allein, und so zog es ihn auch nach der Pensionierung jeden Tag ein wenig unter Menschen. Nach dem jahrelangen Dienst in der Schule und der Arbeit mit den vielen Kindern erschien ihm die Einsamkeit und Stille in seiner Wohnung erdrückend, und er brauchte die Routine, das Haus zu verlassen. Das hatte er Hal einmal an einem ruhigen Morgen gestanden.

»Was?«, stieß Ally hervor und zog meine Aufmerksamkeit wieder auf meine Freundinnen. »Das ist ja genial! Aber warum habt ihr mich nicht angerufen und mich eingeweiht? Ich habe nicht einmal die Sendung gesehen.« Schmollend wickelte sie sich das Ende des langen Schals von ihrem Hals und zog die Jacke aus.

»Ich habe eine Nachricht in die Gruppe geschrieben, und da du die nicht gesehen hast, warst du wohl anderweitig gut beschäftigt«, erklärte ich zwinkernd. »Musstest du wieder Marathon-Kniffeln?« Ich legte meinen Mantel über die Lehne des Stuhls, ehe ich mich setzte. »Wir wollten dich an deinem Familienwochenende doch nicht stören. Außerdem kannst du die Reportage auch noch online anschauen, der Sender hat sie in der Mediathek hinterlegt.« Das wusste ich so genau, weil ich die Sendung auf meiner eigenen Internetseite verlinkt hatte.

»Cool! Das muss ich mir auf jeden Fall noch anschauen.«
Dann beugte sie sich zu mir und raunte: »Wie hast du den Kerl
dazu gebracht, für dich Werbung zu machen?« Dabei wackelte
sie mit den Augenbrauen.

Ich stöhnte auf. »Aus deinem Mund hört sich das an, als hätte
ich ihn mit Sex erpresst.«

»Hast du?«, hakte Hailey nach und sah mich mit unbewegter Miene an, als wäre es das Normalste auf der Welt, einer
Freundin eine solche Frage zu stellen.

Ally amüsierte das offensichtlich, denn sie fing an zu kichern,
doch mir war definitiv nicht nach Lachen zumute.

»Ich glaube nicht, dass der Kerl mich besonders attraktiv
findet – jedenfalls hat er sich bisher nichts dergleichen anmerken lassen. Wenn ich ihm mit Sex drohen würde, wäre er wahrscheinlich schon von der Insel geflohen und hätte sich woanders
eine Arbeitsstelle gesucht.«

Das brachte Hal dazu, die Augen zu verdrehen, so als würde
ich total übertreiben.

»Ich hol mal den Nudelauflauf«, sagte sie rasch, als sie meinen düsteren Gesichtsausdruck bemerkte.

Ally hingegen wurde wieder ernst. Sie sah mich mit hochgezogenen Augenbrauen an und fragte: »Warum denkst du denn,
dass er dich nicht attraktiv finden könnte?«

Ich zuckte mit den Schultern. »So ganz kann ich das nicht
sagen, er ist immer so distanziert. Ist einfach ein Bauchgefühl.«

»Bauchgefühl?«, hakte sie nach.

»Na ja, ich bin total verkrampft in seiner Gegenwart, und er
wirkt ernst, sobald ich in seine Nähe komme. Ich weiß, ich bin
da überempfindlich. Aber ich werde das Gefühl nicht los, dass er
irgendwas gegen mich hat oder dass ich ihn nerve.« Um etwas

zu tun zu haben, griff ich nach der Kanne Tee, die Hal schon vor meiner Ankunft auf dem Tisch platziert hatte, und goss allen etwas in die bereitstehenden Tassen.

»Vielleicht denkt er dasselbe über dich. Eure ersten Aufeinandertreffen sind ja nicht gerade glücklich verlaufen.« Ally tat sich einen Löffel Zucker in den Tee. Keine von uns ließ sich durch die neue Zuckersteuer in Großbritannien davon abhalten, ihren Tee zu süßen. Ally wärmte ihre Hände an der Tasse und sah sie mich aufmerksam an. »Wenn ich mich recht erinnere, hast du ihn in seiner Hörweite als Londoner Schnösel bezeichnet.«

»Gut möglich, aber ich weiß auch nicht, wie ich die Situation zwischen uns auflockern soll.« Ich nippte an dem Tee und verbrannte mir prompt den Mund. »Mist!«

In diesem Moment trat Hal an den Tisch und stellte drei Teller ab. Darauf ein köstlich aussehender Auflauf mit einer kleinen Salatbeilage. »Lasst es euch schmecken. Phil übernimmt. Dann können wir in Ruhe essen und quatschen.«

Während wir genüsslich kauten, sah ich, wie der kleine Kenny draußen vorbeilief, und mir fiel der Freitagabend wieder ein. Deshalb legte ich die Gabel zur Seite und erzählte den anderen beiden von der Situation mit Soraya.

»Und dann sagte der Junge doch tatsächlich zu mir, dass er denkt, seine Mutter könne ihn nicht leiden.«

»Nicht dein Ernst!« Ally sah mich aus großen Augen an.

Hailey hingegen wirkte alarmiert. Vermutlich erging es ihr da so ähnlich wie mir. Aber aufgrund ihrer eigenen Vergangenheit wühlte sie das mit Sicherheit noch mehr auf als mich. Ich wollte mit den beiden einfach über mein Gefühl und die Tatsache reden, dass Soraya ihren Sohn zwei Stunden zu spät abgeholt hatte.

Auf keinen Fall wollte ich mir im Nachhinein vorwerfen, weggeschaut zu haben. Und ich wusste, dass keine von ihnen danach schlecht über die Mutter reden und das weitertragen würde, was wir hier miteinander besprachen.

»Ist das ein Hilferuf, wenn ein Kind so etwas jemandem wie mir erzählt?«, fragte ich leise.

Hal brummte. »Zumindest scheint es ihn stark zu bewegen. Immerhin bist du keine Vertrauensperson. Auch wenn ihr mehrere Stunden miteinander verbracht habt. Das ist keine Sache, die man jedem erzählt.«

Ally nickte nachdenklich. »Es gibt da was, das ich von einer Kundin erfahren habe, aber nicht ganz für voll genommen habe.«

Sofort waren Hal und meine Aufmerksamkeit ausschließlich auf Ally gerichtet. »Was hast du erfahren?«, hakte Hailey nach.

»Die Kundin ... also gut, es ist Mrs. Tenner«, fügte Ally hinzu.

Mrs. Tenner gehörte der kleine Laden, in dem wir alle schon immer am liebsten einkauften. Obwohl es mittlerweile einen richtigen Supermarkt auf der Insel gab, blieben wir Mrs. Tenner treu.

»Was hat sie gesagt?«, fragte ich vorsichtig.

»Sie meinte mal vor einigen Monaten, dass sie denkt, dass Soraya ein Verhältnis mit einer Frau hat, die in Lochdon wohnt.«

Hailey hob den Zeigefinger, als wäre sie auf eine geniale Idee gekommen. »Vielleicht ist sie bei ihrer Freundin eingeschlafen, und du hast sie mit deinem Anruf geweckt.«

Ich nickte. »Das würde passen. Sie ist erst nach mehrmaligem Klingeln rangegangen und hat sich dann total atemlos angehört. Und Lochdon ist vierzig Minuten von Tobermory entfernt. Das würde also zur Verspätung passen«, fügte ich nachdenklich hinzu, woraufhin ich zustimmendes Gemurmel der anderen beiden erntete.

Wir schwiegen und dachten kurz über das nach, was wir uns gerade zusammengereimt hatten. Was, wenn wir damit völlig falschlagen? Niemand wusste, ob das stimmte, was Mrs. Tenner erzählt hatte. Aber es wäre zumindest eine Erklärung, die logisch klang.

»Ich sollte Soraya einfach darauf ansprechen und ihr dann sagen, dass Kenny sich nicht geliebt fühlt, oder?«

Hailey und Ally nickten beide bestätigend. »Vermutlich wäre es das Beste«, bekräftigte Ally mich in meiner Idee.

»Ich hoffe nur, dass sie das nicht persönlich nimmt und dann wütend auf mich wird. Das ist schließlich ein heikles Thema.« Unsicher rutschte ich auf dem Stuhl herum. Allein die Vorstellung sorgte für ein ganz mulmiges Gefühl in meinem Magen.

»Soll ich dabei sein?« Hal sah mich fragend an.

»Nein, das wäre nicht gut, denke ich«, antwortete ich rasch. »Da würde sie sich sicherlich in die Enge getrieben fühlen. Besser wenn ich das allein mit ihr bespreche, nicht dass sie sich noch fühlt, als würde sie vor Gericht sitzen.«

»Guter Einwand! Daran habe ich nicht gedacht.« Hal machte ein zerknirschtes Gesicht.

Ich griff nach der Gabel und fing wieder an zu essen. Die beiden anderen taten es mir gleich. Schweigend hingen wir unseren Gedanken nach. Meine Freundinnen hatten jede ihre eigenen Erfahrungen mit Müttern gemacht, die nicht der Norm entsprachen und nicht immer zum Wohle ihres Kindes gehandelt hatten. Hatte ich mit dieser Geschichte ihre Wunden wieder aufgerissen? Es tat mir leid, dass sie sich damit beschäftigen mussten.

Aber mit wem konnte ich besser über so etwas reden als mit ihnen? Sie wussten genau, welche Konsequenzen Wegschauen haben konnte und konnten nachvollziehen, wie sehr ein Kind litt, wenn es sich von der Mutter nicht geliebt fühlte.

6

Brìgh gach cluiche gu dheireadh.
– Der Gewinner des Spiels steht erst am Ende fest. –

Dienstag, 12. Dezember

Den restlichen Montag hatte ich zum Großteil damit verbracht, die online georderten Trockengestecke zu erstellen, zu verpacken und dann zur Post zu bringen. Aber es würde noch ein paar Tage dauern, bis ich alle Bestellungen abgearbeitet hätte. Zumal immer wieder neue Wünsche eintrudelten, was großartig war und mir half, meine desolaten Finanzen wieder auf ein sehr viel besseres Level zu hieven. Wenn es so weiterging, würde ich zusätzliche Blumen nur fürs Trocknen besorgen müssen, weil mein Ausschuss allein nicht mehr reichte.

Als ich an diesem Morgen weit vor der Öffnungszeit den Laden betrat und die Gestecke für das Hotel fertigte, spielte ich das erste Mal überhaupt mit dem Gedanken, eine Aushilfe einzustellen. Bisher hätte ich mir das finanziell nicht leisten können, da die Bestellungen über meine Webseite jedoch alle per Vorkasse bezahlt worden waren, stellte das zumindest im Moment kein Problem dar.

Nur, wer würde sich temporär bereit erklären, für mich zu arbeiten? Ohne Festanstellung. Ohne zu wissen, wie lange ich genügend Aufträge bekäme. Jemand, der von Floristik zumindest ein bisschen Ahnung hatte ... Ich zerbrach mir den Kopf, und zuerst fiel mir auch niemand ein. Doch dann kam mir eine ganz verrückte Idee. Eine Idee, die sich gut anfühlte und mir ein Lächeln auf die Lippen zauberte.

Ohne zu zögern, griff ich nach meinem Telefon und wählte eine Nummer, die ich bereits seit Ewigkeiten auswendig konnte, jedoch schon lange nicht mehr angerufen hatte. Mit klopfendem Herzen lauschte ich dem Freizeichen. Nach dreimaligem Läuten nahm jemand das Gespräch an.

»Burnett«, meldete sich eine weibliche Stimme, die mich lächeln ließ.

»Shona? Ich bin's, Lindsay Bloom.«

»Lin!«, quietschte sie in den Hörer, und mein Lächeln verstärkte sich noch mehr. »Wie schön, dass du dich mal meldest! Wie geht es dir denn? Wie läuft dein Laden?«, wollte sie von mir wissen, und ich hörte ihrer Stimme an, wie sehr sich freute, von mir zu hören.

»Mir geht es super. Wie geht es deinem Sohn und deinem Mann?«, führte ich den Smalltalk weiter.

»Beiden geht es sehr gut. Timmy-Boy ist jetzt im Kindergarten und entwickelt sich ganz hervorragend, und Malcolm arbeitet noch immer im Holzhandel der Hendersons.«

»Das hört sich klasse an. Und du? Was machst du so, jetzt da Timmy im Kindergarten ist?« Nun kam ich endlich zur Sache.

Shona Burnett hatte mit mir zusammen die Ausbildung zur Floristin auf der Isle of Mull absolviert. Damals hatte sie vorgehabt, nach London zu ziehen. Doch dann hatte sie ihren Mann kennen- und lieben gelernt und war auf der Insel geblieben. Und weil es damals keine freien Stellen gegeben hatte, hatte sie nie wirklich in dem Job gearbeitet, während ich meinen Laden eröffnet hatte. Als sie kurz darauf schwanger wurde, hatte sich das Thema arbeiten dann vorerst sowieso erledigt.

»Ach, frag lieber nicht. Ich langweile mich immer mehr, jetzt, da der Kleine bis nachmittags nicht zu Hause ist. Ich bin auf der Suche nach einem Teilzeit-Job, habe aber bisher nichts Passendes gefunden.«

Ich grinste zufrieden, das war genau, worauf ich gehofft hatte.

»Das trifft sich gut. Ich suche für diesen Monat und vielleicht auch für die kommenden eine Aushilfe. Was hältst du davon, bei mir zu arbeiten?« Ich hielt die Luft an.

Am Telefon war es kurzfristig so leise, dass ich einen Blick auf das Display warf, um zu sehen, ob Shona aufgelegt hatte. Die Zeit unseres Telefonats lief weiter, also musste sie noch dran sein.

»Meinst du das ernst?«, fragte sie ganz leise, so dass ich sie beinahe nicht verstand.

»Ja, absolut ernst. Aber ich kann dir erst mal nur ein paar Stunden anbieten und dich immer nur monatsweise beschäftigen, je nachdem, wie die Auftragslage ist. Es entwickelt sich gerade eine neue Perspektive, ich kann aber noch nicht sagen, ob das auch dauerhaft so bleiben wird. Was sagst du dazu?« Bitte sag ja, dachte ich.

Shona quietschte erneut, und ich wusste, was das zu bedeuten hatte. Doch da fügte sie ihrem Jubelschrei auch schon Worte hinzu.

»Ja! Ja! Ja! Natürlich ja!« Beinah konnte ich sehen, wie sie in ihrer Küche auf und ab hüpfte und vor Freude über das ganze Gesicht strahlte. »Wann soll ich anfangen?«

Ich ballte die Hand zur Faust und hob sie triumphierend in die Luft. »Von mir aus gleich heute.«

»Wirklich?«, hakte Shona ungläubig nach.

»Natürlich. Ich brauche dich am besten gleich.« Was nicht gelogen war. Wenn ich jemanden hätte, der sich um den Verkaufsraum kümmerte, könnte ich weiter die Bestellungen abarbeiten.

»Timmy-Boy ist bis drei Uhr im Kindergarten. Ich kann bis halb drei, danach muss ich ihn abholen, weil Malcolm bis fünf Uhr arbeiten muss.«

»Das ist klasse! Dann sei am besten um zehn Uhr im Laden. Passt das?«, schlug ich vor.

»Ich werde da sein. Danke, Lin!« Ihre Stimme zitterte, was mir einen Kloß im Hals verursachte.

»Ich habe dir zu danken. Warum, erklär ich dir nachher.« Nachdem wir uns verabschiedet hatten, überkam mich ein so zufriedenes Gefühl, dass ich sofort wusste, dass ich die richtige Entscheidung getroffen hatte.

Lächelnd widmete ich mich weiter den Sträußen für das Hotel, damit ich sie gegen neun Uhr ausliefern konnte. Dann konnte ich mich auch bei Callum Strayton bedanken und ihn vielleicht dazu bringen, mich doch ein kleines bisschen zu mögen.

* * *

Auf dem Weg zum Hotel stellte ich erschrocken fest, dass es nur noch elf Tage bis Weihnachten waren. Aber ich konnte entspannt sein. Ich hatte schon ein paar Geschenke im November besorgt beziehungsweise selbst gemacht. Die waren bereits eingepackt und mit Namensschildern versehen. Auf meiner Liste hatte ich dementsprechend hinter die Namen Matt, Tally, Toni und von ein paar meiner Stammkunden schon einen Haken setzen können. Mir fehlte allerdings noch etwas für meine Eltern, Hailey und Ben und für Ally und ihre neue Familie.

So langsam schlich sich bei mir die Vorfreude auf Weihnachten ein. Ich würde die beiden Tage wie schon im letzten Jahr bei meinen Eltern verbringen und auch wieder dort schlafen. In meinem alten Kinderzimmer, das noch immer so eingerichtet war wie damals, als ich mein Elternhaus verlassen hatte, um gemeinsam mit Brian die Wohnung in der Main Street über meinem Blumenladen zu beziehen. Es würde sicherlich genauso merkwürdig sein wie im Vorjahr. Der Gedanke fühlte sich an, als würde ich darüber nachdenken, mich in ein viel zu enges Kleid zu zwängen. Ich war dem Zimmer meiner Kindheit entwachsen. Aber ich wollte dieses Weihnachten trotzdem eine Nacht dortbleiben, schließlich hatte ich es meinen Eltern versprochen. Das würde mir bestimmt nicht schwerfallen, weil es sich dennoch um mein Zuhause handelte.

Warum mir ausgerechnet heute einfiel, wie ich Weihnachten verbringen würde, wusste ich nicht. Aber vielleicht lag es daran, dass so viele ihre Läden hübsch geschmückt hatten und die bunte Häuserfront der Main Street zudem mit warmweißen Lichtern aufzuwarten hatte. Dadurch erschien Tobermorys Flaniermeile, als würde man sie durch einen Weichzeichner betrachten. Noch viel schöner jedoch war es am späten Nachmittag, wenn das Tageslicht langsam verschwand und die Lichter in ihrer vollen Pracht erstrahlten.

Oben beim Hotel angekommen, betrat ich das Foyer.

»Guten Morgen, Lindsay«, begrüßte mich Terry, der heute an der Rezeption saß, mit seinem amerikanischen Akzent und auf diese charmante Art, die so manches Frauenherz zu brechen vermochte. Er kam mir sofort entgegen, als er bemerkte, dass ich den großen Karton trug, und nahm ihn mir ab. »Lass mich das mal machen.«

Terry war ein paar Jahre älter als ich und hatte dieses typische Aussehen, das man mit den Männern aus Kalifornien in Verbindung brachte. Blonde, auf gewollte Weise verstrubbelte Haare und blaue Augen. Zudem sah er immer aus wie von der Sonne geküsst. Nur in seinem Blick konnte man die Dunkelheit erkennen, die ihm das Leben eingebrannt hatte.

»Hey, Terry, und danke dir. Der Weg hoch ist immer schon anstrengend genug.«

Terry Hodgekin hatte sich bei einem Ferienaufenthalt auf der Insel in seine Frau verliebt und entschieden, das sonnige Kalifornien für sie und die Isle of Mull zu verlassen. Doch Wonda hatte vor zwei Jahren Suizid begangen, nachdem ihre gemeinsame Tochter im Alter von vier Jahren gestorben war. Makabererweise an einem sogenannten Hodgekin-Lymphom, einem bösartigen Tumor im Lymphsystem. Die Geschichte dieser Familie war schwer zu verkraften, und ich hatte mich schon oft gefragt, warum Terry auf Mull blieb und wie es er schaffte, so freundlich und gütig zu jedem zu sein, der ihm begegnete, obwohl ihm das Leben das Wertvollste gleich in doppelter Ausfertigung gestohlen hatte.

»Wie geht es dir, Lindsay?«

»Ganz gut. Viel zu tun, aber das ist besser, als sich zu langweilen«, erklärte ich ihm.

Wissend nickte er, sagte jedoch nichts dazu und stellte stattdessen den Karton auf einem hüfthohen Schränkchen ab.

»Ich habe noch einen Brief mit den aktuellen Bestellungen für dich – vom Boss«, sagte er und drehte sich wieder zu mir um. »Mr. Strayton hat ihn mir gegeben, dann geht es schneller, als wenn er das alles mit dir persönlich klärt, meinte er.«

Der Grund hörte sich dermaßen an den Haaren herbeigezogen an, dass ich mich zurückhalten musste, um nicht die Augen zu verdrehen. Er vermied es, mir gegenüberzutreten. Aber natürlich sagte ich das nicht laut. Stattdessen lächelte ich Terry an und nahm den Brief entgegen. Ich würde ihn später lesen.

»Das ist sehr freundlich. Aber ich würde Mr. Strayton heute gern noch einmal persönlich sprechen. Ist er im Haus?« Ich wollte mich ordentlich dafür bedanken, was er für mich getan hatte, egal, was er davon hielt, und dann meiner Wege gehen.

»Ja, ist er. Er ist gerade kurz vor dir reingekommen, aber geh ruhig durch zu seinem Büro. Du weißt sicherlich, wo es ist, oder?«

»Na klar. Danke!« Ich überließ die Sträuße Terry und machte ich mich auf den Weg zu Callums Büro.

Der Teppichboden dämpfte meine Schritte, und überhaupt war es hier extrem still. Beinah kam ich mir wie ein Fremdkörper vor, der unbefugt hier eindrang und sich störend auf den Betrieb des Hotels auswirkte.

Was dachte ich da eigentlich für einen Blödsinn? Warum schrumpfte mein Selbstbewusstsein, sobald ich in die Nähe dieses Mannes kam? Das war doch nicht normal! Mit mir stimmte irgendwas nicht, dass ich dermaßen durchdrehte, wenn es um den neuen Hoteldirektor der *Tobers* ging. Das Hotel gehörte einem meiner besten Freunde, und dieser Strayton war hier lediglich ein Mitarbeiter wie jede und jeder andere.

Ich musste über mich selbst den Kopf schütteln, als ich an der Tür zu Callums Büro stehen blieb. Ich hob die Hand und klopfte. Nichts geschah. Ich wiederholte mein Tun, merkte aber sofort, wie zaghaft ich die Fingerknöchel gegen das Holz geklopft hatte, und wiederholte das Ganze, diesmal jedoch energischer.

»Herein!«, hörte ich eine männliche Stimme rufen. Bestimmt war das Callum, aber mit Sicherheit konnte ich es nicht sagen.

Dennoch straffte ich noch einmal meine Schultern, in Erwartung, ihm gegenübertreten zu müssen. Es war, als würde ich mir einen Schutzschild anlegen. Bei dem Mann musste ich darauf zurückgreifen, mich sozusagen absichern. Vor was eigentlich? Ich hatte keine Ahnung. Ich war mit guten Vorsätzen hergekommen. Frieden schließen, mich bedanken, ihm das Du anbieten. Ich nahm mir vor, Callum unvoreingenommener gegenüberzutreten und diese übermäßigen Gedanken abzustellen.

Kaum hatte ich jedoch die Tür geöffnet, blieb ich wie angewurzelt stehen. Mir war plötzlich sehr deutlich bewusst, vor was ich mich in Sicherheit bringen musste.

Der Anblick, der sich mir bot, ließ mich unwillkürlich nach Luft schnappen. Dann starrte ich nur noch. Das pfeifende Geräusch, das ich beim Einatmen verursacht hatte, sorgte dafür, dass Callum sich zu mir umdrehte. Mit nacktem Oberkörper stand er da. Bereits sein Rücken war nicht zu verachten gewesen, doch von vorne betrachtet, ließ er den Wunsch in mir aufkommen, mich hinzusetzen und ihn noch eine Weile einfach nur anzuglotzen. Ja, zu glotzen. Das war das richtige Wort.

Er trug lediglich eine total verdreckte Arbeitshose, die Stiefel hatte er sich bereits ausgezogen und neben den Schreibtisch gestellt. »Was ...?«, stieß ich hervor, ließ jedoch meine Frage unvollendet, weil mir einfach nicht mehr die richtigen Worte einfallen wollten. Ich war sprachlos. Was hatte ich ihn fragen wollen?

Callum hatte es offensichtlich auch die Sprache verschlagen. Er starrte genauso wie ich. Doch dann veränderte sich sein Gesichtsausdruck. Er hob die Augenbraue und beobachtete mich und meine Reaktion auf seinen umwerfenden Anblick.

Ich konnte meinen Blick einfach nicht abwenden. Callum Strayton verfügte über gut definierte Muskeln und eine leicht gebräunte Haut, die von hier aus seidig und glatt wirkte. Was ich sah, erinnerte mich schmerzlich daran, wie lange ich schon Single war. Und dieser Kerl sah nicht nur gut aus, er war verdammt heiß. Weder Brian noch sonst irgendein Mann, den ich bisher nackt zu Gesicht bekommen hatte, konnte mit ihm mithalten.

Ich ermahnte mich, ihm wieder in die Augen zu schauen, was ich sofort bereute. Callum sah mich mit einem spöttischen Blick an. Eine Augenbraue hatte er dabei hochgezogen. Es fehlte nur noch, dass er die Arme vor der Brust verschränkte, was er mir aber zum Glück ersparte. Er hatte ganz genau gemerkt, wie ich beinah angefangen hätte zu sabbern. Mist!

»Offensichtlich gefällt dir, was du siehst«, stellte er amüsiert fest. »Komm ruhig näher, dann kannst du dir alles genauer ansehen.«

Ich biss die Zähne aufeinander und sah ihn wütend an. So ein arroganter Mistkerl! Natürlich gefiel mir, was ich sah. Aber dass er es wusste, machte ihn unerträglich. Dass er wusste, dass mein verräterischer Körper auf ihn abfuhr, war mir dermaßen peinlich. Und er spielte mit meiner Unsicherheit.

»Entschuldige bitte, aber ich war doch ein wenig schockiert, dich hier halb nackt vorzufinden. Schließlich hatte ich angeklopft, und du hast mich hereingebeten.« Ich machte eine kurze Pause, ehe ich hinzufügte: »Obwohl du wusstest, dass du nicht genügend anhast ... « So wie er ging ich locker zum Du über. Dieses Mal wartete ich nicht darauf, dass er es mir anbot.

»Entschuldigung angenommen.« Noch immer zeigte sein Gesicht diesen spöttischen Ausdruck, der meine Vermutung bestätigte, dass er mitbekommen hatte, wie begehrlich ich ihn angesehen hatte. Im nächsten Moment griff er nach einem weißen Shirt und unterbrach erst dann den Augenkontakt, als er es sich überzog.

Bedauerlich.

Aber auch darin sah er nicht minder gut aus.

Er deutete auf seine Hose und sagte: »Die muss ich auch noch ausziehen. Könntest du …?« Er vollführte eine kreisende Bewegung mit dem ausgestreckten Zeigefinger. »Oder willst du …«

Da er mich immer noch provozierend ansah und dabei wissend lächelte, schüttelte ich hastig den Kopf. Er dachte doch nicht ernsthaft, dass ich mir seine Striptease-Show ansehen wollte? Wobei … Nein! Oh Mann! Was stimmte nicht mit mir?

Noch immer hielt ich die Türklinke in der Hand, und die Tür stand offen. Also wandte ich mich um, und da ich mir blöd vorgekommen wäre, weiterhin die Klinke festzuhalten, entschloss ich mich dazu, etwas Sinnvolles zu tun, und drückte die Tür zu. Ich wartete eine gefühlte Ewigkeit. War das ein Spiel von ihm? Wollte er testen, wie lange ich es aushielt, ehe ich mich einfach umdrehte? Mittlerweile war es still im Raum, und ich hörte kein Rascheln von Kleidern mehr. Trotzdem fragte ich um Erlaubnis, bevor ich mich ihm wieder zu wandte.

»Ja, alles jugendfrei.«

Als ich auf ihn zuging, saß er bereits an seinem Schreibtisch und sah mir entgegen. In seinen Augen konnte ich noch immer den Spott erkennen, was mich die Zähne unwillkürlich zusammenbeißen ließ.

»Hat Terry dir nicht den Scheck gegeben?«, fragte Callum nun, ohne weiter auf die peinliche Situation einzugehen, was mir ganz recht war.

»Oh doch. Aber deshalb bin ich nicht hier. Ich wollte noch einmal persönlich mit dir sprechen.«

»Und worüber?« Neugierig sah er mich an, und ich spürte seinen Blick überdeutlich auf mir, während mir Bilder von seinen Bauchmuskeln durch den Kopf schossen. »Setz dich doch.« Mit einer Handbewegung deutete er zu dem Stuhl, der vor dem Schreibtisch stand.

Ich ließ mich ihm gegenüber nieder und überschlug die Beine. »Ich will mich bei dir bedanken.«

»Bedanken? Wofür, was habe ich getan?«

Ich konnte ganz genau an seinem Blick erkennen, dass er wusste, worum es ging. Aber er wollte es aus meinem Mund hören. Ich ließ mich davon nicht provozieren. Heute nicht. Diesen Triumph überließ ich ihm gerne, immerhin hatte er ihn sich redlich verdient.

»Ich danke dir für die Werbung, die du am Samstag für meinen Laden gemacht hast«, sagte ich deshalb und sah ihm fest in die Augen. Nicht wegschauen, ermahnte ich mich selbst.

»Ach das! Das ist doch nicht der Rede wert.« Er machte eine wegwerfende Handbewegung und schüttelte den Kopf.

»Oh doch, das ist es!«, unterstrich ich meine Worte mit Vehemenz. »Ich habe etliche Bestellungen aufgrund der Reportage und deiner netten Worte erhalten. So viele, dass ich heute Morgen eine Aushilfe für die kommenden Wochen eingestellt habe, weil ich die Massen allein nicht bewältigen kann.«

Der Mann mir gegenüber lächelte, und diesmal erreichte es seine Augen, und die sahen mich an, was dazu führte, dass ich nicht nur weiche Knie, sondern auch ein Flattern im Magen bekam.

»Das ist doch großartig! Das freut mich für dich. Aber deshalb hättest du nicht extra herkommen und dich bedanken müssen.«

War das eine geheime Botschaft? Wollte er mir sagen, dass er mich nicht hatte sehen wollen? Wieder machte sich die Unsicherheit in mir breit, die ich immer in seiner Gegenwart empfand und einfach nicht unterdrücken oder loswerden konnte.

»Ich weiß, aber ich wollte mich persönlich bei dir bedanken, schließlich ist so etwas nicht selbstverständlich. Es hat mir wirklich sehr viel Aufmerksamkeit gebracht und jede Menge Besuche auf meiner Webseite. So etwas habe ich bisher noch nie erlebt.« Meine bisherigen Kunden waren fast immer Einheimische gewesen, und Bestellungen hatten stets telefonisch stattgefunden.

»Du hast eine Webseite für dein Geschäft? Davon wusste ich gar nichts.« Erstaunt sah Callum mich an.

Das irritierte mich. Hatte er etwa im Internet nach mir gesucht? Wieso hätte er sonst annehmen sollen, dass ich keine Internetseite gehabt hatte?

»Ja, seit Samstag habe ich eine. Ich habe schon die ganze Zeit mit dem Gedanken gespielt, einen Onlineshop zu eröffnen und bereits alles vorbereitet. Für Bestellungen, die abgeholt werden müssen. Aber auch für Gestecke aus Trockenblumen und für Dekoartikel, die ich per Post schicken kann. Nach Ausstrahlung der Sendung am Samstag, und nachdem du so wundervolle Worte für meinen Laden gefunden hast, hat meine Freundin mich ermuntert, die Seite endlich zu veröffentlichen. Und das habe ich dann getan, und kurz darauf sind die ersten Bestellungen eingetrudelt.« Warum erzählte ich ihm das alles so ausführlich? Sicherlich langweilte ich ihn mit meinem Geschwafel, und er hatte Besseres zu tun, als mir zuzuhören.

Doch er machte nicht den Eindruck, als wäre er gelangweilt. Zufrieden lehnte sich Callum in seinem Schreibtischstuhl zurück und nickte anerkennend.

»Sehr schön. Gut gemacht«, lobte er mich stattdessen, so als wäre ich eine seiner Mitarbeiterinnen oder ein Kind, das das Richtige getan hatte. Oder eben einfach eine Bekannte, der man es gönnte, ermahnte ich mich selbst, nicht zu negativ zu denken.

Eine unangenehme Stille breitete sich zwischen uns aus. Ich wusste nicht, was ich noch hätte sagen oder mit ihm bereden sollen. Ich hatte mich bedankt, ihm von meiner Webseite erzählt und sogar davon, dass ich eine Aushilfe einstellen wollte. Von ihm wusste ich weder, warum er mir auf diese Weise geholfen hatte, noch konnte ich erahnen, was in seinem Kopf vorging. Er saß nur da, sah mich mit einem Ausdruck an, den ich nicht deuten konnte, und wartete.

Worauf? Ich wusste es nicht. Offenbar war für ihn die Unterredung mit mir beendet.

Unsicher erhob ich mich und holte noch einmal tief Luft. »Also wie gesagt, danke für alles.« Mit diesen Worten drehte ich mich um und ging zur Tür.

Von Callum hörte ich noch ein: »Gern geschehen«, ehe ich durch die Tür ging und sie hinter mir schloss.

Warum konnten wir beide nicht ganz normal miteinander umgehen? Ständig herrschte diese merkwürdige Anspannung zwischen uns. Er wirkte nicht ganz so unter Strom, wie ich mich fühlte, aber locker war er definitiv auch nicht, wenn er sich mit mir unterhielt.

Aber was zum Teufel war das überhaupt vorhin gewesen,

als ich den Raum betreten hatte? Warum hatte der Mann halb nackt in seinem Büro gestanden? In einer total matschigen Arbeitshose? Fuhr er etwa Offroad oder arbeitete im Garten? Irgendwie passte das nicht zu ihm. Er wirkte immer so zivilisiert und gepflegt.

Dennoch musste er heute draußen gewesen sein und sich auf eine sexy Art schmutzig gemacht haben. Das wiederum machte mich extrem neugierig. Hinter der glatten Anzugfassade steckte wohl mehr, als ich bisher angenommen hatte. Das machte ihn noch interessanter.

Leider hatte Callum meine Reaktion auf seinen ansehnlichen Körper mitbekommen, was mir wahnsinnig peinlich war. Damit wusste ich jetzt schon wieder nicht, wie ich das nächste Mal mit ihm umgehen sollte. Außerdem hatte sich das Bild von ihm mit nacktem Oberkörper unwiderruflich in meine Netzhaut eingebrannt. Und das war gar nicht gut. Für mich.

Ich erinnerte mich an jede Wölbung und Vertiefung seiner Muskeln. Obwohl ich bei jedem Schritt versuchte, das Bild abzuschütteln, bekam ich dieses Bild einfach nicht mehr aus dem Kopf.

Entschlossen, mich davon abzulenken, riss ich den Umschlag auf, den Terry mir vorhin gegeben hatte. Zwar ging ich nicht davon aus, dass Callum mich in irgendeiner Weise übers Ohr hauen wollte, aber ich hatte von meinen Eltern früh gelernt, dass ein gewisses Maß an Kontrolle in jeder Geschäftsbeziehung angebracht war.

Doch als ich neben dem Scheck einen Brief entdeckte, runzelte ich irritiert die Stirn und blieb stehen, zog den Papierbogen aus dem Kuvert und fing an zu lesen.

Sehr geehrte Mrs. Bloom,

*ich danke Ihnen für Ihre pünktlichen und sehr professionellen
Lieferungen. Ich bin froh, mich für Sie als Floristin für unser
Hotel entschieden zu haben.*

*Außerdem habe ich eine zusätzliche Bestellung. Ich plane
für kommenden Sonntag einen Wettbewerb, bei dem die
Teilnehmer ein eigenes Weihnachtsgesteck kreieren sollen.
Dafür benötige ich von Ihnen einen Prototyp, an dem sich die
Teilnehmer unseres Wettkampfs orientieren sollen. Form und
Gestaltung überlasse ich ganz Ihnen.*

*Außerdem bestelle ich bei Ihnen die Materialien für fünfund-
zwanzig solcher Gestecke, die bitte spätestens bis Sonntag um
zwölf Uhr geliefert werden müssen.*

Der Wettbewerb startet um 14 Uhr.

*Bei der Auswahl der Menge und Art der Materialien verlasse
ich mich ganz auf Ihre Expertise.*

Danke, Callum Strayton

Langsam ließ ich den Brief sinken und sah hinaus aufs Meer. Die tief hängenden Wolken spiegelten sich auf der Wasseroberfläche und beruhigten mich. Sorgten dafür, dass ich nicht direkt zurückging, um ihn zur Rede zu stellen.

Warum hatte er mich nicht selbst darauf angesprochen, als ich gerade bei ihm gewesen war? Was, wenn ich noch Fragen gehabt hätte? Nutzte man in einem solchen Fall nicht normalerweise das Telefon?

Wo sollte ich so viel Material in so kurzer Zeit herbekommen? Ich musste sofort mit dem Lieferanten telefonieren, damit ich die Sachen am Donnerstag noch mitgeliefert bekäme.

Für das Gesteck hatte ich bereits eine schöne Idee, die nicht allzu schwer umsetzbar war, so dass auch Laien das hinbekommen würden. Wieder einmal hatte der Mann dafür gesorgt, dass ich einen recht großen Auftrag bekam. Es war zwar alles sehr kurzfristig, aber notfalls würde ich eben nach Glasgow fahren und die Sachen selbst auf die Insel schaffen müssen.

Ich ärgerte mich noch immer, dass Callum nicht persönlich mit mir gesprochen hatte. Meine Überlegungen hatten mich allerdings schon wieder ruhiger werden lassen. Als frischgebackener Hoteldirektor hatte er wahrscheinlich genug zu tun und war froh, wenn er das eine oder andere schriftlich erledigen konnte. Da war es sicher das Einfachste gewesen, den Auftrag mit in den Umschlag mit dem Scheck zu packen. Und dass er eben nichts gesagt hatte … Er schien kein Mann großer Worte zu sein. Wozu noch einmal drüber sprechen, wenn der schriftliche Auftrag schon erteilt war.

Vielleicht nahm ich es auch zu persönlich. Es ging hier ums Geschäft, nicht um meine Befindlichkeiten. Der Mann sah heiß aus, und trotzdem wurde ich irgendwie nicht warm mit ihm. Er hatte mir geholfen und dafür war ich ihm dankbar, doch er war mir nicht sonderlich sympathisch. Wie auch, ein vernünftiges Gespräch hatte nie zwischen uns stattgefunden. Ich musste einfach damit klarkommen, dass meine Hormone in seiner Gegenwart verrückt spielten. Leider hörte sich das in der Theorie einfacher an, als es in der Realität war.

Als ich kurze Zeit später bei meinem Laden ankam, wartete Shona auf mich. Lächelnd blickte sie mir entgegen und vertrieb damit all meine Gedanken an diesen arroganten, aufgeblasenen, aber wahnsinnig gut aussehenden Kerl. Viel zu gut aussehend für diese Insel. Und für mich sowieso.

»Shona! Toll, dass du schon da bist!«, begrüßte ich sie und

nahm sie in den Arm. Wir hatten uns eine Weile nicht gesehen, und doch spürte ich da noch immer diese Verbindung zwischen uns, die von Anfang an bestanden hatte.

»Ich wollte so früh wie möglich da sein. Nicht, dass du plötzlich auf eine andere Idee kommst und mich nicht mehr dabeihaben willst.« Shona fuhr sich durch die dunkle Kurzhaarfrisur und lächelte unsicher.

»Nein, das werde ich nicht. Ich bin so froh, dass du zugesagt hast. Ich glaube nicht einmal, dass ich mit jemand anderem zusammenarbeiten will. Du oder keine!« Ich zwinkerte ihr zu.

Das brachte sie endlich dazu, ein bisschen lockerer zu werden. »Team Flowerpower, wie früher.«

»Team Flowerpower!«, wiederholte ich ihre Worte und zog die Schlüssel aus der Manteltasche, um anschließend meinen Laden aufzuschließen. »Komm erst mal rein. Dann kann ich dir alles zeigen und erzählen, was in nächster Zeit ansteht.«

»Gern«, sagte sie und folgte mir in den Laden.

Ich deutete auf die Tür des Hinterzimmers. »Dort ist eine kleine Teeküche, und da kannst du auch deine persönlichen Dinge ablegen. Im Kühlschrank habe ich Platz für dich gemacht, falls du dir etwas zum Essen mitgebracht hast.«

»Nein, ehrlich gesagt nicht.« Unsicher sah sie mich an. »Ich habe mich nur angezogen und bin gleich losgefahren.«

»Dann kommst du nachher zum Mittagessen mit ins *Lizzy's*«, beschloss ich einfach über ihren Kopf hinweg und erntete ein dankbares Lächeln.

Als Nächstes gingen wir gemeinsam ihren Arbeitsvertrag durch, und schließlich zeigte ich ihr die Aufteilung des Ladens in allen Einzelheiten und erklärte ihr die Abläufe. Als fast zwei

Stunden später die ersten Kunden kamen, übernahm sie sofort die Bedienung, was es mir ermöglichte, beim Großhändler anzurufen. Er sicherte mir zu, dass mein Anliegen kein Problem und die Ware für die Veranstaltung im *Tobers* am Donnerstag zusammen mit der regulären Lieferung mit auf der Fähre sein würde. Außerdem rief ich bei meinem Vater an und orderte das Tannengrün und die Mistelzweige für die Gestecke. Nachdem das alles geklärt war, begannen Shona und ich die Bestellungen abzuarbeiten, zu verpacken und die Zahlungseingänge zu überprüfen. Und sobald ein Kunde in den Laden kam, stürzte sich meine neue Angestellte auf die Kundschaft und erledigte alles, so wie ich es auch getan hätte.

Es war ein merkwürdiges Gefühl, nicht mehr allein in meinem Laden zu stehen. Auf der einen Seite war Shonas Hilfe eine Erleichterung. Auf der anderen Seite musste ich mich erst einmal daran gewöhnen, dass da ein anderer Mensch in meinem Heiligtum mitarbeitete und mir Aufgaben abnahm. Trotzdem merkte ich schnell, dass ich die richtige Entscheidung getroffen hatte. Wir arbeiteten Hand in Hand, ohne viele Erklärungen austauschen zu müssen.

* * *

Donnerstag, 14. Dezember

Als ich den Laden aufschloss und die Sachen, die ich aus meiner Wohnung mitgenommen hatte, wackelnd auf den Händen balancierte, klingelte mein Telefon. Vorsichtig stellte ich den Karton auf dem Tresen ab und holte das Handy aus meiner Manteltasche. Auf dem Display stand *Mum.*

Ach Mum, du suchst dir echt immer die falschen Momente für deine Anrufe heraus, dachte ich mit einem ironischen Lächeln auf den Lippen und nahm das Gespräch entgegen.

»Hey, was gibt's?«

»Hallo, mein Schatz. Entschuldige, dass ich dich schon vor Ladenöffnung überfalle, aber ich habe mir was überlegt«, begann sie die Unterhaltung und machte eine theatralische Pause.

Da sie auf meinen Einsatz wartete, tat ich ihr den Gefallen.

»Was hast du dir überlegt?«, fragte ich und setzte mich auf den Stuhl, der an einem Tisch neben meinem Tresen stand. Dabei konnte ich mir ein Schmunzeln nicht verkneifen.

»Du wolltest doch Samstag zur Teatime zu uns kommen. Was hältst du davon, wenn wir stattdessen zusammen nach Glasgow auf den Weihnachtsmarkt fahren?« Beinah konnte ich hören, wie sie voller Vorfreude die Luft anhielt.

Ich überlegte kurz, ob ich an dem Tag irgendwelche Termine hatte, die ich eventuell verschieben müsste, wenn ich eher Feierabend machen würde.

»Eigentlich keine schlechte Idee. Ich könnte das *Blooms for Flowers* mittags schon um zwölf schließen, und wir könnten anschließend direkt losfahren, so dass wir nachmittags da sind.«

»Das hört sich super an!«, lobte meine Mutter mich.

»Das haben wir schon seit Ewigkeiten nicht mehr gemacht«, entfuhr es mir mit einem Grinsen. Ich liebte den Glasgower Weihnachtsmarkt sehr. Meine Eltern hatten mich in meiner Kindheit jedes Jahr dorthin geschleppt, und ich hatte an diesen besonderen Tagen nicht mehr aus Glasgow weggewollt.

»Ja, genau das habe ich auch gedacht, als mir die Idee gekommen ist. Dad freut sich schon, dass du mitkommst. Er lächelt gerade und nickt.« Ich konnte mir gut vorstellen, wie meine Eltern in diesem Moment in der Küche standen, während einer kleinen Pause einen Kaffee tranken und mit ihrer Tochter telefonierten. Ihr Wecker klingelte immer schon um fünf Uhr in der Früh. Deshalb war um halb acht Zeit für einen zweiten Kaffee. Meine Eltern liebten Traditionen und Rituale, und diese pflegten sie auch an ganz normalen Tagen wie heute.

»Grüß Dad von mir!«

»Brauch ich nicht, ich habe dich auf Lautsprecher gestellt. Dad hat es gehört.«

»Ich höre immer alles«, sagte mein Vater mit seiner tiefen, rauen Stimme.

»Ja, auch was du nicht hören sollst«, neckte meine Mutter ihn. »Lin, was hältst du davon, wenn wir um zwölf Uhr bei dir sind? Dann musst du nicht noch mal extra hoch in die Hügel bis zu uns oder selbst mit dem Auto zur Anlegestelle fahren. Wir könnten gleich los und zusammen direkt zur Fähre nach Craignure aufbrechen.«

»Das klingt gut. Und Mum?«

»Ja, mein Schatz?«

»Vergiss nicht wieder deine Handschuhe und deine Mütze!«, zog ich sie auf und erhob mich von meinem Stuhl.

Ich hörte ihr kehliges Lachen, das ich so sehr liebte. Obwohl meine Mutter nie an einer Zigarette gezogen hatte, klang ihre Stimme oft so, als hätte sie zu viel geraucht.

Ich musste sie einfach damit aufziehen, dass ihr das vor ein paar Jahren passiert war. Sie hatte schrecklich gefroren, weshalb wir meine Handschuhe und Mütze immer wieder untereinander ausgetauscht hatten. Aber letztendlich waren wir beide total durchgefroren gewesen, und unser Dad, der nie eine Mütze trug und nie Handschuhe überzog, hatte sich köstlich über uns amüsiert.

Als sie aufhörte zu lachen, musste Mum sich räuspern, ehe sie zu mir sagte: »Nein, Lindsay. Ich werde gleich zwei Paar Handschuhe und auch zwei Mützen einpacken. Falls dein Dad anfängt, jetzt im Alter doch mal zu frieren. Oder ... du deine vergisst.«

Nun war es an mir zu lachen. Mit einem leichten Kopfschütteln stellte ich den PC und das Kassensystem an, damit alles vorbereitet war, wenn die Kunden kamen. Doch zuerst musste ich die Bestellung für das Hotel fertig machen.

»Ach, ich freu mich schon sehr auf unseren Ausflug, das wird sicherlich toll.«

»Ja, davon gehe ich aus, bis Samstag, mein Schatz!«

»Bis Samstag, ihr beiden!«, verabschiedete ich mich.

Lächelnd setzte ich mich noch einmal in den Stuhl und lehnte mich zurück. Mit einem wohligen Gefühl sah ich aus dem Schaufenster. In den letzten Wochen hatte ich so viel zu tun gehabt, dass ich es bis jetzt gar nicht geschafft hatte, die Vorweihnachtszeit so richtig zu genießen. Deshalb freute es mich umso mehr, dass Mum auf die Idee gekommen war, diesen Ausflug zu unternehmen, der mich an meine Kindheit erinnerte. Vielleicht sollte ich die anderen fragen, ob sie auch mitkommen wollten. Je größer die Gruppe wäre, umso mehr Spaß hätten wir sicherlich.

Ich tippte auf die Rückruftaste. Besser ich rief meine Mutter an, um sie direkt zu fragen, ob das in ihrem Sinne war, anstatt ihr eine Nachricht zu schreiben und dann stundenlang hin und her zu texten. So würde das eindeutig schneller gehen.

Nach dem zweiten Klingeln hatte ich sie wieder am Apparat.
»Hey, was hast du vergessen?«

»Ich habe überlegt, auch alle anderen zu fragen, ob sie mitkommen wollen. Ally mit Familie, Hal und Ben. Das wird dann ein riesiger Familienausflug. Was denkst du?«, fragte ich sie und wusste schon vor ihrer Antwort, dass sie es lieben würde, alle *ihre Kinder* beisammenzuhaben.

»Du fragst mich jetzt nicht allen Ernstes, ob es für mich in Ordnung ist, wenn du Ally und Hal und ihre netten Männer mit dazu holst?«

»Na ja, abklären muss ich das ja schon«, antwortete ich kleinlaut und fühlte mich, als wäre ich wieder zehn. »Hätte ja sein können, dass du mich für dich allein haben willst.«

»Natürlich, wir fahren alle zusammen. Ich frag Allys Dad. Der muss mal raus aus seinem Cottage.«

»Perfekt, und ich frag Matt«, ergänzte ich die Liste der Mitfahrenden.

»Und Toni und seine schwangere Tally auch«, schlug Mum vor.

Innerhalb von wenigen Minuten hatten wir uns darauf geeinigt, dass wir als große Gruppe fahren würden. Hoffentlich konnten sich alle dafür Zeit nehmen und waren nicht schon verplant.

»Bis Morgen, Schatz!«

»Morgen?«, fragte ich verwirrt.

»Du musst doch morgen die Lieferung mit dem Tannengrün und den Mistelzweigen für diese Weihnachtsgesteckaktion im Hotel abholen.«

»Ach ja, das habe ich beinah vergessen!«

»Na, dann ist es ja gut, dass wir noch mal darüber geredet haben.«

Wir verabschiedeten uns anschließend, und ich öffnete die Messenger-App, um meinen Freundinnen eine Nachricht zu schicken. In unserem Gruppenchat *Lieblingsmenschen* erklärte ich Ally und Hailey, auf welche Idee meine Mutter und ich gekommen waren.

Also, seid ihr mit Mann und Maus dabei?
Abfahrt ist Samstag um 12 Uhr direkt an der Fähre.

Obwohl es noch so früh am Morgen war, erhielt ich innerhalb kürzester Zeit eine Antwort von Hal, die mir mindestens zehn erhobene Daumen zusendete und dazuschrieb, dass Ben auch mitkommen wolle. Kurz darauf antwortete Ally ebenso euphorisch. Ja, sie wollte unbedingt mit Jamie und Anna dabei sein und freute sich schon sehr auf den Ausflug.

Eine kribbelnde Vorfreude machte sich in mir breit. Wir würden eine riesige Gruppe sein. Und weil das alles gerade so gut klappte, schrieb ich Matt auch noch eine Nachricht.

Hey Matt,
Samstag um 12 Uhr Abfahrt ab Main Street oder Treffen am Anleger um halb eins in Craignure. Wir fahren nach Glasgow zum Weihnachtsmarkt. Alle kommen mit.
Das wird ein Riesenspaß!

Matt war weniger euphorisch und schickte lediglich einen erhobenen Daumen, aber bei ihm bedeutete das eine definitive Zusage. Sehr gut!

Von Toni und Tally wusste ich, dass sie dieses Wochenende damit verbringen wollten, das Kinderzimmer einzurichten.

Auch wenn ich das nicht gedacht hätte, die beiden freuten sich so sehr auf das Baby, dass sie mittlerweile schon fast alle Dinge, die man für ein Neugeborenes brauchte, beisammenhatten. Bei Tally hatte offenbar der Nestbautrieb eingesetzt.

Aber damit sie sich nicht ausgeschlossen fühlten, schrieb ich ihnen ebenfalls, vielleicht würden sie sich ja doch die Zeit für einen Ausflug mit Freunden nehmen. Jeder brauchte schließlich mal eine Pause.

* * *

Ich stellte gerade das letzte Gesteck in einen Karton, mit dem ich meine Lieferung nach oben ins Hotel transportieren wollte, als es an der Tür zum *Blooms for Flowers* klopfte. Vor meinem Laden stand Terry und winkte freundlich.

»Hey, was kann ich für dich tun?«, fragte ich ihn, nachdem ich ihm die Tür geöffnet hatte.

»Eigentlich bin ich hier, um etwas für dich zu tun.« Er nahm seine Mütze ab, fuhr sich mit den Fingern durch das blonde Haar und trat ein.

»Für mich?« Ich schloss rasch die Tür, damit meine Pflanzen nicht zu viel von der winterlichen Kälte abbekamen.

»Ja, Mr. Strayton schickt mich runter, um die Lieferung abzuholen, damit du sie nicht extra den Berg hochschleppen musst.« Terry lächelte mich an, als hätte er mir eröffnet, den aktuellen Lottogewinn eingeheimst zu haben, wie einst sein Chef.

Sofort schoss mir der Gedanke durch den Kopf, dass Callum vermutlich nur vermeiden wollte, ein weiteres Mal mit mir zusammenzutreffen. Kein Wunder, nach unserer letzten Begegnung. Trotzdem ärgerte ich mich darüber.

»Wie ... zuvorkommend.« Mehr fiel mir in diesem Moment nicht ein, zu sehr nagte wieder die Wut an mir. Wie schaffte er es nur, mich so zu reizen, ohne überhaupt in meiner Nähe zu sein?

»Wie ist das am Sonntag mit der Ware, brauchst du da auch Hilfe?«, wollte Terry von mir wissen.

»Nein, das bekomme ich hin. Ich bringe die Sachen mit dem Transporter hoch«, erklärte ich ihm. »Wäre nur schön, wenn mir jemand beim Ausladen hilft. Ihr habt ja eine ganze Menge geordert.«

»Kein Problem. Ich bin Sonntag da, wie wahrscheinlich alle Angestellten und hoffentlich auch viele der Inselbewohner.« Wieder strahlte Terry über das ganze Gesicht. »Schon cool, was unser neuer Boss da innerhalb kürzester Zeit alles auf die Beine stellt. Das könnte ein Event sein, das in Zukunft für die Isle of Mull Tradition werden könnte.«

Nachdenklich nickte ich. »Da könntest du nicht ganz unrecht haben. Wenn es gut angenommen wird, wäre das wirklich eine Sache für die Vorweihnachtszeit, die man jedes Jahr machen kann.« Und für mich wäre das ein weiterer guter Zuverdienst. »Eigentlich eine tolle Idee«, fügte ich nach diesen Überlegungen noch hinzu.

»Sind das die Blumen fürs Hotel?« Er deutete auf den Karton.

»Ja, genau.«

»Perfekt, dann lass ich dich mal in Ruhe. Hast ja bestimmt noch genug zu tun, bevor du öffnest.« Terry griff nach dem Karton und hob ihn hoch.

»Sollst du jetzt immer die Gestecke holen kommen?«, fragte ich vorsichtshalber.

Terry schüttelte den Kopf. »Bis jetzt hat er mir das nur für heute aufgetragen. Ich denke, es hängt davon ab, ob genug Personal da ist.«

»Okay, dann lass ich mich überraschen, ob du am Samstag wieder vor meiner Tür stehst.« Ich schenkte ihm ein Lächeln. Er war wirklich ein hübscher Kerl und würde mit Sicherheit irgendwann wieder jemanden finden, dem er sein Herz schenken konnte. Am besten einer Frau, die nicht von hier kam. Einer, die das ganze Elend damals nicht mitbekommen und mit ihm und seiner Familie gelitten hatte.

»Ich schau, was sich machen lässt. Wir sehen uns, Lin.«

»Bis dann, Terry«, verabschiedete ich ihn und ließ ihn hinaus.

7

It is never too late to be what you might have been.
– *Es ist nie zu spät, das zu sein, was du hättest sein können.* –
(George Eliot)

Samstag, 16. Dezember

Tatsächlich stand Terry auch heute wieder vor meiner Tür und holte die Gestecke für das Hotel ab. Ich versuchte, es einfach so hinzunehmen, ohne mehr hineinzuinterpretieren. Aber ich tat es trotzdem. Mein Bauchgefühl sagte mir einfach, dass es nicht allein darum ging, mir meine Arbeit zu erleichtern.

Aber hatte ich jemals meinem Bauchgefühl trauen können? Vermutlich nicht, sonst hätte ich schon viel früher gemerkt, dass mein Ex Brian nebenher eine andere gehabt hatte. Stattdessen hatte ich es erst erfahren, als er bereits mit ihr auf und davon gewesen war. Mein Bauchgefühl war echt mies, und ich sollte es abschalten können. Aber so einfach war das leider nicht. Es rumorte in mir und machte mich unruhig und unzufrieden. Dummes Ding.

Den ganzen Vormittag war viel los, und ich war froh, dass Shona mich auch heute für zwei Stunden unterstützte, während ihr Mann sich um ihren Sohn kümmerte.

Fast jeder, der hereinkam, kaufte etwas Weihnachtliches. Ob nun ein Gesteck, etwas Deko oder nur Tannengrün, Weihnachten lag in der Luft, und da ich passende Musik laufen ließ, überkam mich mittlerweile eine richtige Vorfreude auf den Weihnachtsmarkt, den wir nachher besuchen würden.

Womit ich aber nicht gerechnet hatte, war, dass ich immer wieder nach Tipps gefragt wurde. Tipps, die den Sieg am morgigen Tag beim Wettkampf im Hotel ausmachen konnten. Es amüsierte mich, dass einige der heutigen Kunden nur aus Hoffnung auf einen Vorteil bei der Veranstaltung im *Tobers* vorbeigekommen waren, das aber durch den Kauf eines beliebigen Gestecks, Straußes oder Kranzes zu kaschieren versuchten.

Mir sollte es nur recht sein. So hatte der morgige Wettkampf nicht nur durch die Bestellungen einen finanziellen Nutzen für mich gebracht, sondern auch durch zusätzliche Verkäufe. Das bedeutete ein deutlich entspannteres Jahresende für mich.

Gegen halb zwölf ließ der größte Ansturm nach, und Shona verabschiedete sich in ihr wohlverdientes Wochenende. Ich war so froh, dass ich meine damalige Mitstreiterin aus der Berufsschule für die kommenden Wochen eingestellt hatte. Mit dem heutigen immensen Aufkommen an Bestellungen und den Kunden, die in den Laden gekommen waren, wäre ich nicht allein zurechtgekommen.

Ich war gerade dabei, ein wenig Ordnung zu machen, als um zwanzig vor zwölf meine Ladentür aufging und Soraya das *Blooms for Flowers* betrat. Sie war noch nicht oft bei mir gewesen, um etwas zu kaufen, deshalb überraschte mich ihr Besuch.

Kam sie etwa auch wegen des Wettkampfs im *Tobers*? So recht konnte ich mir Soraya nicht beim Blumenstecken vorstellen. Neugierig beobachtete ich sie, wie sie durch den Verkaufsraum schlenderte und die Ware begutachtete. Sie trug einen dunklen Mantel, und ihre Mütze hatte dieselbe weinrote Farbe wie ihr Schal und ihre Handschuhe, was wunderbar mit ihrem schwarzen Haar harmonierte. Sie schien etwas zu suchen, fragte mich allerdings nicht um Hilfe. Erst als ich die letzte Kundin abkassiert hatte, trat sie an den Tresen und sah mich mit einem unruhigen Blick an, der mich alarmierte. Ihre ganz Körperhaltung und Mimik deuteten darauf hin, dass ihr etwas auf der Seele lag.

Worüber wollte sie mit mir reden? Vielleicht über die Situation von Freitagabend? Unruhig tippelte sie vor dem Tresen herum. Da ich ihr schlecht die Worte in den Mund legen konnte, begrüßte ich sie lediglich.

»Hey, Soraya. Was führt dich ins *Blooms for Flowers*?«

»Hallo Lin. Ich … ich … ich wollte mich noch einmal bei dir entschuldigen. Dass ich Kenny erst so spät bei dir abgeholt habe und du deine ganze Abendplanung über den Haufen werfen musstest, war nicht in Ordnung.« Die sonst so toughe Soraya wirkte immer noch sehr fahrig, und ich konnte ihr ansehen, wie wichtig ihr die Entschuldigung war.

Vorsichtig lehnte ich mich über den Tresen und legte für einen Moment meine Hand auf ihre, ehe ich mich wieder aufrichtete.

»Ich habe dir doch gesagt, dass es kein Problem war. So etwas kann doch jedem mal passieren, und dein Junge ist toll. Er hat mich nicht gestört«, erwiderte ich, ohne meine Zweifel an ihrer Ausrede anzusprechen.

Unsicher wippte sie wieder von einem Fuß auf den anderen. Ihr Blick war ebenso unruhig wie ihre Füße, doch dann sah sie mir mit einem Mal ganz fest in die Augen.

»Ich hatte keinen Platten.«

Beinah hätte ich angesichts dieser hervorgestoßenen Erklärung geschmunzelt. Doch das verkniff ich mir.

»Das habe ich mir schon gedacht«, antwortete ich stattdessen nachsichtig.

Ihre Augen wurden groß, und sie blickte mich an, als wäre ich eine Hellseherin. Dabei sah sie ihrem kleinen Jungen so ähnlich, dass ich sie für einen kurzen Moment fasziniert anstarrte.

»Du hast es gewusst?«

Ich schüttelte langsam den Kopf und schenkte ihr ein hoffentlich beruhigendes Lächeln. »Nein, ich habe es nicht gewusst, aber irgendwie ist mir deine Ausrede doch ein bisschen zu weit hergeholt vorgekommen.«

»Wie habe ich mich verraten?«, fragte sie und verzog das Gesicht.

»Einen Platten auf Mull zu haben ist ja erst mal nichts Ungewöhnliches. Aber du bist über zwei Stunden zu spät gekommen. So lange braucht man nicht, um einen Reifen zu wechseln und von eurem Haus bis hierher zu kommen.« Nach kurzem Überlegen fügte ich hinzu: »Und ich glaube, jede Frau auf dieser Insel, die Auto fährt, lernt schon früh, selbst einen Reifen auszuwechseln. Du brauchst keinen Nachbarn, der dir dabei hilft. Ich habe gleich vermutet, dass du nicht die Wahrheit sagst.«

Sie ließ den Kopf sinken. Dabei wirkte sie dermaßen ertappt, dass ich ein schlechtes Gewissen bekam, weil ich so mit der Tür ins Haus gefallen war. Aber was hätte ich auch um den heißen Brei herumreden sollen? Warum ihre Lügen bekräftigen? Je eher sie merkte, dass man ihr ohnehin nicht glaubte, umso besser.

Sorayas gesamte Körperspannung fiel in sich zusammen, und sie stützte sich auf dem Tresen ab.

»Ich habe eine Affäre«, fing sie erneut an zu reden. Nach einer kurzen Pause richtete sie sich wieder etwas auf, hob den Kopf und sah mir fest in die Augen, ehe sie sagte: »Mit einer Frau.«

Also hatte Ally, oder besser gesagt Mrs. Tenner, doch recht gehabt. »Eine Frau in Lochdon?«

Sorayas Augen weiteten sich, und sie nickte. »Woher weißt du das?«

»Mrs. Tenner.«

Sie lachte trocken auf, dabei klang sie irgendwie entmutigt. »Hätte mir klar sein müssen, dass sie es schon wusste.«

»Sie weiß oft Sachen, bevor derjenige, den es betrifft, es selbst auch nur ahnt«, versuchte ich, die Situation durch einen Scherz ein wenig aufzulockern.

»Vielleicht ist sie eine Spionin.« Wieder lachte Soraya, dieses Mal jedoch entspannter. »Wir sind am Freitag auf der Couch eingeschlafen. Ich hatte Lucy wenigstens für eine Stunde sehen wollen, aber es war so schön, sie im Arm zu halten, ohne immer Angst zu haben, dass jemand uns sieht. Erst als du angerufen hast, sind wir aufgewacht, und ich habe auf die Uhr gesehen. Mir ist auf die Schnelle nichts Besseres eingefallen, als einen Platten vorzutäuschen.«

Ich kannte nur eine einzige Lucy in Lochdon. Sie lebte allein und sehr zurückgezogen. Mit etwa Mitte dreißig war sie immer noch eine Schönheit, und viele von uns hatten sich gefragt, warum sie nie einen Freund hatte. Nun war mir klar, warum.

»Wie ernst ist denn die Sache zwischen dir und Lucy?«, fragte ich vorsichtig nach.

Ein Funkeln trat in Sorayas Augen, das mir eigentlich schon alles verriet. »Sehr ernst.«

»Also ist es längst mehr als eine Affäre? Warum sagst du es nicht deinem Sohn?«, stellte ich ihr die für mich logischste Frage. »Lass ihn sie kennenlernen. Im Moment merkt er nur, dass du häufig abwesend bist, egal, ob geistig oder körperlich. Er glaubt, dass du ihn nicht liebst, dass dir alles andere wichtiger ist, weil du ständig zu spät kommst.«

Soraya riss voller Entsetzen die Augen auf und wich einen Schritt zurück.

»Das hat er dir gesagt?« Der Schmerz in ihrer Stimme war beinah greifbar. So etwas wollte vermutlich keine liebende Mutter hören. Erst recht nicht von einer fast fremden Frau.

Ich nickte nur und fühlte mich schrecklich, dass Kenny sich ausgerechnet mir anvertraut hatte.

»Oh mein Gott! Er weiß von nichts. Ich hätte es ihm längst sagen sollen.« Tränen traten in ihre Augen, und sie schlug sich die Hände vors Gesicht.

Ich schwieg. Was hätte ich denn auch erwidern sollen? Ja, sie hätte es ihrem Sohn sagen, oder zumindest immer pünktlich sein müssen, solange sie ihn nicht eingeweiht hatte.

»Bis jetzt weiß niemand von Lucy und mir«, gestand Soraya. »Bestimmt werden die Leute anfangen zu reden, sobald sie es erfahren. Ein lesbisches Paar, hier auf Mull!« Unsicher ließ sie die Schultern hängen und vermied es, mir ins Gesicht zu sehen.

Sie tat mir leid, aber ich wollte, nicht, dass sie mein Mitleid bemerkte. Ich wollte, dass sie kämpfte. Für sich. Für Lucy. Für ihre Liebe. Und letztendlich auch für Kenny, denn er würde alles besser verstehen, wenn man ihm die Wahrheit nicht länger vorenthielt. »Soll ich ehrlich zu dir sein?«

»Ja, bitte!« Endlich hob Soraya den Kopf und sah mich wieder an.

»Ich bin der Meinung, dass, je aufrichtiger man mit den Menschen umgeht, desto mehr zeigen sie Verständnis.« Ich selbst hasste es, angelogen zu werden. Und das tat Soraya jedes Mal, wenn sie zu ihrer Freundin fuhr und ihrem Sohn eine Geschichte erzählte, die schlichtweg nicht der Wahrheit entsprach. »Damit will ich sagen, dass du offen mit deiner Liebe für Lucy umgehen solltest. Sag Kenny, was Sache ist, stell sie einander vor, damit er weiß, mit wem du dich triffst und dass du ihn nicht weniger liebst, nur weil du sie liebst.«

»Was, wenn er damit nicht klarkommt?«, wollte Soraya mit einem Zittern in der Stimme wissen.

Ich ging um den Tresen herum und legte meine Hand auf ihre Schulter. »Dann muss er es lernen. Es ihm dauerhaft zu verheimlichen wird dich nicht glücklich machen, und ich hoffe sehr für dich, dass du deine Angst vor der Wahrheit nicht über dein Glück stellst. Kinder verstehen so etwas besser, als man glaubt.«

Ich hatte zwar keine eigenen Erfahrungen mit einer solchen Situation, aber in der heutigen Zeit wuchsen Kinder damit auf, dass es gleichgeschlechtliche Liebe gab und sie genau so normal war wie die Liebe zwischen einem Mann und einer Frau. Von daher ging ich davon aus, dass auch Kenny Lucy als das annehmen würde, was sie war: den Menschen, den seine Mutter liebte.

»Ich hoffe nur, dass … dass … er nicht gemobbt wird, wenn es herauskommt und alle es wissen«, stammelte Soraya voll unterdrückter Emotionen.

Diese Angst konnte ich gut nachvollziehen, und sie war sicherlich nicht unbegründet. Überall gab es verbohrte Idioten, die lieber stritten und mobbten, als den Menschen das Kostbarste zu lassen, was es auf der Welt gab.

»Sollte es Leute geben, die schlecht über dich oder Kenny reden, darfst du ihnen keinerlei Beachtung schenken. Und Kenny ist cool, er wird sich nicht unterkriegen lassen. Ich bin mir sicher, dass die Gewissheit, dass du ihn noch immer liebst, viel wichtiger für ihn sein wird als die Hänseleien einiger Schulkameraden.« Noch einmal drückte ich ihre Schulter und ließ sie dann los. »Wir leben in einer modernen Zeit, und da sollte die Liebe zwischen zwei Frauen kein Problem darstellen. Wenn du offen damit umgehst, zeigst du deinem Sohn, dass Liebe das Wichtigste im Leben ist. Ganz egal, für wen!«

Ein zaghaftes, aber hoffnungsvolles Lächeln erschien auf ihren Lippen, und sie wischte sich ein paar Tränen von der Wange. »Bei dir hört sich das alles so einfach an.«

Ich erwiderte ihr Lächeln und hoffte, dass es ihr Kraft schenken würde. »Es ist einfach, Soraya. Und Kenny wird es dir danken, indem er dir wieder glaubt. Er wird erkennen, dass du ihm vertraust, und kann selbst ebenfalls wieder Vertrauen zu dir aufbauen.«

Tapfer nickte sie. »Du hast recht. Du hast sogar absolut recht! Ich werde nachher mit ihm reden. Danke, Lin. Für dein Verständnis und für deine Worte. Ich hätte wirklich ehrlicher sein und diese Beziehung nicht verstecken sollen. Ich bin so dumm gewesen. Danke, dass du auf ihn aufgepasst hast.«

»Wie gesagt, es ist kein Problem gewesen«, wiederholte ich mich zum gefühlt hundertsten Mal. »Und solltest du mal jemanden brauchen, der auf Kenny aufpasst, weil du was vorhast, dann melde dich bei mir. Er kann jederzeit zu mir kommen. Aber versprich mir, dass du mir von jetzt an die Wahrheit sagst.«

Nun strahlte Soraya über das ganze Gesicht. »Das ist so lieb von dir! Danke! Ich werde mal nach Hause fahren und das Gespräch mit Kenny angehen, das ich schon längst hätte führen sollen. Falls wir uns nicht mehr sehen, wünsche ich dir schon jetzt ein wunderschönes und besinnliches Weihnachtsfest.« Damit wendete sie sich zum Gehen.

»Danke, euch dreien auch.«

Zuerst dachte ich, sie würde ohne ein weiteres Wort gehen, doch als sie an der Tür ankam, drehte sich Soraya noch einmal zu mir um. »Ich habe übrigens von ganz vielen Leuten gehört, dass sie morgen an dem Wettkampf teilnehmen wollen. Das wird ein richtiger Erfolg für dich und das Hotel von Matt werden.«

Das brachte mich zum Lachen. »Oh ja, davon sind heute schon einige Leute hier gewesen.«

»Ich wünsche dir und den anderen jedenfalls ganz viel Spaß morgen. Wird bestimmt ein tolles Event.«

»Danke, Soraya!«

»Nichts zu danken. Bis dann«, verabschiedete sie sich und verließ meinen Laden.

»Mach's gut.« Nachdenklich blickte ich ihr durch die Schaufensterscheibe hinterher. Es musste schwer sein, das Gefühl zu haben, einen Menschen, den man liebte, vor anderen geheim halten zu müssen. Ich wünschte ihr, Kenny und auch Lucy nur das Beste. Es wäre schön, wenn sie im neuen Jahr alle gemeinsam glücklich werden könnten.

Ein Blick auf die Uhr sagte mir, dass ich mich beeilen musste, wenn ich mich noch weihnachtsmarkttauglich anziehen wollte und wir die nächste Fähre rechtzeitig erreichen wollten. Und tatsächlich parkte mein Vater gerade den Wagen am Straßenrand, als ich die Ladentür abschloss. Ich bat meine Eltern, kurz zu warten, und eilte hinauf in meine Wohnung.

Etwa zehn Minuten später saß ich auf der Rückbank des alten Autos meiner Eltern und trällerte mit ihnen gemeinsam Weihnachtslieder, die gerade im Radio liefen. Die Stimmung war ausgelassen, und ich fühlte wie damals als Kind, wenn wir zu einem unserer zahlreichen Ausflüge aufgebrochen waren. Auch früher hatten wir immer viel gesungen und gelacht.

In diesem Moment fiel mir ein, was ich Mum und Dad noch nicht erzählt hatte. »Ach, ich muss euch noch etwas sagen!«

»Was denn mein Schatz?«, wollte Mum wissen und drehte sich auf dem Beifahrersitz zu mir um.

Ich lächelte verschmitzt. »Seit Dienstag arbeitet Shona Burnett für mich.«

»Was? Das erzählst du erst jetzt?« Meine Mum riss die Augen auf, aber ich konnte erkennen, dass sie diese Entscheidung guthieß. »Kamen so viele Bestellungen durch die Fernsehsendung bei dir rein?«

»Mehr, als ich selbst bewältigen kann«, antwortete ich zufrieden und nickte.

»Wie toll! Und Shona und du seid sicher ein tolles Team. Sie ist so nett. Das hört sich wirklich großartig an!«

»Ist es auch.«

»Ich bin so stolz auf dich.« Wohlwollend sah sie mich mit strahlenden Augen an.

»Shona und ich arbeiten gut und effektiv zusammen, wie ich in den letzten Tagen feststellen konnte. Ich habe ihr aber erst einmal nur eine Aushilfsstelle in Teilzeit angeboten. Mehr schafft sie im Moment sowieso nicht, und wer weiß, wie lange der Zulauf dauert. Nicht, dass ich im Januar oder Februar ihr Gehalt nicht mehr zahlen kann.«

Dad nickte und sah mich durch den Rückspiegel an. »Gute Entscheidung, Lin.«

»Danke«, gab ich leise von mir. Dads Lob war selten, umso mehr bedeutete es mir. Ich wusste immer, dass er es ernst meinte. Nicht, dass meine Mutter mich anlog, aber für sie war alles, was ich tat, wundervoll. »Sie kommt erst mal jeden Vormittag, dann kann ich die Bestellungen abarbeiten, während sie sich um die

Kunden im Laden kümmert und mir zur Hand geht, wenn es ruhig ist. Nachmittags bin ich dann allein«, erklärte ich den beiden, wie ich mich mit Shona hinsichtlich ihrer Arbeitszeit bei mir geeinigt hatte.

»Seht mal, es scheinen schon alle da zu sein«, lenkte Dad unsere Aufmerksamkeit auf den Fähranleger, wo eine Gruppe von Leuten beisammenstand. Bei näherer Betrachtung erkannte ich meine Freundinnen und ihre Familien.

»Wir sind tatsächlich die Letzten«, stöhnte Mum genervt. Sie hasste es, zu spät zu kommen. Und als Letzte zu kommen war für sie gleichbedeutend mit Zuspätkommen.

»Tut mir leid«, entschuldigte ich mich, »aber ich musste mich zuerst umziehen. Mit den verdreckten Arbeitsklamotten konnte ich heute wirklich nicht mitkommen, und erfroren wäre ich damit auch. Außerdem wollte ich meinen Weihnachtspullover anziehen«, versuchte ich mich zu verteidigen. Den Pullover hatte ich mir im letzten Jahr auf dem Weihnachtsmarkt in Tobermory gekauft und bisher noch nie getragen. Ich fand, dass sich heute genau die richtige Gelegenheit dafür bot.

»Ich weiß, mein Schatz, aber nur um das festzuhalten: Ich würde dich immer mitnehmen, ganz egal, wie du aussiehst.« Mum war mir nicht böse, aber sie konnte eben nicht aus ihrer Haut.

Ich setzte die dunkelgrüne Mütze auf und legte mir den überdimensional großen Schal in der gleichen Farbe um den Hals. Beides gehörte zu meinen Lieblingskleidungsstücken. Genau wie der schwarze Wollmantel, den ich dazu trug. Außerdem hatte ich mich für lange Stiefel mit einem flachen Absatz über einer hautengen schwarzen Jeans entschieden. Damit war ich gut gegen die milde Kälte gerüstet und trotzdem schick angezogen.

Vielleicht würde ich ja meinem Traummann begegnen. Wer konnte das schon wissen.

Dad parkte seinen Wagen hinter Jamies Pick-up, der riesig gegen das kleine Auto meiner Eltern wirkte.

Ally kam auf mich zu, kaum dass ich ausgestiegen war und zog mich in die Arme.

»Das ist so eine tolle Idee, Lin!«

»Das Lob gebe ich an meine Mum weiter. Es war ihr Vorschlag.«

Sie ließ mich los und grinste voller Vorfreude. »Egal, wer von den wundervollen Bloom-Frauen das gewesen ist, ich freu mich schon so sehr auf unseren Trip. Ist ein bisschen, als wären wir wieder Kinder.«

»Lustig, dass du das sagst, ich habe gerade auf der Fahrt hierher das Gleiche gedacht. Wir haben gesungen und gelacht, genau wie früher«, erzählte ich ihr.

»Hey Lin!« Hailey kam angerannt und fiel mir ebenfalls in die Arme. »Das ist genial. So schön, dass alle Zeit haben.«

»Alle? Auch Toni und Tally?«

Hailey deutete auf die Gruppe hinter sich. »Ja, sie haben das mit dem Kinderzimmer heute früh gemacht, damit sie mitkönnen. Cool, oder?«

»Das ist wirklich toll!«, pflichtete ich ihr bei. »Und dein Dad, Ally?«

»Ist auch da.« Dann beugte sie sich näher zu uns und wir rückten unwillkürlich enger zusammen. »Und er hat eine Frau dabei.«

»Nein!«, stieß ich aus und schlug mir schnell die Hand auf den Mund, weil ich viel zu laut gesprochen hatte.

»Doch«, antwortete Ally flüsternd.

Hal nickte bestätigend.

»Wer ist es?« Wir hatten in den letzten Wochen schon öfter spekuliert, dass Frank Forbes sich mit einer Frau traf, aber bisher hatten wir keinerlei Beweise dafür finden können. Allys Mutter hatte sich vor zwanzig Jahren von ihm getrennt, hatte einfach die Insel verlassen und nicht zurückgesehen, dennoch hatte er sich nie für eine andere interessiert. Umso spektakulärer war es, dass er jemanden zu diesem Ausflug mitbrachte.

»Halt dich fest. Besser wäre es noch, wenn du dich hinsetzt«, warnte Hailey mich vor.

»Jetzt sagt schon, wer es ist!« Neugier machte sich in mir breit und ich reckte den Kopf, um diejenige vielleicht zu entdecken.

Ally kicherte und versperrte mir immer wieder die Sicht, doch dann ließ sie die Bombe platzen. »Mrs. Tenner.«

Ich hörte auf, Ausschau zu halten, und als die beiden Worte endlich zu meinem Hirn durchgedrungen waren, fiel mir beinah die Kinnlade runter. »Unsere Mrs. Tenner?«

Ally grinste und nickte. »Genau die.«

Ich versuchte noch einmal, an meinen Freundinnen vorbeizuschauen und mir die beiden älteren Inselbewohner zusammen anzuschauen, aber Ally und Hal standen noch immer im Weg. Ich erhaschte lediglich einen Blick auf den Rücken meiner Mum. »Sind sie zusammen?«

Ally zuckte mit den Schultern. »Ich weiß es nicht. Er hat mir nichts erzählt. Als er vor fünf Minuten hier angekommen ist, bin ich noch total ahnungslos gewesen. Das hat mich eben echt umgehauen.«

»Er hat dir nicht erzählt, dass er Mrs. Tenner datet und mitbringen wird?« Fassungslos starrte ich sie an.

Ally verzog den Mund und schüttelte den Kopf. »Nein.«

»Ich bin, ehrlich gesagt, schockiert«, gab ich zu.

»Ich auch«, gab Hal von sich. »Vielleicht ist es noch ganz frisch, und er hat deshalb nichts erwähnt.«

Ally wirkte nicht überzeugt. »Vielleicht. Kommt, lasst uns zu den anderen gehen. Ich werde die zwei jedenfalls nicht aus den Augen lassen.«

»Ich auch nicht«, sagten Hal und ich unisono und kicherten.

Doch in dem Moment, da ich bei unserer Freundesgruppe ankam, verging mir schlagartig die gute Laune. Mitten unter ihnen stand Callum. Als ich in das strahlende Gesicht von Matt blickte, war mir sofort klar, wer ihn eingeladen hatte. Das Wiedersehen mit ihm war mir unangenehm.

Ich lächelte alle an, machte gute Miene, obwohl mir nicht unbedingt danach war. Deshalb nickte ich ihm auch nur zu, als er sich mir zuwandte und mich mit einem Augenzwinkern begrüßte. Warum zwinkerte er? War das eine geheime Botschaft? Wollte er mir damit zeigen, dass er sich an meine Reaktion auf seinen Körper erinnerte? Warum fuhren meine Gedanken Achterbahn, nur weil mir zugezwinkert hatte? Vielleicht wollte er nur nett sein.

Um uns herum redeten alle freudig durcheinander, doch ich spürte Callums Blick überdeutlich auf mir. Wieder schaute ich zu ihm, und er hob fragend die Augenbrauen. Doch das spöttische Lächeln, das an seinen Lippen zupfte, zeigte mir, dass er genau wusste, wie sehr es mich irritierte, dass er hier war.

Matt riss mich aus meinen Gedanken, als er zu mir trat, um mich in den Arm zu nehmen und mir anschließend einen Schmatzer auf die Wange zu drücken. Zumindest sorgte er dadurch dafür, dass Callum seine Aufmerksamkeit von mir abwandte und sie stattdessen Tally schenkte.

»Schau mal, wer sich alles diesem Trip angeschlossen hat. Das ist doch genial, oder Lin?« Matt hob mich hoch und wirbelte mich herum.

»Lass mich runter, du Riese. Die Leute denken sonst noch, wir drehen hier irgendein Musical.«

Lachend stellte Matt mich wieder auf meinen Füßen ab. »Lass die Leute doch denken, was sie wollen. Die wichtigen Menschen wissen, wer wir sind und dass wir uns einfach gernhaben.«

Da hatte er recht. Wir mochten uns, auch wenn das nicht immer so gewesen war. Während wir als kleine Kinder viel miteinander gespielt hatten, hatte ich ihn in unserer Jugend total doof gefunden, weil er mich so viel und oft geärgert hatte. Erst als wir beide erwachsener geworden waren, hatte es mir mehr Spaß gemacht, Zeit mit ihm zu verbringen. Irgendwann hatten Ally und Hal versucht, uns miteinander zu verkuppeln, aber das war uns beiden so abwegig erschienen, dass ich noch heute darüber den Kopf schütteln musste, wie meine Freundinnen überhaupt auf diese Idee hatten kommen können. Mittlerweile vertrauten wir uns sehr, und als Matt am Anfang des Jahres plötzlich eine Schwärmerei für Ally entwickelt hatte, hatte er sich mir sogar anvertraut. Inzwischen würde ich sagen, dass er mein bester Freund war.

Ich griff nach Matts Schal und zog ihn daran zu mir herunter.

»Du hast Callum mitgebracht!«, flüsterte ich.

»Ja, er ist noch ganz neu auf Mull und kennt kaum jemanden. Er braucht ein wenig Anschluss, und zu unserer bunten Truppe passt er doch ganz gut. Samstag bei deinen Eltern war es auch toll. Ich mag ihn.«

Ich blinzelte, weil mir in diesem Moment eine merkwürdige Idee kam.

»Stehst du auf ihn?«

Matt keuchte auf und sah mich fassungslos an. »Hör zu, Lin. Nur weil Ally mich nicht erhört hat, heißt das nicht, dass ich von Frauen genug habe.«

»Hätte ja sein können«, raunte ich ihm zu.

»Hätte absolut sein können, aber weder er noch ich sind homosexuell.« Matt sah mir fest in die Augen, als wolle er damit seine Worte bekräftigen, dann richtete er sich wieder auf.

Es ärgerte mich, dass ich mich über Callums sexuelle Orientierung freute. Dabei wollte ich von dem Kerl nichts. Klar, er war heiß, aber wenn ich mit ihm nicht lachen und scherzen oder Gespräche führen konnte, ohne wütend zu werden, was sollte ich dann mit dem Mann?

»Und woher hätte ich das bitte wissen sollen?« Warum reagierte ich so gereizt?

Matt hob beschwichtigend die Hände und sah mir wieder fest in die Augen. »Alles okay mit dir, Linny?«

Genervt von mir selbst und Callums Anwesenheit, verzog ich den Mund. »Ja, alles gut. Sorry.«

Matt zog mich an seine Brust und drückte mich ganz fest an sich. »Ich verzeihe dir alles, weißt du doch.«

Ich schmiegte mich an ihn und genoss das Gefühl von Geborgenheit. Er roch gut. Er sah nicht schlecht aus. Er war ein netter Kerl. Und dennoch würde da nie etwas zwischen uns laufen. Auch wenn ich mir schon manchmal die Frage gestellt hatte, warum ich mich nicht in Matt und er sich nicht in mich verlieben konnte.

Das wäre so einfach gewesen.

8

Gum biodh ràth le do thurus.
– *Möge deine Suche erfolgreich sein.* –

*G*eh du ruhig schon mal zu den Sitzen. Dein Dad und ich müssen noch mal kurz für kleine Mums und Dads«, hörte ich meine Mutter sagen, nachdem wir als Erste auf die Fähre gefahren und ausgestiegen waren.

»Oh Mum! Kannst du nicht einfach sagen, dass ihr auf die Toilette müsst? Ich bin alt genug.«

Sie antwortete mir mit einem Kichern, als wäre sie plötzlich um viele Jahre jünger, und Dad verdrehte die Augen. Aber das liebevolle Lächeln, mit dem er sie bedachte, sorgte dafür, dass mein Herz sich ganz weit anfühlte. So stellte ich mir Liebe vor. Die Macken des anderen zu bemerken und vielleicht noch nicht einmal zu mögen und ihn trotzdem oder gerade deswegen zu lieben.

Ich ließ die beiden hinter mir, ging die Treppe hinauf in den Aufenthaltsraum der Fähre und setzte mich an einen der Tische, die für vier Personen vorgesehen waren. Die anderen waren noch nicht hier, also hatte ich die freie Wahl und ich suchte mir wie immer den gleichen Tisch aus. Das war mein Lieblingsplatz. Hinter dem Sitz war eine Wand, so dass mir niemand über die Schulter gucken konnte, falls ich bei meinen Fährfahrten am Laptop arbeitete, neue Entwürfe für Kleider zeichnen oder einfach nur ein Buch lesen wollte.

»Das erinnert mich an den Morgen, an dem ich dich das erste Mal gesehen habe.« Callums Stimme hatte einen vertraulichen Klang, als teilten wir ein Geheimnis, und sofort fühlte auch ich mich an jenen Morgen zurückversetzt. Wieder wallte der Ärger in mir auf.

Da ich nicht zickig erscheinen wollte, antwortete ich: »Stimmt, ich habe an dem Tag auch hier gesessen.«

Er lächelte. Er lächelte mich tatsächlich an. Einfach so. Offen und ehrlich. Sofort bekam ich einen trockenen Mund.

»Darf ich mich ebenfalls auf denselben Platz setzen wie vor neunzehn Tagen? Vielleicht können wir ja noch mal von vorne anfangen, ohne Teevergießen.«

Das brachte mich zum Stutzen. »Du weißt noch genau, vor wie vielen Tagen das war?« Im nächsten Moment wurde mir bewusst, was er sonst noch gesagt hatte. Er wollte noch mal von vorne beginnen? Ich war verwirrt. Ich hatte einfach nicht damit gerechnet, dass er sich zu mir setzen, dass er bewusst meine Gesellschaft suchen würde. Aber wenn er damit erreichen wollte, dass wir in Zukunft entspannter miteinander umgehen konnten, würde ich dem sicherlich nicht im Weg stehen. Ich war zwar immer noch nervös in seiner Gegenwart und ärgerte mich über seine unerträgliche Selbstsicherheit, aber ich freute mich schon jetzt auf einen Neuanfang.

Er stellte seinen silbernen Thermobecher neben meinem pinkfarbenen mit den lila Blüten ab. Offenbar hatte er aus seiner letzten Fahrt mit der Fähre die richtigen Schlüsse gezogen und sich etwas Eigenes zum Trinken mitgebracht.

»Ich bin in erster Linie Kaufmann und kann ganz gut mit Zahlen. Heute ist der sechzehnte und drei Tage, bevor ich offiziell im Hotel angefangen habe, bin ich auf die Insel gekommen.

Et voilà, das sind neunzehn Tage.« Er strahlte, als hätte er ein bisher nicht zu knackendes mathematisches Rätsel gelöst.

»Hey, ihr beiden«, Tally schob sich mit ihrem Babybauch neben mich auf die Sitzbank und lehnte den Kopf an die Wand hinter sich. Sie schloss sofort die Augen. Es war offensichtlich, dass sie total erschöpft war.

»Alles gut?«, kam Callum mir zuvor. Wie aufmerksam von ihm.

Ohne die Augen zu öffnen, antwortete sie: »Ja, alles okay. Ich habe nur in der Nacht nicht geschlafen, weil ich Sodbrennen hatte. Sobald ich mich hingelegt habe, ging es los. Ich ruhe mich ein bisschen aus, wenn das für euch okay ist.«

»Na klar. Warte, ich mach dir aus meinem Schal ein Kissen, dann kannst du dich hinlegen«, schlug ich vor.

»Nein, lieber nicht. Die Horizontale ist gerade nicht mein Freund. Ich bleibe lieber sitzen.« Ihre Stimme hörte sich erschöpft an. »Lasst mich einfach nur hier sitzen und ein bisschen die Augen schließen.«

Unsicher sah ich zu Callum, der verständnisvoll nickte und den Finger auf die Lippen legte. Er wollte sie schlafen lassen. Eine Idee, mit der ich absolut einverstanden war.

»Bitte redet weiter! Dann kann ich besser abschalten«, forderte Tally uns in diesem Moment auf, was Callum und mir ein Lächeln auf die Lippen zauberte. Sie konnte ja nicht wissen, dass entspannte Gespräche nicht gerade unsere Stärke waren.

»Hast du schon alles für morgen vorbereitet?«, fragte ich Callum.

»Ja«, antwortete er leise genug, damit Tally einschlafen konnte, aber so laut, dass ich ihn noch gut verstand. »Der große Saal ist weihnachtlich geschmückt, und die Tische, an denen die

Teilnehmer arbeiten sollen, stehen bereit. Fehlen nur noch du und deine Vorgabe, dann kann es losgehen. Ich bin gespannt, was du dir ausgedacht hast.«

Bevor ich darauf antworten konnte, standen meine Eltern plötzlich neben dem Tisch. Meine Mutter blickte glücklich zwischen Callum und mir hin und her, und es fiel mir nicht schwer, ihre Gedanken zu erraten. Beinah hätte ich die Augen verdreht, hielt mich aber im letzten Moment zurück.

»Wir setzen uns rüber auf die linke Seite der Fähre und sagen den anderen Bescheid, dass sie zu uns kommen sollen. Dann kann Tally ein bisschen schlafen, und ihr beiden seid ungestört und könnt entspannt miteinander reden.«

Ich öffnete gerade den Mund, um meiner Mum den Wind aus den Segeln zu nehmen. Das war hier schließlich kein romantisches Date zwischen Callum und mir. Aber da antwortete er bereits: »Danke, Nora.«

Danke? Damit feuerte er die Hoffnungen meiner Mutter doch nur an. Am liebsten hätte ich ihn unter dem Tisch getreten, aber wahrscheinlich hatte er keine Ahnung, was er tat. Deshalb ließ ich es bleiben und wartete ab, bis meine Mum außer Hörweite war.

»Tu mir einen Gefallen«, begann ich.

»Jeden«, antwortete er grinsend und beugte sich vertraulich über den Tisch in meine Richtung.

Jeden? Was sollte das nun wieder? »Versuch bitte, meiner Mutter keine Hoffnungen zu machen, dass du ihr Schwiegersohn wirst.«

Erstaunt riss er die Augen ein Stück weiter auf. Dann schluckte er. »Sie glaubt ... du und ich ...?«

»Sie hofft es. Sie will, dass ich einen Mann finde und so

schnell wie möglich ihre Enkelkinder auf die Welt bringe«, klärte ich ihn leise auf und verdrehte jetzt doch die Augen.

Callum sah mich neugierig an. »Und das willst du nicht?«

»Es gab mal eine Zeit, da wollte ich das unbedingt, aber das ist schon eine Weile her. Im Moment brauche ich keinen Mann in meinem Leben, das ist so schon kompliziert genug«, erwiderte ich, obwohl ich damit nicht ganz die Wahrheit sagte. Ich war enttäuscht worden und scheute mich jetzt davor, ein weiteres Mal einem Mann mein Vertrauen zu schenken. Aber das hieß nicht, dass ich mir nicht das große Glück wünschte, das mittlerweile fast alle meine Freunde gefunden hatten. Matt und ich waren die Einzigen, die noch immer Singles waren. Zwar waren wir beide nicht unglücklich, aber ich wusste von Matt, dass auch er sich nach etwas Festem sehnte. Nach jemandem, der zu Hause auf ihn wartete und mit ihm das Leben teilte, das er sich mittlerweile aufgebaut hatte. Es wäre wirklich so einfach, wenn wir uns ineinander verlieben könnten.

»Interessant«, hörte ich Callum sagen, während ich in meinen Gedanken festhing.

Interessant? Was meinte er damit? Aber ich fragte nicht nach, wollte nicht den Eindruck vermitteln, ich würde mich dafür interessieren, was er über mich dachte.

Aber er ließ nicht locker. »Sind Frauen nicht immer auf der Suche nach ihrem Mr. Right? Oft sogar dann, wenn sie in einer festen Partnerschaft stecken?«

»Oh, du hast ja ein tolles Bild von Frauen! Ich kann dir sagen, dass es meistens genau umgekehrt ist. Männer sind ständig auf der Suche nach einem heißeren, jüngeren, besseren Modell als dem, was sie schon haben. Nie zufrieden, und es ist ihnen egal, wem sie damit weh tun«, redete ich mich in Rage.

Als ich Luft holte, merkte ich, wie sehr ich mich emotional vor diesem Mann entblößt hatte. Aber vielleicht hatte ich ja Glück, und er würde nicht eins und eins zusammenzählen und nicht nachvollziehen, warum ich so dachte.

Moment! Warum ich so dachte, wusste ich. Aber warum dachte er so? War er ebenfalls enttäuscht worden? Ein Blick in sein außergewöhnlich attraktives Gesicht ließ mich den Gedanken sofort verwerfen. Nein, ein solcher Mann wurde sicherlich nicht hintergangen und betrogen.

»Glaub mir, Lin. Nicht nur Männer sind so.« Für einen Moment sah ich einen traurigen Ausdruck in seinen Augen. Aber er verschwand so schnell, wie er aufgetaucht war. »Sieht so aus, als teilen wir ein ähnliches Schicksal«, mutmaßte Callum und machte zeitgleich damit meine Hoffnungen zunichte, die Botschaft hinter meinen Worten nicht verstanden zu haben.

»Es tut mir leid, dass du etwas Ähnliches erlebt hast«, erwiderte ich und schaute aus dem Fenster hinaus auf den Sound of Mull. In diesem Moment fuhr die Fähre an Duart Castle vorbei. Majestätisch thronte das Gebäude auf der Anhöhe.

»Muss es nicht. Mittlerweile geht es mir gut damit. Ich bin froh, Single zu sein und tun und lassen zu können, was mir gefällt«, erklärte er mir. »Jetzt zum Beispiel mit einer attraktiven Frau hier zu sitzen. Hätte meine Ex wahrscheinlich dazu veranlasst, einen Aufstand zu veranstalten.«

Attraktiv? Ich? Nein, ich war nicht hässlich, aber als attraktiv hätte ich mich sicherlich nicht bezeichnet. Flirtete Callum gerade mit mir? Ich merkte, dass ich damit noch viel weniger klarkam als mit seiner sonst so distanzierten Art. Am liebsten wäre ich aufgestanden und hätte mich für einen Moment in der Toilette eingeschlossen. Ich brauchte Abstand zu Callum, dessen Blick ich durchgehend auf mir spürte. Es kam mir so vor, als durchleuchtete er mich, als wolle er in meine Seele schauen und die Verletzungen, die Brian verursacht hatte, ergründen. Aber neben mir schlief eine übermüdete Schwangere ihren gerechten Schlaf, und ich würde sie sicherlich nicht wecken, um mich vor Callum zu verstecken.

Irgendwie schaffte es Callum Strayton jedes Mal, mich zu verunsichern. Das musste seine geheime Superkraft sein. Dabei war ich eigentlich ruhig und umgänglich, ließ mich selten auf einen Streit ein oder anderweitig aus dem Konzept bringen. Doch bei ihm war alles anders. Bei ihm war ich anders. Und das nervte mich, was mich in seiner Gegenwart wiederum unausstehlich machte.

»Warum bist du immer so abweisend zu mir?«, hörte ich Callum fragen, als hätte er in meine Gedanken hineingehört.

Blinzelnd starrte ich ihn an. Hatte er mir diese Frage gerade wirklich gestellt, oder hatte ich mir das nur eingebildet?

»Ich ... abweisend?«

»Ja, du. Irgendwie finden wir keine Basis, kein Gespräch, das in irgendeiner Weise friedlich und harmonisch abläuft, und ich verstehe nicht, warum. Nicht einmal ein Kompliment kann ich dir machen, ohne dass du dich zurückziehst.« Mit offenem Blick sah er mich an.

Ich schnappte nach Luft, weil er mich völlig unvorbereitet getroffen hatte. Weil ich mich ertappt fühlte.

»Wie kommst du auf die Idee, dass ich abweisend bin?« Das war ich nicht gewesen. Oder doch? »Du behandelst mich anders als alle anderen.« Erst als ich es ausgesprochen hatte, merkte ich, wie vorwurfsvoll mein Ton geklungen hatte.

»Das ist dein Problem? Ich soll dich behandeln wie alle anderen? Aber du behandelst mich auch nicht, wie du beispielsweise mit Matt umgehst.« Er hob den Thermobecher, trank einen Schluck, ließ mich jedoch keine Sekunde aus den Augen. »Mir hast du vorhin nicht einmal die Hand geben können, als du alle begrüßt hast, während du ihm um den Hals gefallen bist.«

Ein weiteres Mal fühlte ich mich ertappt und konnte den Drang, mich zu verteidigen, nicht unterdrücken.

»Wie sollte ich dich behandeln wie alle anderen? Du bietest jedem das Du an, nur mir nicht. Du lachst mit allen, nur mit mir nicht. Es ist, als hätte ich irgendwas getan, das mich in deinen Augen nervig macht.«

Callum wiegte den Kopf hin und her. »Das Du wollte ich dir schon bei deinen Eltern anbieten, aber du bist an dem Tag einfach über Matts Vorschlag hinweggegangen, dass wir uns mit Vornamen ansprechen könnten, da habe ich gedacht, dass du das nicht willst, und habe es gelassen.«

Meine Stirn tat weh. Ich bekam gleich einen Krampf über der Nasenwurzel, weil ich sie so sehr zusammenzog.

Für einen Moment schloss ich die Augen und versuchte, mich an den Tag bei meinen Eltern zurückzuerinnern. Matt hatte gefragt, warum wir uns nicht duzen würden. Nein, stopp! Matt hatte zu mir gesagt, ich solle doch einfach Callum zu seinem Mitarbeiter sagen.

»Du hast recht«, sagte ich leise. »Matt hat gesagt, ich soll dich Callum nennen.«

»Ja, das hat er.«

Ich öffnete die Augen und sah ihn an. »Aber du hast nichts dazu gesagt. Deshalb habe ich gedacht, das wäre dir nicht recht.«

Er nickte. »Und ich habe gedacht, dass du es nicht willst, weil du mich nicht angesehen hast und stattdessen darüber hinweggegangen bist. Offenbar haben wir beiden den anderen falsch eingeschätzt.«

»Und die Situation nicht richtig interpretiert«, fügte ich nachdenklich hinzu.

Für einen Moment schüttelte ich den Kopf, doch meine Gedanken schwirrten noch immer wild umher. Oh Mann, da hatte ich offenbar wirklich völlig danebengelegen. Ich sah hinaus auf das Wasser, aber auch das half nicht, das Gedankenkarussell zur Ruhe zu bringen.

Dann hatte Hal recht gehabt und ich die Situation damals falsch eingeschätzt. Ich hatte mich immer mehr in diese Bredouille hineinmanövriert, hatte ihn gedanklich als nicht zugehörig abgekanzelt. Und das, obwohl er mir nichts getan hatte. Ich war fest davon überzeugt gewesen, dass dieses Angebot von ihm hätte kommen müssen und nicht von seinem Boss. Deshalb war ich nicht auf Matts Aufforderung eingegangen.

»Ich würde sehr gern mit dir lachen, wenn ich wüsste, ob du überhaupt dazu in der Lage bist.«

Mein Blick schnellte zu ihm. »Ich ... ich ...«, stammelte ich und brachte Callum damit zum Lachen.

»Das war nur ein Scherz. Ich habe dich schon lachen sehen.« Er schenkte mir ein Lächeln, das meine Knie hätte weich werden lassen, hätte ich nicht bereits gesessen. »Nur nicht mit mir, Robin Hood«, fügte er hinzu und wurde wieder ernst.

»Robin Hood?«, echote ich.

»Du hast die Kollekte gestohlen, um Hal eine Jacke zu kaufen. Wenn das nicht à la Robin Hood ist, dann weiß ich auch nicht«, erklärte er schmunzelnd.

»Und du hast vor mir einen Striptease hingelegt, soll ich dich jetzt Magic Mike nennen?«, zog ich ihn auf.

»Oh, bin ich so heiß gewesen?«, fragte er und sah mich provozierend an.

Hitze schoss mir ins Gesicht, als ich mich an seinen nackten Oberkörper erinnerte.

»Ja, warst du.« Peinlich berührt ließ ich kurz den Blick sinken.

»Ich war im Garten des Hotels und habe alles vermessen und abgesteckt. Da es aber ziemlich schlammig war, habe ich mich eingesaut und wollte mich schnell umziehen. Und genau in dem Moment hast du geklopft.«

Ich nickte, als hätte ich mir diese Erklärung bereits selbst zusammengereimt, doch die Röte in meinem Gesicht musste noch gut zu sehen sein, jedenfalls spürte ich sie mehr als deutlich. Dann herrschte Stille zwischen uns. Niemand sagte etwas. Callum sah mich weiterhin an, als würde er versuchen, mich zu verstehen.

Ich musste irgendetwas sagen. Etwas, das ihn von meiner körperlichen Reaktion ablenken würde. »Vielleicht sollten wir wirklich noch mal von ganz vorne anfangen?«, schlug ich vor, hob den Kopf und beobachtete seine Reaktion auf meinen Vorschlag.

Erneut breitete sich dieses Lächeln auf seinen Lippen aus. Mein Herz schlug schneller. Und meine Handflächen wurden feucht.

»Ich bin Callum.« Er reichte mir die Hand.

Unauffällig wischte ich meine an meiner Jeans trocken, ehe ich seine ergriff und offen lächelte. Nicht wie beim ersten Mal, als ich ihm schon bei der Begrüßung skeptisch gegenübergetreten war.

»Und ich bin Lin.«

»Lin«, wiederholte er, als wollte er sich vergewissern, wie

mein Name auf seiner Zunge schmeckte. Mein Name aus seinem Mund ... es hörte sich an, wie eine Versuchung.

Blinzelnd rief ich mich zur Besinnung. Dennoch ließ ich die Hand in seiner liegen. Er hielt sie fest, und sein Daumen strich nur wenige Millimeter über meine Haut zwischen Mittelfinger und Zeigefinger. Dabei fixierte er mich mit seinem Blick, und ich konnte nicht wegschauen, zu sehr war ich gefangen in diesen türkisfarbenen Tiefen, die mich wie so oft an Filmaufnahmen aus dem Meer erinnerten.

»Huch, was geht denn hier ab? Haltet ihr etwa Händchen?« Tally hatte offenbar genug geschlafen.

Noch einmal lächelten wir einander an und ließen dann die Hand des anderen los.

»Wir haben Frieden geschlossen«, klärte Callum Tally auf.

Sie gähnte ausgiebig, ehe sie antwortete: »Ich hatte zwar keine Ahnung, dass zwischen euch Krieg geherrscht hat, aber das ist doch genau das Richtige für die Vorweihnachtszeit. Frieden ist so wertvoll. Niemand sollte sich streiten. Ich bin stolz auf euch.«

Ich musste lachen. »Du hörst dich an wie eine Mutter, die mit ihren unartigen Kindern redet.«

»Ich übe schon mal.« Verschmitzt sah sie mich an. »Damit kann man nicht früh genug beginnen.«

»Wann ist es denn so weit?«, fragte Callum und deutete mit dem Kinn zu Tallys Babybauch.

Tally strahlte über das ganze Gesicht. »Im Februar.«

»Leider kein hundertprozentiges Frühlingskind, aber du wirst den Frühling mit deinem Baby genießen können«, sagte ich und freute mich bereits jetzt auf den neuen Inselbewohner. Das erste Baby in unserer Freundesgruppe.

»Wisst ihr denn schon, was es wird?«, wollte Callum wissen.

»Ja, aber wir verraten es noch nicht.« Triumphierend blickte sie zwischen uns hin und her.

»Vielleicht können wir dich ja erpressen«, überlegte ich laut.

Tally kicherte. »Nein, ich werde standhaft bleiben.« Das glaubte ich ihr sofort. Tally war eine willensstarke Frau. Das war gut, denn Toni brauchte jemanden an seiner Seite, der ihm das Wasser reichen konnte.

Bis zum Ende der Überfahrt saßen wir noch beisammen, lachten und redeten viel. Es war erstaunlich, wie gut ich mit Callum harmonierte, jetzt, wo wir die Missverständnisse ausgeräumt hatten. Immer wieder fing ich einen Blick von ihm auf, der in einer Art stiller Kommunikation dafür sorgte, dass ich mich von ihm verstanden fühlte. Und wieder war da diese Ahnung von einem Geheimnis, das nur wir beide teilten. Ich war glücklich und zufrieden und freute mich schon jetzt auf den Weihnachtsmarkt in Glasgow. Und darauf, mehr Zeit mit Callum zu verbringen.

* * *

Es dauerte noch drei Stunden, bis wir in Glasgow ankamen und noch eine Stunde, bis wir den Weihnachtsmarkt erreicht hatten. Dank der vielen Besucher in der Stadt waren Parkplätze Mangelware, und wir mussten ein ganzes Stück laufen, ehe wir uns alle auf dem George Square trafen.

Die ganze Fahrt über hatte mir meine Mutter in den Ohren gelegen, wie nett Callum war und wie schön es gewesen war, uns zuzusehen, wie wir miteinander sprachen. Irgendwann hatte ich mich schlafend gestellt, weil meine Bitten, damit aufzuhören, nicht gefruchtet hatten und ich mir meine Stimmung nicht vor Ankunft in Glasgow vermiesen lassen wollte.

Doch nun hier auf einem der belebtesten Plätze in Glasgow war all das vergessen. Im Winter war diese Stadt besonders schön. Die Jahreszeit ließ sie in ihrem vollen Glanz erstrahlen. Es gab zwei außergewöhnliche Weihnachtsmärkte. Der erste fand hier auf dem George Square statt, wo wir unseren Tag beginnen wollten, der zweite auf dem St. Enoch Square.

»Wer von uns bisher kein weihnachtliches Gefühl hat, der wird hier bestimmt mit dem Weihnachtsfieber angesteckt«, hörte ich Ally sagen, als sie sich entzückt umblickte.

Ich musste ihr recht geben. Es gab hier einfach alles, was das Winterherz begehrte. Nicht nur Punschstände und Crêpesbäcker, auch Schlittschuhbahnen waren hier zu finden.

Der Duft von Glühwein, karamellisiertem Zucker und Gebratenem lag in der Luft und verführte die Besucher, sich die Bäuche vollzuschlagen. Die feierliche Weihnachtsbeleuchtung auf dem Platz suchte ihresgleichen.

»Schaut mal«, sagte Callum und deutete auf das Rathaus, das in Blau und Pinktönen angestrahlt wurde. »Ich habe im Internet nachgelesen, dass das Rathaus jeden Tag ab halb vier beleuchtet wird. Und nun, wo wir hier sind, erstrahlt es tatsächlich in den schönsten Farben«, schwärmte er. »Jede halbe Stunde wiederholt sich die Lichtshow. Sie soll Szenen zeigen, die vom Nordpol, der Elfenwerkstatt, Charlie und der Schokoladenfabrik, dem Weihnachtsmann und seinen Rentieren sowie klassischen Schneeszenen inspiriert wurden.«

Außerdem unterstrich das die einzigartige Architektur dieses Gebäudes, wie ich bei einem Blick dorthin feststellte.

So war es nicht verwunderlich, dass wir auf dem Platz inmitten von Glasgow standen und alle lächelten, als hätten wir Santa höchstpersönlich gesehen.

»Herrlich, oder?«, fragte meine Mum und hakte sich bei Dad unter.

»Oh ja, mein Engel. Oh ja. Genau wie du.« Er drückte ihr einen liebevollen Kuss auf die Stirn und zog sie enger an sich heran.

Die beiden wirkten auch nach den vielen Jahren, die sie verbanden, wie ein junges, wunderschönes und glückliches Paar. Genau das war es, was ich mir wünschte. Liebe und Glück, wie meine Eltern es in ihrer Ehe gefunden hatten. Das, was ich bei ihnen sehen konnte, zeigte mir, dass es für Liebesromane und Liebesfilme durchaus reale Vorbilder gab und dass Glück auch viele Jahre überdauern konnte.

Still lächelnd wandte ich den Blick ab und begegnete Callums. Offenbar hatte er mich dabei beobachtet, wie ich meine Eltern angesehen hatte. Doch ich konnte nicht einmal ansatzweise erahnen, was in ihm vorging, denn in diesem Moment trat Matt an seine Seite, und Callum schaute weg.

Wir verabredeten uns für sechs Uhr an dem fünfzehn Meter hohen Weihnachtsbaum. Bis dahin hatte jeder von uns Zeit, sich ein bisschen um die Weihnachtsgeschenke zu kümmern, die noch fehlten, und sich zwischen den Buden umzusehen. Ich winkte noch einmal in die Runde und ging dann allein los. Mein Weg führte mich an dem viktorianischen Karussell vorbei, auf dem ich schon als Kind gesessen und vor Vergnügen gejauchzt hatte und an ein paar anderen Fahrgeschäften. Ich hatte ein bestimmtes Ziel vor Augen.

In Glasgow gab es einen hervorragenden Laden mit außergewöhnlich gut ausgesuchtem Tee. Dort wollte ich für meine Eltern, Hal und Ally jeweils eine besondere Sorte und eine hübsche Kanne mit passenden Tassen erstehen. Wir alle liebten Tee und schönes Porzellan. Online hatte ich einen Blick in den Katalog des Geschäfts werfen können und bereits einige Modelle in die nähere Auswahl genommen.

»Darf ich mich dir anschließen?« Callum war neben mich getreten, ohne dass ich es mitbekommen hatte.

Erschrocken hielt ich inne. »Ja … klar«, antwortete ich und fragte mich, warum er nicht mit Matt auf Geschenkefang ging. Aber ich verkniff mir die Frage. Ich wollte so kurz nach unserem Friedensschluss diesen nicht damit gefährden, dass ich Callum ungewollt vor den Kopf stieß.

»Hast du schon Ideen, was du kaufen möchtest?«

»Nein, nicht wirklich. Ich brauche auf jeden Fall etwas für meine Eltern und die nervige kleine Schwester. Vielleicht eine Kleinigkeit für Matt?«

»Nervige Schwester?«, hakte ich nach und musste mir eingestehen, dass ich unglaublich neugierig auf alles war, was es über Callum herauszufinden gab.

Er lachte. »Die nervigste Schwester, die du dir vorstellen kannst – und die beste.«

»Ich wollte auch immer eine Schwester haben«, gestand ich, als wir mein Ziel erreichten. Callum hielt mir die Tür auf und ließ mir den Vortritt. Ganz wie ein waschechter Gentleman. »Du hast stattdessen zwei tolle Freundinnen.«

»Stimmt! Sie sind wie Schwestern für mich, und noch so viel mehr.« Ich deutete auf den hinteren Verkaufsraum. »Dieses Jahr habe ich mich entschieden, jeder von ihnen eine schöne Kanne, Tassen und Tee zu besorgen.«

Callums Blick wanderte in die Richtung, in die ich zeigte. »Das ist eine super Idee. Vielleicht wäre das auch etwas für meine Eltern und Macy.«

»Na, dann komm. Lass uns schauen, ob wir für unsere Lieben etwas Passendes finden.« Voller Vorfreude ging ich nach hinten und spürte Callums Gegenwart überdeutlich.

Im hinteren Bereich des Teeladens erwarteten uns mindestens fünfzig verschiedene Kannen, die sich in Form, Farbe und Motiv unterschieden, sowie die dazu passenden Tassen und Tabletts. Alle waren so wunderschön, dass ich schon jetzt wusste, dass meine Internetrecherche umsonst gewesen war. Ich musste noch einmal von vorne anfangen.

»Meinst du, Matt mag so etwas auch?«

Diese Frage brachte mich zum Lachen. »Nein, er trinkt nicht so gern Tee. Er ist eher der Kaffeetyp. Die größte Freude machst du ihm aber, wenn du ihm einen Single Malt besorgst.«

»Oh ja, stimmt, er hat mir letztens erzählt, dass er gern Whisky trinkt.«

Ich blieb vor einer besonders hübschen Kanne stehen und sah sie mir genauer an. »Die sind so toll, ich weiß gar nicht, für welche ich mich entscheiden soll.«

»Na ja, da du gleich drei Exemplare brauchst, kannst du dich ja austoben. Und du könntest mir helfen, für meine Eltern und die kleine Schwester aus der Hölle das Passende zu finden. Dann sind das schon fünf Kannen, die ein neues Zuhause finden«, erklärte er mit einem verschmitzten Grinsen, das mich auflachen ließ.

»So betrachtet ... Okay, dann erzähl mir mal was von deinen Eltern. Wie ist die Inneneinrichtung? Was mögen sie besonders gern?« Ich kannte ja noch nicht einmal Callum so gut, dass ich die richtige Wahl für ihn hätte treffen können. Wie sollte ich bei seinen Eltern richtigliegen? Da brauchte ich definitiv ein paar mehr Fakten zu den zu Beschenkenden.

Die nächste Stunde verbrachten wir in dem Teeladen, überlegten, verwarfen und fachsimpelten und verließen das Geschäft am Ende mit fünf großen Paketen, die schön in Geschenkpapier verpackt, aber so schwer und sperrig waren, dass wir damit unmöglich über den Weihnachtsmarkt spazieren konnten. Deshalb beschlossen wir, unsere Ausbeute zu Callums Auto zu bringen.

Wir passierten Stände mit den unterschiedlichsten Angeboten von exklusiven Geschenken über gestrickte Schals und Wollsocken bis hin zu festlichen Leckereien. Außerdem führte unser Weg uns an der riesigen Eislaufbahn vorbei.

»Kannst du Schlittschuh laufen?«, wollte Callum wissen.

»Ja, aber ich bin immer recht unsicher und habe Angst, mich zu blamieren«, gestand ich ihm. Mittlerweile herrschte zwischen uns ein so vertrauensvolles Verhältnis, dass ich mich nicht mehr davor scheute, meine kleinen Schwächen zuzugeben.

»Blamieren? Du könntest dich sicherlich nicht blamieren. Wenn ein rothaariger Robin Hood über die Eisfläche saust, schauen sicher alle fasziniert zu. Da würde niemand auf die Idee kommen zu lästern«, erwiderte Callum und zwinkerte mir frech zu.

»Und du? Läufst du Schlittschuh?«

Er schüttelte den Kopf. »Ich war schon ewig nicht mehr auf dem Eis. Das letzte Mal, kurz nachdem ich meine Ex-Frau kennengelernt habe.«

Ich schluckte heftig. »Du warst verheiratet?«

»Ja, aber es hat sich nicht gelohnt. Ich bin mir nicht sicher, ob es sich für mich jemals lohnen könnte, in einer so festen Beziehung zu sein.«

Verdutzt blieb ich stehen und sah ihn erstaunt an. »Das meinst du jetzt nicht ernst, oder?«

»Doch.« Er zuckte mit den Schultern und fuhr fort: »Beziehungen sind nicht dafür gedacht, ewig zu halten. Man investiert eine Menge Energie, und am Ende herrscht Krieg und man trennt sich wieder.«

Ich ging weiter und dachte an meine Eltern. Nein, ich wollte nicht glauben, dass ihr Glück etwas so Seltenes war.

»Was ist mit deiner Mutter und deinem Vater?«, hakte ich nach.

»Die sind glücklich. Deine Eltern ja auch. Aber schau dich um. Wie viele Ehen werden geschieden? Wie viele Beziehungen gehen auseinander? Und wie viele Tränen werden deswegen vergossen?« Er lief neben mir, trug vier der fünf Geschenke.

Ich dachte über seine Worte nach. Es stimmte, dass die meisten Ehen und Beziehungen in die Brüche gingen. Aber war die Chance auf eine Liebe wie die meiner Eltern es nicht wert, sich auf die Suche zu machen? War es naiv zu hoffen, etwas Ähnliches zu finden? Doch ich schwieg, erwiderte nichts mehr.

»Entschuldige bitte. Ich wollte dich nicht vor den Kopf stoßen mit meinen Ansichten.«

Wieder blieb ich stehen. Wir befanden uns in einer dunklen Gasse, und es war nicht mehr weit bis zum Parkplatz. »Du musst dich nicht bei mir entschuldigen, nur weil du ehrlich zu mir bist. Und wir müssen auch nicht in allem einer Meinung sein. Ich freue mich darüber, dass du so offen mit mir sprichst.«

Ein Lächeln zupfte an Callums Lippen. »Du bist außergewöhnlich«, sagte er mit leiser Stimme.

Etwas regte sich in meinem Magen. »Was meinst du damit?«

»Die meisten Frauen wollen einen gleich eines Besseren belehren, wenn ich ihnen meine Sicht auf diese Dinge offenbare.« Immer noch wirkte er amüsiert.

»Ich bin eben anders«, sagte ich locker dahin und ging weiter. Doch locker fühlte ich mich in seiner Gegenwart überhaupt nicht – auch nach der Versöhnung nicht.

Und es ärgerte mich, dass es mir nicht gefiel, dass er nicht auf der Suche nach einer festen Partnerin war.

* * *

Als wir um sechs Uhr vor dem großen Weihnachtsbaum in der Mitte des George Squares standen und die anderen nach und nach zu uns stießen, herrschte eine ausgelassene Stimmung zwischen uns, doch auch sie konnte die Spannung, die ich in seiner Gegenwart spürte, nicht vertreiben. Meine Mutter warf mir zufriedene und wissende Blicke zu, die ich geflissentlich ignorierte.

Callum und ich hatten zusammen Weihnachtsgeschenke besorgt, gelacht und einen Tee getrunken. Er hatte mir von seiner Schwester erzählt, die schon seit Ewigkeiten Betriebswirtschaftslehre studierte und von Beziehungen noch viel weniger hielt als er selbst.

Ich fand es erstaunlich, dass Menschen, die in einem Haus voll Liebe groß geworden waren, so wenig an sie glaubten. Callums Eltern schienen eine ähnlich liebevolle Ehe zu führen wie meine Mutter und mein Vater. Die Erfahrungen, die die beiden in ihren eigenen Beziehungen gemacht hatten, mussten niederschmetternd genug gewesen sein, um das Vertrauen in die Liebe und menschliche Bindungen zu zerstören, mit dem sie aufgewachsen waren.

Ich konnte ihm das nicht verdenken. Ich war zwar einem möglichen neuen Partner gegenüber nicht abgeneigt, aber ich war mir nicht sicher, ob ich jemals wieder jemandem so sehr vertrauen konnte. Da hatte Brian leider etwas Entscheidendes bei mir zerstört.

»Du stehst auf ihn!«, raunte mir Hal in diesem Moment ins Ohr.

Erschrocken fuhr ich zu ihr herum. »Warum schleichst du dich an und erschreckst mich so?«

»Damit ich dein Gesicht sehen kann, wenn du merkst, dass ich dich und deine Gefühle durchschaut habe!« Hal starrte mich an, als wäre sie von einem Dämon besessen und bräuchte demnächst einen Exorzisten.

»Du machst mir Angst«, stieß ich hervor und ging einen Schritt nach hinten, während ich meine beiden Zeigefinger zu einem Kreuz formte und abwehrend vor mich hielt. »Weiche von mir, Dämon!«

Hailey Gesichtszüge entspannten sich, sie trat wieder näher an mich heran und senkte die Stimme noch ein wenig mehr. »Nein, jetzt mal ehrlich. Er ist schon heiß. Ich kann verstehen, dass du auf ihn stehst.«.

»Ich steh nicht auf ihn!«, wehrte ich mich gegen diese Behauptung. Jedenfalls stand ich nicht mehr auf ihn als alle anderen alleinstehenden Frauen auf der Insel.

»Ach komm schon. Bei mir brauchst du dich doch nicht zu verstellen.« Sie deutete auf Callum, der Anna kitzelte, bis sie so laut lachte, dass sie sogar den Chor übertönte, der unweit von uns Weihnachtslieder zum Besten gab. »Schau ihn dir an. Welche Frau mit biologischer Uhr würde denn da nicht weich werden?«

Natürlich hatte Hal recht. Callum war heiß, und wie er mit Anna umging, rief bei mir das Bedürfnis hervor, zufrieden aufzustöhnen. Dieser Anblick würde jede Frau zum Schmelzen bringen. Aber er wollte keine feste Beziehung, und ich hatte definitiv nicht die Kraft und das Selbstbewusstsein, um das zu ändern.

»Lasst uns etwas Heißes zu trinken holen. Die erste Runde geht auf mich!«, rief Ben. Er trug ein Basecap, das sein Gesicht immer im Halbdunkel hielt. So machte er es eventuellen Fans schwerer, ihn zu erkennen und er blieb unbehelligt.

Gemeinsam machten wir uns auf den Weg zum nächsten Getränkestand und ließen uns von Ben einladen. Wir prosteten einander zu, und als Callum und ich miteinander anstießen, sahen wir uns lange an, ehe wir die Gläser an den Mund hoben und einen Schluck tranken.

Zu schade, dass er für mich nicht in Frage kam. Er hatte Humor, war großzügig und freundlich. Fast perfekt und doch tabu für mich. Ich wollte keine Abenteuer, keine kurze Liaison. Ich sehnte mich nach Sicherheit, einem Mann, auf den ich mich verlassen konnte, der abends auf mich wartete, wenn ich nach Hause kam, und dessen Liebe ich mir sicher sein durfte.

Ich zerbrach mir den Kopf, während jeder Stand von uns unter die Lupe genommen wurde und wir die Auslagen kommentierten. Keiner von uns konnte all den verkaufsfreudigen Händlern und außergewöhnlichen Waren widerstehen. So dauerte es nicht lange, bis jeder von uns eine Tüte bei sich trug, noch bevor wir das wunderschön verzierte Weihnachtsdorf aus über fünfzig Holzchalets auf dem St. Enoch Square erreichten. Viele internationale Händler boten hier ihre Waren an.

»Das Angebot ist hier ja beinah noch größer als auf dem Weihnachtsmarkt am George Square«, schwärmte Mrs. Tenner, die sich bei Allys Dad eingehakt hatte.

Ich musste ihr recht geben.

Callum lief neben mir. Immer wieder berührten sich unsere Arme oder Hände, was mir trotz des Mantels und meiner Handschuhe jedes Mal eine Gänsehaut verursachte.

»Schau dir die wunderschönen viktorianischen Bauten und Jugendstilhäuser an. Sie verleihen der Kulisse von schillernden Weihnachtslichtern erst den wahren Charme.« Er deutete auf ein besonders schönes herrschaftliches Haus.

»Ja, es ist wirklich toll. Als Jugendliche haben mich immer eher die verschiedenen Attraktionen und Fahrgeschäfte begeistert.«

»Willst du etwa sagen, ich sei alt?«, fragte Callum mit gespieltem Entsetzen und griff sich an die Brust.

»Ein wenig.« Ich wackelte mit den Augenbrauen und konnte mir ein Lachen kaum verkneifen.

»Das ist wirklich ein phantastischer Weihnachtsmarkt«, hörte ich Callum nun ablenkend sagen.

»Wir Schotten wissen eben, wie man phantastische Feste feiert«, antwortete Frank, Allys Vater, und schlug ihm kameradschaftlich auf den Rücken.

»Apropos!« Hal wartete kurz, bis Callum zu ihr sah und sie seine volle Aufmerksamkeit hatte. »Warum ausgerechnet die Isle of Mull? Und jetzt nicht dasselbe Blabla, das du dir für das Fernsehen aus den Fingern gesogen hast.«

»Du willst die volle Wahrheit? Dann sollst du sie bekommen.« Er zuckte lapidar mit den Schultern. »Ich wollte einfach so schnell wie möglich weg aus London, und da kam Matts Inserat in der Hotelfachzeitschrift genau zur richtigen Zeit. Ich habe ihn zu einem Vorstellungsgespräch getroffen, wir haben uns gut verstanden, und damit stand meinem Umzug nichts mehr im Weg.«

Irgendwie erschien mir diese Antwort zu oberflächlich. Stand da vielleicht doch mehr dahinter? Etwas, das er nicht zugeben wollte?

Matt lachte trocken auf. »Umzug kann man das ja noch nicht nennen.« Dann wandte er sich an uns. »Callum wollte eigentlich das Cottage von Bernie und Eloise beziehen, nachdem sie ins Wohnheim gegangen sind. Aber da ist noch so viel zu machen, und die Handwerker haben einfach kaum Zeit. Fast alle Gewerke haben ihm angekündigt, dass er sich auf eine längere Wartezeit einstellen soll.«

»Und wo wohnst du jetzt?«, wollte ich wissen.

Callum sah mich an, und als unsere Blicke einander begegneten, bekam ich wieder dieses merkwürdige Kribbeln im Magen. »Im Hotel. Da momentan nicht so viele Zimmer vermietet sind, war Matt so nett und hat mir die Möglichkeit gegeben, im *Tobers* zu schlafen.«

»Jaaaaa, habt ihr das gehört! Ich bin nett!«, posaunte Matt lauthals über den Weihnachtsmarkt.

Seit fast drei Wochen wohnte er jetzt in einem unpersönlichen Hotelzimmer? Ich stellte mir das schrecklich vor. So schön Matts Zimmer auch waren, es war nun einmal ein Hotel. Außerdem passten nicht all seine persönlichen Dinge hinein. Suchte man da nicht ständig etwas, das in der falschen Kiste verstaut war?

»Matt?«, unterbrach eine viel zu schrille Stimme unser Gespräch und meine Gedanken und als ich mich zu der Frau umdrehte, die den Namen unseres Freundes gerufen hatte, sah ich sie auf uns zurennen. Ohne Warnung sprang sie Matt in die Arme und klammerte sich wie ein Äffchen mit Armen und Beinen an ihn. Interessiert betrachtete nicht nur ich die Szenerie, die mich an einen schlecht gemachten Film erinnerte.

Matt stand da, wusste nicht recht, wohin mit seinen Händen, schien sie nicht übermäßig berühren zu wollen. Dabei war sie richtig hübsch. Trotzdem wirkte die Art, wie sie Matt belagerte, ein wenig überzogen, wenn nicht gar übergriffig. Ich konnte das Unbehagen in Matts Gesicht erkennen.

Ich fing Haileys und Allys Blicke auf und wusste sofort, dass sie dasselbe dachten wie ich. Am liebsten wäre ich meinem alten Schulfreund zu Hilfe geeilt, er tat mir irgendwie leid, aber ich wusste nicht, wie ich das bewerkstelligen sollte. Jetzt drückte sie ihm auch noch einen lauten Schmatzer auf die Wange.

Matt verdrehte die Augen und packte die Frau nun doch an der Taille, um sie anschließend auf dem Boden abzusetzen.

»Hallo, Beatrice.«

»Oh, du kannst dich an meinen Namen erinnern!«, quietschte sie offensichtlich hocherfreut.

Ich fragte mich, was einen Menschen dazu veranlasste, dermaßen überzureagieren. Wenn sie sich bis eben nicht einmal sicher gewesen war, dass Matt sich an ihren Namen erinnerte, warum begrüßte sie ihn dann auf diese Weise? Oder wollte sie vor uns anderen Frauen ihr Revier markieren?

»Ja, so schnell vergesse ich keinen Namen.«

»Ich habe dich ein paar Mal angeschrieben, aber du hast nicht geantwortet. Arbeitest du nicht mehr als ... als ... « Sie sah sich um, senkte dann die Stimme und fragte: »Escort?« Doch es war laut genug, dass ich und auch Callum es mitbekommen hatten. Aufgeregt tippelte sie von einem Fuß auf den anderen und strahlte Matt an, als wäre er ihr lang verschollener Verlobter. Doch mir war jetzt einiges klar.

Zusammen mit Toni hatte Matt eine Zeitlang einen Escortservice unterhalten. Sie waren gegen gutes Geld als Begleitung für repräsentative Veranstaltung, ein intimes Abendessen oder auch nur einen lockeren Kinobesuch buchbar gewesen. Nur in ganz seltenen Fällen – das hatte Matt mir einmal anvertraut – war er weiter gegangen als bis zum Abschiedskuss an der Tür, und das auch nur, wenn die Chemie gestimmt hatte, hatte er versichert. Zwar hatte er dieses Weiter nicht näher definiert, doch ich konnte es mir ungefähr vorstellen.

»Nein, ich habe den Job an den Nagel gehängt«, erklärte Matt der hübschen Frau und trat demonstrativ einen weiteren Schritt von ihr weg.

Enttäuscht machte sie einen Schmollmund. »Wie schade.« Dann hellte sich ihr Gesicht wieder auf. »Aber vielleicht können wir uns ja mal so treffen.«

Matt rang mit den Händen. Er wusste offensichtlich nicht, wie er ihr eine Absage erteilen sollte, ohne sie vor Publikum allzu sehr vor den Kopf zu stoßen. In diesem Moment trat Tally an seine Seite, hakte sich bei Matt unter und reichte der ehemaligen Auftraggeberin von Matt die Hand.

»Hi, ich bin Tally, Matts Frau.«

Geschockt riss die Fremde die Augen auf, stammelte irgendwas, das niemand verstand und verschwand im Getümmel des Weihnachtsmarkts.

Unwillkürlich brachen Ally, Hal, Toni und ich in Gelächter aus, während Matt die Erleichterung ins Gesicht geschrieben stand.

»Puh! Danke, Tally. Du hast mir den Hintern gerettet!« Matt zog sie an sich und legte für einen Moment den Kopf auf ihrem Haupt ab.

»Keine Ursache, Großer.«

»Ähm, kann mich mal jemand aufklären, was ein Escort

ist?«, fragte mein Dad, als ich mich gerade wieder beruhigt hatte.

Meine Mum und ich sahen uns an, und sofort musste ich wieder kichern, genau wie sie. Sie fing sich als Erste und zog ihren Mann ein Stück von den anderen weg, um ihm Matts ehemaligen Job zu erklären.

Noch immer lächelnd sah ich ihnen nach, als Callum zu mir trat, und sich zu mir herunterbeugte. Sein warmer Atem kitzelte an meinem Ohr, als er fragte: »Ich will alles wissen! Escort? Wirklich?«

»Gleich, lass mich das Spektakel noch bis zum Ende verfolgen, dann erzähl ich dir eine sensationelle Story, die du aber für dich behalten musst. Du wirst nur eingeweiht, weil du jetzt zu unserem Freundeskreis gehörst.«

Ich sah, wie mein Dad die Augen aufriss und völlig überfordert Matt anstarrte. Das war es wert gewesen, Callum einen Moment warten zu lassen. Lächelnd drehte ich den Kopf ein paar Zentimeter in seine Richtung und streifte völlig unverhofft seine Lippen mit meinen. Hastig zuckte ich zurück, stolperte beinahe, doch Callum umfing mit einem starken Arm meine Taille und hielt mich. Ich versuchte blinzelnd die Tatsache zu verarbeiten, dass ich ihm mit einem Mal so nah war. Es war überraschend, erschreckend, aber keineswegs unangenehm.

Als ich einen Schluckauf bekam, hätte ich am liebsten aufgestöhnt.

Callum zwinkerte mir zu, raunte leise »Hoppla«, und als ich mich von ihm abwandte, traf mich Haileys Blick. Ich sah Erkenntnis und Belustigung darin. Sie wusste, dass ich genau wie meine Mum nur Schluckauf bekam, wenn ich extrem aufgeregt war.

»Du stehst auf ihn!«, sagte sie erneut. Diesmal tonlos, aber ich wusste, was die Bewegungen ihrer Lippen bedeuteten.

Zum Glück stand Callum mit dem Rücken zu ihr. Dennoch riss ich die Augen auf und warf Hal einen bösen Blick zu, der sie nur kichern ließ. Und als ich den Kopf schüttelte, fing sie an, grinsend zu nicken. Dieses Biest!

Ohne ein weiteres Wort drehte sie sich einfach um und ließ mich stehen.

»Also, was hat es mit dem Job als Escort auf sich?«, fragte Callum so leise, dass nicht jeder mitbekam, worüber wir redeten, und entließ mich aus seinem Arm.

Wie selbstverständlich griff ich nach seiner Hand und zog ihn ein paar Schritte von den anderen fort in den Schatten einer der Holzhütten. Dort erzählte ich ihm, wie Toni den Service ins Leben gerufen hatte und Matt hin und wieder eingesprungen war.

»Die beiden wollten damit nicht reich werden. Wobei das Matt ja schon längst ist. Aber es hat ihnen wohl Spaß gemacht, Frauen zu begleiten und ihnen ein gutes Gefühl zu geben.«

»Aber das fällt doch bei so wenig Einwohnern auf einer Insel wie Mull sicherlich sofort auf«, überlegte Callum laut.

»Sie haben es ganz diskret auf das Festland beschränkt. Doof sind sie ja nicht.« Noch immer amüsierte mich die Geschäftsidee meiner Freunde.

Callum ging es offenbar nicht anders, denn er schüttelte grinsend den Kopf. »Das ist eine Geschichte, mit der du die beiden noch aufziehen kannst, wenn sie alt sind und langsam senil werden.«

Wir lachten zusammen, und es tat gut. Ich fühlte mich in seiner Gegenwart wohl. Doch ich merkte schon jetzt, dass ich auf mein Herz aufpassen musste.

So vehement ich es Haley gegenüber auch leugnete, er gefiel mir. Nicht nur äußerlich. Er hatte Humor, hatte offensichtlich dieselben Werte wie ich, und er gab mir das Gefühl, ihm ebenbürtig zu sein. Viel zu oft hatte ich bei Männern eher den Eindruck, sie sähen in mir nur eine junge Frau, die sie retten mussten.

Klar, wir Frauen standen auf starke Kerle, die in silberner Rüstung herbeieilten, wenn wir sie brauchten. Aber bitte doch nur dann. Zu jedem anderen Zeitpunkt wollten wir selbständig sein und versuchen, unsere Probleme selbst zu lösen.

9

Life is short, so enjoy it to the fullest.
– *Das Leben ist kurz, also genieße es in vollen Zügen.* –
(John Walters)

*L*angsam schlenderten wir zurück zu den Autos. Um die letzte Fähre auf die Isle of Mull zu erwischen, mussten wir uns nicht allzu sehr beeilen. Der Abend war mild, kein Lüftchen ging, und die Stimmung war ausgelassen. Diejenigen von uns, die nicht selbst fahren mussten, hatten einen alkoholhaltigen Punsch getrunken. Die anderen hatten sich mit Tee begnügt.

Meine Mum kicherte wie verrückt. Sie unterhielt sich seit ein paar Minuten mit Callum, und ich hörte an der Art, wie sie ihm antwortete, dass sie ihm immer mehr verfiel. Für sie war er der perfekte Schwiegersohn. Dass er allerdings nicht vorhatte, jemals wieder Schwiegersohn zu werden, wusste sie natürlich nicht.

»Lin fährt mit mir«, hörte ich Callum in diesem Moment sagen. »Wir haben vorhin Weihnachtseinkäufe erledigt, die nun in meinem Auto liegen. So kann Lin auf die Geschenke aufpassen. Nicht, dass jemand von euch entdeckt, was wir besorgt haben. Ich hoffe, das ist okay?« Als ich mich zu ihm umdrehte, lächelte er gerade meine Mum an, die förmlich dahinschmolz.

Natürlich tat sie das. Eine Dreistundenfahrt in Callums Auto war für sie genau das, was wir brauchten, um zueinanderzufinden. Ich konnte beinah schon die Hochzeitsglocken hören, die in ihren Ohren läuteten. Ich musste mich zusammenreißen, nicht die Augen zu verdrehen.

Dennoch hatte ich nichts dagegen, mit Callum zu fahren. Wir hatten uns den Tag über so gut verstanden, dass ich mich sogar darauf freute. Aber die Ausrede, die er verwendet hatte, um mit mir zusammen zur Fähre zurückzufahren, war mehr als an den Haaren herbeigezogen. Immerhin lagen unsere Geschenke im Kofferraum und waren bereits verpackt, so dass niemand sehen konnte, was sich darin befand. Und selbst wenn … in keinem war etwas für Matt drin – mit dem er ja gekommen war und der sicher davon ausging, auch wieder mit Callum zurückzufahren. Doch nun würde er mit meinen Eltern die Rückfahrt antreten.

Aber ich wollte Callum auch nicht bloßstellen, deshalb verabschiedete ich mich von allen und stieg in sein protziges silbernes Auto. Als ich die Tür zuzog, fiel sie mit einem satten Ton ins Schloss. Im Innern des Wagens erwartete mich purer Luxus. Ledersitze, tausend Knöpfe und eine angenehme Beleuchtung. Es roch nach Leder und Callum, dessen dezenter Duft mir schon den ganzen Tag immer wieder aufgefallen war. Angenehm erdig verbunden mit etwas Frischem – Kiefer vielleicht? Tief sog ich die Luft ein und genoss den ruhigen Moment, bevor Callum ebenfalls einstieg.

»Bereit?«, fragte er und lächelte mich offen an.

»Bereit.«

Daraufhin startete er den Wagen und lenkte vor allen anderen sein Auto aus der Parklücke. Da wir alle den Weg kannten, hatten wir entschieden, dass jeder in seinem Tempo fahren sollte, und so drückte Callum ordentlich aufs Gas und fuhr den Wagen im Bereich des Erlaubten aus. Das Auto lag gut auf der Straße, nicht zu vergleichen mit meinem alten und rostigen Transporter, dem man jede zusätzliche Meile pro Stunde mehr als deutlich anhörte. Verdiente man als Hotelmanager so viel, dass man sich ein solches Gefährt leisten konnte?

»Beeindruckendes Auto«, sagte ich, während wir durch die Dunkelheit fuhren.

Es war eine surreale Situation. Gedimmte, indirekte Beleuchtung schuf eine Intimität, die mich nervös machte und die von Callums Duft noch verstärkt wurde. Mit einem Mal spürte ich wieder diese körperliche Anziehung, doch diesmal schämte ich mich nicht dafür. Verrückt, dass ich ihn heute früh noch nicht einmal hatte leiden können.

»Ja, der Maserati ist nicht schlecht.«

»Nicht schlecht? Dafür würden andere sicherlich töten!«, wandte ich ein.

Callum stieß einen Ton aus, der nicht gerade vor Begeisterung triefte. »Das Auto hat meiner Frau gehört. Ex-Frau ... Sie hat stattdessen unsere Eigentumswohnung bekommen. Der Richter fand es logisch, mir als Mann den Maserati zuzusprechen.«

»Hättest du lieber die Wohnung bekommen?«, hakte ich nach.

»Ehrlich gesagt, weiß ich es nicht.« Callum schwieg für einen kurzen Moment, bevor er fortfuhr: »Letztendlich habe ich den Wagen nur genommen, um Yvonne zu bestrafen. Sie hat das Auto geliebt. Ich fahre den Maserati nur, um ihr in diesem idiotischen Scheidungskrieg eins auszuwischen. Sie hat im Gegenzug die Wohnung in London bekommen und kann sich glücklich schätzen, nicht umziehen zu müssen.« Mit einem Seitenblick zu mir gestand er: »Eigentlich mag ich dieses protzige Teil nicht einmal. Ich wollte sie damit nur verletzen, weil sie mir einen anderen vorgezogen hat.«

Ich nickte nachdenklich, dann antwortete ich: »Sie muss dich sehr verletzt haben.«

»Ja, das hat sie. Aber mittlerweile bin ich darüber hinweg«, erwiderte er mit Bestimmtheit. »Wir sind seit zwei Jahren getrennt und seit einem Jahr geschieden. Ich lebe mein neues Leben und bin glücklich und zufrieden«, erklärte Callum bereitwillig.

In Anbetracht der Tatsache, dass er festen Beziehungen abgeschworen hatte, nahm ich ihm Letzteres nicht ganz ab. Doch so gut kannten wir uns nicht, dass ich ihm das unterstellen durfte.

»Aber du fährst noch immer das Auto«, bemerkte ich in sanftem Tonfall. Er sollte nicht denken, dass ich ihm deswegen einen Vorwurf machte. Erstens stand mir das nicht zu, und zweitens musste er selbst wissen, was er tat.

Dennoch sagte er, ohne zu zögern: »Stimmt. Ich sollte es verkaufen.«

Da ich nicht wusste, was ich darauf antworten sollte, schwieg ich und sah stattdessen aus dem Fenster. Der Himmel war fast schwarz, lediglich der Schein des Mondes tauchte die Umgebung in Silber und in der Ferne konnte ich die Lichter hinter den Fenstern einiger Häusern sehen.

Im Auto war es still, warm und ich fühlte mich geborgen wie in einem Kokon. Meine Lider wurden schwer, und innerhalb kürzester Zeit war ich eingeschlafen.

Erst als wir am Fähranleger ankamen, weckte Callum mich.

∗ ∗ ∗

»Fährst du Linny auch nach Hause?«, fragte Matt Callum, als wir kurz vor Mull waren. Seine hochgezogenen Augenbrauen verrieten mir, dass er am liebsten noch mehr gefragt hätte.

Als er kurz zu mir blickte, schaute ich schnell weg. Doch ich befürchtete, dass er genau mitbekommen hatte, wie ich ihn bei seinem Gespräch mit Callum beobachtet hatte.

»Ja, das übernehme ich. Liegt sowieso auf meinem Weg, und die Geschenke sind ja immer noch im Kofferraum«, antwortete Callum mit dieser dunklen Stimme, die mir so unter die Haut ging.

Da Callum mit dem Rücken zu mir stand, konnte ich sein Gesicht nicht sehen, dabei hätte ich so gern seine Mimik beobachtet, wie schon während der ganzen Überfahrt.

Die Männer redeten über Rugby und stellten alle möglichen Mutmaßungen an, wer im nächsten Jahr die Spitze der Liga anführen würde. Nur Mrs. Tenner und Allys Dad saßen ein wenig abseits, obwohl er als ehemaliger, professioneller Rugbyspieler sicherlich einiges beizusteuern gehabt hätte.

Tally saß erschöpft aber mit einem glücklichen Ausdruck auf dem Gesicht neben meiner Mutter, die sich rührend um sie kümmerte.

Ich hatte währenddessen mit Anna, Hal und Ally am Nachbartisch Karten gespielt, so war die Zeit schnell vorbeigegangen. Trotzdem war mein Blick immer wieder zu Callum gewandert. Ich hatte seinen Rücken fixiert, seinen Nacken und sein volles dunkles Haar – immer bemüht, dass keiner der anderen etwas bemerkte. Weder meine Mutter, noch meine Freundinnen sollten die falschen Schlüsse ziehen. Ja, nach heute wusste ich, dass er wirklich nett war. Freundlich, sympathisch, lustig. Und ich fand ihn definitiv heiß. Dennoch sollte er für mich tabu sein.

Ich ließ meinen Blick schweifen. Mrs. Tenner hatte den Kopf jetzt an Franks Schulter gelehnt. Immer wieder hörte ich dessen Lachen. Tief und warm. Er klang so glücklich und zufrieden, wenn er mit der Frau neben sich sprach. Ich konnte nicht anders, als zu lächeln. Es war schön zu sehen, dass man auch in diesem Alter noch sein Glück finden konnte.

»Ich geh mal zu Dad«, verkündete Anna jetzt, rutschte von der Bank und eilte zu Jamie.

»Wie kommst du damit klar?«, fragte ich Ally und deutete mit dem Kinn zu Frank und Mrs. Tenner.

Ally zuckte mit den Schultern. »Zuerst war ich ein wenig vor den Kopf gestoßen, weil er mir nichts davon erzählt hat. Aber jetzt freue ich mich einfach für ihn. Mrs. Tenner ist eine attraktive, intelligente Frau.«

»Ja, das ist sie, und die beiden wirken sehr glücklich zusammen.« Ich warf noch einmal einen Blick zu Frank und seiner neuen Freundin. »Es wird sicherlich merkwürdig sein, sie mit ihrem Vornamen anzusprechen«, gab Hal von sich und kicherte leise.

»Oh ja! Weiß eine von euch, wie sie mit Vornamen heißt?« Ally sah uns abwechselnd an und machte dabei große Augen, so dass ich grinsen musste.

Doch weder Hal noch ich wussten die Antwort und schüttelten nur den Kopf.

»Hat sie überhaupt einen Vornamen?« Hal amüsierte sich köstlich. »Ich meine, sie hieß schon immer Mrs. Tenner. Ich habe noch nie gehört, wie jemand sie mit dem Vornamen angesprochen hat. Ihr etwa?«

Wieder kollektives Kopfschütteln.

»Sie heißt Dorothy«, hörte ich meine Mum sagen, die in diesem Moment an unserem Tisch vorbeiging und uns zuzwinkerte. Doch sie blieb nicht stehen, sondern steuerte die Toilette an.

»Dorothy«, wiederholte Ally langsam den Namen, als

müsste sie ausprobieren, wie er aus ihrem Mund klang. »Nein, ich kann sie unmöglich mit ihrem Vornamen ansprechen. Das geht gar nicht.«

»Ich verstehe, was du meinst, aber ich finde schon, dass der Name zu ihr passt«, tat ich meine Meinung dazu kund.

»Nein, so meinte ich das nicht. Es erscheint mir unpassend, sie mit ihrem Vornamen anzusprechen. Mein Leben lang war sie Mrs. Tenner für mich. Es fühlt sich an, als würde ich damit eine Grenze überschreiten, etwas Verbotenes tun.«

»Oh«, entfuhr es mir.

»Jetzt bleib mal locker«, raunte Hal Ally streng zu. »Die zwei sind doch noch ganz am Anfang von ... Jedenfalls weißt du nicht einmal, ob es so weit kommt, dass sie dir das Du anbietet. Lass das auf dich zukommen.«

»Ich bin locker!«, verteidigte Ally sich und verzog ihr Gesicht zu einer niedlichen Grimasse.

Hal sah sie mit hochgezogenen Augenbrauen an. »Locker, soso. Ich habe die ganze Überfahrt bemerkt, wie du die zwei immer wieder beobachtet hast.«

»Na ja, vielleicht ist die Situation doch ein bisschen komisch. Wenn es eine Fremde wäre, wäre es wahrscheinlich einfacher«, gab Ally zu.

»Was wäre einfach?«, fragte Ben in diesem Moment. Keiner von uns hatte mitbekommen, dass er zu uns getreten war. All unsere Aufmerksamkeit hatte auf dem Pärchen gelegen, über das wir gesprochen hatten.

»Erzähl ich dir später«, antwortete Hal ihrem Freund und rutschte ein Stück zur Seite, damit er sich zu ihr setzen konnte.

Noch immer war es für mich merkwürdig, einen Megastar aus Hollywood im Freundeskreis zu haben. Ich kam gut mit ihm klar, aber hin und wieder erinnerte er mich so sehr an den romantischen Helden aus einem meiner Lieblingsfilme, dass ich mich zwingen musste, ihn nicht mit seinem Rollencharakter zu verwechseln, den ich wirklich sehr liebte. Wie gut, dass Hal erst Filme mit ihm gesehen hatte, als er schon in ihr Leben getreten war. Eigentlich müsste ihre Geschichte verfilmt werden. Schauspieler wird mit Amnesie am Strand einer Insel angeschwemmt und verliebt sich in Cafébesitzerin. Wenn das kein Blockbusterpotenzial hatte, dann wusste ich auch nicht.

Meine Gedanken schweiften ab – zu Callum. Ich ärgerte mich, dass ich vorhin so schnell eingeschlafen war und wir uns deshalb nicht mehr hatten unterhalten können. Aber Alkohol wirkte bei mir oft wie ein Schlafmittel. Das, zusammen mit dem langen Tag an der frischen Luft, hatte bei mir einfach den Schalter ausgeknipst. Dabei hatte ich so viele Fragen, die ich ihm stellen wollte, auch wenn ich mir nicht sicher war, ob er sie mir alle bereitwillig beantwortet hätte.

Wo kam seine Familie her? Wieso war er in die Hotelbranche eingestiegen? Wie machte der Kerl es, dass er so gut aussah?

»Erde an Lin!«, holte mich Ally aus meinen Gedanken zurück in die Realität. Dabei wedelte sie mit einer Hand vor meinem Gesicht herum. »Hey, wo bist du denn gerade gewesen? Wir sind da.«

»Oh, sorry! Ich habe über dein Hochzeitskleid nachgedacht«, log ich.

»Erzähl! Ich will alles wissen! Welches Design ist es geworden? Ach nein, lass sein. Es soll ja eine Überraschung werden. Aber ich bin so aufgeregt!«, quietschte Ally.

»Geheimnis! Du weißt doch, dass du es erst zur Anprobe sehen darfst.«

»Ach man, mittlerweile bereue ich diese Abmachung«, brummte Ally und stand auf.

Ich hatte ein schlechtes Gewissen, dass ich sie anlog und ausgerechnet das Privileg, ihr Kleid designen und nähen zu dürfen, als Ausrede nahm. Aber ich konnte ihr nicht sagen, dass ich über Callum nachgedacht hatte, während die Fähre in den Hafen gefahren war. Allein die Tatsache, dass ich nach Brians Verrat so über an einen Mann dachte, würde meine Freundinnen ausflippen lassen und dafür war ich noch nicht bereit.

In diesem Moment trat Callum in mein Blickfeld und lächelte mich an. Schon spürte ich, wie mein Gesicht heiß wurde. Deshalb wandte ich rasch meinen Blick ab und beugte mich stattdessen unter den Tisch, damit es so aussah, als wollte ich meinen Schuh zumachen. Dummerweise hatte der keine Schnürsenkel. Also fummelte ich an dem Zipper herum, um mich nicht vollends zu blamieren, und hoffte, dass Callum schnell weitergehen würde. Bestimmt hatte er bemerkt, dass ich rot geworden war. Das typische Problem vieler Rothaariger. Ständig schoss einem das Blut in die Wangen und färbte sie wie eine Tomate, ohne dass man etwas dagegen tun konnte. Ich hasste es. Schon als Kind hatte ich deshalb nicht lügen können.

Zum Glück war Callum nicht stehen geblieben. Als ich von unter dem Tisch wieder auftauchte, atmete ich erleichtert aus, ehe ich aufstand. Erst dann schloss ich mich den anderen an, die bereits auf dem Weg nach unten waren, um in die Autos einzusteigen.

* * *

Zehn Minuten später fuhr ich mit Callum in seinem silbernen Maserati von der Fähre und versuchte, mir meine Überlegungen von vorhin nicht anmerken zu lassen. Er wollte keine Beziehung, und ich wollte keinen Mann, der nichts Festes im Sinn hatte. Mehr gab es dazu nicht zu sagen, und ich musste den Kerl lediglich aus meinem Kopf treiben. Nur wie?

»Bist du schon aufgeregt wegen morgen?« Fragend sah er mich an.

Irritiert zog ich die Stirn in Falten. »Aufgeregt? Warum sollte *ich* aufgeregt sein?«

Da er sich wieder auf die Straße konzentrierte, konnte ich sein Profil im spärlichen Licht des Wageninneren studieren.

»Ich dachte, so oft machst du das vor so großem Publikum ja sicherlich auch nicht.«

Ich versteifte mich ein wenig. »Entschuldige bitte, Callum. Aber ich kann dir nicht so ganz folgen. Was soll ich morgen machen, außer dir das Gesteck und die Utensilien für die Teilnehmer zu bringen?« In meinem Magen grummelte es. Was hatte ich übersehen?

»Ich hatte mir vorgestellt, dass du den Teilnehmern erklärst, welche Materialien und Techniken du verwendet hast. Das sind ja alles Laien ohne Erfahrung. Und ich brauche dich für die Bewertung an meiner Seite.«

Das Gefühl in meinem Magen verstärkte sich. Für einen Moment blieb mir die Luft weg, und ich musste mich erst mal sammeln.

»Das wusste ich nicht«, gestand ich leise und überlegte, was ich morgen sagen konnte. Meine Gedanken überschlugen sich, und ich bekam noch nicht einmal gedanklich einen vernünftigen Satz zustande, wie sollte das dann erst morgen werden?

»Wirklich nicht? Mist! Ich bin davon ausgegangen, dass ich dir das erzählt oder geschrieben habe«, erwiderte er zerknirscht. »Wenn das so kurzfristig nicht passt, sag es einfach. Ich überlege mir dann etwas.«

»Nein, nein. Ich schaff das«, versicherte ich ihm selbstbewusster, als ich mich fühlte. Ich war nicht der Typ Mensch, der gern vor anderen eine Rede hielt. Aber ich würde es schaffen. Es ging hier um Floristenzeugs. Etwas, das ich im Schlaf draufhatte. So schwer würde das schon nicht werden.

»Danke. Du bekommst natürlich die Stunden bezahlt.«

Wieder sah ich ihn an, als würde er eine andere Sprache sprechen. »Danke? Nein, Callum. Ich bin diejenige, die sich bedanken muss. Ich weiß nicht, ob dir klar ist, wie du mir durch diesen Wettbewerb, die Bestellungen und die Aufmerksamkeit, die mir dadurch zuteilwurde, geholfen hast. Ich profitiere von der Aktion ungemein.«

»Dann einigen wir uns darauf, dass wir uns beide bedanken, und gut ist es. Einverstanden?« Lächelnd blickte er zu mir.

Ich schaffte es nur zu nicken, ehe er sich wieder der Straße zuwandte. Mein Lächeln kam zu spät, aber es blieb dennoch auf meinen Lippen hängen, bis wir kurz darauf an der Destillerie der Tobermory Whisky Brennerei vorbeifuhren.

Von hier aus konnte ich bereits das dunkelgrüne Haus sehen, in dem das *Blooms for Flowers* und meine Wohnung waren. Zu Hause – ich liebte mein kleines Reich und trotzdem war ich nicht glücklich, dass wir Tobermory schon erreicht hatten. Die Zeit mit Callum war viel zu schnell vergangen. Trotz unseres holprigen Starts hatten wir nun eine Basis gefunden, die es mir schwer machte, von ihm Abschied zu nehmen. Ich redete mir ein, dass uns nur Freundschaft verband, doch das zarte Etwas, das sich in seiner Gegenwart in mir breitmachte, protestierte leise gegen diese Vereinfachung.

Callum fuhr in die freie Parklücke vor dem Haus und stellte zu meinem Erstaunen den Motor ab. Sofort kribbelte es in meinem Bauch. Anstatt auszusteigen, schnallte ich mich nur ab und sah zu ihm.

»Das war ein wirklich schöner Nachmittag und Abend, Lin. Ich habe mich schon lange nicht mehr so gut amüsiert«, erklärte mir Callum mit einem sanften Lächeln auf den Lippen, und ich konnte nicht anders, als sie anzustarren.

Ich ermahnte mich, den Blick abzuwenden und stattdessen Callum direkt in die Augen zu sehen, doch das war auch nicht viel besser. Dunkle, dichte Wimpern umrandeten grüne Augen, die mich aufmerksam ansahen.

»Ja, mir hat es auch Spaß gemacht. Danke, dass du mich nach Hause gebracht hast.« Meine Worte klangen hohl. Unruhig wandte ich mich dem Anschnallgurt zu und fummelte daran herum, bis mir klar wurde, dass ich mich bereits abgeschnallt hatte. Ich wagte es nicht, Callum noch einmal anzusehen, ehe ich praktisch aus dem Auto stürzte.

Wie peinlich war das denn bitte? Ich benahm mich wie eine pubertierende Landpomeranze. Callum musste denken, dass mit mir etwas nicht stimmte. Und damit hätte er vermutlich auch noch recht behalten. Hektisch ging ich zum Kofferraum, doch der ließ sich nicht öffnen. Während ich nach dem Griff suchte und mir wahnsinnig dumm vorkam, glitt er wie von Geisterhand auf.

War ja klar! Wahrscheinlich hatte Callum in Inneren einen Knopf gedrückt. Was hatte ich anderes erwartet, bei dieser Luxuskarre.

Gerade als ich das erste Geschenkset aus dem Kofferraum holte, kam Callum mir zur Hilfe und nahm die anderen beiden Pakete heraus. Sein Gesicht verriet keinen seiner Gedanken, was mich umso nervöser machte und erneut für dieses Flattern in meinem Magen sorgte.

Oh Mann, ich war definitiv völlig unreif. Verhielt mich wie eine nervöse Vierzehnjährige bei ihrem ersten Schwarm und konnte nicht einmal sagen, weshalb. Er wollte nichts Festes, und ich war nicht auf der Suche nach einem Bettabenteuer. Dafür war ich einfach nicht gemacht. Sex ohne Gefühle funktionierte für mich nicht. Ich musste einen anderen Menschen auch seelisch attraktiv finden, bevor ich mich bei ihm fallenlassen konnte.

Schon bei meinem ersten Mal war es so gewesen. Während alle anderen diesen einen besonderen Schritt bereits gegangen waren, hatte ich mich einfach nicht dazu durchringen können. Irgendwann hatte ich Angst bekommen, dass mit mir etwas nicht stimmte. Doch im Laufe meines Erwachsenwerdens war es mir leichter gefallen, mit mir selbst und meinen Wünschen oder eben den nicht vorhandenen Wünschen klarzukommen und zu akzeptieren, dass es bei mir einfach länger dauerte, bis ich mich auf einen anderen Menschen einlassen konnte.

»Du kannst sie mir in den Hausflur stellen, ich hole sie dann nach und nach hoch«, wies ich Callum an, als ich den Schlüssel ins Schloss steckte und dabei das eine Paket, das ich trug, auf meinem Oberschenkel balancierte.

»Ich trage dir die Päckchen nach oben.«

Ich machte den Mund auf, um zu protestieren, doch da unterbrach er mich auch schon.

»Keine Widerrede«, hörte ich ihn sagen, als er sich an mir vorbeischob und die schmale Treppe hochging. Oben angekommen, blieb er stehen, ohne Anstalten zu machen, die Geschenke auf dem Boden abzustellen. Also folgte ich ihm, schloss die Wohnungstür auf und ließ ihm den Vortritt.

Neugierig beobachtete ich ihn, wie er sich interessiert, aber nicht respektlos umblickte, während er darauf wartete, dass ich ihm sagte, wo er die Pakete hinstellen sollte. Irgendwie war ich auf merkwürdige Weise aufgeregt, was er zu meiner Wohnung sagen würde. Ich hatte so viel Herzblut in sie gesteckt und versucht, mit weniger als wenig etwas Schönes zu kreieren. Und ich fand, dass mir das durchaus gelungen war.

»Gemütlich hast du es hier«, lobte Callum mein Reich.

»Danke«, erwiderte ich erleichtert. »Ich habe mir eine kleine, aber kuschelige Oase machen wollen.«

»Das ist dir definitiv gelungen.«

»Dabei hast du das Zimmer noch nicht einmal mit der richtigen Beleuchtung gesehen.« Mist, was sagte ich denn da? Das hörte sich ja an, als wollte ich, dass er noch länger blieb, um ihm die romantische Beleuchtung meiner Wohnung zu demonstrieren.

»Das würde ich gerne nachholen«, erwiderte er auch prompt, was mir mal wieder die Röte in die Wangen trieb, und am Zittern meines Zwerchfells bemerkte ich den Schluckauf, der sich ankündigte.

Mit einem Lächeln auf den Lippen drehte Callum sich zu mir um. Erst da bemerkte ich, dass er noch immer die Pakete in den Händen hielt, genau wie ich. Als ich seinem Blick begegnete, war es, als hätte er Öl ins Feuer meines Schluckaufs gegossen.

»Stell die Geschenke – hicks – am besten auf die – hicks – Couch«, wies ich ihn an und hickste weiter.

Daraufhin zog er sich die Schuhe aus, ehe er über meinen elfenbeinfarbenen Teppich schritt. Das berührte mich mehr als seine Hilfe mit den Geschenken. Er war sehr aufmerksam, ganz anders als Brian. Sogar Matt musste ich jedes einzelne Mal darauf aufmerksam machen, dass mein Teppich sich nicht gut mit Straßenschuhen vertrug, egal, wie oft er schon in meiner Wohnung gewesen war.

Ich folgte Callum und hielt dabei die Luft an, während ich bis dreißig zählte, um mich endlich von der doofen Hickserei zu befreien.

Als ich bei ihm ankam, war der Schluckauf verschwunden, und ich legte das dritte Paket neben die anderen beiden. Dabei streiften meine Finger seinen Handrücken, was mir einen wohligen Schauer über den Rücken rieseln ließ. So langsam machte mich mein eigenes Verhalten, oder besser gesagt, meine Reaktion auf ihn echt wütend. Ich wollte das nicht – nicht ihn. Doch mein Körper reagierte auf ihn, wie ich es noch nie erlebt hatte.

Callum kam mir noch näher. Zentimeter um Zentimeter. Sanft legte er seine Hand an meine Wange und sah mir in die Augen. Ich erkannte die unausgesprochene Frage darin. Mir wurde schwindlig. Sein Duft umnebelte mich, raubte mir den Verstand, und ich fragte mich für einen kurzen Moment, was eigentlich so schlimm daran wäre, wenn ich mich auf ein Abenteuer mit diesem Mann einließe.

Doch dann besann ich mich. Ich wollte nicht nur eine Bettgeschichte für einen Mann sein. Ich wollte so viel mehr.

Deshalb trat ich einen Schritt zurück – er ließ seine Hand sinken – und sagte lediglich: »Danke, dass du mir geholfen hast.«

Callums Gesichtsausdruck veränderte sich, das Lächeln verschwand, und ich konnte einen Ausdruck in seinen Augen erkennen, der mich nach Luft schnappen ließ. War das Enttäuschung? Ich ignorierte es. Holte tief Luft und wandte mich von ihm ab, bevor ich zurück zur Wohnungstür ging und sie öffnete.

Etwas beschämt sah ich Callum an, als er zu mir trat. Warum schämte ich mich? Ich war nun mal so, wie ich war. Eine einfache, bodenständige Frau, die noch an die große Liebe glaubte und auf der Suche nach ihr war. Nach dem einen Mann, mit dem sie ihre Zukunft verbringen wollte, auch wenn das Leben ihr etwas anderes weiszumachen versuchte.

Noch einmal hob er die Hand, strich mir eine Haarsträhne hinter das Ohr und sagte: »Wir sehen uns morgen, Lin.«

Wie er meinen Namen aussprach! Das sollte verboten sein! Eine Gänsehaut bildete sich auf meinen Unterarmen, was angesichts der dicken Jacke, die ich noch immer trug, eindeutig auf den Mann vor mir zurückzuführen war.

»Ja, bis morgen, und schlaf gut«, stieß ich atemlos hervor. Ich hörte mich an, als hätte ich einen Sprint hingelegt. Konnte ich nicht einfach im Erdboden versinken? Oder konnte sich der Kerl in meiner Wohnung in Luft auflösen? Nichts dergleichen geschah. Leider.

Noch einen Moment sah mich Callum an, als wollte er mir die Chance geben, meine Meinung doch zu ändern. Ich spürte seinen Blick beinahe wie eine Berührung auf mir, doch ich vermied es, ihm ein weiteres Mal in die Augen zu sehen. Das war zu gefährlich. Für mich. Meine Seele. Mein ruhiges Leben. Mein sicheres Leben.

Nach einer Zeit, die mir unendlich erschien, aber vermutlich nur ein paar wenige Sekunden gedauert hatte, verließ er meine Wohnung und trat hinaus auf den Hausflur.

»Gute Nacht, Lin«, verabschiedete er sich leise, ehe er die Treppe nach unten ging und ich rasch die Tür schloss, bevor mein Mund noch irgendetwas von sich geben konnte, was ich später oder morgen bereut hätte.

Jetzt musste ich mir erst einmal überlegen, wie ich am nächsten Tag die Teilnehmer des Wettkampfs instruieren sollte. Ich machte mir Notizen und markierte sie in unterschiedlichen Farben, um sie morgen besser auseinanderzuhalten. Es fiel mir leichter, als ich zu Beginn erwartet hatte.

Ich stand gerade im Bad und putzte mir die Zähne, als mein Handy mehrere Male nacheinander vibrierte. Etliche Nachrichten erreichten mich in Haileys, Allys und meinem *Lieblingsmenschen*-Chat und rissen mich aus den Gedanken an Callum und dem, was hätte sein können.

Ally und Hal hielten es kaum aus, zu erfahren, was zwischen mir und Callum gerade lief. Immer wieder gingen Fragezeichen ein. Von beiden!

Nichts läuft! Er ist nach Hause gefahren.

Nachdem ich das geschrieben hatte, schrubbte ich meine Zähne noch fester, so dass mir sicherlich am nächsten Tag das Zahnfleisch weh tun würde. Erneut brummte mein Handy, als die Antworten eintrudelten.

Allys Nachricht las sich geradezu lachhaft aufgebracht:

Nein! Warum? Was soll das? Es sah vorhin so gut aus, und ich habe euch schon zusammen frühstücken sehen.

Hal gab mir zu verstehen:

Mensch, Lin! Gönn dir doch endlich mal ein wenig Spaß!

Pah! Als wenn das so einfach wäre. Wie konnte man Spaß haben, wenn man schon vorher wusste, dass einem hinterher das Herz weh tun würde? Außer mit Brian war ich noch nie mit einem Mann intim gewesen. Und ja, ich fühlte mich zu Callum so sehr hingezogen, dass es mir schwergefallen war, ihn wegzuschicken. Aber ich wollte nicht »einfach ein wenig Spaß haben«. Sex war für mich etwas Besonderes und das wollte ich nicht mit jemandem teilen, der keine besondere Rolle in meinem Leben einnehmen wollte. Ich war keine Frau, die etwas mit einem Mann anfing, ohne ihr Herz zu verlieren. Und das war etwas, das ich von ihm niemals bekommen würde – sein Herz. Er hatte sich ziemlich deutlich ausgedrückt, als es darum ging, in Zukunft keine feste Beziehung haben zu wollen.

Also ließ ich es lieber bleiben.

* * *

Sonntag, 17. Dezember

»Das sind die Sachen für die Teilnehmer, und das ist das Original«, wies ich Terry an, der aus dem Hotel gekommen war, um mir beim Entladen meines Transporters zu helfen.

»Kein Problem, ich bring alles rein. Geh ruhig schon mal in den Festsaal und schau dir an, was wir alles auf die Beine gestellt und organisiert haben und wie und wo du das Material platziert haben möchtest. Mr. Strayton hat wirklich gute Ideen.« Terry griff beherzt nach den ersten beiden Kartons und stellte sie auf einen Transportwagen.

Ich bedankte mich dafür, dass er mir das alles abnahm, und betrat das Hotel durch den Hintereingang. Nach einer unruhigen Nacht, in der ich andauernd an Callum hatte denken müssen, war ich schon früh aufgestanden. Mich noch länger herumzuwälzen hätte sowieso nichts gebracht. Also hatte ich bereits um sieben frisch geduscht und fertig angezogen mit dem weihnachtlichen Gesteck für den Wettbewerb begonnen.

Aber egal, was ich auch tat, meine Gedanken wanderten immer wieder zu dem gestrigen Abend. Zu den vielen Wenns und Warums und der Frage, was hätte passieren können. Deshalb dauerte auch alles ein wenig länger, und ich war froh, dass ich so früh aufgestanden und deshalb dennoch pünktlich gegen zwölf Uhr am Hotel angekommen war.

Meine Rede war ich in Gedanken heute bestimmt schon hundertmal durchgegangen, während ich das Gesteck hergestellt und alles in den Transporter geladen hatte. Ich fühlte mich gut vorbereitet, was nicht hieß, dass ich nicht aufgeregt war. Im Gegenteil. Ich war sogar sehr aufgeregt.

Doch das lag nicht nur an der Tatsache, dass ich vor Publikum reden musste. Es war auch dem Wiedersehen mit Callum geschuldet, dass ich innerlich zitterte.

Ich hatte das *Tobers* noch nie durch den Hintereingang betreten, und so war ich etwas überrascht, dass er mich direkt in den Flur brachte, der an Callums Büro vorbeiführte. An der Tür zu seinem Arbeitszimmer wurde ich langsamer und überlegte, ob ich klopfen sollte. Ich entschied mich dagegen, immerhin würde ich ihn sicherlich gleich am Ort der Veranstaltung sehen. Ich wollte nicht aufdringlich erscheinen, nachdem ich ihn gestern Abend praktisch vor die Tür gesetzt hatte. Im Nachhinein war mir mein Benehmen unangenehm. Ein weiteres Mal hatte ich mich in seiner Gegenwart unreif verhalten. Aber in diesem Moment hatte ich mir keinen anderen Rat gewusst.

Die Atmosphäre war geladen gewesen, und hätte ich nicht die Reißleine gezogen, wären wir vermutlich heute Morgen zusammen aufgewacht – in meinem Bett – und hätten anschließend gemeinsam gefrühstückt, so wie Ally es sich ausgemalt hatte. Aber um mich selbst zu schützen, war es richtig gewesen, ihn aus meiner Wohnung zu werfen.

Trotzdem hatte ich irgendwann in der schlaflosen Nacht, die hinter mir lag, angefangen, mit dem Gedanken zu spielen, mir den Spaß mit Callum zu gönnen. Wenn er es auch wollte, könnte ich mich vielleicht doch auf ein Abenteuer mit ihm einlassen.

Jetzt, bei Tageslicht, schien mir jedoch allein der Gedanke daran weit von meinem wahren Ich entfernt, dass ich sehr an dieser Möglichkeit zweifelte. Vermutlich würde ich es bei den Gedankenspielen lassen und niemals den Mut aufbringen, dem Mann, der mich total durcheinanderbrachte, einen solchen Vorschlag zu unterbreiten.

Gerade als ich an Callums Bürotür vorbeigegangen war, wurde sie geöffnet und ein Hauch seines Dufts wehte heraus. Wie von einem Magneten angezogen, blieb ich zuerst stehen und drehte mich dann ganz langsam zu ihm um.

Wie immer sah er gut aus. Schwarzer Anzug, dunkelrote Krawatte, weißes Hemd. Sein Blick ruhte für einen Moment auf mir. Ein Moment, der genügte, um mir zu zeigen, dass er wieder der Kerl war, den ich an den vielen Tagen zuvor kennengelernt hatte. Kühl und distanziert.

»Guten Morgen, Callum«, begrüßte ich ihn. Vielleicht hatte er einfach nur schlecht geschlafen.

»Guten Morgen, Lindsay.« Nein, auch meine Begrüßung

hatte nichts an seinem Gesichtsausdruck verändert. Er lief an mir vorbei und fuhr fort: »Lass uns in den großen Saal gehen, damit ich dir alles zeigen kann und du deine Präsentation schon mal vorbereiten kannst.« Der Ton seiner Stimme war geschäftsmäßig. Es fehlte lediglich, dass er mich siezte.

Mein Atem entwich zitternd. Hatte ich mir den letzten Abend nur eingebildet? Hatte Callum einen mir unbekannten Zwilling, der ihm aufs Haar glich? Oder hatte ich ihn mit meiner Abfuhr verletzt? Aber im Grunde genommen konnte man doch niemanden verletzen, der keine Gefühle zuließ, oder?

Ich wollte nicht gekränkt sein, aber ich war leider nicht immun gegen die Eiseskälte, mit der Callum mir begegnete. Fest biss ich die Zähne aufeinander und folgte ihm. Darauf bedacht, meine Schwäche nicht zu zeigen und ihn stattdessen mit derselben Gleichgültigkeit zu behandeln wie er mich. Äußerlich gelang es mir einigermaßen, aber in meinem Innern tobte ein Sturm.

Im großen Saal erwartete uns Weihnachten pur.

»Dort in der Mitte des Veranstaltungsraums gibt es eine kleine Bühne«, erklärte mir Callum.

Als ich sie mir genauer ansah, entdeckte ich ein Mikrophon. Bei der Vorstellung, nachher dort stehen zu müssen und den Teilnehmern das Gesteck zu präsentieren, bekam ich feuchte Handinnenflächen.

»Fünfundzwanzig Tische stehen für diejenigen bereit, die sich an dem Gesteck versuchen wollen. Darauf haben Terry und Esther einige Werkzeuge drapiert.« Ich sah sie mir genauer an, als wir daran vorbeiliefen. Es waren Utensilien, die ich nicht unbedingt verwendet hätte, die aber ihren Zweck erfüllen würden, um ein passendes Gesteck zu erstellen. »Wir haben das goldene

Seil gespannt, um die Teilnehmer vom Publikum zu trennen. Und dahinter gibt es etwa hundert Stühle an den zwanzig Tischen für die Zuschauer.« Callum wirkte zufrieden.

»Das habt ihr großartig vorbereitet«, lobte ich das gesamte Team, doch meine Stimme hallte in dem großen, noch leeren Saal, in dem ich allein mit Callum stand.

»Hast du dir ein paar Sätze zurechtgelegt?«, fragte er mich in diesem Moment, ohne auf meine Worte einzugehen.

Okay, jetzt wurde es ernst. Meine Nervosität stieg ins Unermessliche, dennoch nickte ich und versuchte, die Aufregung zu verscheuchen.

»Ja, habe ich.« Keine Schwäche zeigen, weder ihm gegenüber noch gegenüber der Herausforderung, vor ein paar Leuten zu sprechen, die ich vermutlich alle kannte.

Doch in diesem Augenblick öffnete sich die zweite Tür zum Saal, und ein Kamerateam betrat den Raum. Mehrere Männer trugen Kabel herein, und drei Kameras wurden aufgebaut.

»Ein Fernsehteam?«, fragte ich mit einem leicht schrillen Unterton in der Stimme.

Callum drehte sich zu mir um. »Ja, die haben sich direkt angemeldet, als ich im letzten Beitrag darüber sprach. Hast du damit ein Problem?« Sein Blick war durchdringend.

»Nein! Kein Problem. Bekomme ich hin.« Doch innerlich war ich mir nicht sicher, ob ich es schaffen konnte, vor den Anwesenden und drei Kameras zu sprechen, die mein Gestammel auf die Mattscheiben von etlichen Fernsehern senden würden.

»Sehr gut.« Er deutete hinter mich. »Da kommt Terry mit deinen Sachen, dann kannst du ja anfangen, die Tische zu bestücken und dich so weit vorzubereiten. Viel Erfolg.« Mit einem

Nicken in meine Richtung wandte er sich ab und verließ den Saal.

Mein Herz vollführte einen Sprung und zog sich zeitgleich zusammen. Was hatte ich mir nur dabei gedacht, als ich überlegt hatte, mich auf eine Affäre mit Callum einzulassen? Hatte er gestern lediglich einen guten Tag gehabt? War das vielleicht der weihnachtlichen Stimmung geschuldet gewesen? Heute war er wieder der distanzierte Geschäftsmann, den ich kannte und den ich nicht mochte. War die Warmherzigkeit, die er gestern so offen gezeigt hatte, nur gespielt gewesen?

Ich versuchte, vorerst alle Gedanken an Callum von mir zu schieben und mich stattdessen auf die Herausforderung zu konzentrieren, die vor mir lag, und ärgerte mich abermals.

So dankbar ich Callum für diese Möglichkeit und diesen Auftrag war, ich hätte mir doch gewünscht, all das etwas besser vorbereiten zu können. Ich würde mit ihm reden müssen, dass wir solche Aktionen in Zukunft frühzeitiger und genauer besprechen mussten, wenn er mich weiterhin an Bord haben wollte. Aber für heute war das ohnehin zu spät, also konnte ich genauso gut das Beste aus der Situation machen.

Während ich die Pflanzen sortierte und den Teilnehmertischen zuteilte, musste ich immer wieder an Callum denken. So wie er gestern gewesen war – nicht an sein heutiges Ich.

10

Cha tèid nì sam bith san dòrn dùinte.
– Mit einer geschlossenen Faust kann man nichts halten. –

Mit klopfendem Herzen nahm ich den Applaus entgegen. Die Rede war mir nicht so schwergefallen,
wie ich befürchtet hatte, aber die Aufregung hatte
mich die ganze Zeit über fest im Griff gehabt. Jetzt konnte ich
endlich tief durchatmen.

Callum nahm mir das Mikrophon ab und wandte sich noch
einmal an die Anwesenden. »Viel Erfolg allen Teilnehmerinnen und Teilnehmern. Und den Zuschauern wünsche ich Spaß
beim Beobachten, wie sich hier ins Zeug gelegt wird. Nutzen Sie
währenddessen gern unseren Restaurantservice. Alles, was auf
der Speisekarte steht, kann auch hier im großen Saal geordert
werden. Um siebzehn Uhr sehen wir uns wieder.« Er lächelte
den fünfundzwanzig Menschen, die sogleich mit der Arbeit begannen, souverän zu. Auf deren Gesichtern zeigte sich sogleich
Konzentration und Ehrgeiz.

Die Zuschauer applaudierten ein weiteres Mal, dann breitete sich eine angespannte Ruhe im Saal aus, die nur vom leisen
Stimmengemurmel der bestimmt siebzig Zuschauer untermalt
wurde.

Die meisten von ihnen kannte ich zumindest vom Sehen, und
einige hatten mir beim Reinkommen auch zugewunken. Außer
Matt war jedoch von meinen Freunden niemand gekommen,

was mir vorher schon klar gewesen war. Angesichts des Events hatte sich Hailey dazu entschieden, heute das Café geschlossen zu lassen und stattdessen einen romantischen Adventssonntag mit ihrem Ben zu verbringen, ehe er am Abend wieder von der Produktionsfirma seines aktuellen Films mit dem Helikopter abgeholt werden würde. Und Ally war sicherlich im Backrausch mit Anna. Die beiden wollten heute Shortbread für das anstehende Weihnachtsfest backen und noch ein paar Geschenke basteln.

Callums Blick traf meinen, als er sich zu mir umdrehte. Ich konnte nichts darin lesen. Er hatte wieder seine undurchdringliche Maske aufgesetzt und wirkte emotionslos. Umso mehr erstaunten mich seine nächsten Worte.

»Das hast du hervorragend gemeistert.«

Tief einatmend stieg ich die drei Stufen von dem Podest herunter und setzte mich an den für mich vorgesehenen Tisch. Callum ließ sich neben mir nieder und goss uns beiden Wasser ein.

Da nun alle um uns herum beschäftigt waren und die Zuschauer vom Personal bedient wurden, blieben wir relativ unbeobachtet. Also nahm ich all meinen Mut zusammen und sprach meine Gedanken aus.

»Weißt du, was ich nicht verstehe, Callum?« Ich war zu sehr verletzt von seiner Gleichgültigkeit mir gegenüber. Nur weil ich nicht mit ihm ins Bett gehen wollte, musste er mich doch nicht fortan behandeln, als wäre ich eine Fremde. Und das, nachdem wir gestern so einen schönen Tag miteinander verbracht hatten.

»Was denn?« Mit unbedarftem Gesicht sah er zu mir und nippte an seinem Wasser. War das sein Ernst? Ahnte er wirklich nicht, worauf ich ihn ansprechen wollte?

Wut wallte in mir auf, und ich konnte mich gerade noch daran hindern, wie ein trotziges Kind die Arme vor der Brust zu verschränken. Stattdessen sagte ich bemüht ruhig: »Gestern hatten wir einen wirklich schönen Tag und auch einen netten Abend – gemeinsam mit unseren Freunden. Da stimmst du mir doch sicherlich zu, oder?«

Ein vorsichtiger Ausdruck trat auf sein Gesicht. Wenigstens wirkte er nun nicht mehr ganz so souverän.

»Ja, das fand ich auch.«

Ich nickte wohlwollend, rang mir sogar ein Lächeln ab.

»Warum behandelst du mich heute dann wieder so, wie du es vor dem gestrigen Tag getan hast. Ist das verletzter Stolz?«

Er hob seine Augenbrauen, lehnte sich in seinem Stuhl zurück, überschlug die Beine, und fragte mich dann: »Wie behandele ich dich denn?« Auf meine zweite Frage ging er nicht ein.

Ich hasste es, wenn Menschen, anstatt eine Antwort zu geben, eine Gegenfrage stellten. »Das weißt du ganz genau!«, zischte ich deshalb und verachtete mich selbst dafür, dass ich mich so schnell aus der Reserve locken ließ.

»Nein, ehrlich gesagt, nicht.«

Ich stieß den Atem durch die Nasenlöcher und wunderte mich, dass ich keinen Qualm sah. Ich war wütend. Und wäre ich dazu in der Lage gewesen, hätte ich in diesem Moment sicherlich Feuer gespien.

»Kalt, abweisend und distanziert. So, als hätten wir noch nie oder kaum miteinander geredet.« Jedes Wort kam hart über meine Lippen und verdeutlichte ihm hoffentlich, wie mies es sich für mich anfühlte. »Bist du sauer, weil ich gestern keinen Sex mit dir haben wollte? Glaub mir, ich habe echt mit mir gerungen, aber das führt zu nichts.«

Für einen Moment verlor Callum seine Coolness und starrte mich mit gefurchter Stirn an. Wütend. Doch dann biss er fest die Zähne aufeinander und setzte erneut die gleichgültige Maske auf, die keinerlei Gefühle hindurch ließ.

»Nein«, beantwortete er lediglich die Frage. Mit einem einzigen Wort. Mehr nicht. Mehr Erklärung hatte er für mich scheinbar nicht übrig, denn schon im nächsten Moment stand er auf, schob seinen Stuhl unter den Tisch und sagte: »Wenn du mich bitte entschuldigst, ich habe noch etwas zu erledigen. Ich werde hin und wieder vorbeischauen und nach dem Rechten sehen.«

Er hatte etwas zu erledigen? Dass ich nicht lachte! Hier fand gerade ein großes Event statt, für das er zuständig war. Sicherlich konnten alle anderen Aufgaben währenddessen warten. Es war eine Ausrede, und er wusste, dass ich es wusste. Dennoch ging er einfach und ließ mich an diesem Tisch sitzen, ohne das zu klären, was zwischen uns stand. Dabei hatte ich so darauf gehofft, dass er mir verraten würde, was in ihm vorging.

Ich wartete ein paar Minuten, dann erhob auch ich mich. Eine Unruhe hatte mich ergriffen, und ich konnte einfach nicht länger hier herumsitzen. Wut brodelte in mir und der Drang, mich zu bewegen, war übermächtig. Ich verstand den Kerl nicht. Aber vielleicht hatte ich auch noch nie irgendeinen Mann verstanden. Brian hatte mir ja auch gezeigt, wie wenig ich wirklich von ihm gewusst hatte.

Trotzdem machte es mich rasend, dass Callum mich hier sitzen gelassen hatte, anstatt mit mir zu reden. Ich vermisste den Mann, den ich gestern näher kennengelernt hatte, und wollte gern dort anknüpfen, wo wir aufgehört hatten, bevor wir uns in meiner Wohnung zu nahegekommen waren.

Also tat ich das einzig Richtige – zumindest kam es mir in diesem Moment so vor. Ich erhob mich ebenfalls und machte mich auf die Suche nach ihm. Mein erster Weg führte mich ins Foyer, doch da war er nicht. Dann betrat ich den Flur mit dem dunkelroten Teppich, der meine Schritte dämpfte, während ich vermutlich durch den Gang stampfte wie ein Nilpferd. Erst vor Callums Tür blieb ich stehen. Ich hob die Hand, wollte anklopfen, doch dann besann ich mich und drückte einfach die Türklinke herunter und stürmte in den Raum.

Ich sah noch, dass er mit dem Rücken zur Tür am Fenster gestanden und hinausgeschaut hatte, doch als ich ohne Vorwarnung hereinpolterte, drehte er sich abrupt um.

Ich warf die Tür hinter mir zu. Leider machte sie kaum ein Geräusch, als sie ins Schloss fiel. Wir starrten einander an. Ich biss die Zähne aufeinander und ballte die Hände zu Fäusten. Callum bewegte sich keinen Zentimeter von seinem Platz am Fenster.

»Das ist also die wichtige Sache, die du erledigen musst?«, fragte ich ihn und hatte Mühe, meine Emotionen im Griff zu behalten.

»Ich habe Abstand zu dir gebraucht«, antwortete er ruhig, kam aber langsam auf mich zu, anstatt sich von mir fernzuhalten.

»Abstand? Warum brauchst du Abstand? Ich habe dir nichts getan.« Langsam verpuffte meine Wut und Ratlosigkeit machte sich in mir breit, aber auch etwas, das dafür sorgte, dass es in meinem Magen anfing zu kribbeln.

Warum war ich überhaupt so wütend? Im Grunde genommen war Callum nicht unhöflich zu mir, er war lediglich neutral und emotionslos gewesen. Doch es hatte mich verletzt, weil ich gedacht hatte, wir wären mittlerweile Freunde. Freunde, zwischen denen die Funken flogen, die aber erwachsen genug waren, dem nicht nachzugeben.

»Weil du mich wahnsinnig machst, Lindsay Bloom!«

Leise Worte, die so eindringlich klangen, dass ich unwillkürlich die Luft anhielt. Zwei Schritte von mir entfernt blieb Callum stehen und sah mich mit einem Blick an, den ich nicht zu deuten wusste. Durchdringend, aber auch ... wütend? Nein, es war, als loderte in seinen Augen ein Feuer, das mir den Atem verschlug. Es war, als zeigte Callum mir das erste Mal überhaupt, was in ihm vorging. Und das war viel, sehr viel.

Er kam zwei Schritte auf mich zu und automatisch wich ich einen zurück. Zu intensiv war seine Präsenz. Sein Duft drang in meine Nase. Ich spürte die Hitze, die sein Körper aussandte, als wolle er mich darin einhüllen. Zittrig atmete ich ein, straffte die Schultern und sah ihm fest in die Augen. Diesmal tat ich den nächsten Schritt ganz bewusst und spürte bereits, dass er mir folgen würde. Erst als ich das Holz der Tür in meinem Rücken spürte, hielt ich inne. Doch Callum kam weiterhin langsam auf mich zu. Erschütterung in seinem Blick, den ich noch immer mit meinem gefangen hielt.

Die Gefühle in meinem Inneren wirbelten in einem wilden Strudel umher, der sich nicht anhalten ließ. Verkrampft presste ich die Handflächen gegen das Holz hinter mir. Ganz so, als könnte ich mich daran festhalten, um nicht von ihm fortgerissen zu werden.

Nur noch ein Schritt trennte uns voneinander und ich erwartete schon, dass Callum auch ihn überbrücken würde, als er nur Zentimeter von mir entfernt innehielt.

Nur noch ein Blatt Papier hätte jetzt zwischen uns gepasst. Wir atmeten beide schneller und bei jedem Atemzug berührten sich unsere Oberkörper, was mein Blut zum Kochen brachte und meine Knie weich werden ließ.

Meine Nerven waren zum Zerreißen angespannt. Die Härchen auf meinen Unterarmen richteten sich auf, als wollten sie die Lücke zwischen uns überbrücken.

Grüne Augen sahen in meine braunen, und ich hatte Mühe, weiterzuatmen.

Callum stütze sich mit einer Hand neben meinem Kopf ab und beugte sich langsam zu mir, bis sich sein Mund an meinem Ohr befand. Ich hörte, wie er tief einatmete und dann wieder den Atem freiließ. Ein leiser dunkler Ton entrang sich seiner Kehle, so als gefiele ihm mein Duft genauso gut wie mir der seine.

»Glaubst du jetzt immer noch, dass ich kalt, abweisend und distanziert bin?«

Ich konnte ihm nicht antworten, mein Gehirn, mein Hörsinn und mein Mund schienen getrennte Wege zu gehen.

»Lin?« Seine Lippen berührten mein Ohrläppchen, und ich spürte diese Berührung an allen Stellen meines Körpers.

Ich bräuchte nur den Kopf zur Seite zu drehen, und meine Lippen würden seine berühren, schoss es durch meine Gedanken. So wie gestern auf dem Weihnachtsmarkt. Nur wäre es diesmal so viel intensiver und gefährlicher.

Es dauerte eine Weile, bis mir die Bedeutung seiner Worte klarwurde, doch ich war immer noch nicht fähig zu sprechen.

Distanziert war er in diesem Moment definitiv nicht. Kälte war auch nicht das, was ich in seinen Augen wahrgenommen hatte, ehe er sich weiter zu mir herabgebeugt hatte. Und abweisend? Nein, er war nicht abweisend, er war vereinnahmend.

»Ich kann beinahe hören, wie du nun jedes der Attribute, die du mir an den Kopf geworfen hast, auseinandernimmst.«

Noch einmal steckte er seine Nase in mein Haar und holte tief Luft, streifte dabei meine Ohrmuschel und ließ mich schaudern. »Lass dir eins gesagt sein«, brummte er. »Ich bin nichts davon in deiner Nähe. Ich versuche lediglich, diszipliniert zu sein und den Freiraum zu akzeptieren, den du einforderst. Es kostet mich enorme Kraft, mich nicht der Anziehungskraft, die du auf mich ausübst, hinzugeben. Deshalb brauche ich Abstand. Wenn du mir allerdings hinterherkommst – in ein Zimmer wie dieses, in dem nur wir beide sind, geschützt vor den Blicken anderer –, fällt mir das verdammt schwer.«

Wollte ich überhaupt, dass er diszipliniert war? Dass er sich zurückhielt? Dass er mich nicht küsste? Mich nicht berührte?

Nein ... Ja ... Vielleicht ... Ich wusste es nicht. Ich wusste nichts mehr. Mein Kopf war leer gefegt und dennoch erfüllt. Erfüllt von ihm. Von seiner Nähe. Von seinem Geruch. Von der Hitze, die er ausstrahlte.

Langsam richtete sich Callum wieder auf und sah mir erneut in die Augen. Ich bekam einen trockenen Mund, leckte mir über die Lippen, wollte, dass er mich küsste. Ich wollte alles von ihm, wurde mir in diesem Moment bewusst.

Ein triumphierendes Lächeln zupfte an Callums Mundwinkeln. Ich konnte den Augenblick spüren, in dem er sich dazu entschied, mich zu küssen, als es hinter mir an der Tür klopfte.

Für einen Moment erschien Bedauern auf dem Gesicht des Mannes vor mir, dann beugte er sich zu mir herab und berührte für einen Moment mit seinen Lippen meine Stirn. Ich erlaubte es mir, mich ihm entgegenzulehnen.

Als Callum sich von mir löste, veränderte er sich, wurde wieder zu dem Mann mit der undurchdringlichen Maske. Ich wusste nicht, ob ich erleichtert oder enttäuscht sein sollte, dass wir gestört worden waren – bei was auch immer! Mein Körper schrie entrüstet auf. Mein Verstand atmete durch.

Zärtlich fuhr Callum mit dem Zeigefinger an meiner Wange entlang und schob mich dann sanft, aber bestimmt vom Türblatt weg, bevor er die Tür ein wenig öffnete.

Meine Beine versagten mir beinah den Dienst, so sehr wackelten mir die Knie. Ich stütze mich mit der Hand an einem hüfthohen Aktenschrank ab und holte tief Luft.

»Mr. Strayton, es gibt Fragen von zwei Teilnehmern an Lindsay, aber ich kann sie nirgends finden.« Das war Terrys Stimme.

Oh mein Gott! Er durfte mich jetzt nicht hier entdecken. Mit Sicherheit konnte man mir ganz genau ansehen, was gerade passiert war – oder eben auch nicht.

»Ich gehe sie suchen, ich wollte sowieso gerade zur Veranstaltung zurückkehren. Soweit ich weiß, wollte sie kurz frische Luft schnappen. Sagen Sie den Teilnehmern, dass sie gleich kommt.« Mit diesen Worten verließ Callum sein Büro und zog die Tür hinter sich zu.

Ich brauchte noch ein paar Sekunden, bis meine Atmung sich normalisiert hatte. Dann erst öffnete ich die Tür und betrat den Flur, der glücklicherweise leer war. Ich wusste nicht, wie ich reagiert hätte, wenn ich Callum ein weiteres Mal allein begegnet wäre.

* * *

Während der restlichen Zeit, die den Teilnehmern verblieb, um ihr Gesteck fertigzustellen, vermied ich jeglichen Blickkontakt zu Callum, der die meiste Zeit neben mir saß und in einer Zeitschrift blätterte oder sich mit Gästen im Zuschauerraum unterhielt. Dennoch spürte ich, wie er immer wieder zu mir sah, jeder Blick war wie eine Berührung.

Noch immer spürte ich den Druck, die Wärme seiner Lippen auf meiner Stirn, als hätten sie dort einen Abdruck eingebrannt. Ich war nicht imstande, mich dem zu stellen, was ich nach dieser Begegnung in seinen Augen hätte erblicken können. Wäre es Leidenschaft? Spott? Oder gar wieder diese Teilnahmslosigkeit? Mit keiner Option würde ich hier und jetzt klarkommen. Es war besser, ich ging dem aus dem Weg.

Nach Ablauf der Wettbewerbszeit bewegte ich mich durch die Reihen, begutachtete die Gestecke und machte mir zu den Arbeiten Notizen. Callum tat es mir gleich. Immer einen Schritt hinter mir, so dass mir seine Nähe stets bewusst war.

Die meisten hatten es geschafft, ihr Gesteck fertigzustellen, aber zwei Männer hatten offenbar aufgegeben, denn das Werkzeug lag jeweils neben den Töpfen, die nicht einmal annähernd bestückt worden waren. Die Herren hatten sich nebeneinander in den Stühlen zurückgelehnt, und beide schüttelten grinsend den Kopf, als ich zu ihnen kam. Sie schienen sich einig zu sein, dass es für sie eine unlösbare Aufgabe dargestellt hatte, ein solches Gesteck zu erstellen.

Da ich David und Samuel einigermaßen gut kannte, erwiderte ich das Lächeln. »Na, seid ihr gescheitert?«

Die zwei nickten synchron, und Samuel, der ein paar Jahre jünger war als ich, sagte zu mir: »Mir ist jetzt erst klargeworden, welch tolle Arbeit du da jeden Tag vollbringst.«

Das Lachen, dass mir seine Antwort entlockte, erstarb, als ich spürte, wie Callum unmittelbar hinter mich trat. Stattdessen sagte ich zu Samuel: »Ich hoffe, da bist du nicht der Einzige. Dann kann niemand mehr schimpfen, ich hätte zu hohe Preise.«

David richtete sich mit ernstem Gesicht auf. Sein blondes Haar sah zerzaust aus, als hätte er während des Wettkampfs mehrmals verzweifelt hineingegriffen. »Wer hat denn diesen Schwachsinn behauptet?«

»Na ja, hin und wieder gibt es einige Männer, die meinen, dass die Sträuße für ihre Freundinnen oder Frauen zu teuer wären.« Ich sah Samuel mit gehobenen Augenbrauen an, dann wieder zu David und zuckte mit den Schultern.

David blickte zu seinem Kumpel, als würde er ihn jetzt das erste Mal an diesem Tag sehen. »Dir sind die Blumen für meine Schwester zu teuer?«

Samuel räusperte sich, aber ich blieb nicht, um zu sehen, wie er sich da wieder herauswand. Die beiden führten oft und lange Streitgespräche, die sie früher auch hin und wieder mit Fäusten gelöst hatten. Gut, dass sie mittlerweile aus diesem Alter herausgewachsen waren. Vor allem, seit Samuel mit Davids Schwester verheiratet war, die von ihrem Bruder wie eine Prinzessin behandelt wurde.

»Der Kerl hat tatsächlich behauptet, dass deine Arbeit zu teuer sei?«, raunte Callum mir ins Ohr, als wir weitergingen. Mir lief ein wohliger Schauer über den Rücken.

Ich nickte nur, sagte aber nichts weiter dazu. Callum beließ es ebenfalls dabei, und wir brachten die Runde durch die Reihen und die Verleihung der Preise hinter uns, ohne ein privates Wort miteinander zu wechseln. Wir redeten nur über die Gestecke und einigten uns auf eine Gewinnerin, die Callum anschließend unter großem Jubel und Applaus verkündete.

»Ich danke allen Teilnehmern und auch Ihnen, den Zuschauern, für Ihr Kommen.« Alle Anwesenden beobachteten Callum, wie er auf der kleinen Bühne auf und ab schritt und mit ihnen sprach. »Gerne können Sie noch ein bisschen bleiben oder unser Restaurant besuchen, das im Übrigen heute einen hervorragenden Sticky Toffee Pudding mit Toffee Topping und Whiskyeis serviert. In diesem Sinne wünsche ich allen noch einen schönen Restsonntag und eine frohe Vorweihnachtszeit.«

Tosender Applaus ertönte, den ich nutzte, um von der Bühne zu verschwinden. Für einen kurzen Moment traf mich Callums durchdringender und zu Recht wissender Blick. Er schmunzelte amüsiert. Er schmunzelte! Über mich und mein nicht vorhandenes Rückgrat!

Ich ärgerte mich über mich selbst. Obwohl ich mir vorgenommen hatte, mich nicht mehr gegen diese Anziehung zwischen uns zu sträuben, schaffte ich es nicht, ihm gleich noch einmal gegenüberzutreten. Ich fühlte mich wie ein echter Feigling, aber die Angst, zu schnell zu tief zu empfinden und dann verletzt zu werden, war zu groß.

Mit ausholenden Schritten verließ ich den Saal und rannte beinah zum Ausgang, ohne dass Callum mir folgte. Erleichterung und Enttäuschung rangen in mir miteinander. Das allein sagte alles über meinen verwirrten Geisteszustand aus. Ahnte er, was in mir vorging?

Am Lieferanteneingang sprang ich in meinen Wagen und fuhr die Strecke zurück in die Main Street, während mein Kopf gefüllt war mit Gedanken, Fragen und Möglichkeiten. Und kaum hatte ich meine Wohnungstür hinter mir zugezogen, ließ ich mich daran zu Boden gleiten und das heute mit Callum Erlebte Revue passieren.

Mein Körper hatte in Flammen gestanden. Ich reagierte auf

Callum, auf seine Präsenz, seine Coolness mit jeder Faser meines Seins, und ich wollte ihn.

Doch bei ihm würde ich damit auskommen müssen, seinen Körper zu bekommen. Das wäre fatal. Fatal, weil ich eine dumme, romantische Seele hatte, die immer auf der Suche nach einem Happy End war, die mehr wollte, so viel mehr. Und genau das würde es mit Callum nicht geben. Er hatte seinen Standpunkt deutlich gemacht.

Notgedrungen würde ich mich entscheiden müssen, was mir wichtiger war. Mein Herz zu schützen oder das Feuer zu löschen, das mich zu verbrennen drohte.

* * *

Montag, 18. Dezember

Todmüde und mit völlig überstrapazierten Nerven schloss ich meinen Laden ab und atmete die frische Luft tief ein. Mit einer sanften Kühle füllte sie meine Lunge, und ich hatte endlich das Gefühl, dass mein Kopf klarer wurde. Es war erst fünf Uhr nachmittags, und die Geschäfte in der Main Street schlossen alle um diese Uhrzeit. Mit Ausnahme der Restaurants und des Pubs, und genau da wollte ich heute hin.

Ich hatte mich mit Ally und Hailey im *Joe's* verabredet, um ihnen alles von der gestrigen Veranstaltung zu erzählen.

Und wieder drifteten meine Gedanken zu Callum und in sein Büro. Ich mit dem Rücken an der Tür und Callum direkt vor mir. Augen, die mich ansahen und in denen ich drohte zu versinken. Leidenschaft und Begierde in ihnen. Und in mir ein Tornado aus Gefühlen, den ich nicht unter Kontrolle bringen konnte – bis jetzt nicht.

Und egal, wie oft ich einatmete und die kalte Luft einsog, es half nichts gegen Callums Präsenz in meinem Hirn. Für einen Moment schloss ich die Augen und holte noch einmal tief Luft, dann öffnete ich sie wieder und ging zum Pub. Bestimmt warteten meine Freundinnen bereits auf mich. Ich hatte sie heute noch nicht gesehen. Am Morgen war ich auf dem Festland gewesen und hatte es gerade rechtzeitig zurückgeschafft, um den Laden zu öffnen, und am Mittag war zu viel los gewesen, so dass ich durchgearbeitet hatte.

Sollte ich Ally und Hal wirklich alles von gestern erzählen? Auch von meinen wirren Gefühlen für Callum?

Wir waren uns alle drei einig, dass wir auch Geheimnisse vor den anderen haben durften. Keine der beiden wäre enttäuscht, wenn ich das, was momentan in mir vorging, erst einmal für mich behielte. Aber ich wusste nicht, ob ich das ganz mit mir allein ausmachen konnte. Meine Gedanken und Gefühle verwirrten mich immer mehr, und vielleicht würde es mir guttun, den beiden mein Herz auszuschütten.

Ich würde es spontan entscheiden. Wenn sich die richtige Gelegenheit ergab, würde ich es ansprechen, und ansonsten vorerst für mich behalten. Erleichtert über diesen Entschluss atmete ich noch einmal tief durch und spürte, wie die Anspannung wich.

Beim Pub angekommen, schob ich die Tür auf und sofort umfing mich die typische Mischung aus feuchter Wärme, Stimmengewirr und dem Duft nach Frittiertem. Letzteres bekam man im *Joe's* in Massen und äußerst köstlich serviert. Wir Einheimischen liebten Joes Fish and Chips. Joe setzte, wie die meisten Restaurantbesitzer auf der Insel, auf regionale Produkte. So kaufte er Fisch und Meeresfrüchte täglich direkt bei den Fischern im kleinen Hafen direkt gegenüber.

Joes Frau Sandy, die gerade an mir vorbeilief, begrüßte mich kurz und eilte, ohne stehen zu bleiben, weiter. Ich sah mich um und sah Hal und Ally im hinteren Zimmer an einem der Tische sitzen. Sie winkten mir zu, und ich erwiderte die Geste, während ich mich durch den vollen Gastraum schlängelte. Zwar war es noch früh am Abend, aber der Laden war dennoch schon gut besucht. Ab neunzehn Uhr würde man keinen freien Platz mehr ergattern können.

»Hey, ihr zwei!« Ich gab jeder meiner Freundinnen einen Kuss auf die Wange und setzte mich zu ihnen an den Tisch.

»Wir haben dir schon mal ein Ginger Beer bestellt«, sagte Ally und schob ein Glas in meine Richtung.

Dankbar griff ich danach und trank einen großen Schluck. Die süße, kohlensäurehaltige Flüssigkeit rann meine Kehle hinab und trieb mir Tränen in die Augen. »Danke, das tut gut.«

»Hast du wieder zu wenig getrunken?« Hal sah mich an, als wäre sie meine Mutter und hätte mich beim Blödsinnmachen erwischt.

Ich überlegte angestrengt. Was hatte ich heute an Flüssigkeiten zu mir genommen?

»Mh, ja, da könntest du recht haben. Mist.« Das war nicht gut, weil ich oft am nächsten Tag Kopfschmerzen bekam, wenn ich nicht genug trank.

»Na, dann gehen wir hier nicht raus, bis du nicht mindestens drei Getränke intus hast.« Ally hob ihr Glas mit Wasser und prostete mir zu. Ich tat es ihr gleich und trank das Ginger Beer leer.

Hal applaudierte. »Nummer eins geschafft.« Sie nippte an ihrer Weißweinschorle und lächelte über den Rand des Glases hinweg.

»Ich hol uns gleich eine neue Runde. Was wollt ihr haben?« Damit stand ich auf und sah fragend zu den beiden.

»Ich trinke eine Cola Zero«, kam es von Ally.

»Ich nehme ein Wasser als Ergänzung hierzu«, sagte Hal und deutete auf ihr Weinglas.

Damit die leeren Gläser sich nicht auf unserem Tisch stapelten, griff ich sie mir und nahm sie mit zum Tresen, wo Joe stand und Bier zapfte.

»Hey, Lin. Was kann ich für dich tun?« Joe, der vor ein paar Wochen seinen fünfzigsten Geburtstag gefeiert hatte, war ein echtes Multitaskingtalent. Er konnte gleichzeitig Bestellungen entgegennehmen, Bier zapfen und mit der anderen Hand weitere Getränke eingießen.

»Zwei Wasser und eine Cola Zero.«

»Kommt gleich.«

Während Joe meine Bestellung abarbeitete, nahm ich schon mal Geld aus meinem Portemonnaie und legte es auf den Tresen. »Stimmt so.«

»Danke, Lin. Genieß deinen Feierabend«, sagte Joe und schob mir die drei Gläser zu.

Zurück am Tisch begann ich mit meinem Bericht vom Wettbewerb. »Und gewonnen hat Mary-Anne Johnson aus Salen.«

»Die Grundschullehrerin?«, fragte Ally.

»Ja, genau die«, bestätigte ich ihr. »Sie hat das echt super gemacht. Da hat man gleich gemerkt, dass sie oft bastelt und kreativ ist.«

Hal fixierte mich mit ihrem Blick, was mir ein flaues Gefühl verpasste und mich veranlasste wegzusehen. Bisher war ich ihren inquisitorischen Fragen entkommen, aber heute würde sie es mir vermutlich nicht so leicht machen.

»Und jetzt erzähl mal, wie lief es eigentlich am Samstag mit Callum?«, hörte ich sie da auch schon fragen.

Sofort fing mein Herz an, schneller zu schlagen. Die Erinnerungen, die ich an den Abend hatte, sorgten zusätzlich dafür, dass mir heiß wurde. »Er hat mich nach Hause gebracht und mir anschließend geholfen, meine Geschenke in die Wohnung zu tragen. Das war's.«

»Nur das, oder war da doch mehr?«, hakte sie nach und wirkte beinah enttäuscht.

Ally stöhnte. »Hailey Ferson, gewöhn dir mal bitte an, nicht immer so ungeniert direkt zu sein!«

»Wieso? Soll ich sie erst fragen, wie der Maserati auf der Straße lag, und mich dann ganz unverfänglich erkundigen, ob sie gut nach Hause gekommen ist?« Hal streckte Ally die Zunge raus, was mich auflachen ließ. Manchmal benahmen wir uns immer noch wie die kleinen Mädchen, die sich damals kennen- und lieben gelernt hatten. Dann wandte sie sich mir zu. »Also?«

»Mehr nicht. Aber ich hätte mehr haben können, wenn ich nicht so verkopft wäre.«

»Ui, ui, ui!«, stieß Ally hervor und tat so, als wäre ihr heiß und sie müsse sich frische Luft zuwedeln.

»Was meinst du mit verkopft?«, wollte Hailey ganz genau wissen.

Ich zuckte mit den Schultern. »Er will keine feste Beziehung mehr, seit er von seiner Ex hintergangen worden ist. Und ich möchte nicht nur einen One-Night-Stand. Für so was bin ich nicht gemacht.«

»Nein, das bist du nicht«, pflichtete Ally mir bei.

»Mist«, bemerkte Hal. »Ich hatte mir das so schön vorgestellt. Ihr zwei würdet ein hübsches Pärchen abgeben.«

»Er bringt mich jedenfalls ganz schön durcheinander«, gestand ich den beiden.

Ally stellte ihr Glas ruckartig ab. »Du bist doch nicht in ihn verliebt, oder?«

»Nein. Aber ich bekomm ziemlich weiche Knie in seiner Gegenwart.« Befangen spielte ich mit meinem Wasserglas herum.

»Wer nicht? Der Kerl ist heiß!« Hal zwinkerte mir frech zu.

»Hey, du hast einen der begehrtesten Singles in der Filmbranche an Land gezogen«, erinnerte ich sie an ihren Freund. »Ben liegt dir zu Füßen und Millionen von Frauen würden dir am liebsten die Augen auskratzen, weil du das bekommen hast, was sie wollen!«

Hal nickte bestätigend, doch sie blieb ernst. »Weißt du Lin, es ist okay, einfach mal seinen Kopf auszuschalten und sich gehen zu lassen. Daran ist nichts verwerflich. Ich weiß, dass es nicht das ist, was du dir für die Zukunft wünschst, aber du solltest nicht auf Sex verzichten, wenn du so stark auf ihn reagierst. Hab Spaß. Nicht alles muss in Verpflichtungen enden.«

Entgeistert starrte ich sie an. »Legst du mir gerade ernsthaft nahe, ein Bettabenteuer mit Callum einzugehen?«

»Warum nicht?« Offen blickte sie mich an. »Er steht auf dich und du auf ihn. Wo ist das Problem?«

»Du darfst nur nicht dein Herz verlieren, wenn du das tust«, ermahnte Ally mich und machte mich auf das Offensichtliche aufmerksam, als wenn ich das so einfach steuern könnte.

Das Gespräch ging nun in eine Richtung, die mir unangenehm war. Klar, ich hatte schon mit den beiden über Sex gesprochen und gerade unsere ersten Male hatten wir in etlichen Gesprächen gemeinsam noch einmal durchlebt. Aber in Bezug auf Callum scheute ich mich davor, weiter über Möglichkeiten zu sprechen, die mich total nervös machten, oder ihnen genau zu berichten, was gestern zwischen uns passiert war.

Ally bemerkte meine Veränderung als Erste und fragte: »Wie läuft es denn mit Shona?«

Ich schluckte den Kloß in meinem Hals herunter und antwortete: »Super! Ich könnte mir keine bessere Angestellte vorstellen. Ich will sie so lange wie möglich behalten und am liebsten fest anstellen, wenn ich das irgendwie umsetzen kann.«

»Das hört sich toll an!« Ally klatschte in die Hände.

Hal sah mich schmunzelnd an, sagte jedoch nichts dazu. Der abrupte Themenwechsel war nicht unbemerkt an ihr vorbeigegangen, aber sie tolerierte es. Genau so wie ich es bei ihr getan hätte. Immer wieder staunte ich über unsere Freundschaft, die so einfach war. Seit mehr als zwanzig Jahren hatte es nicht einmal einen richtigen Streit zwischen uns gegeben.

»Wisst ihr, wer am Samstagmittag bei mir in den Laden gekommen ist?«, wollte ich von Ally und Hal wissen und zwang mir ein Lächeln auf die Lippen. Noch immer gingen mir die Wörter Sex und Callum im Kopf herum, was nicht förderlich war, die Nervosität zu eliminieren. Deshalb berichtete ich Hailey und Ally von Sorayas Besuch und ihrer Entschuldigung.

»Das ist doch schlimm, wenn zwei Menschen sich lieben und vor dem Gerede anderer Angst haben müssen.« Ally sah aus dem Fenster und wirkte traurig.

Hal lehnte sich auf dem Tisch vor und legte ihre Unterarme darauf ab. »Ja, finde ich auch. Vielleicht sollten wir da etwas un-

235

ternehmen?« Typisch für sie, gleich zur Tat schreiten und Soraya und ihrer Freundin Lucy helfen zu wollen.

»Ich wüsste nur nicht, was. Du?« Aufmerksam sah ich Hal an.

»Nicht wirklich, aber sollte ich mitbekommen, dass jemand schlecht über die beiden redet, bin ich gleich zur Stelle. So etwas geht gar nicht!«

»Ich wäre dann auch dabei.« Ally nickte ernst. »Mal ein anderes Thema. Kann jede von euch einen Salat zum Buffet an Silvester beisteuern?«

»Klar«, erwiderte Hal. »Ich bringe auch Ciabatta mit.«

»Ich mache irgendwas Frisches und einen Nachtisch ...« Erschrocken zuckte ich zusammen, als mein Handy klingelte. Auf dem Display stand eine unbekannte Nummer. Zuerst wollte ich es wieder wegstecken, aber irgendwie hegte ich plötzlich die Hoffnung, Callum könnte mich anrufen.

»Lindsay Bloom«, meldete ich mich und wartete dann mit klopfendem Herzen auf eine Antwort.

»Schönen guten Abend, Mrs. Bloom. Mein Name ist Perkins, Jessy Perkins. Ich bin die Vorsitzende der diesjährigen Floristikmesse.«

Unsicher erwiderte ich: »Hallo, Mrs. Perkins.«

»Sie fragen sich sicherlich, warum ich Sie anrufe.« Tatsächlich tat ich genau das. »Ich bin nicht nur die Vorsitzende der Floristikmesse, ich gehöre auch der Wettkampfleitung an. Jedes Jahr veranstalten wir einen Wettbewerb während der Ausstellungen, an dem nur ausgebildete Floristen teilnehmen dürfen. Und genau da kommen Sie nun ins Spiel. Die Teilnehmerliste ist bereits seit einem Jahr ausgebucht. So viele wollten sich daran beteiligen, und fast allen mussten wir absagen, weil die Plätze begrenzt sind. Nun hat heute früh eine Teilnehmerin abgesagt, weil sie leider einen kleinen Unfall hatte.«

Warum erzählte sie mir das alles? Aber statt sie zu unterbrechen, beschränkte ich mich auf ein paar Ahs und Ohs. Ally und Hal sahen mich fragend an, doch ich zuckte nur mit den Schultern, weil ich den Grund für den Anruf bisher selbst noch nicht herausgefunden hatte.

»Jedenfalls ist dadurch nun ein Platz frei geworden, den ich dringend besetzen muss. Und da ich Ihren Namen im Zusammenhang mit Ihrer hervorragenden Arbeit in den letzten Tagen bereits zweimal gehört habe und mir die Berichte im schottischen Fernsehen angesehen habe, dachte ich mir, dass Sie genau die richtige Teilnehmerin für unseren Wettkampf wären. Ich würde Sie gerne nachnominieren und stattdessen die Nachrückerliste ignorieren.« Sie machte eine Pause, während das Gesagte in meinem Hirn ankam und ich die Stirn in Falten legte.

»Sie wollen, dass ich an dem berühmtesten Wettkampf für Floristen in Großbritannien teilnehme? Am Flower-Power-Event?« Meine Stimme klang ein bisschen zu schrill. Diese Einladung erschütterte mich, weil es als Ritterschlag in unserer Branche angesehen wurde, einen Platz im Wettbewerb zu bekommen. Jeder wollte dahin, aber kaum jemand wurde eingeladen.

»Genau das wollte ich damit sagen. Der Wettbewerb findet nächstes Wochenende in London statt, und zwar im *Savoy*. Anreise sollte Donnerstag sein. Für Kost und Logis müssen Sie allerdings selbst aufkommen«, erklärte sie mir.

»Ich … ich … ich weiß ehrlich gesagt nicht, was ich dazu sagen soll«, stammelte ich unbeholfen.

»Sagen Sie ja!«, gab Jessy Perkins lachend von sich.

Ich schluckte und spürte zugleich die Blicke meiner Freundinnen auf mir. »Ich fühle mich total geehrt, aber darf ich bis morgen früh Bedenkzeit haben? Ich muss schauen, ob ich den Laden so lange allein lassen kann.«

»Selbstverständlich. Ich schicke Ihnen gleich eine Mail mit meinen Kontaktdaten und den Anmeldeformularen. Falls Sie sich dazu entscheiden teilzunehmen, senden Sie mir die doch bitte nach einer kurzen Rückmeldung ausgefüllt zurück. Ich freue mich darauf, von Ihnen zu hören, Mrs. Bloom.«

Ich atmete tief ein. »Danke vielmals. Ich melde mich.« Völlig durch den Wind, das traf in etwa meinen geistigen Zustand, als ich auflegte und das Telefon auf dem Tisch ablegte.

Meine Freundinnen sahen mich fragend an, und ich erklärte, worum es in dem Telefonat gegangen war. Sofort brachen meine Freundinnen in Jubel aus und brachten mich damit zum Grinsen.

»Hey, was gibt es denn hier zu feiern?«, hörte ich Matt in diesem Moment fragen.

Erst da fiel mir ein, dass er etwas später zu uns hatte stoßen wollen.

Hailey quietschte auf. »Stell dir vor, der nationale Floristenverband hat Lin aufgrund der beiden Fernsehsendungen in deinem Hotel zum Wettkampf eingeladen. Nur die Crème de la Crème der Branche darf dorthin.«

Matt setzte sich neben mich und klopfte mir anerkennend auf die Schulter. »Das ist doch super. Warum guckst du dann aus der Wäsche, als hätte man dich beleidigt?«

Ich ließ den Kopf hängen. »Ich kann nicht hin.«

»Was?«, entfuhr es Hal.

»Warum?«, wollte Ally wissen.

Und Matt sah mich mit gerunzelter Stirn an, als zweifle er an meinem Geisteszustand.

»Der Wettkampf findet nächstes Wochenende in London statt. Und am Donnerstag soll ich schon dort sein.« Alle sahen mich verständnislos an.

»Ich kann mir das nicht leisten. Der Flug hin und zurück und die Hotelkosten – das Event findet im *Savoy* statt. Und außerdem kann ich Shona nicht für drei Tage meinen Laden allein stemmen lassen. Das schafft sie zeitlich nicht, immerhin hat sie ein kleines Kind zu versorgen. Sie hat Familie, und es ist kurz vor dem Jahreswechsel, da hat sie bestimmt noch anderes zu tun.«

Matt grinste mich breit an. »Ich sponsore dich. Dafür legst du in deinem Laden Flyer vom Hotel aus und erwähnst das *Tobers* bei der Dankesrede, wenn du deinen Preis entgegennimmst – denn dass du das tun wirst, davon bin ich überzeugt. Und für die Arbeit im Laden kann ich dir Esther McKay ausborgen. Sie kennt sich gut mit Blumen und Pflanzen aus. Gemeinsam mit Shona wird das bestimmt klappen.«

»Was? Nein, das kann ich nicht annehmen.« Vehement schüttelte ich den Kopf.

»Schwachsinn! Natürlich nimmst du das an.« Hal verschränkte die Arme vor der Brust und sah mich streng an.

»Und was die Übernachtung betrifft, da kann ich im *Savoy* ein gutes Wort einlegen und sicherlich noch meinen alten Mitarbeiterrabatt bekommen, so dass Matt nicht allzu viel sponsern muss«, hörte ich Callums Stimme in meinem Rücken.

Callum? Seit wann war er hier?

Sofort schnellte mein Puls in ungeahnte Höhen, und ich drehte mich zu dem Mann hinter mir herum. Umgehend hatte ich das Gefühl, zu verglühen. Hitze schoss mir ins Gesicht.

Scheinbar hatte Callum noch Getränke für sich und Matt geholt, denn er hielt zwei volle Biergläser in den Händen. Da kein Platz mehr frei war, erhob Matt sich und holte einen freien Stuhl an den Tisch, den er neben mir platzierte.

»Na, dann ist das doch eine abgesprochene Sache«, gab nun Ally auch noch ihre Meinung kund und klatschte vor Begeisterung.

Ich stöhnte und vergrub das Gesicht in den Händen. »Was, wenn ich mich da total blamiere?«

»Das wirst du nicht. Du bist die Beste, und das wirst du allen zeigen«, munterte Hailey mich auf.

»Da muss ich deiner Freundin recht geben. Deine Arbeit ist außergewöhnlich gut.« Callums dunkle Stimme glitt über meine Seele wie Streicheleinheiten.

Es war nicht das Lob, das mein Herz ein Stückchen weiter für ihn öffnete. Es war die Art, wie er mit mir umging, wenn er nicht gerade total angespannt war.

Der Gedanke an den Wettkampf sorgte dafür, dass ich für einen Moment den Mann an meiner Seite aus dem Fokus verlor und mich stattdessen auf eine eventuelle Teilnahme konzentrierte. Ich hatte einen Riesenbammel vor der Veranstaltung. Irgendwie hatte mein Leben seit ein paar Tagen an Fahrt aufgenommen, und ich war nicht sicher, ob ich mit dieser Geschwindigkeit mithalten konnte. Eigentlich hatte ich es vorher ganz schön gefunden. Ruhig und beschaulich und weniger aufregend.

»Und wie Thomas Carlyle sagte: Ohne Druck entstehen keine Diamanten. In diesem Sinne: Werde zum Diamanten, Lin!« Ally grinste über das ganze Gesicht, als ich den Kopf hob und sie ansah. Sie hob ihr Glas und prostete mir zu, ehe sie einen Schluck von ihrer Coke Zero nahm.

»Wer ist Thomas Carlyle?« Matt sah von einem zum anderen.

Nun war es an Ally zu stöhnen. »Hast du dir denn gar nichts von dem gemerkt, was wir in der Schule gelernt haben?«

»Nein. Alles weg. Hab stattdessen Platz für Wichtigeres geschaffen.« Er zwinkerte ihr zu.

»Thomas Carlyle«, begann Ally mit ihrer Buchhändlerinnenstimme, die sie immer dann benutzte, wenn sie mir und Hal ein Buch schmackhaft machen wollte, »war ein schottischer Essayist und Historiker im viktorianischen Großbritannien, und er war ein sehr einflussreicher Mann. Und noch etwas.« Sie hob den Zeigefinger und sah Matt eisern an. »Wir haben ihn auf jeden Fall bei Mrs. Chippley durchgenommen.«

Matt verzog das Gesicht. »Kann sein, aber so was kannst nur du dir merken. Jeder andere Schüler hat das vergessen, sobald die Schulglocke geläutet hat.«

Wir redeten noch eine Stunde gemeinsam über die Planung für den Wettkampf. Ich war mir nicht sicher, ob es eine gute Sache war, dorthin zu fahren, aber gegen die geballte Macht meiner Freunde war kein Durchkommen. Kein Argument zählte, kein Einwand war stark genug. Die Aufregung der anderen erfasste mich, als ich mir tatsächlich gestattete, mir vorzustellen, wie es sein könnte, an dieser Veranstaltung teilzunehmen. Vielleicht lag es aber auch daran, dass Callum mich immer wieder ansah. Er schien sich für mich zu freuen, und ganz langsam schwappte all die Freude von ihm, Ally, Hal und Matt zu mir herüber und infizierte mich.

Als wir alle nach Hause gingen, drückte ich jeden Einzelnen an mich und bedankte mich für die Unterstützung und das gute Zureden. Bei Callum stoppte ich, sah ihn an, und als er die Arme ausbreitete, ließ ich mich auch von ihm in eine Umarmung ziehen. Es fühlte sich gut an, aufregend und verboten. Verboten deshalb, weil ich mir vorstellte, noch ganz andere Dinge in den Armen dieses Mannes zu tun. Doch nach wenigen Sekunden löste ich mich wieder aus seiner Umarmung und sah Callum und Matt hinterher, als sie den Weg zurück zum Hotel einschlugen. Dann kehrte ich allein nach Hause zurück.

In meiner Wohnung angekommen, sickerte mein Vorhaben erst richtig in mein Bewusstsein, was dazu führte, dass ein Zittern meinen Körper ergriff und ich anfing zu hicksen. Der Schluckauf quälte mich etliche Minuten, während ich immer wieder jauchzte und die Freude zuließ.

Ich war tatsächlich eine der diesjährigen Auserwählten, die an diesem Wettkampf teilnehmen durften! Das allein war schon ein Sieg. Und genau dieser Gedanke ließ mich noch an diesem Abend eine Mail mit meiner Zusage an Jessy Perkins schicken.

11

Everybody wants happiness, nobody wants pain,
but you can't have a rainbow without a little rain.
– *Jeder möchte glücklich sein, niemand möchte Schmerz.*
Doch ohne Regen gibt es auch keinen Regenbogen. –
(Ingmar Bergman)

Montag, 25. Dezember

Langsam fuhr ich in die Einfahrt meines Elternhauses. Wie jedes Weihnachten verbrachte ich den Weihnachtstag bei meinen Eltern. Die vergangene Woche war ich beinahe in Arbeit ertrunken und hatte kaum Zeit gefunden, aufgeregt zu sein angesichts der Tatsache, dass ich zum Jahresende an dem begehrtesten Wettbewerb der englischen Floristen teilnehmen würde.

Callum hatte ich seit unserem Abend im Pub nicht wieder zu Gesicht bekommen. Er und Matt hatten sich darum gekümmert, die Zimmer und Flüge zu buchen. Matt würde mich als mein Sponsor begleiten, wofür ich unendlich dankbar war. Ich war froh, nicht ganz allein zu der Veranstaltung fahren zu müssen. In drei Tagen würden wir schon in London sein, und in vier Tagen begann bereits der Wettkampf.

Terry war am Dienstag, Donnerstag und Samstag die Ware holen gekommen, die ich für das Hotel sonst lieferte. Jedes Mal hatte er Esther McKay mitgebracht, die dann eine Stunde geblieben war, um sich von mir und Shona alles erklären und sich einarbeiten zu lassen. Ich merkte schnell, dass die beiden gut miteinander zurechtkamen und es sicherlich zu keinen Problemen kommen würde. Zumal ich aus Erfahrung wusste, dass die Tage zwischen Weihnachten und Silvester relativ ruhig abliefen.

Als ich das Haus betrat, hörte ich leise weihnachtliche Töne. Dad hatte mal wieder eine der alten Schallplatten aufgelegt, denen er so gern lauschte. Nostalgie durchflutete mich und mit ihr, Erinnerungen an die schönste Kindheit, die sich ein Mensch nur wünschen konnte.

Und tatsächlich saß Dad auf dem Ohrensessel neben dem Plattenspieler, als ich das Wohnzimmer betrat, und hörte mit geschlossenen Augen ein von Bing Crosby gesungenes Weihnachtslied. Den Kopf wiegte er im Takt und ein leises Lächeln lag auf seinen Lippen.

Langsam trat ich an ihn heran und räusperte mich leise, damit er sich nicht erschreckte. »Hallo Dad. *Nollaig Chridheil*!«, begrüßte ich ihn mit dem gälischen Weihnachtsgruß.

Er öffnete die Lider und sah mich mit einem zärtlichen Ausdruck im Gesicht an, den Eltern offensichtlich mit der Geburt ihres Kindes erlernten.

»*Nollaig Chridheil!*«, erwiderte er und breitete die Arme aus.

Ich schmiegte mich in die väterliche Umarmung und atmete tief ein. Schon seit meiner Kindheit benutzte er *Old Spice*, und ich liebte diesen Duft. Es war der Geruch nach meinem Zuhause und Geborgenheit und unendlicher Liebe.

»Hast du deine Mum schon begrüßt?«, fragte mich Dad, nachdem er seine Arme gelockert hatte.

»Nein, die Musik hat mich direkt hier zu dir gelockt.«

»Dann geh mal zu ihr. Gleich beginnt die Weihnachtsrede

von unserem neuen König. Mal sehen, ob er das diesmal genauso gut hinbekommt wie letztes Jahr.« Dad drückte mir noch einen Kuss auf die Stirn, dann erhob ich mich und ging in die Küche, wo Mum bereits das Festessen zubereitete.

Als ich am Kamin vorbeiging, entdeckte ich die beiden Strümpfe, die Mum und Dad dort schon aufhängten, seitdem sie verheiratet waren. Nach meiner Geburt war dann ein dritter Strumpf dazugekommen.

»*Nollaig Chridheil*, Mum!«, sagte ich zu ihr, als ich die Küche betrat.

Mit einem strahlenden Lächeln drehte sie sich zu mir um. »Dir auch mein Schatz.«

»Ich soll dir Bescheid sagen, dass gleich die Rede des Königs anfängt.«

»Oh! Ist es schon so spät?« Hektisch öffnete sie den Verschluss der Schürze und nahm sie ab. Darunter trug sie das gleiche Kleid wie ich. Ich hatte vor zwei Jahren die beiden Kleider genäht und ihr eins zu Weihnachten geschenkt. Es freute mich, dass sie es heute anhatte. Nachdem sie sich von der Schürze befreit hatte, kam sie zu mir und gab mir einen Kuss auf die Wange. »Komm, lass uns zu deinem Dad gehen.«

Ich folgte ihr in den großen Raum, wo er bereits den Fernseher angeschaltet hatte. In unserer Familie war es Tradition, am Weihnachtstag pünktlich um fünfzehn Uhr vor dem Gerät zu sitzen und der Rede des Oberhaupts des britischen Königshauses zu lauschen.

Als wenig später der König auf dem Bildschirm zu sehen war, musste ich an unsere verstorbene Königin denken. So lange hatte sie das Land regiert und war auch mit Schottland immer eng verbunden gewesen. Für mich war sie eine gute Königin gewesen, und ich musste zugeben, dass es der König schwer bei mir hatte, den gleichen Respekt zu erlangen oder auch nur das gleiche Gefühl von Weihnachten zu schaffen.

Nach Ende der Rede, half ich Mum, das Essen vorzubereiten und den Tisch zu decken. Auch das war Tradition. Zwar lebten wir im einundzwanzigsten Jahrhundert, aber im Hause Bloom lag diese Aufgabe noch immer uneingeschränkt in der Hand der Frauen. Dad hatte mal ein Jahr darauf bestanden, uns die Arbeit in der Küche abnehmen zu wollen und war heillos gescheitert. Dieses Weihnachten war das einzige gewesen, an dem wir uns letztendlich von Tiefkühlpizza und Plätzchen ernährt hatten.

»Und wie läuft es mit Callum?«, fragte Mum, kaum dass wir allein waren. Mit einem verschwörerischen Grinsen sah sie mich an, als wäre dieses Gespräch ein Geheimnis zwischen uns beiden. Dabei wusste ich, dass sie anschließend alles aber auch wirklich alles, was ich ihr erzählte, mit meinem Dad haarklein auseinandernehmen würde.

»Da läuft nichts«, erwiderte ich kurz angebunden und trug die Teller zum Tisch, wo ich sie verteilte.

Sie folgte mir mit dem Besteck. »Ach komm, Linny. Er ist ein echter Hottie.«

Beinah hätte ich laut aufgelacht, biss mir aber auf die Zunge. Es amüsierte mich jedes Mal, wenn Mum sich moderne Worte zu eigen machte. Es wirkte total unpassend, aber sie wollte eben noch nicht zum alten Eisen gehören und versuchte, sich in der Kommunikation den Jüngeren anzupassen.

»Ja, da hast du recht, aber wir sind wirklich nur befreundet.« Ich vermied es, sie anzusehen. Schon immer war ich eine miserable Lügnerin gewesen. Und das, was ich gerade eben von mir gegeben hatte, war definitiv eine Lüge. Callum und ich waren nicht nur Freunde. Auch wenn da nichts zwischen uns passiert war, lief da unterschwellig etwas ab, das mich mit keinem meiner anderen männlichen Bekannten verband. Etwas, das mir ganz neu war.

»Wie schade.« Mum verzog das Gesicht. »Aber noch gebe ich die Hoffnung nicht auf, mein Schatz!« Sie zwinkerte mir zu und verschwand wieder in der Küche.

Ich holte tief Luft und schloss für einen Moment die Augen, ehe ich zu ihr ging und half, den Tisch mit dem traditionellen Truthahn, den Kartoffeln und dem Gemüse zu decken. Zum Nachtisch würde es Mince Pie, Mums Shortbread und Früchte geben. Und bevor wir mit dem Essen anfingen, würden wir wie jedes Jahr jeder einen Christmas Cracker öffnen, eine Art Knallbonbon, aus dem die bunten Papierhüte fielen, die wir gleich aufsetzen und während des Essens tragen würden.

* * *

»Dein Telefon brummt die ganze Zeit, schau doch mal nach, wer dir so oft schreibt!«, wies mich meine Mutter an.

Ich musste schmunzeln. Sie war auf jeden Fall neugieriger als ich, aber ich tat ihr den Gefallen, nahm das Telefon aus meiner Tasche und öffnete die Nachrichten-App.

»Und?«, hakte sie nach.

»Hailey und Ally haben sich gemeldet und wünschen uns frohe Weihnachten. Und Matt hat auch geschrieben. Warte, ich öffne mal die Nachricht.« Als ich das tat, fiel mein Blick zuerst auf ein Foto, das Matt an seine Weihnachtsbotschaft angehangen hatte. Darauf waren er und Callum zu sehen. Beide trugen einen Weihnachtspullover, hielten ein Punschglas hoch und grinsten breit in die Kamera. Mein Herz stolperte, und ich musste den Kloß hinunterschlucken, ehe ich Mum und Dad die Grüße der beiden und die von Matts Eltern übermittelte.

»Oh, wie lieb von Matt, dass er Callum eingeladen hat, mit ihm und seiner Familie zu feiern«, schwärmte meine Mutter. »Wäre sicherlich ein trauriges Weihnachten für ihn gewesen, so ganz allein auf Mull.«

»Weiß dieser englische Junge um die Geschichte des Weihnachtsfestes in Schottland?«, fragte Dad ernst.

»Das weiß ich nicht. Bis jetzt haben wir noch nicht darüber gesprochen.«

»Dann musst du ihn unbedingt aufklären. Immerhin wohnt er nun in Schottland und sollte über unsere Sitten und die Geschichte der Schotten Bescheid wissen.«

Die schottische Geschichte war schon immer Dads Steckenpferd gewesen, und auch heute noch musste ich mir ständig anhören, wie unsere Traditionen entstanden waren. »Ich werde es ihm mal in einer ruhigen Minute nahebringen, aber vielleicht hat das ja auch bereits Matts Dad übernommen.«

»Du weißt, dass es die Yule Tide, das schottische Weihnachtsfest, so erst seit sechzig Jahren gibt?«

Beinah hätte ich angesichts von Dads Frage die Augen verdreht. Die Geschichte hatte er mir so oft erzählt, dass ich sie auswendig konnte. Aber er erwartete gar keine Reaktion oder Antwort von mir. Er redete einfach weiter. Mum warf mir einen Blick zu, der deutlich machte, dass sie nun anfangen würde, den Tisch abzuräumen. Sie ließ mich mit Dad allein. Ich konnte es ihr nicht verdenken, denn mit Sicherheit hatte sie diese Rede noch öfter gehört als ich.

»Im sechzehnten Jahrhundert hat es eine Reformation gegeben, in deren Folge sich in Schottland die presbyterianische Kirche gegründet hat. Kirche sollte sich niemals in die Politik einmischen, aber genau das haben diese Kirchenleute gemacht. Es war ihnen ein Dorn im Auge, dass wir Schotten das Weihnachtsfest an drei langen Tagen gefeiert haben und in die katholische Kirche gegangen sind. Sie wollten sich gegen die andere Konfession behaupten und die Katholiken aus Schottland vertreiben. Deshalb hat man im siebzehnten Jahrhundert die Weihnachtsfeiertage abgeschafft. Mehr als vierhundert lange Jahre gab es kein Weihnachtsfest in Schottland. Die Leute mussten an diesen Tagen arbeiten gehen.« Kopfschüttelnd blickte er mich an, und ich zwang mich, ein zerknirschtes Gesicht zu machen. »Man hat unsere uralten Bräuche als unchristlich bezeichnet und unter Strafe gestellt. England war immer gegen uns Schotten.«

»Das weiß ich doch alles, Dad«, versuchte ich, ihn dazu zu bringen, sich nicht weiter in diese geschichtlichen Differenzen hineinzusteigern.

»Wir Schotten haben uns aber nicht davon abbringen lassen. Die haben nicht damit gerechnet, dass wir so willensstark sind.«

Beinah entwich mir ein Stöhnen.

Doch es war Mum, die mir zur Hilfe kam. »Linny, kannst du mir beim Abwasch helfen?«

»Komme!« Sofort sprang ich auf die Füße und erntete einen strengen Blick von Dad.

»Wir haben seit mehreren Jahren eine Geschirrspülmaschine«, sagte er nur und sorgte dafür, dass ich über das ganze Gesicht grinsen musste. »Ihr Geschichtsbanausen!«, rief er mir noch hinterher, erwiderte aber mein Grinsen, und ich war froh, so tolle Eltern zu haben, auch wenn es manchmal anstrengend war, sich immer die gleichen Geschichten anhören zu müssen.

* * *

Donnerstag, 28. Dezember

Ich wuchtete gerade den Koffer auf den Gehweg, als Terry mit meinem Transporter vorfuhr. Er hatte sich am gestrigen Abend das Auto geholt, um heute früh die Ware direkt am Fähranleger abholen zu können.

Der Blick auf die Uhr zeigte mir, dass ich spät dran war, weil ich fünf Minuten länger im Badezimmer gebraucht hatte als geplant. Aber Matt war immer noch nicht da. Mittlerweile würde es knapp werden, die Fähre noch rechtzeitig zu erreichen.

»Hat alles geklappt!«, rief Terry mir zu, kaum dass er ausgestiegen war. »Kannst beruhigt nach London aufbrechen.« Frech zwinkerte er mir zu, als hätte er geahnt, wie viele Gedanken ich mir angesichts meiner Reise machte.

»Danke, Terry.« Der Laden war nun mal mein Baby, und ich hatte gerade erst eine erste Mitarbeiterin eingestellt. Es fiel mir wirklich schwer, ihn in fremde Hände zu geben. Aber ich würde ja zu fast jeder Zeit erreichbar sein, falls etwas im Argen lag. Was ich nicht hoffte.

»Danke nicht mir. Das geht alles auf Matts Kappe. Schließlich bezahlt er mich«, klärte Terry mich schelmisch grinsend auf. »Ich bringe nachher Esther her, wenn ich die Sträuße für das Hotel hole. Dann kann sie gemeinsam mit Shona den Laden öffnen.«

Dankbar nickte ich. Es war an alles gedacht. Ich musste nur noch meine Nerven in den Griff bekommen. »Hast du deinen Boss heute schon gesehen?«, fragte ich hoffnungsvoll. So langsam machte ich mir Sorgen, weil Matt noch immer nicht hier war.

»Nein, seit dem letzten Tag vor Weihnachten habe ich ihn nicht mehr gesehen. Über die Feiertage hatte ich frei, da hat Monica den Dienst übernommen. Ich weiß nur, dass Matt sich gestern krankgemeldet hat.« Mit einem Ächzen hob er eine Kiste aus dem Wagen und trug sie in den Laden, während ich unruhig von einem Fuß auf den anderen trat.

»Er war gestern krank? So ein Mist!«, flüsterte ich vor mich hin. Es wäre schlecht, wenn er nicht käme. Dann würde ich die Fähre verpassen und auch den Flughafen nicht rechtzeitig erreichen. Aber hätte er mich dann nicht angerufen?

Hektisch kramte ich das Handy aus meiner Handtasche und rief Matt an. Nach dem zweiten Klingeln ging er an den Apparat und krächzte etwas ins Telefon, das ich nicht verstand.

»Oh nein! Sag mir nicht, dass du krank bist und nicht kommst, Matt!« Meine Stimme klang selbst in meinen Ohren schrill, und prompt setzte bei mir mal wieder ein Schluckauf ein. Na toll!

»Doch«, röchelte Matt. »Aber Cal kommt.«

»Cal?«, wiederholte ich den Namen, obwohl ich ganz genau wusste, wer gemeint war.

»Ja ... « Im nächsten Moment fing Matt an, fürchterlich zu husten, und ich beendete das Gespräch mit einem kurzen Abschiedswort, wünschte ihm gute Besserung und wies ihn an, dass er literweise Tee trinken solle.

In diesem Moment hörte ich das Röhren eines hoch motorisierten Wagens, der sich mir näherte. Gleich darauf schnellte ein Maserati die Main Street entlang, wendete und kam dann neben mir zum Stehen.

Callum stieg aus. Sein Haar war noch ganz verwuschelt und leicht feucht, und er wirkte hektisch.

»Steig ein!«, wies er mich unwirsch an und wuchtete schon meinen Koffer in sein Auto.

Eigentlich hatte ich ihm ein Kompliment für die stuntmanmäßige Wendung machen wollen, aber angesichts seiner Hektik und der Tatsache, dass ich sonst die Fähre verpassen würde, hörte ich auf ihn und stieg schnellstmöglich in den Maserati. Kurz darauf sprang Callum auf den Fahrersitz und gab Gas.

Die Beschleunigung presste mich in den Sitz, und ich schnallte mich rasch an. Offenbar gab Callum sein Bestes, mich noch rechtzeitig zum Flughafen zu bringen. Ich dankte Matt im Stillen, dass er wenigstens seinen neuen besten Freund zu mir geschickt hatte, um mir die Peinlichkeit zu ersparen, bei diesem Riesenevent zu spät zu kommen.

»Danke, dass du Matt vertrittst«, bedankte ich mich bei Callum.

»Keine Ursache. Ist eine Selbstverständlichkeit.« Er klang angespannt, aber wahrscheinlich hatte Matt ihn vorhin aus dem Bett geklingelt und mit seinem Nichterscheinen nicht nur mich überrascht.

Deshalb erwiderte ich nichts mehr, schwieg stattdessen und hing meinen Gedanken nach, bis wir auf der Fähre waren.

Und auch dort redeten wir lediglich das Nötigste und saßen uns schweigsam gegenüber, während Callum in sein Handy starrte, und auf dem Display herumtippte. Vermutlich erledigte er von hier aus schon einen Teil seiner Büroarbeiten, damit er bei seiner Rückkehr nicht mehr so viel zu tun hatte. Doch mich machte sein Schweigen nervös, und bevor mich der nächste Schluckauf überfallen konnte, entschied ich mich für Smalltalk. Ich deutete auf Duart Castle und fragte ihn: »Warst du schon mal dort?«

Für einen kurzen Moment hob er den Kopf und folgte meinem ausgestreckten Finger, sah die Burg und antwortete abwesend: »Ja, bei meinem ersten Besuch auf Mull. Ist schon ein paar Jahre her.«

Das ließ mich aufhorchen. Endlich konnte ich ihm die Frage stellen, die mir schon lange auf der Seele brannte: »Warum hat es dich ausgerechnet auf die Isle of Mull verschlagen?«

Callum holte tief Luft und legte das Handy weg, um mich ansehen zu können. Er wirkte so ernst, dass ich nervös wurde.

»Du weißt doch sicherlich, dass ich in einem Hotel in Paris gelernt habe, oder?«

»Ja, das hast du in dem Interview erzählt, das du STC Central gegeben hast.«

»In Paris habe ich meine Ex-Frau kennengelernt, sie hat dort studiert, kommt aber eigentlich aus London.« Sein Gesicht verfinsterte sich. »Ursprünglich wollte ich zurück nach Dublin, wo meine Familie herkommt und meine Eltern und meine Schwester noch immer wohnen.«

»Aber dort bist du nie angekommen, stattdessen hast du über ein paar Umwege im *Savoy* in London angefangen, wo du gearbeitet hast, bis du im *Tobers* gelandet bist«, erinnerte ich mich an das Interview.

Erstaunt sah er mich an. »Das hast du dir aber gut gemerkt.« Ich schenkte ihm ein Lächeln, was dazu führte, dass sein Blick eine Spur zu lange auf meinen Lippen lag, ehe er weitererzählte. »Da meine damalige Frau Großbritannien nicht verlassen wollte, schlug ich ihr vor, auf eine der schottischen Inseln zu ziehen. Sie war von Anfang an nicht mit dem Vorschlag einverstanden, kam aber mit, als ich zu dem Vorstellungsgespräch im *Glengorm Castle Hotel* gefahren bin.«

»Lass mich raten. Es war ihr hier nicht genug Weltstadt und zu langweilig.« Interessant, dass er sich damals beim Luxushotel der Insel beworben hatte.

Das brachte Callum zum Lachen und ich war froh, dass ich es geschafft hatte, ihn aus seiner trübsinnigen Stimmung herauszuholen.

»So in etwa hat sie reagiert, als wir von der Fähre runter sind und mit dem Auto die Insel erkundet haben. Aber ich habe mich in Mull verliebt.«

»Glücklicherweise hast du das!«, stieß ich hervor und senkte dann den Kopf, bevor ich hinzufügte: »Sonst hätte Matt ein Problem gehabt.«

»Und wir hätten uns nie kennengelernt«, fügte er das hinzu, was ich gedacht hatte und eigentlich hatte sagen wollen.

Als ich den Kopf hob, traf mein Blick auf seinen, und ich versank in den grünen Augen, die mir in die Seele zu schauen schienen. Sofort schrillten meine inneren Alarmglocken laut auf. Ich räusperte mich und unterbrach den Blickkontakt.

»Wieso bist du in die Hotelbranche eingestiegen? War es schon immer dein Wunsch gewesen, ein Hotel zu führen?«, fragte ich ihn, um die anschließende Stille mit Worten zu füllen.

»Oh ja«, antwortete er mit einem breiten Grinsen. »Ich war ein paarmal mit meinen Eltern verreist und fand das Hotelleben total interessant. Ob es die Gäste waren oder die ganze Logistik,

die dahinterstand, kann ich dir nicht mehr sagen. Aber irgendwann wusste ich, dass es das ist, was ich machen will. Und bei
dir?«

»Na ja, bei mir war es naheliegend, dass ich irgendwann die
Gärtnerei übernehme, aber ich hatte eine aufsässige Zeit, in der
ich mich unbedingt von meiner Mutter und meinem Vater ab-
nabeln wollte. Dabei sind sie wirklich die liebsten Eltern überhaupt.«

»Aber?«, hakte Callum sanft nach.

»Sie haben mir in Sachen Berufswahl keine Luft zum Atmen
gelassen. Zumindest hat es sich für mich so angefühlt. Als ich
ihnen dann verkündet habe, dass ich lieber Floristin werden will,
hatte ich riesigen Bammel davor, dass sie dagegen sein würden.«
Die Erinnerung an mein pubertäres Ich ließ mich die Augen verdrehen.

»Was aber nicht so war.«

»Nein, war es nicht, sie haben sich gefreut, dass ich meine
eigene Entscheidung getroffen hatte.«

Callum öffnete den Mund, um etwas zu erwidern, als das
Handy auf dem Tisch anfing, leise zu brummen.

»Entschuldige bitte, aber da muss ich rangehen«, sagte er zu
mir, nachdem er einen Blick auf das Display geworfen hatte.

»Kein Problem«, erwiderte ich und dennoch hätte ich viel
lieber mit ihm weitergeredet und mehr von ihm erfahren.

Ich war froh, dass Callum heute eher zivilisiert und diszipliniert war, um seine Wortwahl zu verwenden. Es war schön,
sich normal mit ihm unterhalten zu können. Das machte es mir
einfacher, nicht ständig an das zu denken, was am Sonntag in
seinem Büro passiert war. Beinah.

Noch mehr Hormone, die mich in einen rauschähnlichen

Zustand versetzten, konnte ich nicht ertragen. Nicht jetzt, wo ich mich auf den Wettbewerb konzentrieren musste. Dennoch zog er meinen Blick immer wieder auf sich, während er telefonierte. Unsere Blicke begegneten einander ständig, und so sehr ich mich davon abzuhalten versuchte, unsere Blicke zogen sich an, als wären wir zwei Pole, die aufeinander zu drifteten. Unaufhaltsam. Unabwendbar. Und es war unmöglich, diese Tatsache zu ignorieren.

Ich holte ein Buch aus meiner Tasche und fing an zu lesen. Doch die Worte drangen nicht wirklich zu mir durch. Ich dachte über das nette Gespräch nach, über Yvonne Strayton, die ihren Mann offenbar betrogen hatte und Callum, dessen Nähe ich mit jeder Faser meines Körpers spürte.

Ich ermahnte mich, schob Callum aus meinen Gedanken und versuchte, mich stattdessen auf das Buch zu konzentrieren. Doch das war nicht so leicht, wie es hätte sein sollen.

* * *

Als wir am Mittag am Flughafen ankamen, atmete ich erleichtert durch. Ich hatte es trotz Stau und Bauarbeiten rechtzeitig geschafft und würde somit am Wettbewerb teilnehmen können.

Callum hatte während der Fahrt wieder so nachdenklich gewirkt, dass ich mich erneut in mein Buch vertieft und mich so von der Nähe des Mannes neben mir abgelenkt hatte.

Nachdem Callum den Wagen in einem Parkhaus abgestellt hatte, stiegen wir beide aus, und er holte meinen Koffer aus dem Wagen. Er trug eine dunkle Jeans und einen halblangen dunkelgrauen Mantel, was ihm beides hervorragend stand. Ich konnte mich gar nicht an ihm sattsehen.

Doch als er plötzlich noch einen zweiten Koffer in der Hand hielt, legte ich meine Stirn in Falten und fragte: »Wem gehört der denn?«

Callum schloss den Wagen ab, ging in Richtung der Gates, zog die beiden Koffer hinter sich her und ließ mich stehen.

Erst als ich zu ihm aufgeschlossen hatte, antwortete er: »Der Koffer gehört mir, wem denn sonst?«

»Dir?«, fragte ich und überlegte, wann wir beschlossen hatten, dass er mich nach London begleiten würde. Oder musste er auf eine Geschäftsreise und hatte nur zufälligerweise am gleichen Tag einen Flug, den er erreichen musste?

»Mir.« Mehr sagte er nicht dazu.

»Kommst du mit nach London?«, rief ich aufgebracht, während ich hinter ihm hereilte.

Er blieb nicht stehen, aber ich hörte ihn leise lachen. »Ja, ich bin dein Schatten.« Perplex hielt ich inne und starrte seinen Rücken an, unfähig etwas darauf zu antworten. »Kommst du endlich oder hast du jetzt schon keine Lust mehr, an dem Wettbewerb teilzunehmen?«, hörte ich Callum vom Eingang rufen.

Erst da erwachte ich aus meiner Erstarrung und beeilte mich, wieder zu ihm aufzuschließen. Als ich neben ihm durch den Flughafen schritt, musste ich noch einmal nachhaken: »Du kommst mit nach London ins *Savoy*?«

»Natürlich. Ich begleite dich als Vertretung für Matt. Das *Tobers* ist dein Sponsor«, fügte er noch hinzu, als wäre das Erklärung genug.

»Aber ... Das geht nicht!«, stieß ich hervor und blieb erneut stehen. Ich merkte, wie mich leichte Panik ergriff. Callum mit mir in London? Das würden meine Nerven nicht aushalten. Mein Körper lief jetzt schon Amok, weil er in der Nähe war. Wie sollte ich mich da auf den Wettkampf konzentrieren, wenn ich ständig seinen Blick auf mir spürte?

Jetzt endlich hielt Callum ebenfalls inne und sah mich an, als würde ich langsam den Verstand und er die Geduld verlieren.

»Warum geht das nicht?«, fragte er mich, verringerte die Distanz zwischen uns und blieb vor mir stehen – viel zu nah. Ich konnte erkennen, wie sehr er sich bemühte, nicht ungeduldig zu erscheinen.

»Weil ... weil ... Matt und ich wollten uns ein Zimmer teilen.« Callums Blick verfinsterte sich, weshalb ich hinzufügte: »Getrennte Betten, aber ein gemeinsames Zimmer.«

»Ich werde mir ein eigenes Zimmer besorgen. Beruhig dich, Lin. Ich fahre nicht mit, um dich ins Bett zu bekommen. Wenn ich dich verführen will, mache ich das an jedem Ort und zu jeder Zeit. Dazu brauche ich kein *Savoy* in London.« Damit drehte er sich um, ging weiter zum Abfertigungsschalter, und ließ mich abermals mit klopfendem Herzen und atemlos zurück.

War das eine Kampfansage oder hatte er mir gerade gesagt, dass er mich nicht wollte? Beide Möglichkeiten gefielen mir nicht. Warum verwirrte der Kerl mich nur so sehr? Und auf was musste ich mich da überhaupt einlassen? Mit Matt hinzufliegen war eine Sache gewesen. Doch allein der Gedanke, von Donnerstag bis Sonntag mit Callum in London zu verbringen, machte mich viel mehr als nur nervös.

Auch bei getrennten Zimmern war das mein Todesurteil.

* * *

»Was machst du da?«, fragte Callum mich und beugte sich so nah zu mir, dass mir sein Duft in die Nase drang und dafür sorgte, dass mein Herz schneller schlug. Kurz flammte in mir der Wunsch auf, den Skizzenblock zuzuklappen, aber das wäre albern gewesen, immerhin hatte er schon gesehen, dass ich zeichnete, und vermutlich hatte er auch einen Blick darauf erhaschen können, an was ich arbeitete.

Ich war davon ausgegangen, dass er schlief, als ich den Block und die Bleistifte aus der Umhängetasche geholt und angefangen hatte, an dem Entwurf weiterzuarbeiten.

Wir saßen seit einer halben Stunde im Flugzeug, und kurz nach dem Start hatte ich mich darangemacht, mich endlich mal dem zu widmen, was ich schon längst hätte fertigstellen müssen.

»Das sind meine Entwürfe für Allys Hochzeitskleid.« Unsicher wischte ich weiter an den Schattierungen herum, bis ich zufrieden war.

»Wow! Das sieht wirklich gut aus«, lobte Callum mich und sah sich meine Skizze noch genauer an.

Ich bedankte mich mit leiser Stimme und hielt in meinem Tun inne. Bisher hatte ich die Entwürfe noch niemandem gezeigt. Es irritierte mich, dass Callum so begeistert reagierte. Ich hätte nicht erwartet, dass er sich für so etwas überhaupt interessierte.

»Hast du das irgendwo gelernt oder ist das ein Talent, das noch keiner entdeckt hat?« Er lehnte sich in seinem Sitz zurück und sah mich unverwandt mit diesem durchdringenden Blick an, den ich früher als kühl bezeichnet hatte. Aber nun wusste ich es besser. So sah er aus, wenn er nachdachte und etwas genau einschätzen wollte.

»Talent? Nein, es ist eher ein Hobby. Ich nähe gern. Die meisten der Kleider, die ich trage, habe ich selbst entworfen und genäht. Als es an die Hochzeitsplanung ging, hat Ally mich deshalb gefragt, ob ich ihr das Hochzeitskleid machen würde. Und da habe ich verrückterweise ja gesagt.« Ich zuckte mit den Schultern und schlug nun doch den Block zu, weil ich mich auf merkwürdige Weise entblößt fühlte. Ich zeigte fast nie jemand anderem meine Zeichnungen. Erst wenn die Sachen fertig waren und ich sie trug oder demjenigen anpasste, für den sie bestimmt waren, lüftete ich mein Geheimnis.

»Du bist gut. Sogar sehr gut.« Weiterhin sah er mich an, als wäre er auf der Suche nach der Lösung eines Rätsels, was so typisch für ihn war, dennoch machte mich der durchdringende Blick jedes Mal aufs Neue nervös.

»Sagt der Hotelmanager«, entfuhr es mir mit einem Sarkasmus, den ich erst bemerkte, als ich meinen Satz beendet hatte. »Entschuldige bitte. Ich wollte dir nicht dein Know-how in Abrede stellen.« Ich hasste es, wenn Menschen voller Vorurteile waren. Aber seit ich Callum begegnet war, hatte ich ständig irgendwelche voreingenommenen Meinungen über ihn. Das musste ich in den Griff bekommen.

»Hotelmanager und Ex-Mann der Gründerin von *Stray-Cay*.« Seine Stimme blieb neutral, aber sein Körper versteifte sich angesichts dieser Offenbarung.

Ich schnellte in dem Sitz zu ihm herum. »Was? *StrayCay*? Das ist deine Ex? Oh mein Gott! Ihre Kreationen sind der Hammer!« Shit! Was tat ich da eigentlich? Ich lobte seine Ex-Frau. Sicherlich hatte er mir das nicht erzählt, damit ich Lobeshymnen auf die Frau von mir ließ, die ihn betrogen hatte.

»Ja, das sind sie.« Callums Gesicht glich einer undurchdringlichen Maske, als er mir sachlich antwortete.

»Deshalb ein Maserati und eine Eigentumswohnung in London«, mutmaßte ich. Endlich ergab alles einen Sinn.

Callum nickte. »Sie hat die große Kohle mit nach Hause gebracht und sie auch gern ausgegeben. Und weil ich durch sie einen Einblick in dieses Metier hatte, kann ich dir guten Gewissens sagen, dass du absolut talentiert bist.«

Ich sah hinunter auf den zugeklappten Block, der noch immer auf meinem Schoß lag. Was sollte ich darauf erwidern? Bedankt hatte ich mich schon. Doch es war gerade so still zwischen uns, dass ich unruhig wurde. Sollte ich ihm eine Frage zu seiner Frau und ihrer Arbeit stellen? Nein, das würde rüberkommen, als wäre ich ein Groupie seiner Ex. Es war viel eher so, dass ich alles von ihm wissen wollte. Von ihm und nicht von ihr. Was machte ihn aus? Was hatte er erlebt? Wie lange waren die beiden zusammen gewesen?

Ich wusste aus verschiedenen Berichten, die ich in Zeitschriften gelesen hatte, dass Yvonne Strayton eine wirklich schöne Frau war. Ellenlange Beine und ein Gesicht, das sicherlich nicht nur auf Fotografien gut aussah. Früher war sie ein sehr erfolgreiches Model gewesen, ehe sie sich entschieden hatte, selbst zu designen. Leider konnte ich mich an keine privaten Details aus ihrem Leben erinnern. Vielleicht hatte sie sich auch nie hinter die Fassade blicken lassen und ihr Privatleben geheim gehalten.

»Moment ...« In diesem Augenblick wurde mir bewusst, dass *StrayCay* sich offenbar aus dem Anfang des Nachnamens der beiden – Stray – und den zwei Anfangsbuchstaben von Callums Namen und der Initiale von Yvonne zusammensetzte. Sie musste ihn sehr geliebt haben, wenn sie ihr Lebensprojekt *StrayCay* genannt hatte. Oder war ich da zu romantisch und interpretierte viel mehr hinein, als sich die Modedesignerin ursprünglich gedacht hatte, als sie das Label gegründet hatte?

»Was?« Callums Stimme drang in meine Gedanken ein.

Ich schüttelte den Kopf. »Nichts.«

»Nichts? Nein, Lin, ich kann praktisch all die Rädchen in deinem Hirn rattern hören. Worüber denkst du nach?« Ich sah zu ihm und bemerkte den verkniffenen Mund, die Augen, die mich ansahen, als wenn ich ihn nervte.

»Sie muss dich sehr geliebt haben.«

Er riss die Augen auf. »Darüber zerbrichst du dir den Kopf?« Seine Stimme klang resigniert, und ich wünschte mir den kühlen Callum zurück.

»Ja. Sie hat ihre Firma nach euch benannt. Bedeutet das nicht etwas«, gab ich zu bedenken.

Ich hörte, wie er laut den Atem ausstieß. »Sie ist eine manipulative Schlange. Sie kann nichts, außer hübsch auszusehen, und noch besser ist sie im Lügen. Ihre Entwürfe sind nicht einmal von ihr!«, zischte Callum, so dass nur ich ihn hören konnte.

»Was?«, stieß ich geschockt hervor.

»Du hast richtig gehört. Yvonne bezahlt zwei Designer für Entwürfe, die sie als die ihren ausgibt, weil sie selbst so etwas nicht auf die Reihe bekommen würde. Dafür verwendet sie einen Teil meines Namens. Glaub mir, ich wäre froh, wenn diese beschissene Firma anders heißen würde.«

Ich hatte Callum noch nie so wütend erlebt und schnappte kurz nach Luft, als die Wellen von Wut mich zu überschwemmen drohten.

Callum fuhr sich unwirsch über das Gesicht und anschließend durchs Haar, das nun wild von seinem Kopf abstand, als wäre er gerade aufgestanden. »Hör zu, Lin. Es tut mir leid, dass ich dich so angefahren habe. Aber ich bin genervt von der Ehrerbietung, die die Menschen dieser Frau entgegenbringen. Das hat sie einfach nicht verdient.«

Langsam nickte ich. Ich verstand ihn, aber ich war von der Geschichte doch extrem erschüttert. Denn *StrayCay* war schon lange eins meiner Lieblingslabels, dessen Designs ich bewunderte. Daran hatte sich nichts geändert, nur meine Ehrfurcht vor der angeblichen Designerin hatte Callums Geständnis erstickt. Mir war klar, dass es in der Modebranche normal war, dass verschiedene Designer unter einem Label arbeiteten, aber da wurde das auch klar kommuniziert. Bei *StrayCay* war dem nicht so. Hier wurde groß propagiert, dass es ausschließlich Yvonnes Kreationen waren, die auf den Modeschauen präsentiert wurden. Ich fühlte mich auf surreale Weise getäuscht. Hintergangen von einer Frau, die ihren Ehemann, der neben mir saß, im wahrsten Sinne dieses Wortes betrogen hatte.

* * *

»Nein, Mr. Strayton. Es tut mir leid. Es ist alles ausgebucht wegen der Messe.« Die Geschäftsführerin sah zwischen uns beiden entschuldigend hin und her. »Ich kann Ihnen aber eine Trennwand ins Zimmer stellen, so dass jeder von Ihnen seine Privatsphäre hat.«

»Ja, sehr gern«, fuhr ich rasch dazwischen, damit Callum nicht was anderes erwidern konnte. Ich sah die brünette Mittvierzigerin dankbar an.

»Gut, dann veranlasse ich das. Sollte doch noch ein Zimmer frei werden, stehen Sie ganz oben auf der Liste. Ich wünsche Ihnen einen angenehmen Aufenthalt.« Dienstbeflissen tippte sie etwas auf ihrer Tastatur.

Wir verabschiedeten uns von der Frau und verließen das Büro der neuen Hotelmanagerin des *Savoy*. Danach kehrten wir zurück in das Foyer, wo auch schon ein Hotelangestellter auf uns wartete. Freudig strahlend sah der ältere Mann Callum entgegen.

»Strayton, dass ich Sie noch mal zu Gesicht bekomme!« Er schüttelte Callum die Hand und klopfte ihm dabei väterlich auf die Schulter.

»Hallo, Carl. Ich begleite Mrs. Bloom im Auftrag meines neuen Chefs.« Auch Callum schien sich zu freuen, seinen alten Arbeitskollegen wiederzusehen.

»Na, da könnte ich mir aber schlechtere Babysitterjobs vorstellen.« Zwinkernd sah er zu mir, um seine Aussage ein wenig zu entkräften. Ich schenkte ihm ein Lächeln, um ihm zu zeigen, dass ich seinen Scherz verstanden hatte, woraufhin er nach den Koffern griff und uns zu einem der Fahrstühle führte.

»Ja, das stimmt.« Callum legte seine Hand auf meinen unteren Rücken, als er mir den Vortritt in die Fahrstuhlkabine ließ.

Sofort reagierte mein verräterischer Körper mit einem leichten wohligen Zittern, was Callum dazu veranlasste, fragend die Augenbrauen zu heben. Doch ich warf ihm nur ein Lächeln zu und mied dann seinen Blick, soweit mir das möglich war.

Unser Zimmer in einem der obersten Stockwerke war herrlich, edel eingerichtet und hatte einen phantastischen Ausblick auf die Themse.

»Entspricht das Zimmer Ihren Wünschen, Mrs. Bloom?«, fragte mich der Hotelmitarbeiter.

»Ja, es ist wunderschön!«, erwiderte ich und drehte mich lächelnd um.

»Sehr schön. Kann ich sonst noch etwas für Sie tun?« Wohlwollend sah er mich an, als hätte ich eins seiner Enkelkinder gelobt, auf die er sehr stolz war.

»Im Moment nicht, danke.«

»Und Strayton, Sie wissen ja, wie Sie mich erreichen können.«

»Ja, ich kann mich noch daran erinnern.« Callum zog einen Geldschein hervor und wollte ihn Carl geben, doch dieser hob abwehrend die Hände.

»Auf keinen Fall.« Noch einmal nickte er jedem von uns zu und verließ dann das geräumige Zimmer.

Und plötzlich war ich allein mit Callum in einem Hotelzimmer. Augenblicklich begannen meine Nerven zu summen. Doch er kümmerte sich glücklicherweise um sein Gepäck und verschwand anschließend im Badezimmer. Erleichtert atmete ich auf und griff mir ebenfalls meinen Koffer. Vorsichtig hängte ich die Kleider in den Schrank, damit sie nicht so knittrig sein würden, wenn ich sie zu den verschiedenen Veranstaltungen anzog.

In einer halben Stunde musste ich schon zur ersten Besprechung und einem anschließenden gemeinsamen Abendessen der Teilnehmer erscheinen. Callum hatte mir verkündet, dass er sich mit Freunden treffen wollte. Bis dahin würde ich einfach nur die Aussicht genießen und durchatmen.

Deshalb setzte ich mich auf das hübsche geblümte Sofa und schlug die Beine unter. Es war phantastisch, in diesem wundervollen Hotel übernachten zu können. Ohne Matt wäre ich finanziell niemals dazu in der Lage, einen solchen Luxus zu genießen. Klar, ich hätte mich auch in ein anderes Hotel einmieten und mich nur zu den Veranstaltungen hier blicken lassen können, aber Matt hatte nicht mit sich reden lassen und auf dieses Zimmer bestanden. Er hatte sich jedoch von mir zu dem Kompromiss überreden lassen, ein gemeinsames zu nehmen und so einen Teil der Kosten zu sparen. Er war schließlich wie ein Bruder für mich, und wir hätten sicherlich viel Spaß gehabt. Letztendlich hatte ich mich darauf gefreut, in diesem noblen Haus zu wohnen, und ich musste zugeben, dass das *Savoy* sogar noch atemberaubender war, als ich es mir vorgestellt hatte. Ein Hotel für die Reichen und Berühmten unserer Zeit.

Dass ich dieses Zimmer jetzt jedoch mit Callum teilte, war eine Tatsache, die ich noch nicht ganz verdaut hatte.

* * *

Als ich nach der Einführungsveranstaltung und dem anschließenden Essen das Hotelzimmer betrat, war Callum noch nicht zurück von seinem Treffen. Ich entschloss mich, ausgiebig zu duschen, solange ich noch allein war.

Das Badezimmer war verboten luxuriös. Es gab eine Wanne mit Whirlpoolfunktion und einen riesigen Spiegel. Sowie eine Dusche der Extraklasse.

Ich hatte die Wahl zwischen mehreren Köpfen, aus denen die unterschiedlichsten Wassermengen kamen. Ich entschied mich für die Regendusche und die Massagedüsen und duschte viel länger als normalerweise. Kurz war ich mir der sündhaften Dekadenz dieser Dusche bewusst, doch dann ließ ich mir das heiße Wasser einfach über den Körper rieseln und spürte, wie meine Muskeln sich nach diesem ereignisreichen Tag langsam entspannten. Es war genau das, was ich jetzt gebraucht hatte.

Nachdem ich geduscht und mich abgetrocknet hatte, schlüpfte ich in meinen kuscheligen Pyjama. Glücklicherweise war ich von Anfang an davon ausgegangen, mit einem Mann ein Zimmer zu teilen, und hatte mich für einen Schlafanzug entschieden, der alle Regeln des Anstands unter Freunden erfüllte. Diese gedankliche Formulierung entlockte mir ein Kichern.

Als ich das Schlafzimmer betrat, war alles dunkel und ich bemerkte, dass ich noch immer allein war. Also schlüpfte ich todmüde unter die Bettdecke und lauschte in die Dunkelheit. Neben mir stand ein Paravent, der meinen Bettbereich des Zimmers von Callums trennte.

Trotzdem machte mich der Gedanke nervös, dass irgendwann in den nächsten Minuten oder Stunden Callum zurückkehren würde. Je länger ich darüber nachgrübelte, desto unruhiger wurde ich, wälzte mich im Bett hin und her. Doch als die Zeit verstrich und er nicht wiederkam, wurden meine Lider immer schwerer und ich immer ruhiger, bis mir vor lauter Müdigkeit die Augen zufielen und ich einschlief.

Gum fosglach dorus na bliadhna ùire chum sìth,
sonas is sàmchair.
– *Möge dir die Tür des kommenden Jahres den Weg zu Frieden,
Glück und stillem Zufriedensein öffnen.* –

Freitag, 29. Dezember

*E*rschrocken japste ich nach Luft, als ich die Augen öffnete.
Im ersten Moment hatte ich keine Ahnung, wo ich war,
spürte nur, dass ich nicht allein war. Für einen Moment
kniff ich die Lider wieder zu und zwang mich, wach zu werden.

Richtig, ich war im *Savoy*, und der Mensch, den ich leise und
regelmäßig atmen hörte, war Callum, der nicht weit von mir
hinter dem Paravent lag und schlief.

Ich hatte in der Nacht so fest geschlafen, dass ich nicht einmal
bemerkt hatte, wie er zurückgekehrt und ins Bett gegangen war.

Ein sanfter Hauch seines Aftershaves lag in der Luft. Der
Duft kitzelte in meiner Nase und ließ mich lächeln. Er war zurückgekommen. Gestern Nacht hatte ich mir bereits kurz Gedanken gemacht, ob ihm etwas zugestoßen sein könnte. Aber
vermutlich kannte er in dieser Stadt einfach so viele Leute, dass
der Abend länger geworden war, schließlich hatte er hier einige
Jahre gelebt.

Vorsichtig erhob ich mich, um kein Geräusch zu verursachen.
Im Bad machte ich mich für den Tag fertig. Vor dem großen

Spiegel packte ich meine Utensilien aus, die ich an normalen Tagen nicht oft verwendete. Da heute jedoch der Wettbewerb starten würde, gab ich mir besonders viel Mühe mit meinem Make-up und meiner Frisur.

Außer meiner leicht tönenden Tagescreme trug ich einen dezenten Lidschatten auf, tuschte meine Wimpern und entschied mich für einen beerenfarbenen Lippenstift. Ich hatte mein Haar am Abend zu zwei dicken Zöpfen geflochten, so dass es mir jetzt, als ich es öffnete, in sanften Wellen über die Schultern fiel. Erst als ich damit fertig war, zog ich mir mein Kleid an.

Ich hatte mich für eine meiner eigenen Kreationen entschieden, ein dunkelgrünes Kleid aus feiner Baumwolle, das sich gut wieder reinigen ließ, sollte ich bei der Arbeit den einen oder anderen Fleck abbekommen. Es hatte ein eng anliegendes langärmliges Oberteil und einen Tellerrock. Es war ganz im Stil der fünfziger Jahre gehalten und eins meiner Lieblingsstücke. Der Tag würde aufregend genug sein, da musste ich mich wenigstens in meinen Klamotten wohlfühlen und nicht ständig daran herumzupfen. Zumal man mich von allen Seiten beobachten und sogar ein landesweit sendendes Nachrichtenjournal mit Kameras vor Ort sein würde.

Als ich fertig gestylt aus dem Badezimmer kam, lag Callum noch im Bett. Sein Anblick traf mich völlig unvorbereitet, obwohl ich damit hätte rechnen müssen, dass er bereits wach war. Er hatte sich aufgesetzt und lehnte nun mit nacktem Oberkörper am Kopfteil des Bettes. In seinen Händen hielt er eine Tageszeitung, die er sinken ließ, als ich den Raum betrat. Alles an ihm war sexy und brachte mich kurz so sehr aus dem Konzept, dass ich beinahe über die Türschwelle gestolpert wäre, aber ich fing mich, ehe ich hinfallen konnte.

»Guten Morgen, Sonnenschein«, begrüßte er mich und ließ seinen Blick einmal an meinem Körper herabgleiten.

»So… Sonnenschein?«, stammelte ich und kam mir vollkommen dämlich vor.

Sein Lächeln vertiefte sich und zauberte ein Grübchen auf seine rechte Wange. »Als du ins Zimmer gekommen bist, hast du so gestrahlt, dass ich dachte, die Sonne wäre aufgegangen.«

»Oh! Danke.« Um etwas zu tun zu haben und ihn nicht begehrlich anzugaffen, schaute ich in meine Handtasche, die ich heute benutzen wollte, und überprüfte, ob alles darin war, was ich mitnehmen musste.

»Wann müssen wir bei der Veranstaltung sein?«, wechselte Callum das Thema.

»Um elf Uhr geht es los.« Noch immer kramte ich in der Tasche herum, obwohl ich schon alles gefunden hatte, was darin sein sollte.

»Dann haben wir ja noch genügend Zeit zu frühstücken. Magst du hier im Zimmer essen, oder wollen wir runter in den Frühstücksraum?« Callum schlug die Decke zurück, und ich drehte mich rasch weg.

Doch ich hatte die schwarze Boxershorts gesehen, ehe ich wieder den Blick in meine Tasche gerichtet hatte. Hatte ich gestern noch darüber nachgedacht, dass die Dusche die pure Sünde darstellte, dann war Callum nur in diesen Boxershorts der Teufel höchstpersönlich.

Ich leckte mir über die Lippen, bekam das Gefühl eines zu trockenen Mundes nicht los und quälte ein schnelles: »Frühstücksraum« hervor. Noch länger mit ihm allein in einem Zimmer würde ich nicht aushalten.

»Alles klar. Bin gleich fertig«, sagte er in leichtem Tonfall und schritt an mir vorbei. Ich konnte nicht anders, als den Blick zu heben.

»Heiß?«, hörte ich Callum fragen, als er seinen Kopf in meine Richtung wandte.

Mist! Er hatte mich beim Glotzen erwischt! Doch ich war keine Lügnerin. Also sah ich ihm fest in die Augen und antwortete: »Ja, sehr heiß!«

Das zauberte ein triumphierendes Lächeln auf seine Lippen, ehe er im Badezimmer verschwand und mich mit den verrücktesten Phantasien zurückließ, während ich das Wasser rauschen hörte. Die Tür hatte er lediglich angelehnt. Vermutlich um mich noch mehr in Versuchung zu führen – mit Erfolg. Wäre nicht in etwas mehr als einer Stunde der größte Wettbewerb, an dem ich je teilnehmen würde, hätte ich diesem Angebot vielleicht nicht widerstehen können. Immerhin waren wir zwei erwachsene Menschen, die sich zueinander hingezogen fühlten. Warum sollte ich nicht wenigstens einmal in meinem Leben etwas völlig Unvernünftiges tun?

Doch so wartete ich geduldig, bis Callum wieder angezogen aus dem Badezimmer kam, um gemeinsam mit ihm zum Frühstücksraum zu gehen. Dass Callum unterwegs wie beiläufig immer wieder seine Hand auf meinem unteren Rücken platzierte und seinen Daumen dabei zart kreisen ließ, sorgte nicht unbedingt dafür, dass ich ruhiger wurde – jedenfalls nicht, was ihn betraf. Ich musste jedoch zugeben, dass er mich damit ein wenig von meiner Nervosität vor dem Wettbewerb ablenkte.

* * *

»Du warst absolut großartig, Lindsay!«, lobte Jessy Perkins mich. »Stimmt doch, Mr. Strayton, oder?« Die Vorsitzende der Floristikmesse war zu uns getreten, nachdem die Veranstaltung ihr offizielles Ende gefunden hatte. Mrs. Perkins war eine kleine, rundliche, etwa fünfzigjährige Frau, die uns voller Freude anblickte. Selten hatte ich einen Menschen getroffen, der so voller Positivität war. Mein erster Eindruck von unserem Telefonat war auf jeden Fall bestätigt worden. Jessy Perkins war ein lebensfroher Mensch, und sie lebte für die Floristik.

»Absolut, Mrs. Perkins«, stimmte Callum ihr zu. »Zwar habe ich nicht wirklich viel Ahnung von dem, was die Teilnehmerinnen und Teilnehmer hier leisten müssen, aber ich bin stolz, dem Sponsor verkünden zu können, dass Mrs. Bloom es in die Endrunde geschafft hat.« Wieder lag seine Hand auf meinem Rücken. Sanft und unaufdringlich. Ich spürte, dass eine einzige abwehrende Bewegung sofort dazu geführt hätte, dass er seine Hand zurückzog. Doch ich ließ es zu, ließ mich von der Wärme, die er ausstrahlte und den kreisenden Bewegungen seines Daumens beruhigen. Vielleicht lag es aber auch daran, dass, nun da der Wettbewerb erst mal beendet war, das Adrenalin in meinem Körper abnahm und sich eine wohlige Mattheit einstellte.

»Ich wünsche Ihnen beiden noch einen wunderschönen Abend. Wir sehen uns morgen«, verabschiedete sich Mrs. Perkins von uns und schwebte davon.

Die Aufgabenstellung am ersten Wettkampftag hatte mir gut gelegen. Ich hatte ein Gesteck im japanischen Stil anfertigen müssen. Dazu hatte die Messe viele extravagante Pflanzen und Utensilien zur Verfügung gestellt. Es war mir sogar gelungen, die prüfenden Blicke der Wettkampfrichter eine Weile auszublenden und mich auf den Spaß zu konzentrieren, den ich beim Stecken und Arrangieren der besonderen Materialien hatte.

»Hunger?«, fragte Callum sanft und riss mich damit aus meinen Gedanken.

Als hätte mein Magen auf dieses Stichwort gewartet, knurrte er. »Ich würde sagen, das ist ein eindeutiges Ja«, antwortete ich gelöst.

»Was hältst du davon, wenn wir aufs Zimmer gehen, du in Ruhe duschst und ich uns etwas beim Zimmerservice bestelle? Dann können wir zusammen einen Film gucken. Bestimmt willst du früh schlafen gehen, damit du morgen ausgeruht ins Finale starten kannst.« Er drückte den Knopf für den Lift und sah mich fragend an.

Ich bekam Herzrasen. »Nur essen und einen Film sehen?«

Ein verwegenes Lächeln erschien auf seinen Lippen. »Nur ein Film, dann sorge ich dafür, dass du schlafen gehst. Ich bin immerhin der Vertreter des Sponsors und verantwortlich dafür, dass du uns gut präsentierst.«

Ich holte tief Luft und atmete zittrig wieder aus. »Einverstanden.«

Callum hob die Hand und strich mir sanft über die Wange. »Das Mehr sollten wir für einen anderen Abend aufheben, wenn du nicht am nächsten Tag einen so wichtigen Termin hast.«

Meine Augen weiteten sich und ich lehnte meine Wange an seine Hand. Ich konnte nicht widerstehen, also erwiderte ich ein weiteres Mal: »Einverstanden.«

Callums Hand verharrte an Ort und Stelle. Für einen Moment starrte er mich an und seine Coolness bröckelte. »Das ist … «

Das Geräusch des ankommenden Aufzugs und die Türen,

die sich im Anschluss öffneten, verhinderten, dass er den Satz beendete. Aber das war auch nicht nötig, ich hatte es in seinen Augen gesehen. Das Feuer, das ich mit diesem einen Wort der Zustimmung entfacht hatte.

* * *

Als ich aus dem Badezimmer trat, staunte ich nicht schlecht. Callum hatte den Paravent zwischen den Betten entfernt und sie stattdessen zusammengeschoben, so dass wir beide gemütlich und gemeinsam und doch in gebührendem Abstand den Film sehen konnten. Ich vertraute ihm und seinem Versprechen, dass er heute dafür sorgen würde, dass ich früh schlief, um morgen fit zu sein. Er war nicht der Typ Mann, der eine solche Situation schamlos ausnutzte.

Zwei Tabletts standen auf den Matratzen, und das Essen darauf sah nicht nur köstlich aus, es roch auch so herrlich, dass mir das Wasser im Mund zusammenlief.

»Ich habe einfach das bestellt, was der Küchenchef mir empfohlen hat. Da du keine Vegetarierin bist, habe ich etwas mit Fleisch ausgesucht. Passt das?«, wollte Callum wissen.

»Ja, das sieht toll aus.«

»Fang schon mal an. Ich spring auch noch schnell unter die Dusche.« Im nächsten Moment war er im Badezimmer verschwunden, und ich hörte das Wasser rauschen.

Neugierig trat ich ans Bett und setzte mich auf die Matratze. Auf jedem der großen Tabletts standen drei Teller, alle waren abgedeckt mit einer silbernen Haube. Auf meinem Nachttisch entdeckte ich noch eine Flasche Wasser und ein Glas. Vorsichtig hob ich den ersten Deckel hoch. Darunter kam ein Caesar's

Salad zum Vorschein, was mich zufrieden Luft holen ließ. Ich liebte diesen Salat mit Parmesan.

Unter der nächsten Haube stand ein Teller mit Wildreis, buntem Gemüse und Boeuf Stroganoff. Lecker. Und zum Nachtisch gab es eine Mousse au Chocolat.

Hilfe, ich war im kulinarischen Himmel gelandet. Callum hatte nicht nur an alles gedacht, er hatte auch meinen Geschmack zu hundert Prozent getroffen.

Gerade als ich mir den Teller mit dem Salat nahm und nach der Gabel griff, wurde das Wasser abgestellt. Kurz darauf kam Callum ins Schlafzimmer. Bekleidet mit einer Boxershorts und einem Shirt, ließ er sich neben mir auf seinem Bett nieder.

»Lass es dir schmecken.« So wie ich griff er zuerst nach dem Salat und startete einen Film, den er offensichtlich schon vorher ausgesucht hatte.

»*Love Happens?*«, fragte ich und verschluckte mich beinah an einem Salatblatt.

Der Film, den Callum ausgewählt hatte, handelte von einer Blumenhändlerin, die die Liebe ihres Lebens findet – einen erfolgreichen Politiker auf dem Weg die Karriereleiter hinauf. Jennifer Aniston hatte darin die Hauptrolle. Ich war ganz angetan davon, dass Callum ausgerechnet einen Film mit einer solchen Hauptfigur ausgesucht hatte.

»Ja, warum? Nicht gut?« Er griff bereits nach der Fernbedienung, um etwas anderes anzumachen.

»Nein, der ist bestimmt toll. Ich kenne den Trailer. Lass uns den anschauen.« Ich lächelte Callum glücklich an. Es fühlte sich richtig an, hier mit ihm zu sitzen, zu essen und einen Film anzuschauen.

Wir lachten zusammen, redeten über die einzelnen Wendungen des Films und über die Charaktere und ihre Parallelen zu uns und zu Menschen, die wir kannten. Ich fühlte mich total wohl in Callums Gegenwart und spürte, wie ich immer mehr von ihm angezogen wurde. Nichts an unserem Zusammensein war mir jetzt noch unangenehm, weil ich nach und nach spürte, wie gut wir harmonierten.

Später putzten wir sogar gemeinsam Zähne im Badezimmer und unsere Blicke begegneten einander immer wieder im Spiegel. Doch dabei blieb es. Wir schoben die Betten auseinander, stellten den Paravent auf und legten uns hin. Und danach wünschten wir uns eine gute Nacht.

Während mir fast sofort die Augen zufielen, da der Tag so aufregend gewesen war, las Callum bei einem dezenten Licht noch eine Weile. In meinem Hinterkopf schwebte zwar die Tatsache, dass er ganz in meiner Nähe lag und machte mich ein wenig nervös, doch das ruhige Rascheln seiner Buchseiten und seine gleichmäßigen Atemzüge trugen dazu bei, dass ich mich entspannte.

* * *

Samstag, 30. Dezember

»Du wirst großartig sein, Lin. Atme tief ein und konzentriere dich nur noch auf das Wichtigste. Schließ alles aus deinen Gedanken aus, außer dem, was du kreieren möchtest«, redete Callum mir gut zu, als wir den Saal betraten. Das machte er schon seit ein paar Minuten und es kam mir vor, als täte er das nicht zum ersten Mal. Callum als Motivationscoach tat mir jedenfalls gut.

Der Wettkampf ging nun in die zweite, letzte und damit entscheidende Runde. Es waren noch fünfzehn Floristen von fünfzig übrig, und ich war eine von ihnen. Allein der Gedanke sorgte für ein aufgeregtes Zittern meines Zwerchfells. Außerdem wusste keiner von uns, welche Aufgabe uns erwartete.

»Danke, Callum. Danke für deine lieben Worte und dass du mich begleitest.« Leise verließen die Silben meinen Mund, und ich sah ihm dabei fest in die Augen, was ich mittlerweile selten tat.

Er griff nach meiner Hand und erwiderte meinen Blick. »Wenn du mich brauchst, schrei, so laut du kannst.«

Lachend schüttelte ich den Kopf. »Ich glaube nicht, dass das einen guten Eindruck beim Komitee machen würde.«

»Egal, mach es einfach, wenn es nötig ist. Das Komitee ist dann egal.«

Nervös biss ich mir auf die Unterlippe, ehe ich sagte: »Ich kann nicht gewinnen, dafür sind die Teilnehmer zu erfahren. Manche haben schon internationale Preise auf ähnlichen Wettkämpfen abgeräumt. Erwarte bitte nicht zu viel, Callum.«

Sanft griff er nach meinem Kinn und zwang mich so, ihm in die Augen zu sehen. »Es geht nicht immer ums Gewinnen. Du bist dabei, du hast es in die Endrunde geschafft und damit allen bewiesen, wie großartig du bist. Das reicht doch schon vollkommen. Hab Spaß und genieß den Rummel hier ein wenig, ehe wir wieder zurück auf die Isle of Mull fahren und in Ruhe und Frieden weiterleben.«

Noch einmal holte ich tief Luft. »Einverstanden. Genießen

ohne Druck. Das schaffe ich«, ermutigte ich mich selbst. Hoffentlich.

»Sag ich doch! Ich glaube ganz fest an dich.« Sein Daumen glitt über mein Kinn, berührte dabei meine Unterlippe und das Lächeln, mit dem Callum mich bedachte, sorgte dafür, dass ich alles andere um mich herum vergaß und mir ganz schwummrig wurde. Dann ließ er mich los, fasste mich an den Schultern, drehte mich sanft in Richtung der Arbeitstische. »Los geht's! Hau sie alle um!«, forderte er mich auf, und ich schritt zu dem Tisch, der mir zugewiesen worden war. Wenige Minuten später lauschte ich gespannt der Moderatorin, die unsere heutige Aufgabe verkündete.

»In diesem Bereich des Saals«, erklärte sie und wies mit der Hand auf einige Kisten, aus denen alles Mögliche an alten Dingen herausragte, »finden Sie die Utensilien, die es zu verschönern gilt. Denn das heutige Motto lautet *Aus Alt mach Neu*, und das mit allem, was man normalerweise in einem Blumengeschäft findet.« Damit deutete sie auf einen nachgebildeten Blumenladen im Stil vom Anfang des zwanzigsten Jahrhunderts. »Ich wünsche Ihnen viel Erfolg und freue mich schon auf die Präsentation der fertigen Stücke.«

Langsam schritt ich nach vorn auf die Kisten zu. Mehrere der Männer und Frauen schoben sich unwirsch an mir vorbei, um die besten Stücke zu ergattern. Aber ich war unsicher, wofür ich mich entscheiden sollte. Etwas in der Art hatte ich noch nie gemacht. In dem Ausstellungsbereich der alten Gegenstände angekommen, sah ich den Teilnehmern dabei zu, wie sie hektisch die Kisten durchsuchten. Es wurden gusseiserne Töpfe herausgezogen, Gießkannen aus Metall oder sogar kaputte Hüte. Ich war schlichtweg mit der Aufgabe überfordert, mich zu entscheiden.

Doch dann traf mein Blick auf einen alten Schirm mit gebogenem Griff, der bereits Rost angesetzt hatte und an dessen Gestell lediglich ein paar wenige Fetzen Stoff hingen. Ich schätzte, dass das Stück mindestens siebzig oder achtzig Jahre alt war, wenn nicht sogar noch älter. Er erinnerte mich an die alten Sonnenschirme, die man in den ersten zwanzig Jahren des vergangenen Jahrhunderts verwendet hatte, wenn man bei Sonnenschein durch einen Park flaniert war.

Sofort schoss mir eine Idee durch den Kopf und ich griff zielgerichtet nach dem Schirm. Danach eilte ich in den nachgebauten Blumenladen und holte mir Weidenzweige, mit denen ich das Gestell aufarbeiten wollte. Außerdem nahm ich mir einen der Körbe und packte eine Auswahl an verschiedenen weißen, rosa und pinken Blumen und Bändern hinein, die ich anschließend in das restaurierte Gestell einflechten konnte. Auch bei der Größe achtete ich darauf, dass die Blüten sich unterschieden, so würde ich von groß nach klein – von innen nach außen – die Blumen verarbeiten können, so dass eine Symmetrie entstand. Ich sah den Blumenschirm schon vor mir.

Lächelnd ging ich zurück zu meinem Tisch und machte mich voller Elan an die Arbeit.

* * *

Unruhig rutschte ich auf dem Stuhl herum und schaute zu den Kampfrichtern, die sich unsere Wettbewerbsbeiträge genaugestens ansahen.

Nach Ablauf der Zeit hatten wir unsere Stücke jeder auf einem Tisch auf der Bühne platzieren und schön präsentieren und arrangieren sollen. Danach hatte sich jeder darum gekümmert, seinen Arbeitsbereich aufzuräumen und zu säubern. Und nun warteten alle darauf, dass der Gewinner oder die Gewinnerin verkündet wurde.

Ich war zufrieden mit dem, was ich in den zwei Stunden geschaffen hatte, dennoch war ich unglaublich aufgeregt, wie das Stück bei den Juroren ankam. Der Schirm strahlte eine Lebenslust und Frische aus, die einen dazu verleitete, an einen Spätfrühlingsspaziergang im hellen Sonnenschein zu denken. Genau so, wie ich es beabsichtigt hatte.

Aber auch die Beiträge der anderen waren nicht zu verachten, und ich wusste schon jetzt, dass es schier unmöglich war, überhaupt unter die drei Preisträger zu kommen. Doch dann erinnerte ich mich an Callums Worte, atmete tief durch und lehnte mich in meinem Stuhl zurück. Ganz bewusst entspannte ich einen Muskel nach dem anderen und konzentrierte mich auf das Geschehen um mich herum, blendete die Nervosität in mir aus. Ich hatte durch das Weiterkommen in die Endrunde schon mehr erreicht, als ich jemals zu hoffen gewagt hatte. Alles, was jetzt passierte, war nur ein weiterer Bonus.

»Meine Damen und Herren, bitte nehmen Sie Ihre Plätze ein.« Mrs. Perkins stand auf der Bühne und lächelte die Teilnehmer und das Publikum entwaffnend an. Nachdem alle ein wenig zur Ruhe gekommen waren und Stille sich im Saal ausgebreitet hatte, fuhr die Vorsitzende der Messe fort: »Das Komitee ist zu einer Entscheidung gelangt, auch wenn das in diesem Jahr nicht einfach gewesen ist. Es hat zwei Aspiranten auf den ersten Platz gegeben, und letztendlich hat sich der Sieger lediglich mit einer hauchdünnen Mehrheit nach mehreren Wahlgängen durchsetzen können.«

Ein Raunen ging durch die Menge, und etliche der Teilnehmenden verrenkten sich die Hälse, als könnten sie so sehen, welche zwei unter uns in direkter Konkurrenz zueinandergestanden hatten.

»Den dritten Platz – mit einer wunderschönen Interpretation eines Kochtopfs und einer Portion Spaghetti mit Tomatensoße aus einem wahren Blütenmeer – hat Herbie Mansfield belegt. Herzlichen Glückwunsch an den Besitzer des *Lädchens zur Blume* aus Birmingham. Kommen Sie zu uns, Herbie«, forderte Jessy Perkins den älteren Floristen auf, der sich mit Tränen in den Augen erhob und sein Glück nicht fassen konnte. Immer wieder schlug er sich die Hände vor den Mund und schüttelte den Kopf, während tosender Applaus erklang.

Seine Kreation war erfrischend eigenwillig gewesen und dennoch unheimlich gut und besonders. Ich gönnte dem etwa Sechzigjährigen den Erfolg von ganzem Herzen.

Nachdem Herbie seine Trophäe und das Preisgeld in Form eines Schecks über tausend Pfund entgegengenommen hatte, blieb er auf der Bühne stehen, um etliche Fotos von sich, seiner Kreation und Mrs. Perkins schießen zu lassen.

Als die Vorsitzende sich räusperte, kehrte wieder Ruhe ein. »Kommen wir zum zweiten Platz, den wir beinah in einen ersten umgewandelt und den beiden Erstplatzierten am liebsten jeweils den gleichen Preis verliehen hätten. Aber: Die Regeln verbieten das und wer wären wir, uns gegen die Regeln zu stellen?«, fragte sie herausfordernd mit einem Augenzwinkern und fuhr fort: »Also mussten wir uns entscheiden.« Mrs. Perkins ließ ihren Blick über die Teilnehmenden schweifen, verharrte jedoch nirgends länger, so dass eine Interpretation auch diesmal unmöglich war. »Doch die Teilnehmerin, der wir das Preisgeld von dreitausend Pfund überreichen werden, hat erstmals an diesem Wettbewerb teilgenommen, und wir sind uns sicher, dass sie im nächsten Jahr erneut eine hervorragende Leistung abliefern und dann vielleicht sogar gewinnen wird.«

Unaufgeregt schritt sie an den Kreationen auf und ab und tat so, als müsse sie sich noch überlegen, wer den Preis ergattern würde. Dann blieb sie vor meinem Schirm stehen und mein Herz setzte mehrere Schläge aus, ehe Jessy sich umdrehte und mir direkt in die Augen sah.

»Herzlichen Glückwunsch, Lindsay Bloom von *Blooms for Flowers* aus Tobermory auf der Isle of Mull! Kommen Sie bitte zu mir, Lindsay.«

Applaus erschallte. Ich hatte das Gefühl, mich nicht bewegen zu können. Erstarrt in einem Moment, aus dem ich nie wieder herausfinden konnte. Bis mir die junge Frau neben mir mit einem Strahlen im Gesicht auf die Schulter klopfte, mir gratulierte – neidlose Freude für meinen Erfolg stand ihr ins Gesicht geschrieben – und mich so aus meiner Erstarrung holte. Jetzt konnte mich nichts mehr halten. Ein Lächeln breitete sich auf meinem ganzen Gesicht aus, während ich mich erhob und langsam auf die Bühne zuschritt. Einen Moment hatte ich Angst, über meine eigenen Füße zu stolpern, so aufgeregt war ich, doch ich schaffte es unversehrt auf die Bühne.

Als ich bei Jessy Perkins zum Stehen kam, nahm sie mich in den Arm.

»Ich wusste, dass Sie gut sind«, flüsterte sie in mein Ohr, ehe sie mich wieder losließ. »Dieser Schirm hier wird sicherlich nicht nur uns professionelle Floristen ins Schwärmen bringen. Sie haben sich Ihren Preis redlich verdient, Mrs. Bloom.« Damit überreichte sie mir den Scheck und eine etwas größere Trophäe als die des dritten Platzes.

Dankbar sah ich sie mir an. Tränen verschleierten meinen Blick, und ich blinzelte, um sie zurückzudrängen. Dabei überlegte ich bereits, wo in meinem Blumenladen ich sie richtig zur Geltung bringen konnte. Kurz hob ich den Blick von dem Pokal und sah zu Callum, der ebenfalls über das ganze Gesicht strahlte und immer noch applaudierte. Er freute sich so sehr für mich, dass die Tränen in meinen Augen nun doch den Weg in die Freiheit suchten. Blitzlichter flammten auf, und ich hoffte, dass ich auf den Pressefotos nicht wie eine alberne Heulsuse aussehen würde.

Viel mehr bekam ich von der Preisverleihung nicht mehr mit. Ich stand neben Herbie auf der Bühne, während eine Frau den ersten Preis verliehen bekam. Doch ich konnte im Nachhinein noch nicht einmal mehr sagen, für welches der Werke, weil ich noch immer damit beschäftigt war, mich über das zu freuen, was ich erreicht hatte. Etwas, das ich nicht für möglich gehalten hatte. Etwas, das mir immer noch so surreal erschien, dass ich immer wieder den Kopf schüttelte. Doch währenddessen verblasste mein Lächeln kein einziges Mal. Ich konnte nicht mehr aufhören, auch nicht, als meine Wangen anfingen weh zu tun und die Muskeln protestierten.

* * *

Nach der Preisverleihung waren die Gewinner jeweils mit Begleitung zu einem gemeinsamen Abendessen eingeladen worden. Natürlich hatte ich Callum mitgenommen. Der Abend war schön gewesen, doch als die Anspannung und der Adrenalinpegel abfielen, wurde ich schlagartig müde und musste immer wieder ein Gähnen unterdrücken.

»Sollen wir hoch aufs Zimmer gehen?«, raunte Callum in mein Ohr.

Sein Atem kitzelte an der empfindlichen Haut meines oberen Halses, und eine Gänsehaut rieselte meinen Rücken hinunter. Sofort waren alle meine Nervenenden auf ihn ausgerichtet, und ich war hellwach. Die gemeinsame schöne Zeit hatte dafür gesorgt, dass ich mich ihm geöffnet hatte. Er war aufmerksam und fürsorglich. Hatte erkannt, dass ich eine Pause brauchte, ohne, dass ich etwas gesagt hatte.

»Ja, lass uns gehen.«

Wir erhoben uns zeitgleich und verabschiedeten uns von den anderen. Ich stimmte zu, dass ich nächstes Jahr wieder an dem Wettbewerb teilnehmen würde, als Jessy mich danach fragte. Ich kam mir vor, als wäre ich ein Teil des inneren Kreises. Ich musste nicht mehr bangen, einen Platz zu bekommen, er wurde mir bereits jetzt angeboten.

Dann verließ ich zusammen mit Callum das Restaurant des *Savoy*.

»Puh, das war ein Tag!«, stieß ich hervor, als wir durch das Foyer schritten.

Callums Hand lag wieder auf meinem Rücken, was mir sanfte Schauer durch den Körper jagte. Vielleicht war heute der Tag, an dem ich alle Bedenken über Bord werfen und einfach nur Spaß haben sollte? Mit ihm?

Immer wieder fing ich Callums Blick auf. Er lag eine Spur zu lange auf meinen Lippen, dann sah er mir in die Augen, und die Atmosphäre schien zum Explodieren geladen zu sein. Zittrig betrat ich den Lift, und Callum folgte mir.

Wir waren nicht die Einzigen im Fahrstuhl. Ein anderes Pärchen hielt sich an den Händen und warf sich verliebte Blicke zu.

Es war schön, das zu sehen, aber es zeigte mir auch, dass Callum und mich etwas völlig anderes verband. Dennoch konnte ich mir in diesem Moment nicht vorstellen, seiner Anziehungskraft auf mich noch länger widerstehen zu können.

Der Flur lag verlassen vor uns, als die Fahrstuhltüren aufglitten und wir hinaustraten. Wir liefen nebeneinander. Unsere Fingerspitzen berührten einander hin und wieder, was jedes einzelne Mal einen elektrischen Schlag durch mich hindurchjagte.

Vor dem Zimmer blieb ich stehen und haderte mit mir. Die Schlüsselkarte für unser Hotelzimmer lag bleischwer in meiner Hand. Was würde passieren, wenn ich durch diese Tür ginge – mit Callum?

Er stand dicht hinter mir, und ich spürte die Wärme, die von seinem Körper ausging. Wärme, die mich anzog wie ein Magnet und schützend einhüllte. Am liebsten hätte ich mich zurückgelehnt und einfach die körperliche Nähe zu ihm genossen. Doch wenn ich diesen Schritt tat, wusste ich schon jetzt, dass ich mich in Callum verlieren würde.

Wäre ich stark genug, mich lediglich auf eine reine Bettgeschichte mit ihm einzulassen? Vermutlich nicht. Obwohl die Tage, die wir bisher miteinander verbracht hatten, an einer Hand abzuzählen waren, war ich mit Callum emotional bereits so weit, dass ich vermutlich mein Herz und meinen Seelenfrieden einbüßen würde, wenn ich zuließ, wonach mein Körper sich sehnte. Ich würde ihm mit Haut und Haaren verfallen und ihm meine Seele auf einem Silbertablett servieren. Völlig ungeschützt.

Wenn ich etwas wollte, dann wollte ich es ganz, doch Callums Herz würde ich nicht bekommen, das hatte er mehr als deutlich gemacht.

Andererseits, wäre ich stark genug, Callum zu widerstehen,

wenn er versuchen sollte, mich zu verführen? Mit Sicherheit nicht.

Also blieb noch Möglichkeit Nummer drei. Ich könnte umdrehen, den Flur hinunterrennen und verschwinden – irgendwohin, wo ich mich nicht mit diesen Fragen auseinandersetzen müsste. Eine Flucht wäre kindisch, aber vielleicht war sie das Einzige, was mich retten konnte. Ich sah es jetzt schon vor mir, wie ich mich täglich in Erinnerungen an diese Nacht verlor und dabei versuchen musste, Callum fortan aus dem Weg zu gehen.

Oder aber ... ich könnte kämpfen. Alles geben, um ihn für mich zu gewinnen, um ihm zu zeigen, dass es noch andere Frauen gab. Andere, die nicht so waren wie seine Ex-Frau Yvonne. Ehrliche, gute Frauen, die treu waren und zu ihrem Wort standen. Aber warum sollte ausgerechnet ich diejenige sein, die seine Meinung änderte. Was hatte ich schon zu bieten? Außerdem bezweifelte ich, dass ich dafür stark genug war, wenn ich die ersten drei Möglichkeiten bereits aus Schwäche ausgeschlagen hatte. Denn diese Variante war um ein Vielfaches schwerer, kräftezehrender und würde mich bei Nichtgelingen als ausgezehrte Hülle zurücklassen.

Und was wäre, wenn ich währenddessen feststellte, dass wir gar nicht zueinander passten? Nicht kompatibel waren? Müsste ich Callum dann doch enttäuschen und verletzen?

»Alles okay, Lin?«, raunte Callum in mein Ohr. Viel zu nah und doch nicht nah genug.

»Nein ... doch ...«, stammelte ich und hasste mich selbst für die Unsicherheit, die ich nicht zurückhalten konnte.

In Callums Nähe schmolz meine Selbstsicherheit einfach dahin, und weg war sie. Verschwunden ... Und schon hatten sich mit seiner Nähe drei meiner vier Optionen erledigt. Sie existierten einfach nicht mehr. Zurück blieb nur noch ein Sehnen. Ein Wollen – nach mehr – nach so viel mehr.

»Gib mir die Schlüsselkarte«, forderte er mich sanft auf und hielt mir die Hand hin. Er hatte zwar selbst eine, aber vermutlich lag die noch im Zimmer.

Mit einem leichten Zögern legte ich die Karte unseres Hotelzimmers auf seine Handfläche und besiegelte damit mein Schicksal.

Mit einem leisen Klicken entriegelte sich die Tür, nachdem Callum die Karte an das Lesegerät gehalten hatte. Er ließ mir den Vortritt, und ich ging ein paar Schritte hinein in das Zimmer, in dem wir die letzten beiden Nächte verbracht hatten.

Kaum dass die Tür ins Schloss gefallen war, spürte ich Callum hinter mir, sanft fasste er an meine Schultern, legte seinen Mund an mein Ohr und flüsterte. »Du bestimmst, wo das hinführt. Nichts geschieht, ohne dass du es willst.«

Doch ich wollte es so sehr. Wollte ihn. Meine Sehnsucht, von ihm berührt zu werden, war mächtiger als der Instinkt, zurückzuweichen und mein Herz vor weiterem Schaden zu schützen. Deshalb schmiegte ich mich an ihn, ließ zu, dass er seine Arme von hinten um mich legte und seine Lippen meinen Hals liebkosten.

Pure Lust schoss durch meine Blutbahnen, und ich erzitterte, als er mich zu sich umdrehte. Ich ließ es zu, ließ mich in diesen Strudel aus Gefühlen ziehen – zu ihm. Callum sah mir in die Augen, und es kam mir vor, als würde ich in seinen Iriden ertrinken. Eine stille Frage, für die es keinerlei Worte bedurfte. Ja, ich wollte mehr. Ich wollte alles.

Als Callum die Zustimmung in meinem Blick entdeckte, stahl

sich ein sanftes Lächeln auf seine Lippen. Zärtlich strich er mir eine Strähne aus dem Gesicht und beugte sich zu mir herab. Ich schloss die Augen, erwartete den Kuss, nach dem ich mich die letzten Wochen gesehnt hatte. Seine Lippen berührten meine, und ein warmes Pulsieren durchfuhr mich. Der Kuss war vorsichtig, erkundend, voller Ehrfurcht und Wertschätzung und so wunderschön, dass ich mich haltsuchend an Callum klammern musste, um nicht das Gleichgewicht zu verlieren. Meine Knie wurden weich, und mir entfuhr ein zufriedener Laut.

Nach und nach wurde der Kuss leidenschaftlicher, bis Callum sich atemlos von mir löste. »Oh, Lin. Du bist so wunderschön. Du kannst dir gar nicht vorstellen, wie sehr ich mich danach gesehnt habe, dich zu berühren, dich zu küssen. Dich den ganzen Tag anzusehen war die reinste Folter. Was machst du nur mit mir?«

Wieder einmal spürte ich diese lästige Röte auf meinen Wangen, meine Lippen pulsierten, forderten mehr, und mein Atem ging stoßweise. Er fand mich schön.

»Dasselbe könnte ich dich auch fragen.«

»Wir müssen das nicht tun«, hörte ich Callum in einem sanften Tonfall sagen.

Fest blickte ich ihm in die Augen. »Ich weiß, aber ich möchte es.«

Das verwegene Lächeln auf Callums Lippen machte mich glücklich. Ich griff nach seinem Hemd, zog ihn hinter mir her, bis zu meinem Bett, wo wir uns mit einem weiteren innigen Kuss auf die Matratze fallen ließen. Ich spürte seine Hände an all den Stellen, die sich nach einer Berührung von ihm gesehnt hatten. Sein Körper war Verlockung pur, und auch meine Finger erkundeten das fremde Terrain, bis uns nichts mehr zurückhalten konnte und endlich all meine heimlichen Tagträume in Erfüllung gingen.

* * *

Sonntag, 31. Dezember

»Die britische Hauptstadt ist in der Nacht von Schneefällen überrascht worden«, berichtete der Nachrichtensprecher.

Wir saßen zusammen auf den Betten, die wir irgendwann in der Nacht zu einem zusammengeschoben hatten. Vor uns standen zwei Tabletts auf der Decke, auf denen sich Croissants, Milchkaffee, frisch gepresster Orangensaft, Rührei und noch ein paar andere leckere Dinge befanden. Wir hatten uns die halbe Nacht geliebt, bevor wir erschöpft, ineinander verwoben und vom anderen erfüllt, eingeschlafen waren. Es war wunderschön gewesen, und ich fühlte mich mit Callum verbunden, als wären wir schon lange ein Paar. Es war, als hätte sich meine Seele an seine gebunden. Unwiderruflich, und der Gedanke, bald nicht mehr in dieser wundervollen Blase des *Savoy* zu sein, verursachte mir schon jetzt Bauchschmerzen.

Ursprünglich hatten wir um zwölf das Hotel verlassen und zum Flughafen fahren wollen, um den Silvesterabend zusammen mit meinen Freunden in Tobermory zu feiern, doch der Nachrichtensprecher – oder vielmehr der Schnee, von dem er sprach – machte unsere Tagesplanung zunichte.

Natürlich hatte ich mich auf das Silvester zu Hause gefreut, trotzdem wollte sich keine Traurigkeit über die Verzögerung einstellen. Denn sie bedeutete, dass ich noch ein wenig länger in meiner besonderen Blase bleiben und Callums Gegenwart und Nähe genießen konnte.

»Das letzte Mal, dass London in einem solchen Schneesturm versunken ist, war im Jahr 2009. So wie damals ist auch heute der gesamte öffentliche Verkehr lahmgelegt. Die Gleise sind vom Schnee bedeckt und vereist, so dass die Züge ebenfalls nicht fahren können. Sogar die U-Bahn unserer Metropole bewegt sich nicht mehr. Absoluter Stillstand, aufgrund der Witterungsbedingungen.« Als Nächstes wurde ein Kamerabild vom Flughafen Heathrow gezeigt. Auf weiß verschneiten Landebahnen, durch das Schneegestöber kaum erkennbar, zeichneten sich die reglosen Flugzeuge ab – es hätte genauso gut eine Fotografie sein können, so statisch wirkte der sonst so turbulente Flughafen.

»London Heathrow sowie alle weiteren Flughäfen rund um und in der Hauptstadt haben ihren Betrieb eingestellt. Es wird fieberhaft nach einer Lösung gesucht, damit spätestens am Neujahrsmorgen der Flugverkehr wieder wie geplant aufgenommen werden kann.«

»Kein Weg führt nach Glasgow. Sieht nicht so aus, als wenn wir heute nach Schottland kommen und Silvester mit den anderen auf Mull feiern können«, merkte Callum an und biss von einem Croissant ab. Auch er wirkte keineswegs traurig.

Sein nackter, leicht gebräunter Oberkörper wirkte noch eindrucksvoller im Kontrast zu der weißen Bettwäsche. Er sah wie das Gemälde eines griechischen Gottes aus. Am liebsten hätte ich ein Foto gemacht, das ich bei mir tragen konnte, wenn ich mich an das hier erinnern wollte. Andererseits würde ich das, was zwischen uns passiert war, vermutlich ohnehin nie wieder vergessen können.

»Auch auf den Autobahnen herrscht Chaos, der Räumdienst hat alle Hände voll zu tun, weil etliche Reisende auf das Auto umgestiegen sind. Doch auch hier ist kein Fortkommen, die Stadt versinkt in einem riesigen, nicht enden wollenden Stau.« Ein Bild von einer nebligen Straße, auf der sich ein Auto an das andere reihte, wurde gezeigt.

Mein Blick wanderte zu den bodentiefen Fenstern unseres Hotelzimmers. Man konnte auch von hier aus nicht mehr weit sehen. So, wie es aussah, machte nicht nur der Schnee den Londonern und den Besuchern der Stadt zu schaffen. Draußen machte sich eine Wand aus eisigem Nebel breit, der sicherlich das Vorankommen auf den Straßen zusätzlich erschwerte. Der Nebel und London gehörten einfach zusammen. Doch an einem Silvestertag war er vermutlich viel weniger willkommen als an jedem anderen Tag.

»Das Wetteramt Met Office berichtet von anhaltend kaltem Wetter, eisigen Luftströmungen und weiteren Schneeschauern. Bleibt mir nur so viel zu sagen: Bleiben Sie zu Hause und genießen Sie die Wärme, wenn Sie nicht dringend Ihr Heim verlassen müssen. Feiern Sie das neue Jahr mit Ihren Nachbarn, schließlich hat die Familie nach den Weihnachtstagen ohnehin schon genug von Ihnen.«

Callum griff nach der Fernbedienung und schaltete den Fernseher aus. »Tja, dann gibt es wohl nur eine Möglichkeit. Wir müssen Silvester in London feiern.« Doch statt in ein verkniffenes Gesicht zu sehen, strahlte Callum zufrieden.

Ich zuckte mit den Schultern und trank zuerst einen Schluck des leckeren Kaffees, ehe ich antwortete: »Ich könnte es noch eine Nacht hier mit dir in diesem Zimmer aushalten.«

Das Lächeln breitete sich noch ein wenig mehr in seinem Gesicht aus. »Und es fällt dir nicht schwer, Silvester ohne deine Freunde und nur mit mir zu verbringen? Und die große Party sausen zu lassen, die Ally geplant hat?« Callum sah mich aufmerksam an, doch in seinen Augen konnte ich erkennen, dass er kurz davor war, erneut zu grinsen.

»Schon, aber daran ändern können wir sowieso nichts, also können wir auch das Beste daraus machen und den Abend hier genießen, oder?« Ich zwinkerte ihm frech zu, was ihn wieder zum Lachen brachte.

»So kann man das auch sehen.« Callum wirkte gelöst und glücklich. Es war so schön, ihn zu beobachten.

»Traditionell hat Silvester eine höhere Bedeutung bei uns Schotten als das Weihnachtsfest«, begann ich ihm zu erklären und kam mir dabei ein bisschen so vor, als wäre ich mein Dad, der so gern über Schottland, seine Geschichte und seine Sitten referierte. »Wir nennen es Hogmanay, und im Gegensatz zu Weihnachten ist es eine feuchtfröhliche Angelegenheit.«

»Und da ihr Schotten ein feierfreudiges Volk seid, wie schon Allys Vater Frank bei unserem Ausflug zum Glasgower Weihnachtsfest treffend bemerkt hat, ist dieses Hogmanay sehr beliebt«, fügte Callum schmunzelnd hinzu.

»Stimmt«, erwiderte ich und grinste.

»Nun gut, das können wir hier auch umsetzen. An Alkohol und Fröhlichkeit soll es uns nicht fehlen. Dann müssen wir jetzt nur noch herausfinden, ob das *Savoy* uns noch eine Nacht länger hierbehält?«

»Wenn wir nicht aus der Stadt herauskommen, dann kommt auch keiner rein. Also vermutlich sind sie sogar erleichtert, wenn wir das Zimmer länger belegen. Und mit etwas Glück gibt es sogar ein Silvestermenü im Restaurant. Herr Ex-Hoteldirektor de *Savoy*, können Sie mir da etwas empfehlen? Es könnte uns wirklich schlechter gehen. Meinst du nicht auch?« Grinsend blickte ich Callum an.

Er erwiderte meinen Gesichtsausdruck mit ähnlichem Grinsen.

»Wohl wahr. Und wir haben uns«, sagte er und räumte die Tabletts vom Bett, ehe er sich zu mir beugte und mich küsste, bis ich an keine Wetterverhältnisse oder Feiertage mehr denken konnte. Oh ja, wir würden uns schon beschäftigen können und sicherlich keine Langeweile haben.

* * *

Gegen Mitternacht, als das alte Jahr dem neuen wich und die Hauptstadt ein großes Feuerwerk an der Themse veranstaltete, saßen Callum und ich auf dem kleinen Sofa und sahen durch die bodentiefen Fenster hinaus. Der Nebel hatte sich verflüchtigt, nur der Schnee fiel noch in dicken Flocken vom Himmel. Wir trugen nur Schlafanzüge, hielten jeder ein Glas Champagner in der Hand und feierten gemeinsam in dieser ganz besonderen Nacht.

»Auf ein grandioses und erfolgreiches Jahr, Lin.« Callum erhob sein Glas und sah mir tief in die Augen.

Allein sein Blick sorgte dafür, dass ich einen trockenen Mund bekam. Ich war hoffnungslos verloren – in ihm, genau wie ich es vermutet hatte.

»Auf ein grandioses neues Jahr!«, stimmte ich mit ein und stieß mein Glas gegen seins. »*Gum fosglach dorus na bliadhna ùire chum sìth, sonas is sàmchair.*«

»Schottisch?«

Ich nickte, fügte dann jedoch hinzu: »Eigentlich Gälisch.«

»Was bedeutet es?«

»Möge dir die Tür des kommenden Jahres den Weg zu Frieden, Glück und stiller Zufriedenheit öffnen«, übersetzte ich für ihn.

Callum lächelte. »Das ist ein wirklich schöner Spruch. All das wünsche ich dir auch, du wundervoller Mensch.«

Ein Kloß in meinem Hals machte sich bemerkbar. Ich brauchte dringend etwas zu trinken. Callums Nähe veranstaltete mit mir die verrücktesten Sachen, und seine Worte gingen mir ebenfalls unter die Haut. Dennoch genoss ich es sehr, hier mit ihm zu sitzen und im Stillen den Jahresausklang zu feiern.

Wir nahmen jeder einen Schluck des prickelnden Getränks und stellten die Gläser auf dem Tisch ab, um uns das Spektakel anzusehen. Draußen erstrahlte der Nachthimmel in den schillerndsten Farben. Das Feuerwerk war ein Meisterwerk. Staunend hielt ich den Atem an. Zwar hatte ich schon oft im Fernsehen die Ausschnitte der Feierlichkeiten zum Neujahrswechsel in der Hauptstadt gesehen. Es live zu verfolgen war jedoch eine ganz andere Sache. Auf Mull feierten wir ebenfalls ausgiebig das neue Jahr, doch mit großem Feuerwerk hielten wir uns zurück. Das Ökosystem auf der kleinen Insel war einfach viel sensibler als hier in der Stadt. Wir vermieden so große Mengen an Müll, die in unserer Landschaft oder dem Meer landeten, und schützten unsere Tierwelt vor dem Lärm, den ein Feuerwerk bedeutete. Dennoch genoss ich das Schauspiel, das sich mir hier bot.

Ich spürte Callums Blick auf mir und sah zu ihm. »Das ist wirklich ein toller Ausblick von hier«, schwärmte ich, während ich unter der Eindringlichkeit, mit der er mich ansah, nervös wurde.

»Der Anblick hier drin gefällt mir viel besser.« Callums tiefe und warme Stimme glitt über mich hinweg wie eine sanfte Berührung, und als er sich zu mir beugte, um mir den ersten Kuss in diesem Jahr zu geben, machte sich mein Herz kurz bemerkbar. Es stolperte. Mein Verstand warnte mich, mich nicht zu sehr von der Situation einnehmen zu lassen, aber es war zu spät. Ich war verloren. Mein Herz war es. Ich hatte mich in Callum verliebt und war mittlerweile an einem Punkt angelangt, an dem meine Gefühle nicht mehr so einfach zu ignorieren waren.

Doch anstatt mich von Callum zu distanzieren, mich in Sicherheit zu bringen, schmiegte ich mich in seine Arme und sah mir gemeinsam mit ihm das Feuerwerk an. So, als wären wir ein verliebtes Paar, das einen romantischen Urlaub in London verbrachte und danach weiter sein Leben miteinander teilte. Aber ich wusste es besser, wusste, dass diese Traumblase platzen würde, sobald wir wieder auf Mull waren. Und davor hatte ich jetzt schon fürchterliche Angst.

13

Not all those who wander are lost.
— *Nicht jeder, der wandert, ist verloren.* —
(J. R. R. Tolkien)

Montag, 1. Januar

Wir hatten heute tatsächlich einen Flug nach Glasgow ergattert, der dank des Einsatzes des Bodenpersonals am Flughafen hatte starten können. Während des Flugs und der darauffolgenden Fahrt zur Fähre in Oban hatten Callum und ich viel geschwiegen, gelesen und unseren Gedanken nachgehangen. Meine Stimmung war gedrückt, doch ich versuchte, es mir nicht anmerken zu lassen, indem ich mich hinter einem Buch versteckte. Zwar hatte ich die letzten Tage mit Callum in vollen Zügen genossen, aber nun kam ich langsam auf dem Boden der Tatsachen an. Und eine davon war, dass es kein Wir geben würde, wenn wir wieder in unserem Alltag angekommen wären.

Wie würden wir, zurück auf Mull, miteinander umgehen?

Würden wir kein Wort mehr darüber verlieren, was zwischen uns in London passiert war?

Wären wir überhaupt noch Freunde?

Ich hatte noch nie eine Affäre gehabt und wusste nicht, wie man damit umging. Dieser schwebende Zustand jedenfalls machte mich viel zu nervös und unruhig.

»Alles in Ordnung?«, fragte Callum und blickte mich an, während wir im Schritttempo hinter den anderen Autos auf die Fähre fuhren. Es fühlte sich an, als wäre es bereits eine Ewigkeit her, dass wir auf einer dieser Fähren die Insel verlassen hatten.

So viel war auf diesem Trip passiert, dass es mir völlig unrealistisch erschien, wie seitdem erst wenige Tage vergangen sein konnten. Für mich hatte sich die Welt verändert, und doch war alles wie zuvor. Na gut, nicht alles. Ich hatte den zweiten Platz in einem Wettbewerb belegt, bei dem die Teilnahme an sich schon ein Gewinn war. Das war etwas, das mir niemand nehmen und was mich vielleicht aufmuntern konnte, wenn der Schmerz um das, was ich mit Callum haben könnte, aber niemals haben würde, zu stark würde.

»Ja, ich bin okay. Es kommt mir nur alles so surreal vor.« Ich schnallte mich ab, als Callum das Auto auf der Parkfläche der Fähre zum Stehen brachte.

»Was genau?«, wollte er wissen und legte ebenfalls den Gurt ab, ehe er sich zu mir wandte.

Unsicher zuckte ich mit den Schultern. »Der Wettkampf, dass ich den zweiten Platz gewonnen habe und ... und ... das mit uns.« Ich vermied es, ihn anzusehen.

»Lin«, begann er in diesem sanften und mitfühlenden Tonfall, der mir schon beim Klang meines Namens alles verriet. Er wollte mir vorsichtig klarmachen, dass es kein Uns geben würde.

»Schon gut. Ich weiß, dass wir nur unseren Spaß hatten, dennoch fällt es mir schwer, wieder in die Realität zurückzukehren.« Ich setzte ein unverbindliches Lächeln auf. »Lass uns aussteigen, ehe wir Ärger vom Personal bekommen.« Rasch stieß ich die Tür auf, griff nach meiner Tasche und stemmte mich aus dem Sitz.

Noch ehe Callum das Auto ebenfalls verlassen hatte, war ich schon auf dem Weg zum Aufenthaltsraum, ohne mich noch einmal nach ihm umzusehen. Treppe hoch, nach rechts, und schon saß ich in meiner Lieblingsecke. Alles ganz automatisiert. Das waren Bewegungen, über die ich nicht nachdenken musste.

Die Fähre war fast leer, was mir ganz recht war. Lautes Kindergeschrei oder eine Horde junger Männer, die grölend von einem Rugbyspiel zurückkamen, konnte ich gerade nicht ertragen.

Callum schob sich neben mich auf die Sitzbank, anstatt sich wie die letzten Male mir gegenüber niederzulassen. »Soll ich dir einen Tee aus dem Automaten holen?«

Angeekelt sah ich zu ihm und bemerkte erst dann, dass er mich aufgezogen hatte.

»Entschuldige, aber das konnte ich mir nicht verkneifen«, gestand Callum lachend. »Du hättest dein Gesicht sehen müssen. Nein, diesen Tee werde ich nie wieder holen. Weder für mich noch für dich. Nicht einmal einem Feind würde ich das Gesöff anbieten.«

»Dann ist es ja gut. Ich dachte schon, du wärst nicht lernfähig«, neckte ich ihn zurück. Es war so einfach, in seiner Gegenwart locker zu sein. Ich durfte nur nicht darüber nachdenken, was gewesen war und nicht mehr sein würde.

»Doch, doch, das bin ich. Deshalb habe ich mich dieses Mal auch hier neben dich gesetzt. So kann ich dir näher sein und muss dich nicht nur von weitem anschmachten wie die Male davor.« Callum legte seinen Arm um meine Schultern und zog mich zu sich heran.

Zuerst wollte ich protestieren, aber dann ließ ich seine Nähe zu, schmiegte mich an ihn und inhalierte diesen berauschenden Duft, der von ihm ausging und den ich so liebgewonnen hatte.

Es war das erste Mal, seit wir das Hotelzimmer verlassen hatten, dass er mich berührte, und ich hatte mich insgeheim so sehr danach gesehnt, dass es sich wie eine Erlösung anfühlte.

Würde heute – hier und jetzt – das letzte Mal sein? Von nun an nur noch gehauchte Küsse auf die Wange oder eine Umarmung unter Freunden? Der Gedanke brachte den Kloß zurück in meinen Hals, und ich schluckte, um ihn loszuwerden. Aber das half nicht wirklich gegen die Gefühle, die in meinem Innern für Chaos sorgten.

Sanft strichen Callums Finger über meine Schulter und meinen Oberarm. Immer wieder, bis ich mich endlich entspannte und meine Bedenken losließ. Als ich seinen Mund an meiner Schläfe spürte und merkte, dass Callum tief einatmete, keimte eine leise Hoffnung in mir auf. Er liebte meinen Duft so sehr wie ich seinen. Das hatte er mir mehrmals versichert, und auch jetzt konnte er nicht genug davon bekommen. Es fühlte sich alles so richtig, so gut an. So, als gehörten wir zusammen. Würde er das auch erkennen?

Ich entschied, dass es nur eine Möglichkeit gab. Ich musste all das genießen, was er bereit war mir zu geben, und gleichzeitig hoffen, dass alles, was ich gab, genug war, um ihn von mir zu überzeugen.

Als wir eine Stunde später vor meinem Haus hielten und aus dem Wagen stiegen, half Callum mir, mein Gepäck aus dem Kofferraum zu holen. Es war bereits acht Uhr abends, und kein Mensch war mehr in der Main Street unterwegs. Typisch für einen Montag auf Mull. Erst recht, wenn am Tag zuvor groß gefeiert worden war. Auf dem Bürgersteig konnte ich sogar noch ein paar Überreste von Luftschlangen erkennen.

»Ich bring dich nach oben.« Mit dem Koffer in der Hand

wartete Callum nicht ab, was ich zu dieser Ankündigung zu sagen hatte, sondern ging gleich los zur Haustür.

Ich folgte ihm. Mein Herz raste, und ich spürte den Herzschlag überall. Jetzt würde der Abschied kommen. Noch wusste ich nicht, was morgen sein würde. Doch ich hatte mich dazu entschlossen, Callum nicht darauf anzusprechen. Stattdessen wollte ich alles auf mich zukommen lassen, auch wenn es mich beinah zerriss.

An meiner Wohnungstür angekommen, schloss ich auf und ließ Callum den Vortritt. Ein Kribbeln schoss durch meinen Körper, als ich mir vorstellte, wie er sich umdrehen und mich hochheben könnte, um mich ins Bett zu tragen und dort weiterzumachen, wo wir in London aufgehört hatten.

Doch er tat nichts dergleichen. Er stellte lediglich den Koffer vor meiner Schlafzimmertür ab und drehte sich anschließend zu mir um.

»Ich schick dir morgen noch mal Esther vorbei, dann kannst du erst mal in Ruhe ankommen.« Callum hörte sich schon wieder distanziert an. Professionell, wie der Hotelmanager, als den ich ihn kennengelernt hatte. Ein Geschäftspartner.

»Das ist nicht nötig.« Meine Stimme zitterte leicht. Ich hasste es, dass ich so sensibel war, aber ich konnte mich nicht dagegen wehren, dass ich mich am liebsten an ihn geschmiegt und gefragt hätte, ob er nicht hierbleiben wollte.

Unwirsch schüttelte Callum den Kopf. »Keine Widerrede. Ich habe Esther unterwegs schon eine Nachricht zukommen lassen, dass sie morgen gegen zehn bei dir sein soll.«

Fest biss ich die Zähne aufeinander. Ich wollte mich nicht streiten. Aber es gab eins, was ich gar nicht mochte. Und zwar, wenn ein Mann sich anmaßte, für mich zu entscheiden. Und genau das tat er, indem er Esther zu mir bestellt hatte. Er mischte sich in meine Geschäftsführung ein.

Callum schien meinen Unmut zu bemerken, denn jetzt sah er mich an, als würde er versuchen, ein Rätsel zu lösen.

»Soll ich Esther absagen?«

Mit dieser simplen Frage sorgte er dafür, dass ich meine Kiefer lockerte und mich wieder entspannte.

»Nein, schon okay. Du hast ja recht. Schick sie ruhig zu mir. Dann kann ich mich um die Dezemberabrechnung kümmern, während Esther und Shona den Laden schmeißen.« Zwar war dafür noch jede Menge Zeit, aber es wäre dennoch schön, morgen erst einmal langsam in den Tag zu starten.

»Gut, dann komm gut wieder im Alltag an. Ich melde mich.« Damit beugte er sich zu mir herab und drückte mir einen raschen Kuss auf die Wange, ehe er meine Wohnung verließ, ohne sich noch einmal zu mir umzudrehen.

Ich war völlig perplex. Das war alles so schnell gegangen. Viel zu schnell. Callum hatte einen klaren Schlussstrich gezogen, sich von mir distanziert und dafür gesorgt, dass wir wieder befreundete Geschäftspartner waren, die sich mit einem Kuss auf die Wange voneinander verabschiedeten – mehr nicht.

Ich blieb noch mindestens fünf Minuten an derselben Stelle in der geöffneten Wohnungstür stehen und versuchte, zu akzeptieren, dass dieser unverfängliche Kuss, den er mir eben gegeben hatte, wohl das Ende unserer Affäre symbolisierte.

* * *

Mittwoch, 3. Januar

Den ganzen Dienstag über hatte ich nichts von Callum gehört, und auch der Mittwoch verstrich ohne ein Wort von ihm. Ich lief herum wie ein Zombie, wartete, starrte immer wieder auf das Display des Telefons. Mit jeder Stunde, die verstrich, hatte sich der Riss in meinem Herzen ein bisschen vergrößert.

Zuerst hatte ich noch gehofft, dass er sich wirklich melden würde, doch als es heute auf den Feierabend zugegangen war, war mir klargeworden, dass Hoffnung eine dumme Idee gewesen war und ich den Tatsachen ins Auge blicken sollte.

Obwohl ich es hatte kommen sehen, gewusst hatte, worauf ich mich einließ, hatte diese dämliche Hoffnung meinem dummen Herzen ein anderes Ende dieser Geschichte vorgegaukelt. Nun musste ich wohl oder übel mit dem Schmerz leben, den dieser Fehler mit sich brachte. Dennoch fiel es mir schwer.

Ich war so niedergeschlagen, dass ich den Laden heute sogar früher geschlossen hatte und fühlte mich so kraftlos, dass ich weder am gestrigen Mittag noch heute zum Essen mit Ally und Hal gegangen war. Dabei hatten die beiden unbedingt mit mir auf meinen Sieg und das neue Jahr anstoßen wollen. Ich hatte ihnen geschrieben, dass ich so viel zu tun hatte, nachdem ich einige Tage nicht auf der Insel gewesen war, aber natürlich hatten sie mir nicht geglaubt.

Nun standen sie in meinem Flur und zogen sich die Mäntel aus, ohne mich aus den Augen zu lassen.

»Glückwunsch, du großartige Superfloristin! Ich habe dir etwas zu essen mitgebracht«, begann Hal die Unterhaltung, nachdem sie ihren Mantel an den Haken gehängt hatte, und deutete mit dem Kinn zu einer Kiste, die sie auf dem Boden abgestellt hatte. »So, wie ich dich kenne, hast du bestimmt noch nichts gegessen, oder?«

Ich zuckte mit den Schultern und ging in die Küche, um uns eine Kanne Tee zu kochen. Mit fahrigen Bewegungen setzte ich das Wasser auf und holte anschließend aus einem der Hängeschränke aus weißem Holz ein Sieb, das ich mit losem Tee füllte. Viel zu schnell waren alle Handgriffe erledigt, und so drehte ich mich zu meinen Freundinnen um und klammerte mich an der Arbeitsplatte aus Naturholz fest.

Ally und Hal kannten mich einfach zu gut, als dass ich ihnen in dieser Sache etwas vorspielen konnte. Schon immer hatte ich Probleme mit dem Essen, wenn ich unglücklich war. Alles schlug mir sofort auf den Magen.

Mir war in dem Moment, da Ally und Hal an meiner Wohnungstür aufgetaucht waren, sofort klar gewesen, dass sie sich nicht abwimmeln lassen und darauf bestehen würden, mit mir den Abend zu verbringen. Vielleicht war das auch gut so. So konnte ich wenigstens einige meiner wirren Gedanken loswerden.

Während Hailey den Auflauf, den sie mitgebracht hatte, in den Ofen schob und das Gerät anstellte, deckte Ally den Tisch und zündete eine Kerze an. Kurz darauf saßen wir, jede mit einer dampfenden Tasse Tee in der Hand, zusammen. Ein herrlicher Duft nach Gemüse und Käse erfüllte die Küche.

»Erzähl!«, forderte Hal mich schlicht auf. Es war mir schon vorher bewusst gewesen, dass sie diejenige sein würde, die mich in die Zange nahm.

Ich atmete zischend ein. »Wir hatten Sex.« Meine Stimme war extrem leise. Ich fragte mich, ob meine Freundinnen mich überhaupt gehört hatten. Zitternd holte ich erneut Atem. Die beiden wussten, dass ich bisher nur mit Brian intim gewesen war und deshalb der Sex mit Callum für mich eine große Sache darstellte. Aus diesem Grund war es auch nicht verwunderlich, dass mit einem Mal eine unangenehme Stille am Tisch herrschte.

»Es war schön«, gestand ich, weil ich das Schweigen nicht mehr aushielt.

»Und jetzt ist es vorbei?«, hakte Ally sanft nach.

Ich biss mir auf die Unterlippe, weil ich bemerkt hatte, dass sie angefangen hatte, zu zittern. Als ich meine Gefühle wieder im Griff hatte, antwortete ich: »Davon gehe ich mal aus, denn er hat sich nicht gemeldet, seitdem wir zurück auf der Insel sind.«

Hal hob die Hand und legte den Kopf schief. »Falls das wieder so ein Ding ist wie mit dem Du anbieten: Warum rufst du ihn nicht selbst an?«

»Weil er mir gesagt hat, dass er sich bei mir meldet.« Befangen drehte ich die Tasse in meinen Händen. »Ich will ihn nicht nerven oder in die Enge treiben. Dann denkt er bestimmt, ich sei eine Klette.«

»Okay, das ist ein Argument.« Hal sah mich an, als würde sie mal wieder in ihr Helfersyndrom verfallen, wobei ihr nächstes Hilfsobjekt dann wohl ich war.

Deshalb schüttelte ich rasch den Kopf. »Das muss ich selbst regeln. Halt dich bitte raus. Okay?«

Sie nickte langsam. »Was könnte ich auch tun? Moment da fällt mir was ein! Ich könnte ihm die Pistole auf die Brust setzen und ihn zwingen, dir einen Ring an den Finger zu stecken.« Das sorgte dafür, dass wir alle anfingen zu kichern.

»Ich werde ihm nicht hinterherrennen. Ich wusste vorher, auf was ich mich einlasse und dass er keine Beziehung möchte.«

Ally wiegte den Kopf hin und her. Dabei ließ sie mich nicht

aus den Augen. »Gut möglich, doch das heißt noch lange nicht, dass es dir nicht weh tut, dass er nicht mehr will.«

»Nein, das heißt es nicht. Aber das ist mein Problem, nicht seins. Er hat von Anfang an mit offenen Karten gespielt, und ich habe mich trotzdem dafür entschieden, mein Herz zu riskieren. Ich möchte mich da auch nicht in irgendwas hineinsteigern, was keine Chance auf ein Happy End hat. Besser, ich akzeptiere es. Dann tut es zwar eine Zeitlang weh, aber es wird keine unendliche Geschichte, die mich zerschmettert, so wie bei Brian.« Meine Hand zitterte, als ich die Tasse an die Lippen führte. Diese blöden Gefühle, die mich so aus der Bahn warfen, gefielen mir ganz und gar nicht. Wo war der verdammte Aus-Knopf?

»Okay, dann lasst uns den Auflauf essen, und anschließend machen wir einen Filmabend mit einer Riesenportion Eis und Prosecco – den hab ich nämlich auch noch mitgebracht. Schließlich müssen wir dringend noch auf deinen grandiosen Sieg anstoßen.« Hal klatschte tatkräftig in die Hände und erhob sich, um nach dem Essen zu sehen.

Ally legte ihre Hand auf meine und drückte sie kurz, ehe sie uns beiden Tee nachgoss.

Es war tröstlich, meine Freundinnen bei mir zu haben. Zu wissen, dass wir immer füreinander da waren, wenn es einer von uns nicht gutging, half auch in den schlimmsten Situationen, das Leben zu akzeptieren und einfach weiterzumachen.

* * *

Freitag, 5. Januar

Auch die nächsten Tage vergingen, ohne dass ich Callum ein weiteres Mal begegnete. Dennoch wurde es nicht langweilig auf Mull. Die Ladenbesitzer trafen sich erneut, um das Beltanefest zu planen, und versanken in stundenlangen Diskussionen. Zu meiner Erleichterung war Matt als Hotelbesitzer selbst gekommen, statt Callum als seine Vertretung zu schicken.

Es war schon neun Uhr abends, und wir saßen noch immer im *Lizzy's*. Bereits zum wiederholten Mal konnte ich ein Gähnen nicht unterdrücken. Ally erwischte mich dabei und zwinkerte mir verschwörerisch zu.

Matt, der neben mir saß, beteiligte sich lautstark an der Diskussion, wer die für Schottland typischen Teigfladen, die Bannocks, für das Fest bereitstellen und verkaufen durfte. »Ihr wisst so gut wie ich, dass der Koch im *Tobers* die besten Bannocks weit und breit macht. Es wäre dumm, wenn wir das jemand anderen machen lassen. Zumal wir im Hotel die Möglichkeit haben, ganz andere Mengen herzustellen.«

Jeremiah plusterte sich regelrecht auf, als er sich von seinem Stuhl erhob. Er war ein kleiner, untersetzter Mann, der in der Main Street einen Feinkostladen für Käse betrieb. »Das sollte doch wohl Hailey zustehen, immerhin hat sie hier die örtliche Backstube.«

Hal hob abwehrend die Hand. »Warum regt ihr beiden euch eigentlich so sehr auf? Fragt mich doch erst einmal, ob ich überhaupt Bannocks backen möchte.«

Matt starrte sie perplex an, ehe er genau das tat, was Hal von ihm gefordert hatte. »Willst du die Bannocks für das Beltanefest backen?«

»Nein, Himmel nochmal!« Nun stand meine Freundin ebenfalls auf, legte die Hände auf den Tisch und starrte zwischen den streitenden Männern hin und her. »Ich werde Brotfladen und einen Eintopf anbieten. Nachts ist es kalt auf Mull. Die Leute werden sich freuen, wenn es was Warmes zu essen geben wird. Das *Tobers* kann gerne in die Bannock-Produktion einsteigen. Ich bin da raus. Streit beendet. Haben wir damit alles geklärt? Ich bin müde und will wirklich gern nach Hause.«

Ich musste mir auf die Zunge beißen, um nicht lauthals loszulachen. Das war so typisch für Hal. Allys verkniffener Gesichtsausdruck zeigte mir, dass sie ebenfalls mit einem sich ankündigenden Lachflash zu kämpfen hatte. Die beiden Männer waren jetzt jedenfalls still und sahen sich nur mürrisch an. Man merkte Matt jedoch an, dass er mit der Lösung des Problems zufrieden war, immerhin hatte er das bekommen, was er wollte.

»Ich denke, die anderen Entscheidungen können wir auf den nächsten Termin verlegen, oder?«, fragte ich die Anwesenden versöhnlich und erntete zustimmendes Gemurmel, ehe sich alle erhoben.

Ich blieb sitzen, sah den Menschen, die ich alle schon mein Leben lang kannte, hinterher und war froh, dass wir die Burns Night bereits vor Monaten geplant hatten. Da die Feierlichkeiten jedes Jahr am fünfundzwanzigsten Januar stattfanden und sich nichts groß änderte, hatte es da auch nicht so viel zu besprechen gegeben.

Die Burns Night wurde zu Ehren des berühmten und gefeierten schottischen Nationalpoeten Robert Burns abgehalten und hatte schon lange Tradition auf unserer Insel. An diesem Abend gab es etliche Stände auf der Main Street, und wir Inselbewohner nutzten einmal mehr die Chance, zu feiern.

Erleichtert atmete ich aus. Eine weitere Stunde in dieser Runde hätte ich definitiv nicht ausgehalten. Auch ich hatte einen langen Tag hinter mir, ich stand zwar nicht ganz so früh auf wie Hal, die noch halb in der Nacht den Backofen anschmeißen musste. Aber um diese Uhrzeit hatte ich trotzdem Besseres zu tun, als mit ein paar streitbaren Ladenbesitzern zusammenzusitzen.

Hailey hatte die anderen vor die Tür begleitet und verabschiedet. Auch Ally hatte uns nur kurz zugewunken und war dann aus dem Laden gestürmt, weil Jamie bereits seit einer halben Stunde davor geparkt und auf sie gewartet hatte. Nur Matt und ich waren sitzen geblieben, weil wir Hal dabei helfen wollten, die Tassen und Gläser abzuräumen, damit sie morgen mit einem sauberen Gastraum in den Tag starten konnte.

Ich entspannte mich für einen kurzen Moment und sah, dass Hailey dort draußen mit Jeremiah sprach, der wohl doch noch einiges zu klären hatte. Sie tat mir leid, aber ich wusste auch, dass sie sich wehren konnte, wenn ihr das zu viel wurde. Sie war von uns dreien immerhin die Durchsetzungsstärkste.

Matt lehnte sich zu mir rüber. »Wie geht es dir?«

Ich drehte mich zu ihm um und bereute es, nicht gleich mit dem Aufräumen begonnen zu haben. Nun würde ich von einem meiner besten Freunde in die Mangel genommen werden.

»Mir? Das sollte ich wohl eher dich fragen!«, sagte ich frei nach dem Motto: Angriff ist die beste Verteidigung.

»Besser.«

»Das freut mich wirklich für dich, Matt.« Doch wenn ich ehrlich war, sah er nicht so aus, als würde es ihm schon richtig gut gehen. Er hatte in den letzten Tagen bestimmt fünf Kilo abgenommen, und seine Augen lagen tief in den Höhlen. Musste ich mir Sorgen um ihn machen? Litt er wirklich nur an einem harmlosen Infekt? »Kannst du denn überhaupt deine Maledivenreise nächste Woche antreten?«

»Ja, das ist kein Problem. Laut Doc Anderson war es wohl nur eine leichte Erkältung. Allerdings ist mir das Medikament auf den Magen geschlagen, und das hat mich völlig ausgeknockt. Ich bin auch erst seit gestern wieder unter den Lebenden, fühle mich aber immer noch nicht wirklich fit.« Er zuckte mit den Schultern.

»Viel Zeit zum Erholen hast du dir ja auch nicht gegeben, wenn du heute schon wieder hier bei uns sitzt und noch dazu einem Streit mit Jeremiah nicht aus dem Weg gehst. Mach langsam, nicht, dass du noch was verschleppst und dann mit Spätfolgen kämpfen musst.« Ermahnend hob ich den Zeigefinger, als wäre ich Mrs. Chippley, unsere alte Deutschlehrerin in der Primary School.

»Versprochen.« Dann legte Matt den Kopf schräg und sah mich mit einem Blick an, der mir nichts Gutes versprach. Nun würde wohl die berühmte Mangel folgen, durch die er mich zog, um mir sämtliche Wahrheiten zu entlocken, die ich freiwillig nicht preisgeben mochte. »Was ist mit dir und Callum?«

Ein Stöhnen entwich mir, und ich sah wieder aus dem Fenster. »Nichts?«

»Nichts? So kam es mir nicht vor, als ich Callum gesprochen habe.«

»Ihr habt über mich gesprochen?«, entfuhr es mir, und mein Kopf schnellte wieder zu Matt herum.

Er schmunzelte. »Ja, wir reden über alles. Wir sind inzwischen wirklich gute Freunde.«

»Alles?«, echote ich erschrocken.

»Beruhig dich.« Matt legte eine Hand auf meinen Unterarm. »Nicht wirklich über alles. Aber ich habe das Gefühl, dass in London mehr passiert ist als nur der Wettbewerb.«

Ich lehnte mich ein Stück zurück und verschränkte die Arme vor der Brust, so dass der Körperkontakt zu ihm unterbrochen wurde. »So? Und wie kommst du darauf?«

»Callum hat eine solch miese Laune, dass ihm jeder einschließlich mir aus dem Weg geht. Du siehst auch nicht gerade glücklich aus, und keiner von euch erzählt mir etwas über den Wettkampf.« Er spiegelte mich und verschränkte ebenfalls die Arme vor der Brust. »Normalerweise wärst du freudestrahlend zu mir gekommen oder hättest mich mit Nachrichten bombardiert. Du hättest mir Fotos von dem Teil gezeigt, mit dem du den unfassbaren zweiten Platz belegt hast. Hättest mir die anderen Teilnehmer und ihre Werke beschrieben und auf jeden Fall hättest du mir vom Feuerwerk an der Themse vorgeschwärmt, wo du schon nicht mit uns feiern konntest. Doch ich habe nichts, wirklich gar nichts von dir gehört und nicht einmal die Gelegenheit bekommen, dir zu gratulieren.«

Ich fiel in mich zusammen. Er hatte recht. Ich verhielt mich völlig untypisch. »Wir haben es getan.«

Langsam ließ Matt die Arme sinken. »Oh, Lin. Das ist doch toll. Warum habt ihr dann beide so eine miese Laune?«

Ich hob den Kopf. »Toll? Nein, es war grandios. Aber nun ist es vorbei. Er will keine feste Beziehung.«

Matts Augenbrauen schossen bis zu seinem Haaransatz nach oben. »Ist das so?«

»Oh, komm schon, stell mir doch nicht immer diese Gegenfragen, als wenn du mein Therapeut wärst.« Genervt schnaubte ich. »Er hat mir vor ein paar Wochen gesagt, dass er nicht auf der Suche ist und keine Frau mehr in seinem Leben haben will.«

»Manchmal ändern Menschen ihre Meinung. Männer noch viel öfter als Frauen.« Matt zwinkerte mir zu, vermutlich um die Situation aufzulockern, doch das zeigte keinerlei Wirkung bei mir.

»Die Hoffnung habe ich aufgegeben. Er hat sich nicht gemeldet, obwohl er meinte, dass er das tut.« Ich verzog den Mund zu einer Schnute.

»Weißt du, Lin, wenn ich eins in den letzten Jahren gelernt habe, dann, dass Männer oft nicht das tun, was sie fühlen. Nicht wirklich sagen, was sie meinen. Als Escort habe ich so oft die Partner der Frauen eifersüchtig machen müssen, dass ich mir geschworen habe, niemals so ein Freund oder Ehemann zu werden. Jemand, der nicht um das kämpft, was er liebt. Die Männer haben oft dafür gesorgt, dass sie selbst und die Frauen, die sie lieben, verzweifelt waren. Und zu was führt das? Zum Unglücklichsein. Oft bei beiden, egal ob Mann oder Frau.«

»Ach Matt, du wirst ein wundervoller Ehemann sein, sobald du die Richtige gefunden hast. Und du bist richtiggehend philosophisch, jetzt da du auf die dreißig zugehst«, zog ich ihn ein wenig auf. »Aber mal ehrlich. Ich verstehe, was du meinst. Doch ich muss dich da enttäuschen, das trifft auf Callum leider nicht zu.«

»Versuch einfach mal dein Glück. Geh den ersten Schritt. Auch Frauen dürfen für etwas kämpfen, was ihnen wichtig ist. Was hast du zu verlieren?«

»Viel. Vielleicht zu viel.« Der Gedanke, mich emotional vor Callum so angreifbar zu machen, und das mit dem Wissen, dass er keine Beziehung haben wollte, machte mir fürchterliche Angst.

Gerade als Matt etwas erwidern wollte, bimmelte das Glöckchen über der Ladentür, und Hal betrat das *Lizzy's*. »Hey, ihr zwei. Verschwindet jetzt. Sonst muss ich euch eigenhändig rausschmeißen. Entschuldigt bitte, aber ich sollte dringend ins Bett. Lasst alles stehen, ich räum das morgen früh weg.« Sie trat an unseren Tisch und sah wirklich aus, als wenn sie bald im Stehen einschlafen würde.

»Ach, Hailey Ferson. Dich müdes Wesen kann man doch nur lieben«, neckte ich sie.

»Oder für deine Direktheit hassen!«, fügte Matt lachend hinzu und erhob sich.

Das Glöckchen der Eingangstür bimmelte erneut, was meiner Freundin ein Stöhnen entlockte. »Jeremiah, ich habe dir gesagt, dass wir das bei der nächsten Besprechung klären.«

Doch es war nicht der Feinkosthändler, der die Bäckerei betreten hatte. Es war ein junger Mann mit blondem Haar, dessen Gesichtszüge mir vage bekannt vorkamen, doch ich konnte nicht zuordnen, woher ich ihn kannte. Matt sah mich fragend an. Ich zuckte mit den Schultern, weil ich keine Antwort für ihn hatte. Fasziniert beobachtete ich den Mann, als er unsicher in den Raum trat.

»Hal?«, fragte er vorsichtig mit einer tiefen Stimme, die leicht kratzig klang. So, als hätte er viel zu früh viel zu viele Zigaretten geraucht.

Hailey drehte sich um und erstarrte im nächsten Moment. Sie war immer in Anspannung, doch das, was jetzt mit ihrem Körper passierte, glich eher dem Erstarren zu einer Salzsäule. Sie bewegte sich keinen Millimeter mehr, und wenn ich mich nicht täuschte, atmete sie auch nicht mehr. Was passierte da gerade?

»Du bist doch Hailey, oder?« Flehend sah er Hal an und ging einen weiteren Schritt auf sie zu.

Neben mir versteifte sich Matt, so als wolle er sich zwischen den Fremden und unsere Freundin werfen, wenn er sich ihr noch weiter näherte. Aber ich hatte ein ganz merkwürdiges Gefühl bei der Sache und legte Matt beruhigend die Hand auf den Unterarm. Etwas Großes passierte hier gerade. Konnte es möglich sein, dass ...?

»Jerry?« Haileys Stimme brach, ein Schluchzen kam über ihre Lippen. Und in diesem einen Wort lag so viel Schmerz, dass es mir die Kehle zuschnürte.

Der Mann nickte schnell, während sein Adamsapfel immer wieder auf und ab hüpfte. Tränen glitzerten in seinen Augen.

»Oh mein Gott!«, stieß Hal hervor, dann war sie nicht mehr zu halten und überbrückte die Distanz zwischen sich und ihrem seit zwanzig Jahren verschollenen Bruder. »Jerry! Oh mein Gott, Jerry. Du bist es wirklich!«

Im nächsten Moment lagen die beiden sich in den Armen. Jerry war einen Kopf größer als seine Schwester, und Hal versank in seiner Umarmung. Sie schniefte, und ich spürte, wie mir ebenfalls die Tränen die Wangen hinab liefen, während ich mir die Hand auf den Mund presste, um nicht laut aufzuschluchzen und die Situation zu zerstören.

»Ist das wirklich Haileys Bruder?«, fragte Matt fassungslos und konnte den Blick nicht von den beiden abwenden.

Ergriffen nickte ich.

Jeder von uns wusste, wie lange Hal nach ihm gesucht hatte. Sie hatte sogar einen Anwalt und einen Privatdetektiv für die Suche nach Jerry engagiert. Erst im Herbst hatte sie erfahren, wo er lebte, und doch nicht den Mut gehabt, ihn sofort aufzusuchen. Ende November hatte sie sich entschlossen, im Frühjahr den nächsten Schritt zu gehen. Wir wollten im Frühling gemeinsam nach Inverness fahren, damit Hal nicht allein wäre, wenn sie ihrem Bruder das erste Mal nach so langer Zeit begegnete. Doch das war nun wohl hinfällig. Er hatte sie gefunden, seine Schwester.

Ich wollte mir nicht länger vorkommen wie eine Voyeurin, weshalb ich mich erhob, und zu Matt sagte: »Komm, lass uns gehen. Dann können die beiden sich in Ruhe wieder kennenlernen.«

Er nickte angesichts meines Vorschlags und griff nach seiner Jacke. »Ich bring dich heim.«

Leise gingen wir an den beiden vorbei und verließen das *Lizzy's*. Vor der Tür schlug uns kalter Wind entgegen, und ein leichter Sprühregen hatte eingesetzt, der nun zusätzlich zu den Tränen mein Gesicht benetzte. Noch einmal warf ich einen Blick durch die beschlagenen Schaufenster auf Hailey und ihren Bruder Jerry, die sich noch immer in den Armen hielten. Sie sahen sich so ähnlich, dass sie gut und gerne auch Zwillinge hätten sein können. Kein Wunder, dass er mir bekannt vorgekommen war. Mir hatte nur der Zusammenhang gefehlt.

»Oh Mann, das geht sogar mir hartgesottenem Kerl nahe.« Matt stellte sich neben mich und sah ebenfalls zu den beiden Geschwistern.

Der Satz brachte mich zum Lachen. »Du und hartgesotten?«

»Ja, na klar.« Matt zwinkerte mir zu, weil er ganz genau wusste, dass er kein harter Kerl war. Er war zwar auch nicht unbedingt jemand, der vor einer Herausforderung davonlief, aber schon immer hatte er ein weiches Herz gehabt.

»Komm, du harter Kerl. Bring mich heim, dann kannst du zu Hause deine Muskeln stählen gehen, damit du noch stärker wirst.« Ich hakte mich bei ihm unter und gemeinsam schlenderten wir die wenigen Meter bis zu meiner Haustür. Beseelt von dem gerade Erlebten.

Kaum hatte ich meinen Mantel an die Garderobe gehängt und meine Schuhe von den Füßen gestreift, griff ich nach meinem Handy, ließ mich damit auf mein Sofa fallen und öffnete unsere Gruppenchat *Lieblingsmenschen*.

Oh mein Gott, Hailey. Ich kann dir gar nicht sagen, wie bewegend das gerade eben war. Ich bin immer noch ganz erfüllt von dieser Szene.
Ally, kurz nachdem du das Lizzy's verlassen hast, kam Jerry herein. Ja, Jerry! Haileys Bruder. Unfassbar, oder? Vermutlich werden sie jetzt die halbe Nacht damit verbringen, miteinander zu reden und sich wieder näherzukommen.
Ich freu mich so sehr für dich, Hal!

Lange musste ich nicht warten, da klingelte auch schon mein Telefon.

»Hey«, begrüßte ich Ally, deren Namen ich auf dem Display gesehen hatte. »Das ist wirklich unfassbar! Da gehe ich einmal früher nach Hause, und dann passiert etwas so Weltbewegendes. Ich wäre so gern dabei gewesen und hätte Haileys Gesicht gesehen, als sie realisiert hat, wer da in die Bäckerei gekommen ist. Aber vor allem: Wie sieht Jerry aus?«

Ally redete so schnell, dass ich einen Moment brauchte, all ihre gesprochenen Wörter zu verarbeiten.

»Es war wirklich sehr bewegend. Jerry sieht Hal total ähnlich. Dasselbe blonde Haar und auch im Gesicht die absolute Ähnlichkeit, dass ich zuerst das Gefühl hatte, dass ich ihn kenne.«

»Ich bin offiziell neidisch und todunglücklich, dass ich nicht dabei war. Aber ich freu mich so sehr für Hal.« Ally schniefte, was mich dazu brachte, ebenfalls ein paar Tränen zu verdrücken.

»Ja, mir geht es genauso. Es ist so schön, dass er sich nun von sich aus gemeldet hat. Ich frage mich, wie er Hal gefunden hat. Das war ja sicherlich genau wie bei ihr ein Riesenakt.« Die Suche hatte viele Monate gedauert, und bürokratische Hürden hatten es nicht einfacher gemacht, Jerry zu finden.

»Das wird sie uns bestimmt morgen alles erzählen«, mutmaßte ich.

»Ja, stimmt. Auf jeden Fall müssen wir uns morgen zum Mittagessen im *Lizzy's* treffen.« Allys Stimme klang dringlich, offenbar war sie genauso neugierig auf Haileys Erzählung wie ich.

»Abgemacht!«, erwiderte ich mit einem Schmunzeln auf den Lippen. »Neugierige Freundinnen sind manchmal echt unausstehlich, wie ich aus eigener Erfahrung weiß. Aber ich weiß auch, dass sie immer da sind, wenn man sie braucht, auch wenn man das selbst noch nicht weiß. Und wir werden für Hal da sein. Ich bin schon sehr gespannt, was sie uns zu erzählen hat.«

Kurz herrschte Schweigen zwischen Ally und mir. »Lin?«

»Ja?«, fragte ich völlig unbedarft.

»Wenn du über Callum und dich reden magst, kannst du immer zu mir kommen, mich jederzeit anrufen, oder ich komme zu dir, wenn du mich brauchst. Ich lasse alles stehen und liegen. Das weißt du hoffentlich.«

Ich schluckte, da sich in diesem Moment ein Kloß in meinem Hals bildete. Da hatte ich mich durch mein Geschwafel in eine Situation gebracht, die für mich nicht unbedingt angenehm war. »Ja, das weiß ich.«

»Kommst du klar?«, hakte Ally noch einmal nach.

Ich horchte in mich hinein. Kam ich klar? Irgendwie schon,

doch nicht immer. »Ja, ich komme zurecht. Bin zwar noch emotional angeschlagen, aber ich schaffe das bestimmt. Ich muss nur aufhören, auf irgendwas zu hoffen.«

»Hast du Callum denn mal wiedergesehen?«

Ich schüttelte den Kopf, bis ich merkte, dass Ally das ja nicht sehen konnte. »Nein, bis jetzt noch nicht. Aber er wird wahrscheinlich morgen zu unserem Treffen bei Matt erscheinen.«

»Mit Sicherheit.«

Der Gedanke verursachte mir ein wenig Übelkeit. Aber wir würden uns in Zukunft bestimmt noch öfter über den Weg laufen und ich musste lernen, damit umzugehen.

* * *

Samstag, 6. Januar

Das Mittagessen fiel aus, weil Hailey sich zu der Zeit noch einmal mit Jerry treffen wollte, wofür Ally und ich absolutes Verständnis hatten. Und da wir uns ja sowieso am Abend bei Matt verabredet hatten, hatte ich durchgearbeitet und nur eine Kleinigkeit zwischendurch gegessen. So war es auch nicht verwunderlich, dass ich jetzt am frühen Abend total ausgehungert bei Matt ankam. Er hatte unsere Freundesgruppe zu sich eingeladen, bevor er nächste Woche zu seiner zweiwöchigen Reise auf die Malediven aufbrechen würde. Vom Hotelkoch hatte er sich ein Buffet zusammenstellen lassen, so dass niemand von uns etwas mitbringen musste.

Da Matt ein bisschen außerhalb von Tobermory wohnte und

ich dank eines Telefonats mit meiner Mutter viel zu spät dran war, hatte ich den Wagen genommen, um hierherzufahren.

Bisher hatte ich gedacht, die anstehende Begegnung mit Callum gut meistern zu können, doch nun saß ich in meinem Transporter, und mir war fast schon schwindlig bei dem Gedanken, ihm gegenüberzutreten.

Noch einmal schloss ich die Augen und atmete tief durch, dann stieg ich aus und ging auf Matts imposantes Haus zu. Es war zwar äußerlich an die Cottages der Insel angelehnt, aber jeder, der genau hinsah, konnte erkennen, dass es eine Qualität und Moderne aufwies, mit der die herkömmlichen Inselcottages nicht mithalten konnten.

Als ich die Türklingel betätigte, erklang der Glockenschlag des Big Ben, was mir sonst jedes Mal ein Grinsen entlockte, mich jetzt jedoch direkt nach London zurückkatapultierte, in das Hotelzimmer im *Savoy*, von wo aus wir die Glocke noch gut hatten hören können. Missmutig schüttelte ich den Kopf, wie um den Gedanken zu verscheuchen.

Bei meinem ersten Besuch hier hatte ich Matt zum Spaß einen größenwahnsinnigen Millionär genannt. Doch das war er nicht. Es gab einfach Dinge, die er schön fand, und die versuchte er, für sich umzusetzen. Dabei ging er nie überdimensioniert vor oder war überheblich.

Mit Schwung wurde die Tür aufgerissen, und vor mir stand Matt, der über das ganze Gesicht strahlte. Heute wirkte er deutlich fitter als gestern. Dennoch hoffte ich, dass er sich mit dieser Party nicht übernahm und womöglich seinen wohlverdienten ersten Urlaub seit vielen Jahren aufs Spiel setzte. Die Party sei doch nichts Großes, hatte er versprochen, aber ich wusste, dass er trotzdem wieder etliches organisiert hatte.

»Hey, Linnymaus! Komm rein und lass dein grüblerisches Gesicht am besten gleich draußen im Auto.« Er zwinkerte mir zu, und ich trat an ihm vorbei in den Flur.

»Ich mache mir eben Sorgen um dich, du Hirni.«

»Musst du nicht, es geht mir gut. Ich habe nichts vorbereiten müssen, das hat alles der Koch gemacht, und Terry hat das Buffet aufgebaut und die Getränke gebracht. Morgen kommt er zusammen mit Esther erneut her und räumt alles wieder zurück ins Hotel. Ich muss nichts tun. Du kannst dich also entspannen.«

»Zumindest ein bisschen Vernunft ist dir noch geblieben«, zog ich ihn auf.

»Ja, ein bisschen. Sozusagen Hirni de luxe.« Nachdem er mir einen Kuss auf die Wange gedrückt hatte, beschwerte er sich. »Ich dachte schon, du kommst nicht mehr und kneifst.«

Ich verdrehte die Augen. »Ich kneife nie!«

»Ja, ja schon gut.« Brüderlich legte er mir den Arm um die Schultern, als ich den Mantel ausgezogen hatte, und bugsierte mich in sein riesiges Wohnzimmer. »Du siehst übrigens echt heiß aus!«

»Danke, du Charmeur!« Ich hatte mich ausnahmsweise mal für eine schwarze Leggins in Lederoptik und einen extralangen, extrem flauschigen Pullover in der gleichen Farbe entschieden, der jedoch einen recht tiefen Ausschnitt hatte. Schick, ein bisschen sexy, aber dennoch gemütlich. Meine Haare hatte ich zu einem lockeren Knoten hochgesteckt, aus dem ein paar einzelne Strähnen heraushingen. Und ich hatte mich stärker geschminkt als sonst. Ich fühlte mich verkleidet, aber diese Maske half mir, mich gegen das zu wappnen, was nun kommen würde.

Callum Strayton.

Im Innern des großen Wohnraums, in dem eine Wohnlandschaft aus braunem Leder stand, auf der schon einige der anderen Platz genommen hatten, schlug mir bereits Stimmengewirr entgegen. Mein Blick wanderte über die Anwesenden. Ich lächelte und nickte allen zu. Doch dann verharrte mein Blick auf Callum, der mich lächelnd anblickte und sich erhob, als wenn nichts zwischen uns stünde. Als wenn wir nicht die heißesten Nächte miteinander verbracht hätten, die sich ein Mensch nur vorstellen konnte, und er seitdem nichts von sich hatte hören lassen. Er kam direkt auf mich zu und ließ mich dabei nicht einmal aus den Augen.

»Oh, oh, da kommt Mr. Ich-habe-keine-Gefühle«, flüsterte Matt in mein Ohr und ließ mich los, um mich offenbar allein mit Callum reden zu lassen.

Es fühlte sich für mich aber eher so an, als wollte Matt mich seinem Freund zum Fraß vorwerfen.

»Hey, schön, dass du da bist.« Callum beugte sich zu mir und gab mir einen freundschaftlichen Kuss auf die Wange. Doch dann zog er mich in seine Arme und hielt mich einen Moment zu lang für reine Freundschaft.

Einen Moment, den ich genoss. Ich atmete tief ein, inhalierte Callums Duft, spürte seine Muskeln und seine Wärme durch den Stoff seines Hemdes hindurch und schloss für einen Sekundenbruchteil die Augen, nur um sie sofort wieder aufzureißen und mir selbst die Hoffnung zu verbieten, mir klarzumachen, dass da nicht mehr zwischen uns war. Das Dumme mit der Hoffnung war jedoch, dass sie nicht fragte, wann sie erwünscht war. Sie tauchte einfach auf, wenn sie es für richtig hielt. Und das tat sie genau in diesem Moment, da das Flattern in meinem Magen einsetzte. Sie flammte auf und versengte mein Inneres wie ein Flächenbrand. Heiß, unerbittlich und nicht eindämmbar.

Als Callum mich losließ und ich wie aus einer Trance erwachte, erinnerte ich mich daran, dass ich etwas erwidern sollte. Räuspernd versuchte ich, mich wieder zu fangen. »Ich wollte eigentlich schon viel früher hier sein, aber meine Mutter hat mich angerufen und mit mir über Gott und die Welt reden wollen. Du kennst ja meine Mum, so einfach kann man bei ihr ein Gespräch nicht beenden.«

»Oh ja! Deine Mutter ist da sehr speziell, aber sie ist trotzdem wunderbar.« Callums Blick und sein Lächeln waren aufrichtig.

»Ja, das ist sie.«

»Wer ist was?«, mischte sich Hailey in unser Gespräch ein und legte den Arm beschützend um meine Schulter. Dabei entging mir nicht, wie abschätzig sie Callum ansah. Hailey war auf Rachefeldzug, was nichts Gutes bedeutete. Sie war wie eine Löwin, wenn es darum ging, ihre Liebsten zu beschützen und zu verteidigen.

»Lins Mum ist wunderbar«, wiederholte Callum und sah immer noch mich an.

»Ihre Tochter auch«, gab sie knurrend zu bedenken. Knurrend? Ja, da war eindeutig ein Knurren zu hören gewesen!

Haileys zusätzlich auch noch provozierender Unterton veranlasste Callum nun doch, zu ihr zu schauen. »Da hast du absolut recht. Ihre Tochter ist bezaubernd.«

Viel zu laut stieß ich den Atem aus, so dass die Blicke beider auf mir landeten. »Ich hole mir mal etwas zu trinken.«

Rasch wand ich mich unter Hals Arm hervor und flüchtete in die Küche. Diese unterschwelligen Aggressionen hielt doch kein Mensch aus! Erst recht nicht in meiner Situation.

* * *

Der Abend gestaltete sich angenehmer, als ich zuvor und während der ersten Minuten gedacht hatte. Ich versuchte, Callum, so gut es ging, aus dem Weg zu gehen, und redete mir ein, er wäre gar nicht hier.

»Wer bringt dich eigentlich zum Flughafen?«, wollte Ally von Matt kurz nach dem Essen wissen. Wir saßen alle auf der Wohnlandschaft oder dem Boden verteilt, redeten und lachten.

»Das übernimmt Callum.« Matt legte Callum die Hand auf die Schulter, und dieser erwiderte sein Grinsen. »Einige Stunden nur unter Männern werden uns guttun. Und Callum kann im Anschluss noch einen der Lieferanten in Glasgow besuchen und einen neuen Deal aushandeln.«

Sofort musste ich an meine Zeit mit Callum allein im Auto denken. Es schien mir so unendlich lange her zu sein, dabei waren gerade mal fünf Tage vergangen, seit wir aus London zurückgeflogen waren.

Ungewollt fing ich Callums Blick auf und sah darin einen Teil von dem, was auch ich fühlte. Dachte er auch an unsere gemeinsame Zeit in London? An die beiden Nächte und Tage, die wir zusammen verbracht hatten? An die Berührungen und die geflüsterten Worte? An all das, was wir geteilt und genossen hatten?

Sein Blick ging mir durch und durch. Ich musste hier raus! Weg von diesen grünen Augen, weg von all den Menschen, die in meinem Gesicht die Gefühle ablesen konnten wie in einem Buch.

Hektisch stand ich auf und ging in den Flur, wo ich erst einmal tief durchatmete und mir dann den Kopf darüber zerbrach, ob ich die Party einfach verlassen konnte, ohne Matt oder den anderen Bescheid zu sagen. Das wäre das Einfachste. Aber das Einfachste war nicht immer das Richtige.

»Gehst du schon?« Callums tiefe, warme Stimme erklang hinter mir. Er war nah. Viel näher, als gut für mich war.

»Nein, ich ... ich wollte nur etwas aus meiner Manteltasche holen«, log ich.

»Und was machst du dann auf dieser Seite des Flurs?«

Mist! Erst jetzt fiel mir auf, dass die Garderobe, an der auch mein Mantel hing, auf der anderen Seite des meterlangen Flurs untergebracht war. Ich zuckte mit den Schultern. »Ich habe mich wohl verlaufen.«

»Aha.« Sein ungläubiger, aber amüsierter Tonfall machte mir klar, dass er mir nicht glaubte.

Ich biss die Zähne zusammen, um nichts Unüberlegtes von mir zu geben, doch dann warf ich meine Bedenken über Bord und drehte mich schwungvoll um.

»Hör zu, Callum!«, zischte ich, während er lässig an der Wand lehnte und mich mit einem überheblichen Grinsen beobachtete. »Ich bin dir keinerlei Rechenschaft schuldig. Ich kann mich von den anderen abseilen, wann immer ich das möchte. Ich kann irgendwo in diesem Flur rumstehen, wenn ich das will. Und du hast mir nicht hinterherzurennen.« Ich stemmte die Hände in die Hüften und funkelte ihn genervt an.

Sein Grinsen verblasste, und er stellte sich aufrecht hin. »Oh, Lin!« Sanft sprach er meinen Namen aus, was mich noch wütender machte.

»Oh, Lin!«, äffte ich ihn nach, was selbst in meinen Ohren total kindisch klang. Aber ich konnte einfach nicht über meinen Schatten springen. Ich konnte nicht vergessen, was wir in London gefunden hatten – nämlich uns. Und vielleicht wollte ich das auch gar nicht. Ich sehnte mich danach zurück, seit er aus meiner Wohnung getreten war und mich in der offenen Tür hatte stehen lassen. »Was willst du mir mit diesem *Oh, Lin* sagen?«

Er kam einen Schritt auf mich zu. »Du siehst unglaublich sexy aus, wenn du so wütend bist. So sehr, dass ich dich am liebsten in mein Auto verfrachten und in mein Bett schaffen würde.« Seine dunkle, leicht heisere Stimme zu hören half nicht wirklich, meine Gefühle unter Kontrolle zu bringen.

Lust schoss durch meine Adern wie heiße flüssige Lava. Und diese körperliche Reaktion meinerseits machte mich noch wütender. Ich wollte nicht, dass er mich in meiner Wut sexy fand und wieder einmal den überheblichen, heißen Typen heraushängen ließ. Ich wollte ernst genommen und verstanden werden! Er wollte mit mir spielen? Ich aber nicht mit ihm. Nicht mehr. Ich konnte es nicht. Und doch brachte er die Mauern, die ich in den letzten Tagen um mich errichtet hatte, gefährlich ins Wanken. »Wenn du glaubst, mich mit deinen Anzüglichkeiten erneut ins Bett zu kriegen, hast du dich geirrt.« Ich ließ die Arme fallen und stürmte an ihm vorbei. Ich wähnte mich schon beinah in Sicherheit, als ich seine Finger spürte, die sich um mein Handgelenk legten und mich dadurch am Weiterkommen hinderten.

»Lin!« Seine Stimme war tief, sanft und bittend.

»Lass. Mich. Sofort. Los!« Jedes einzelne Wort sagte ich leise, betonte dafür aber umso mehr deren Bedeutung. Ich sah Callum nicht an, weil ich mir selbst nicht trauen konnte. Was wenn ich mich ihm an den Hals warf, und ihn bat, mich sofort in sein Bett zu bringen? Beinahe rechnete ich damit, dass ich bei einem Blick in seine Augen schwach werden und genau das von ihm fordern würde. Nein, das durfte ich nicht zulassen.

Als Callum wortlos seinen Griff lockerte, entzog ich ihm ruckartig meine Hand und eilte zurück zu den anderen. Doch die Berührung seiner Finger spürte ich noch den gesamten restlichen Abend auf meiner Haut.

Nicht, weil sie mir unangenehm gewesen war. Nicht, weil er mich zu fest angefasst oder mir weh getan hatte. Nein, es war viel mehr, weil ich innerlich brannte. Er hatte sie nicht umgeworfen, die Mauern, er hatte sie niedergebrannt, mit der Hitze, die seine Berührung in meinem Körper ausgelöst hatte. Als hätte diese eine, kleine Berührung dafür gesorgt, dass sich mein Körper erinnerte, wie es war, wenn Callums Finger über meine Haut strichen. Wie gut es sich anfühlte, in seinen Armen zu liegen und ganz ihm zu gehören. Nur Callum selbst konnte diese Hitze in mir löschen. Doch das würde ich nicht zulassen. Ich durfte es nicht zulassen. Es durfte keine weitere Nacht mit ihm geben. Keine weiteren Berührungen. Keine leisen Worte, die mich weich werden ließen.

Ich musste mich von Callum distanzieren, fernhalten, mich schützen. Ansonsten wäre ich verloren.

14

Is fheàrr teicheadh math na droch fhuireach.
– *Besser ein guter Rückzug als ein schlechter Standpunkt.* –

Mittwoch, 10. Januar

Ich saß mit Ally und Hal bei einer Flasche Wein in meinem Wohnzimmer. Vor uns auf dem Tisch stand eine Schale mit Knabberzeug. Heute war unser Buchclubtreffen, und Ally hatte uns wieder einmal fünf verschiedene neue Bücher mitgebracht. Nachdem wir uns auf ein Buch geeinigt hatten, dass wir in diesem Monat lesen wollten, hatten Ally und ich angefangen, Hal wegen Freitag und dem Besuch ihres Bruders auszuquetschen. Bisher war sie nicht darauf eingegangen, wenn wir sie danach gefragt hatten. Da wir uns nur mittags im *Lizzy's* gesehen hatten und es immer zu voll gewesen war, um in Ruhe über ein so heikles Thema zu sprechen, hatten wir uns darauf geeinigt, dass wir am heutigen Abend mal wieder ein wenig intensiver miteinander reden würden.

»Wie ist Jerry so?« Ally trug ihr dunkles Haar heute offen und hatte sich nach der Arbeit umgezogen. Die Palazzohose und der weiche Pullover sahen gemütlich aus und trotzdem elegant. Jetzt rutschte sie auf dem Sessel nach vorne, vermutlich um nichts von Haileys Antwort zu verpassen.

Diese strahlte über das ganze Gesicht. Auch sie hatte sich dafür entschieden, die Haare offen zu tragen, und einen knitterfreien hellbraunen Jerseyjumpsuit angezogen. »Jerry ist wundervoll. Genau so ein toller Kerl, wie er es schon als kleiner Junge gewesen ist. Wir haben bis um zwei Uhr geredet, wollten gar nicht mehr aufhören, jetzt, wo wir uns endlich wiederhaben. Er hat mir davon berichtet, was er bei den Pflegeeltern erlebt hat, bei denen er gewesen ist, und ich habe ihm meine Geschichte erzählt.«

Ich freute mich für Hal, dass sie sich gleich wieder so gut verstanden. Sie hatte solche Angst gehabt, dass all die Zeit und die Trennung zwischen ihnen stehen und die Verbundenheit überdecken würde, die sie einst gefühlt hatten.

»War er nur eine Nacht auf Mull?«, fragte ich nach und trank einen Schluck von dem Weißwein.

»Ja, er ist wohl schon den ganzen Freitag da gewesen, ist immer wieder um den Laden herumgelaufen und hat darauf gewartet, dass ich Feierabend mache.« Sie zuckte mit den Schultern, als könnte sie immer noch nicht fassen, was am Freitag passiert war. »Aber dann hat ja der Ausschuss für das Beltanefest getagt, und er musste ewig warten. Als wir endlich fertig waren, ist er gleich ins Café gekommen. Am Samstag ist er dann am frühen Nachmittag wieder zurück nach Inverness gefahren.«

»Wie fühlst du dich damit?« Ich stellte mein Glas auf dem niedrigen Tisch ab und sah sie aufmerksam an.

»Ich hätte ihn am liebsten nicht mehr gehen lassen, jetzt da ich ihn wiederhabe.« Tränen glitzerten in Haileys Augen, und kurz darauf fing sie an zu schniefen.

»Oh Hal, das glaube ich dir sofort. So wäre es vermutlich jeder von uns gegangen«, tröstete Ally sie. »Aber jetzt weißt du ja, dass es ihm gut geht und ihr euch jederzeit wiedersehen könnt. Apropos, wann trefft ihr euch das nächste Mal?« Aufmunternd lächelte Ally unsere Freundin an und schaffte es tatsächlich mit ihrer positiven Art, Hal aus der Traurigkeit des Vermissens zu holen.

»Wir wollen uns Ende Februar in Inverness treffen. Er will mir seine Wohnung, seine Arbeitsstelle und seine Lieblingsorte zeigen und mich vielleicht auch einigen seiner Freunde vorstellen.« Geräuschvoll putzte Hal sich die Nase, ehe sie fortfuhr: »Ich kann es nicht fassen, dass er Sozialarbeiter geworden ist. Offenbar liegt das Helfersyndrom wirklich in den Genen.«

»Nicht nur das!«, warf ich ein. »Ihr seht euch auch total ähnlich.«

»Ja, das finde ich auch. Als ich ihn gesehen habe, wusste ich sofort, dass er es ist. Mein Jerry.« Mit tränennassem Gesicht saß Hailey neben mir und blickte von Ally zu mir und sah trotz der Tränen glücklich aus.

»Ich freu mich so sehr für dich. Aber ich hätte ihn echt gern gesehen«, maulte Ally und machte einen Schmollmund.

Hal zog ihr Handy aus der Hosentasche und öffnete die Foto-App. »Hier, guck mal. Wir haben ganz viele Bilder gemacht.« Sie reichte das Telefon an Ally weiter und drehte sich dann zu mir. »Jetzt zu dir, Lin. Was willst du wegen Callum unternehmen?«, wollte sie wissen.

Der Themenwechsel schockierte mich so sehr, dass ich den berühmt berüchtigten bloomschen Schluckauf bekam. »Was meinst du damit? Was soll ich unternehmen?«

»Irgendetwas. Bei Matt hat ja beinah die Bude gebrannt, so sehr sind die Funken zwischen euch geflogen.« Sie wackelte provozierend mit den Augenbrauen.

Ich hielt den Atem an, um die Hickserei zu stoppen, was mir

zusätzlich noch genug Zeit verschaffte, um über meine Antwort nachzudenken. Nach etlichen Sekunden stieß ich den Atem aus und stellte erleichtert fest, dass ich wieder normal sprechen konnte.

»Am Sonntag bin ich doch bei meinen Eltern zum Mittagessen gewesen«, begann ich mit meiner Erklärung, »und danach habe ich den restlichen freien Tag mit einem langen Spaziergang und einem Buch in meinem Lesesessel verbracht.«

»Was hat das jetzt mit Callum zu tun?«, hakte Hal ungeduldig nach.

»Die Zeit für mich hat mir wirklich gutgetan. Ich habe mich ein bisschen besinnen können und bin zu der Überzeugung gekommen, dass ich am Samstag auf der Party richtig gehandelt habe.«

»Was hast du denn dort getan?«, hörte ich Ally fragen. Ich sah zu ihr. Lächelnd gab sie Hal das Handy zurück und fokussierte sich dann auf mich.

»Ich habe eigentlich nichts getan, aber ich bin ihm aus dem Weg gegangen, und als er mit mir geflirtet hat, habe ich ihm die kalte Schulter gezeigt.«

»Er hat mit dir geflirtet?«, quietschte Hal erfreut.

»Ja, aber es ist besser, einen klaren Strich zu ziehen. Callum muss wissen, dass ich nicht das wiederholen will, was in London zwischen uns passiert ist. Na gut, eigentlich will ich das schon«, gestand ich leise, »aber nicht auf die gleiche unverbindliche Weise wie er. Die Tage in London kommen mir vor wie ein Traum, der langsam verblasst. Jetzt, mit Abstand betrachtet, war es für uns beide so, als wären wir zu diesem Zeitpunkt zwei Menschen auf einer einsamen Insel gewesen. Wir haben nur einander gehabt, haben uns geliebt und dann das Ganze beendet wie Erwachsene.« Um etwas in den Händen zu haben, griff ich nach der Schale mit den Chips.

»Wir? Ich dachte, er hat es beendet«, bemerkte Ally verwirrt.

»Naja, eigentlich hat es keiner beendet. Er hat mir nur von Anfang an gesagt, dass er nichts Festes will, sich nie wieder ernsthaft mit einer Frau einlassen möchte, weil er ohnehin nicht mehr vertrauen kann. Er musste es mir also nicht extra sagen.« Ich zuckte mit den Schultern.

»Okayyyyy«, meinte Hal und zog das Wort unnötig in die Länge.

Ich ging nicht darauf ein und fuhr fort: »Nun kann ich diesem Rausch der Leidenschaft nicht mehr nachgeben, oder wie immer man das nennen mag, was zwischen uns jedes Mal eskaliert, wenn wir uns begegnen. Ich kann es mir nicht leisten, mich in ihm zu verlieren und dann fallen gelassen zu werden. Ich muss es zulassen, dass die Tage in London verblassen und eine Erinnerung bleiben. Vielleicht wäre es sogar besser, wenn ich mich auch in London nicht auf Callum eingelassen hätte. Eine verpasste Chance würde mir sicherlich nicht so weh tun.« Beim letzten Wort zitterte meine Stimme, und ich schob mir zur Ablenkung eine Handvoll Chips in den Mund.

Meine Freundinnen schwiegen zuerst. Was sollten sie auch dazu sagen? Doch dann räusperte sich Ally, während Hal mich mit hochgezogenen Augenbrauen fixierte. Noch immer waren ihre Augen gerötet, aber sie sah dennoch wunderschön aus.

»Was?«, fragte ich, als keine etwas sagte.

Ally quetschte sich zu uns auf das Sofa und sah mich an wie eine Mutter ihr unartiges Kind. Seit sie Annas Bonusmutter war, neigte sie verstärkt dazu. »Also noch mal, damit ich das besser verstehe. Ihr habt euch, nachdem ihr zwei unglaublich heiße gemeinsame Tage und Nächte in London hattet, nicht mehr darüber unterhalten, wie es weitergehen soll?«

»Nein, eigentlich haben wir uns überhaupt nicht mehr richtig unterhalten, seit wir das Hotel verlassen haben. Es war ja alles ganz klar.« Warum nur hörte es sich mit einem Mal nicht mehr so an, als wäre das die Wahrheit?

»Meinst du, es war wirklich so?«, hakte Hal nun nach.

Mein Kopf drehte sich, angesichts der Zange, in die ich von meinen Freundinnen genommen wurde.

»Ich weiß es nicht. Aber das ist auch egal. Ich kann ihn jetzt nicht plötzlich fragen, ob er wirklich keine Beziehung möchte.«

»Warum nicht?«, fragten Hal und Ally zeitgleich.

»Wenn er daran festhält, dann wird es mir umso mehr weh tun.« Ich haderte mit mir. »Ich habe einfach totale Angst, mir Hoffnungen zu machen und dann enttäuscht zu werden.«

»Aber du kannst doch nicht noch mehr verlieren, wenn du jetzt ohnehin nichts hast. Nur, wenn du nichts riskierst, kannst du auch nichts gewinnen. Und der Hauptgewinn ist in dem Fall doch wirklich bemerkenswert, meinst du nicht?«, fragte Ally und zwinkerte mir frech zu.

Ich schwieg, weil ich nichts Gegenteiliges sagen konnte. Callum war ein Hauptgewinn, und er war genau das, was ich wollte. Aber ich wusste nicht, ob ich mit einer direkten Zurückweisung leben konnte. Solange ich mir einredete, dass er nur einfach ganz grundsätzlich keine Beziehung führen wollte, war das eine Sache. Aber wenn er mir direkt ins Gesicht sagen würde, dass er mich nicht wollte, war das etwas ganz anderes.

* * *

Es war acht Uhr am Morgen, als ich zum Fähranleger fuhr, um wie jeden Donnerstag die Lieferung abzuholen. Ich war hundemüde.

Ally und Hal waren bis nach Mitternacht geblieben, und ich hatte mir den Wecker auf fünf Uhr gestellt, um rechtzeitig am Fähranleger zu sein. Ich hatte also nicht viel Schlaf bekommen, fühlte mich wie gerädert und gähnte ständig.

Erst als ich fix und fertig angezogen nach meinen Schlüsseln und dem Handy gegriffen hatte, waren mir die Nachrichten vom Lieferanten aufgefallen. Es gab Verzögerungen, und ich hatte den Wecker umsonst so früh gestellt. Doch statt mich noch einmal ins Bett zu legen und eine weitere Stunde Schlaf nachzuholen, hatte ich mir einen ersten Kaffee gekocht und war in den Laden hinuntergegangen, um die Sträuße für das Hotel zu binden.

Jetzt saß ich im Auto und ließ immer wieder die Unterhaltung, die ich mit meinen Freundinnen geführt hatte, Revue passieren. Ally und Hal waren der Meinung, dass ich Callum beim nächsten Aufeinandertreffen um ein Date bitten sollte, um zu sehen, wohin uns das führte. Außerdem waren sie sich darüber einig, dass ich ihn fragen musste, wie er sich das mit uns in Zukunft vorstellte, und ich sollte ihm sagen, was ich mir wünschte. Nur so konnten wir eine Lösung finden, miteinander umzugehen. Denn dass es so nicht weitergehen konnte, das sei ja wohl klar, hatten sie vehement behauptet.

Und wahrscheinlich hatten sie recht. Das setzte allerdings voraus, dass ich den Mut dazu fand, das durchzuziehen.

Da ich mittlerweile auf der ausgebauten Straße nach Craignure fuhr und nicht jederzeit mit Gegenverkehr rechnen musste, griff ich nach dem Thermobecher, der in der Mittelkonsole in einer Halterung steckte. In gierigen Schlucken trank ich den Kaffee, in der Hoffnung, dass das Koffein bald seine Wirkung zeigte. Doch als ich am Fähranleger ankam, war der Becher leer und ich immer noch todmüde.

Vielleicht erklärte das auch, dass ich Callum erst bemerkte, als der Lieferant des Großhandels den Hubwagen von der Fähre zog und auf meinen Transporter zukam. Callum stand genau auf der anderen Seite des Parkplatzes, so dass ich seinen Maserati nicht sofort entdeckt hatte. Nun ging er lächelnd auf die Fähre zu und winkte jemandem, den ich noch nicht sehen konnte.

Fasziniert beobachtete ich ihn. Mit einem Mal hatte ich das Gefühl, in einem fahrenden Auto zu sitzen, das auf eine Betonwand zuraste. Ich ahnte, was gleich passieren würde, und war dennoch nicht in der Lage, die Augen zu verschließen oder den Aufprall zu verhindern.

Ich konnte nicht wegsehen. Auch nicht, als Callum die Arme ausbreitete und eine dunkelhaarige Schönheit an sich drückte, die mit einem Rollkoffer von der Fähre gekommen war. Lange Beine, die in einer engen Jeans steckten. Ein Gesicht, das man einfach nur als schön bezeichnen konnte. Klassisch, grazil und auf umwerfende Weise exotisch. Ich registrierte alles an ihr und sah erst weg, als der Lieferant des Großhandels vor mir zum Stehen kam und sich räusperte.

Irritiert blickte ich ihn an.

»Die Lieferung, Lin. Sorry, dass ich so spät dran bin, aber mein Motor ist nicht angesprungen, und ich musste erst mal jemanden finden, der mir Starthilfe gibt. Naja, und deswegen habe ich nur die nächste Fähre nehmen können.« Es war Mo, der meistens hierher auf die Insel kam und mir die Frischblumen brachte.

»Kein Problem, das kann doch mal passieren«, versuchte ich ihn zu beruhigen, war jedoch mit den Gedanken ganz woanders und musste immer wieder zu Callum und der Unbekannten schauen.

Mo kannte mich schon eine ganze Weile, was ihn vermutlich dazu veranlasste, meinem Blick zu folgen und sich zu Callum umzudrehen. Bestimmt sah ich aus, als hätte ich einen Geist gesehen.

Rasch wandte ich mich von dem Pärchen ab und fing an, die Blumen zu verladen, um nicht Mos Reaktion mitzubekommen. Mit Sicherheit konnte er eins und eins zusammenzählen, erkannte meine Eifersucht und den Schmerz, der nun in mir wütete. Er sagte glücklicherweise nichts und half mir stattdessen beim Umladen meiner Bestellung.

Wir hatten ein paar Minuten damit zu tun, die Ware von dem Hubwagen in meinen Transporter zu stellen. Dennoch hörte ich den Motor des Maserati, als dieser unweit von uns vom Parkplatz fuhr und Callum Gas gab.

Ich richtete mich auf und sah dem silbernen Auto hinterher, in dem nicht nur Callum saß, sondern auch die Frau, mit der er so vertraut gewirkt hatte. Hatte er mich wirklich nicht gesehen, oder es nur nicht für nötig befunden, mich zu grüßen? Die Vorstellung schmerzte.

Ich wollte es nicht, doch heiße Eifersucht überflutete mich. Wenn ich vorher vielleicht noch gehofft hatte, dass ich eine Chance auf ein Happy End hätte, dann war diese Hoffnung nun eiskalt erstickt worden. Sämtliche Ratschläge meiner Freundinnen waren nun obsolet. Ich war ein Niemand für Callum. Ersetzbar. Und genau das hatte er getan. Binnen weniger Tage hatte er mich durch eine andere ersetzt. Ächzend stellte ich den letzten Karton in den Transporter. »Danke, Mo.«

»Gern geschehen.« Unsicher sah er mich an. »Ich muss los, sonst legt die Fähre ohne mich ab. Es sei denn, du brauchst mich jetzt dringender?« Es kam mir vor, als wollte er sichergehen, dass ich auch ohne ihn klarkam.

Bot ich einen so schlimmen Anblick?

»Nein, es ist alles klar. Komm gut wieder zum Festland. Wir sehen uns nächste Woche, Mo.« Ich drehte mich auf dem Absatz um und stieg ins Auto, noch bevor er überhaupt losgelaufen war. Mo sollte die Tränen nicht sehen, die in meinen Augen brannten.

Ich musste weg. So schnell wie möglich. Weg von Mo und seinen wissenden Augen. Weg von dem Ort, an dem mir bewusst geworden war, dass ich tatsächlich nur ein simpler Zeitvertreib für Callum gewesen war, weil es sich so ergeben hatte. Meine alberne Hoffnung, die am gestrigen Abend durch Ally und Hal neues Futter bekommen hatte, war völlig unbegründet gewesen. Ich musste den Tatsachen ins Auge blicken und akzeptieren, dass da nie mehr als Sex zwischen uns gewesen war, auch wenn es sich für mich nach mehr angefühlt hatte.

Blinzelnd drehte ich den Schlüssel um und startete den Wagen, der laut ratternd zum Leben erwachte. Ganz anders als der schnurrende Motor des Maserati. Als ich meine Tränen endlich im Griff hatte, setzte ich den Blinker und fuhr vom Parkplatz.

Ich sah gerade noch, dass Mo die Fähre erreichte, kurz bevor der Signalton ertönte, der den letzten Nachzüglern das baldige Ablegen signalisierte.

Die Straßen in Richtung Tobermory waren leer. Dennoch war es schon fast neun Uhr, als ich am *Blooms for Flowers* parkte. Es glich einem Wunder, dass ich unverletzt wieder in der Main Street angekommen war. Während der ganzen Fahrt von Craignure nach Tobermory hatte ich mich kaum auf die Straße konzentrieren können. Vermutlich lag mein unbeschadetes Ankommen nur daran, dass ich diese Strecke mehrmals in der Woche fuhr und ich scheinbar einen Autopiloten in meinem Hirn eingebaut bekommen hatte.

Noch immer hatte ich mit dem zu kämpfen, was ich am Fähranleger gesehen hatte. Die zwanzigminütige Fahrt hatte nicht ausgereicht, um mich zu beruhigen. In zwei Stunden würde Shona im Laden erscheinen, bis dahin musste ich meine Gefühle irgendwie unter Kontrolle bekommen.

Immer wieder sagte ich mir, dass die Frau, die Callum so liebevoll in den Arm genommen hatte, sicher nur eine Bekannte war. Doch sie hatten sich lange umarmt und die Art, wie sie sich angesehen hatten, sagte mir, dass da eine enge Vertrautheit zwischen den beiden herrschte. Eine Vertrautheit, die sich in meine Eingeweide bohrte wie ein Samuraischwert.

Aber worüber regte ich mich überhaupt auf? Ich hatte gewusst, dass ich kein Exklusivrecht auf Callum haben würde, bevor ich mit ihm ins Hotelbett gehüpft war. Ich musste nach vorn schauen und den Schmerz ignorieren. Sollte mich auf das konzentrieren, was wichtig war in meinem Leben. Auf das, was mir Halt gab und bleiben würde: meinen Laden, meine Freundinnen und meine Leidenschaft fürs Nähen.

Ich holte tief Luft, bemerkte den Duft, den die vielen Blumen in meinem Laden verströmten. Das erdete mich und half mir dabei, mich ein wenig zu beruhigen, genau wie meine Arbeit. Also machte ich mich daran, die Sträuße für das Hotel einzupacken, die ich vorhin schon gebunden hatte. So konnte ich trotz der Verzögerung meinen Zeitplan einhalten.

Terry würde sicherlich gleich an die Tür klopfen. Und danach würde ich mich um den Entwurf von Allys Hochzeitskleid kümmern, während Shona den Laden übernahm. Immerhin wollte ich am Wochenende beginnen, die ersten Stoffbahnen zuzuschneiden.

Es gab genug für mich zu tun. Aber würde es auch genug sein, um Callum aus meinem Kopf und Herzen zu vertreiben?

Ein Klopfen an der Tür unterbrach meine Gedanken. Ich winkte Terry herein und musste feststellen, dass auch er heute etwas niedergeschlagen wirkte. Vermutlich hatte er in der Nacht viel an seine Frau denken müssen. Er hatte mir kurz vor Weihnachten verraten, dass er sie noch immer sehr vermisste und oft von ihr träumte und dann stundenlang wach lag. Er tat mir leid, aber an diesem Tag war ich dankbar, nicht viel mit ihm reden zu müssen.

Ich eröffnete um zehn Uhr den Blumenladen, und als Shona, wie vereinbart, um elf Uhr zur Arbeit kam, hatte ich tatsächlich bereits alle Bestellungen, die seit gestern hier eingetrudelt waren, erledigt und konnte mich dem Hochzeitskleid widmen. Doch bei allem, was ich tat, schwirrte das Bild von Callum und dieser Frau in meinem Kopf herum.

Wer war sie? Woher kannte er sie? Warum war sie hier?

Seine Ex-Frau Yvonne Strayton konnte es nicht gewesen sein. Sie sah definitiv anders aus. Ich hatte sogar im Internet nach ihr gesucht und mir ein Bild von ihr angesehen, bevor Shona gekommen war, um mir absolut sicher zu sein. Aber Yvonne sah mit ihrem hellen Haar und der porzellanfarbenen Haut vollkommen anders aus.

* * *

»Lin, kommst du mal nach vorne? Da ist eine Kundin, die gern von dir bedient werden möchte.« Shona lächelte mich entschuldigend an und fügte flüsternd hinzu: »Nur von dir!«

Ich stutzte. Ich wusste von niemandem auf Mull, der sich so etwas erlauben würde. Fast alle kannten Shona und würden sie sicherlich nicht gern so vor den Kopf stoßen. »Wer ist es?«

Shona zuckte mit den Schultern. »Keine Ahnung, ich habe die Frau vorher noch nie gesehen.« Sie deutete auf die Kartons. »Soll ich in der Zwischenzeit weiter einpacken?«

»Ja, gerne. Ist alles so weit fertig. Du musst die acht Gestecke nur noch verpacken. Welche Bestellung an welchen Kunden geht, steht auf der Liste.« Ich zeigte ihr den Ausdruck und ging dann neugierig in den Verkaufsraum. Mich ehrte zwar, dass jemand explizit nach mir fragte, aber ich konnte nicht viel damit anfangen, dass jemand Shona so abwertend behandelte. Immerhin hatte sie die gleiche Ausbildung absolviert und war eine genauso kompetente Ansprechpartnerin wie ich.

Die Kundin stand mit dem Rücken zu mir vor den vielen Eimern mit frischen Schnittblumen. Unter ihrer Mütze lugte ein dunkler, geflochtener Zopf hervor. Um sich gegen das heutige Schmuddelwetter zu schützen, trug sie einen gelben Parka, an dem noch einige Regentropfen versuchten, der Schwerkraft zu trotzen. Dennoch konnte ich erkennen, dass sie eine hübsche Figur hatte. Auch mir kam sie auf den ersten Blick nicht bekannt vor.

»Guten Tag«, begrüßte ich die Frau und lächelte einladend. Doch kaum drehte sie sich zu mir um, vergingen mir die positiven Gedanken, und das Lächeln gefror auf meinen Lippen.

Erst gestern hatte diese Frau dafür gesorgt, dass all meine Hoffnungen auf ein mögliches Happy End mit Callum wie eine Seifenblase zerplatzten, denn vor mir stand die brünette Schönheit, die er gestern von der Fähre abgeholt hatte.

»Hi!« Aufmerksam sah sie mir in die Augen, so als wolle sie ergründen, was für ein Mensch ich war. Mit Sicherheit hatte sie meinen Stimmungsumschwung mitbekommen. Ich war keine gute Schauspielerin, und da mir die Gesichtszüge entglitten waren, war es keine große Kunst, darin zu lesen.

Ich holte zitternd Atem und versuchte, meine Gefühle in den Griff zu bekommen, was mir nicht sonderlich gut gelang. Jetzt konnte ich nur noch hoffen, dass die Frau nicht durchschaute, warum ich so merkwürdig auf sie reagierte.

Woher kannte sie mich? Hatte Callum ihr etwa von mir erzählt?

»Was kann ich für Sie tun?«, besann ich mich meines Jobs. Bestimmt war die Frau nicht hergekommen, um sich mit mir ein Blickduell zu liefern, nur weil ich meine Eifersucht nicht im Griff hatte.

Kurz blinzelte sie, als erwachte sie aus einer Trance oder zumindest aus einer Grübelei.

»Ich habe im Fernsehen gesehen, dass Sie den zweiten Platz beim *Flower Power* abgesahnt haben.« Sie lächelte über das ganze Gesicht. »Ihr Schirm war der Wahnsinn und hätte meiner Meinung nach den ersten Platz belegen müssen!«

Erstaunt hob ich die Augenbrauen. »Danke.« Mehr fiel mir in diesem Moment nicht ein, was ich hätte erwidern können. Ich kam mir vor wie ein Trampel. Weder hatte ich die gleiche wunderschöne Ausstrahlung noch konnte ich mich richtig artikulieren. Zudem erschien mein Groll mit einem Mal völlig überzogen.

»Ich hätte gern auch so etwas in der Art für mein Haus.« Ihr Akzent machte deutlich, dass sie nicht aus Schottland kam. Aber sie gab sich große Mühe, ohne Dialekt zu sprechen, was es mir erschwerte, zu erkennen, woher sie ursprünglich stammte.

»Und was genau stellen Sie sich da vor?«, hakte ich nach und versuchte, sie so zu behandeln, wie ich mit jeder anderen Kundin auch umgehen würde.

»Nenn mich doch einfach Macy. Du bist Lindsay, oder?«

Ich war perplex angesichts ihrer Direktheit, und zu meinem Ärger war mir ihre fröhliche Art sympathisch, deshalb nickte ich nur.

»Auf dem Dachboden meiner Großmutter habe ich nach ihrem Tod einen alten Strohhut gefunden. Als ich ein Kind war, sind wir oft bei ihr gewesen und sie hat den Hut damals immer bei der Gartenarbeit getragen. Wir Enkelkinder hatten ein sehr inniges Verhältnis zu ihr.« Sie lächelte, während sie dieser Erinnerung nachhing.

Wie konnte jemand, den man nicht mögen wollte, einen binnen weniger Minuten so für sich einnehmen? Ich konnte mich ihrer Art nicht entziehen. Diese Melancholie in ihren Worten war für mich gut nachvollziehbar, und ich konnte verstehen, dass sie ein Erinnerungsstück an ihre Großmutter haben wollte.

»Der Hut ist leider total kaputt, aber ich könnte mir gut vorstellen, ihn von jemandem mit deinem Know-how aufarbeiten und sozusagen neu erblühen zu lassen. Am besten natürlich mit Trockenblumen oder etwas in der Art, damit ich noch lange Zeit ganz viel von diesem besonderen Stück haben werde.«

Es faszinierte mich schon jetzt, ein solches Projekt anzugehen. Beinah spürte ich ein Kribbeln in den Fingerspitzen. »Hast du vielleicht ein Bild von dem Hut?«

Macy strahlte mich an. »Noch viel besser! Ich habe ihn dabei.« Enthusiastisch ging sie zur Tür, wo ich erst jetzt einen Karton stehen sah. Lächelnd kam sie damit zu mir. Zögerlich erwiderte ich das Lächeln. »Warte kurz, ich pack ihn schnell aus.« Vorsichtig hob sie das ramponierte Stück aus dem Karton und legte es auf die Ladentheke.

Es war ein alter Strohhut, wie auch meine Mutter ihn früher bei der Arbeit getragen hatte. Bei jedem anderen wäre er vermutlich im Müll oder auf einer Vogelscheuche gelandet, so lädiert war er. Doch diese junge Frau hing an ihm und wollte ihn und die Erinnerungen, die daran hingen, nicht einfach wegwerfen. Ich mochte Menschen, die so dachten, und mir war schon jetzt klar, dass ich diesen Job annehmen würde, weil ich es wollte, weil es mir Spaß machen würde und weil ich ihr diese Erinnerung schenken wollte.

»Könntest du dir vorstellen, etwas daraus zu erstellen, was länger überdauert als nur ein paar Wochen oder Monate? Ich würde ihn so gern entweder in einer Vitrine arrangieren oder an die Wand hängen. Das hätte meiner Granny sicherlich gefallen.« Aufgeregt sah sie mich an, und ich erkannte, dass sie in etwa so alt war wie ich. »Mein Bruder, der Holzkopf, hat überhaupt kein Interesse daran, Erinnerungsstücke zu restaurieren und zu behalten. Lieber wirft er alten Ballast, wie er es nennt, über Bord.«

Ich stutzte. Moment mal. Sie hieß Macy? Sie hatte einen Bruder? »Vermutlich gibt es keine richtige Art, sich zu erinnern. Der eine hängt an Dingen, die ihn mit der Erinnerung verbinden, der andere bewahrt die Erinnerungen lieber in seinem Herzen auf. Wie heißt dein Bruder?«, fragte ich und hielt die Luft an.

Sie fing an zu lachen. »Oh, sorry! Ich bin Callums Schwester Macy. Er hat mir von dir erzählt.«

Nun war ich wohl der Holzkopf. Vor mir stand – in all ihrer herrlich unkomplizierten Art – Macy Strayton, die Schwester von Callum. Und ich war eifersüchtig gewesen, weil ich in ihrer Umarmung die Vertrautheit zwischen den beiden erkannt hatte. Aber wie hätte ich das wissen sollen?

Obwohl niemand von meinem Fauxpas wissen konnte, war mir meine Reaktion peinlich. Vor mir selbst.

Dann wurde mir bewusst, was sie noch gesagt hatte. »Er hat dir von mir erzählt?«

Macy lächelte verschmitzt und nickte. »Oh ja, seit gestern schon ein paarmal.«

»Oh!« Am liebsten hätte ich sie gefragt, was genau er über mich gesagt hatte, aber ich traute mich nicht.

Mit schräg gelegtem Kopf sah sie mich an. »Er mag dich.«

Ich stieß einen undefinierbaren Laut aus, vermutete schon, dass Macy nachfragen würde, was er bedeutete. Doch genau diesen Moment suchte sich eine Kundin aus, um meinen Laden zu betreten. Das klingelnde Glöckchen ließ uns zusammenzucken.

Sofort wurde ich wieder professionell, verabredete mit Macy, dass sie mir den Hut im Laden lassen würde, damit ich eine Skizze anfertigen und ihr nächste Woche zeigen konnte, was ich mir ausgedacht hatte. Wenn wir uns einig wurden, würde ich das Kunstwerk bis Samstag fertigstellen, denn da wollte sie wieder heimfahren. Doch das stellte kein Problem dar. Schon jetzt hatte ich eine Idee, die ich am liebsten gleich umgesetzt hätte.

* * *

Samstag, 13. Januar

Fast zwei Wochen war das neue Jahr schon alt, doch der typisch gälische Neujahrsgruß schien seine Wirkung bei mir diesmal zu verfehlen. Ich empfand weder Frieden noch Glück oder Zufriedenheit.

Zwar hatte ich seit gestern aufgehört, traurig zu sein, weil ich Macy kennengelernt hatte, aber glücklich war ich deswegen trotzdem nicht. Was hatte ich schon davon, dass er seiner Schwester von mir erzählte?

Ich beschloss, für Callum keine Tränen mehr zu vergießen. Das hatte ich an dem Tag, an dem ich ihn mit seiner Schwester gesehen hatte und vor Eifersucht beinah explodiert wäre, zur Genüge getan.

Stattdessen hatte ich mich gestern dazu entschlossen, mich auf die Restauration des Huts und die Fertigstellung des Hochzeitskleides zu konzentrieren. Außerdem mussten die vielen neuen Bestellungen in Rekordgeschwindigkeit abgearbeitet werden. Seit meinem Erfolg beim Wettbewerb in London flatterten jetzt täglich mehr Aufträge herein. Es waren wirklich viele, aber das war gut so. Diese schiere Masse an Arbeit lenkte mich ab.

Und wenn ich dennoch mal an Callum dachte, dann eher voller Zorn. Zuerst hatte er sich nur gegen ihn gerichtet, doch mittlerweile hatte ich auch mich selbst im Visier. Zum einen, weil ich mich überhaupt auf eine Bettgeschichte mit ihm eingelassen hatte. Zum anderen, weil ich nicht dazu in der Lage war, den Kerl zur Rede zu stellen und um ihn zu kämpfen. Es irritierte mich immer wieder, wie sehr sich meine Gedanken verirrt hatten.

Ich stellte gerade die Sträuße in die Transportbox, als Terry an der Tür klopfte. Lächelnd zog er sich die Mütze vom Kopf und betrat meinen Laden.

»Guten Morgen, Lindsay«, begrüßte er mich freundlich. »Alles fertig?«

»Ja, gerade frisch verpackt.« Mit der Hand deutete ich auf den Tresen, wo die Ware stand, die Terry mit ins Hotel nehmen würde.

»Perfekt, dann bin ich auch gleich wieder weg. Heute haben wir ein Firmenevent.«

Er wackelte mit den Augenbrauen, was mich tatsächlich zum Lachen brachte. Doch es hörte sich eingerostet an und nicht nach mir. »Eine Firma von hier?«

»Nein, ist wohl eine Computerfirma aus Manchester. Reicher Boss, der seine Untergebenen auf die Isle of Mull eingeladen und hier ein paar Fortbildungsveranstaltungen für die Mitarbeiter organisiert hat.« Man hörte Terry an, was er von so einem neumodischen Zeugs hielt. Nämlich gar nichts. »Wäre doch motivierender, wenn der Kerl seinen Mitarbeitern das Geld auszahlt, das er für diese Veranstaltung auszugeben bereit ist.« Mit diesen Worten griff er nach dem Karton mit den Sträußen, hob ihn hoch und ging zur Tür. »Ach, beinahe vergessen. Ich soll dir einen schönen Gruß von meinem Boss ausrichten.«

»Oh, wie nett, sag Matt auch schöne Grüße von mir, wenn er sich das nächste Mal von den Malediven meldet.« Fast täglich sah ich mir die Bilder in seinem Status an und träumte davon, eines Tages auch so eine herrliche Reise zu machen.

Terry öffnete die Tür, schüttelte kurz den Kopf und trat nach draußen. »Nicht von Matt, von Mr. Strayton.« Dann lächelte er mir noch einmal zu und verabschiedete sich. »Mach's gut, Lin. Bis spätestens Dienstag.«

Callum hatte Terry gebeten, mir schöne Grüße auszurichten? Ich biss mir auf die Zunge, um nicht irgendetwas Unüberlegtes zu antworten. Stattdessen winkte ich Terry zum Abschied zu und schloss schnell die Tür.

Grüße von Callum ... Ich sollte nicht jedes Mal so überreagieren, wenn ich seinen Namen hörte.

Vielleicht hätte ich einen lockereren Umgang mit ihm, wenn ich nicht ständig daran denken musste, wie liebevoll und zärtlich er in London gewesen war. Vielleicht. Vielleicht aber auch nicht.

* * *

Dienstag, 16. Januar

Das ganze Wochenende über hatte ich mich mit Allys Hochzeitskleid beschäftigt. Hailey hatte Besuch von Ben, und die beiden waren wahrscheinlich keine einzige Minute aus dem Cottage herausgekommen und hatten stattdessen viel Zeit im Bett verbracht. Und Allys Familie war nun mal am Wochenende der Mittelpunkt ihres Lebens.

So hatte ich den Samstag nach der Arbeit und den Sonntag mit dem Zuschneiden und Nähen der ersten Stoffbahnen verbracht und konnte durchaus zufrieden sein mit den ersten Ergebnissen. Außerdem hatte ich mir Gedanken über den Hut von Macy gemacht und war auch hier zu einer Lösung gekommen, wie er frisch und sommerlich aussehen und doch lange haltbar sein würde. Am Montag hatte ich gleich anfangen, meine Ideen umzusetzen.

Heute hatte Shona sich freigenommen, und ich war seit langem wieder einmal allein im Laden. Da es allerdings schon den ganzen Tag regnete, hielt sich die Kundschaft ohnehin in Grenzen. Allerdings hatte ich mich für halb eins mit Macy verabredet, die sich heute meine Vorschläge anhören wollte. Ich hatte einige Zeichnungen angefertigt und sogar schon einen Teil der getrockneten Blüten vorsichtig und provisorisch in den Hut eingearbeitet. So würde sie eine bessere Vorstellung von dem bekommen, was ich vorhatte.

Als das Glöckchen über der Tür pünktlich um zwölf Uhr dreißig bimmelte, war ich entsprechend aufgeregt. Freudestrahlend betrat Macy in ihrem gelben Parka den Laden. Automatisch erwiderte ich das Lächeln. Es war schön, sie wiederzusehen. Ihre positive Art war einfach ansteckend und so liebevoll, dass ich sie bereits bei unserem ersten Aufeinandertreffen ins Herz geschlossen hatte.

»Hi, Macy«, begrüßte ich sie.

»Hi! Puh, was für ein Wetter. Erinnert mich ein bisschen an Irland.« Sie zog sich die Kapuze vom Kopf und trat zu mir an den Ladentisch. »Ich bin so neugierig, dass ich am liebsten schon viel früher zu dir gekommen wäre.«

»Und ich bin total gespannt auf deine Reaktion. Komm mal mit nach hinten, dann kann ich dir zeigen, was ich mir ausgedacht habe.« Ich ging vor und sie folgte mir.

Als Macy den Hut erblickte, der auf dem Arbeitstisch lag und schon zum Teil mit Blüten aufgearbeitet war, quietschte sie erfreut auf und quetschte sich an mir vorbei. Vor dem Tisch blieb sie stehen und schlug sich für einen kurzen Moment die Hand vor den Mund.

»Das ist es!«, stieß sie aus, als sie die Hand wieder sinken ließ. »Genau so hatte ich es mir vorgestellt. Oh, Lindsay, du bist wirklich eine wahre Künstlerin.«

Stolz auf die Arbeit, die ich geleistet hatte, breitete sich in meiner Brust aus wie eine warme Decke.

»Danke«, erwiderte ich ergriffen.

»Nein, Lin! Ich habe dir zu danken.« Mehrmals lief sie um den Tisch herum, um sich das, was ich bereits geschaffen hatte, genauer anzusehen. Danach hob sie die Blätter mit den Zeichnungen nacheinander hoch und inspizierte sie eingehend. »Das ist sogar noch besser, als ich es mir vorgestellt habe!«

»Ich freu mich riesig, dass dir der erste Entwurf und meine Ideen gefallen. Die Farben passen auch so?«

Sofort nickte sie nachdrücklich. »Absolut!«

Erleichtert entspannte ich mich ein wenig. »Sehr schön, dann mach ich das gute Stück fertig und du kannst es dir Donnerstagnachmittag abholen, oder ich liefere dir den Hut ins Hotel, wie es dir lieber ist.« Ich hoffte, dass sie sich für die erste Variante entscheiden würde, aber sie enttäuschte mich.

»Oh, bring du ihn lieber ins Hotel. Ich habe echt Angst, dass ich es unterwegs schaffe, ihn zu ruinieren, wenn ich ihn den Berg hochtrage. Ich bin jetzt schon zweimal auf dem Weg rauf und runter ins Stolpern geraten.« Entschuldigend blickte sie mich an.

»Kein Problem, ich komme mit dem Transporter, dann kann nichts passieren.« Selbst wenn ich mich an der Höllenpforte hätte vorbeiquetschen müssen, hätte ich ihr die Bitte nicht abschlagen können.

»Du bist ein Schatz! Kein Wunder, dass mein Bruder auf dich steht.« Macy zwinkerte mir zu.

Doch ich stand nur stocksteif da. »Wie meinst du das?«

Irritiert legte sie die Stirn in Falten. »Na, so wie ich es gesagt habe. Callum ist total fasziniert von dir.«

»Ist er nicht«, erwiderte ich flüsternd.

Macy kam um den Tisch herum zu mir und blieb direkt vor mir stehen. »Ich kann dir nur sagen, dass ich Callum so noch nicht erlebt habe. Nicht bei Yvonne und auch nicht bei einer anderen. Ich weiß, dass er beziehungsgestört ist, aber ich kenne ihn auch so gut, dass ich weiß, wann er im Begriff ist, sich zu verlieben. Und das ist er.«

Mir wurde schwindlig. Mit der Hand klammerte ich mich an dem Tisch fest, um nicht zu taumeln, und zwang mich dazu, regelmäßig ein- und wieder auszuatmen.

»Und wenn ich deine Reaktion richtig einschätze, dann bist du es auch. Habe ich recht?« Aufmerksam blickte sie mich an.

Ich nickte nur.

»Aber er hat dir gesagt, dass er keine Beziehung möchte.« Es war keine Frage. Sie wusste es und kannte ihren Bruder offensichtlich wirklich sehr gut. »Dieser Idiot!«

Erstaunt sah ich zu ihr. »Er hat mir erzählt, dass du selbst keine Beziehung haben möchtest.«

Macy fing laut an zu lachen, japste nach Luft und brauchte eine ganze Weile, um sich wieder zu fangen. »Ja, das habe ich damals gesagt, als es darum ging, ihn zu trösten, als er die streunende Katze mit einem anderen in seinem Bett vorgefunden hat.«

Das schockierte mich nun doch. »Ich habe gewusst, dass sie ihn betrogen hat, aber nicht, dass er sie in flagranti erwischt hat.«

»Glaub mir, Yvonne ist das niederträchtigste Weib, das man sich vorstellen kann.« So wie Macy das sagte, musste ich ihr einfach glauben. Diese positive Frau zeigte mir hier ein völlig anderes Bild. Von sich, aber vor allem von Callums Ex-Frau. »Vier Wochen vorher hat sie ihm erzählt, dass sie schwanger ist, und hat es dann wegmachen lassen, als er sich von ihr getrennt hat.«

»Oh mein Gott! Wie schrecklich.« Ich schlug die Hand vor den Mund.

Macy stieß einen abfälligen Laut aus. »Es hat ihm das Herz gebrochen. Callum hat sich auf das Kind gefreut. Er hätte sich gekümmert, doch sie hat ihm keine Wahl gelassen.« Traurig schüttelte sie den Kopf. »Weißt du ... aber erzähl das bitte nicht meinem Bruder.«

»Nein, werde ich nicht.«

»Mittlerweile frage ich mich, ob das Kind überhaupt von ihm gewesen ist. Vielleicht wusste Yvonne, dass sie einen Fehler begangen hat. Ich weiß es nicht.« Unsicher hob sie die Hände. »Aber ich überlege immer wieder, wie diese Frau jemals meinen Bruder dazu bringen konnte, sie zu heiraten. Vermutlich ist er einfach zu jung gewesen, als er sie kennengelernt hat. Weit weg von zu Hause ... «

»Gut möglich.« Ich dachte an Brian, der mich auch hintergangen und von dem ich mich so verraten gefühlt hatte, aber das, was Callum erlebt hatte, war um so vieles schlimmer. Aus Rache des Kinds beraubt worden zu sein, auf das man sich gefreut hatte. »Kein Wunder, dass er sich nicht mehr binden möchte.«

»Nachvollziehbar, ja. Aber dass er sich jetzt sein eigenes Glück versagt und dir damit auch weh tut, das geht eindeutig zu weit.« Macy hatte ihr Gesicht zu einer verkniffenen Maske verzogen. »Sorry, wenn ich so wütend werde, aber manchmal ist mein Bruder echt ein emotionaler Idiot. Das muss ihm mal einer sagen. Und für solche Aufgaben bin nun mal meistens ich zuständig.«

»Nein, lass sein. Das müssen wir untereinander klären.« Ich machte eine wegwerfende Bewegung mit der Hand, als sei nichts dabei, und als wäre es das Einfachste auf der Welt, mit Callum über uns zu sprechen.

»Keine Sorge, ich lass dich da raus, aber ich werde ihm sagen, was ich von seiner Art zu leben halte.« Mit diesen Worten zog sie mich an sich und drückte mich fest. »Du bist so ein wundervoller Mensch. Ich hoffe, du wirst glücklich. Ob nun mit meinem idiotischen Bruder oder ohne ihn.«

Ich legte meine Arme ebenfalls um sie und erwiderte: »Das wünsche ich mir für dich auch.«

Lachend ließ sie mich los. »Ach, weißt du, Lin. Ich bin eigentlich glücklich. Ich werde in diesem Jahr meinen Abschluss in Betriebswirtschaftslehre und Marketing machen. Und wenn es sich ergibt, werde ich hoffentlich merken, dass mein Mr. Right vor mir steht, und ihn nicht vergraulen.«

Ich nickte zustimmend. »Das ist ein guter Vorsatz. Wir sollten unser eigenes Glück nie von einem Mann abhängig machen. Ihn aber auch nicht von uns stoßen, wenn er derjenige ist, der zu einem passt. Denn davon gibt es nicht allzu viele. Zumindest nicht hier auf Mull.«

Das brachte Macy erneut zum Lachen. »Hätte mich auch gewundert, wenn es hier eine so große Auswahl auf der kleinen Insel gäbe.«

»Na ja, den begehrtesten Junggesellen nach deinem Bruder wirst du ja leider nicht kennenlernen. Matt ist auf den Malediven.« Wenn ich es mir richtig überlegte, würden die beiden ein hübsches Paar abgeben.

»Ist vielleicht besser so. Stell dir mich mal auf der Isle of Mull vor!«

»Oh, glaub mir, du würdest dich hier gut machen, und eine Freundin hättest du auch schon.« Ich lächelte sie an und spürte, wie gerührt sie von meinen Worten war.

»Das wäre auf jeden Fall ein Pluspunkt.«

Wir redeten noch ein bisschen über das Leben, das sie in Dublin führte, und wie sie sich ihre Zukunft vorstellte. Das Thema Callum umschifften wir dabei, ob nun absichtlich oder nicht, konnte ich nicht sagen. Trotzdem hallte in meinem Kopf Macys Erklärung wider, dass Callum von mir fasziniert sei.

15

Don't dream your life but live your dreams.
– *Träume nicht dein Leben, sondern lebe deine Träume.* –
(Mark Twain)

Mittwoch, 17. Januar

D u bist heute viel besser drauf, als die letzten Tage«, bemerkte Shona, als ich mir gerade meinen Schal umlegte. Ich sah zu ihr und entdeckte ein zufriedenes Lächeln auf ihren Lippen. »Ist das so?«

Sie fing an zu kichern. »Oh ja, du hast eine wirklich miese Laune gehabt. Heute wirkst du entspannter.«

Sie fragte nicht, woran das lag, was ich ihr hochanrechnete, dennoch hatte ich das Bedürfnis, etwas dazu zu sagen.

»Das liegt vielleicht am Wetter.« Draußen schien die Sonne, und es war ein relativ warmer Tag für Mitte Januar. »Bei zehn Grad und Sonnenschein blühe ich auf.«

»Wer nicht?«, sagte sie und zwinkerte mir so offensichtlich zu, dass mir klar war, dass sie mir die Ausrede nicht abgenommen hatte.

Trotzdem schnappte ich mir kommentarlos meine Tasche, ging zur Tür und drehte mich noch einmal zu Shona um. »Ich bin gegen ein Uhr wieder da, danke, dass du dich um die Kartons kümmerst.«

»Alles klar! Bis nachher, und lasst es euch schmecken!«

Shona stand lächelnd hinter dem Tresen, als ich den Laden verließ und hinaus in die Sonne trat.

Da ich mit Macys Hut beschäftigt gewesen war und nachher auch noch weiter daran arbeiten wollte, hatte Shona sich angeboten, die Bestellungen zu verpacken und die Rechnungen zu schreiben. Ich würde sie nach meiner Mittagspause ablösen, so dass sie ihren Sohn pünktlich vom Kindergarten abholen konnte. Alles funktionierte so reibungslos mit ihr. Shona war mir eine tolle Hilfe, so dass ich alles daransetzen würde, sie fest anzustellen. Als ich ihr das gesagt hatte, war sie mir vor Freude um den Hals gefallen.

Gut gelaunt hob ich das Gesicht der Sonne entgegen. Ein leichter Wind wehte durch die Main Street, und über mir schrien die Möwen. Tief atmete ich die Seeluft ein und fühlte mich so ausgeglichen wie schon lange nicht mehr.

Shona hatte das gut erkannt. Es ging mir hervorragend. Zum einen lag das an der kreativen Arbeit an Macys Hut. Aber auch die regelmäßigen Bestellungen der Trockenblumengestecke und deren Erstellung sorgten für eine Zufriedenheit bei mir, die ich schon lange nicht mehr gespürt hatte. Mein Laden lief besser als jemals zuvor, und mit Shona hatte ich die beste Mitarbeiterin ergattert, die ich mir wünschen konnte.

Aber seit gestern erfüllte mich eine zusätzliche Leichtigkeit, die Macys Worten geschuldet war. Seit ich wusste, dass Callum doch etwas für mich empfand, schwebte dauerhaft die Hoffnung auf mehr um mich herum, sie beflügelte mich und ließ mich darüber nachdenken, wie ich Callum für mich gewinnen konnte. Es fiel mir auch nicht mehr ganz so schwer, an morgen zu denken. An den Tag, an dem ich ihm vielleicht wieder begegnen würde. Das Gegenteil war der Fall. Ich war neugierig auf seine Reaktion, auch wenn ich selbst noch nicht genau wusste, wie ich mit ihm umgehen sollte.

Das Wetter spiegelte lediglich meinen Gemütszustand, umso mehr genoss ich in diesem Moment die wärmenden Strahlen der Wintersonne.

»Na, betest du die Sonne an, Lindsay?«

Blinzelnd öffnete ich die Lider und brauchte einen Moment, bis sich meine Augen wieder an die Helligkeit gewöhnt hatten. Doch dann blickte ich direkt in Ronald Cummings Gesicht. »Guten Morgen, Ronald. Ja, die Sonne ist herrlich, findest du nicht auch?«

Auf Ronalds Lippen lag ein amüsierter Ausdruck. Er sah mich mit diesem bewundernden Blick an, der schon seit zehn Jahren in seinen Augen lag, sobald ich in seiner Nähe war. Er hatte mir mal einen herzzerreißenden Liebesbrief geschrieben. Er war ein leidenschaftlicher Anhänger von Robert Burns und hatte es als solcher für richtig empfunden, sein Interesse an mir schriftlich zu bekunden. Aus Respekt hatte ich ihm ebenfalls schriftlich und ausgeschmückt mit zahlreichen Robert-Burns-Zitaten geantwortet und ihm meine fehlenden Ambitionen in seine Richtung mitgeteilt. Ronald sah nicht schlecht aus, hatte breite Schultern und schöne blaue Augen. Sein volles braunes Haar hatte er stets top frisiert. Trotzdem war ich nie auf den Gedanken gekommen, seinen Avancen nachzugeben. Er war und blieb ein netter Mann, den ich oberflächlich kannte. Mehr nicht. Er hatte meinen Korb klaglos und hocherhobenen Hauptes akzeptiert, seine offene Ehrerbietung mir gegenüber jedoch in keiner Weise eingeschränkt. Ich hingegen hob den Brief immer noch in einem Karton mit Erinnerungen auf. Es erschien mir nicht richtig, ihn wegzuwerfen, immerhin hatte Ronald sich damals viel Mühe gemacht, ihn für mich zu verfassen, und er war wirklich schön geworden.

Mittlerweile war Ronald verheiratet und kurz vor Weihnachten das erste Mal Vater geworden. Dennoch konnte er es nicht lassen, mich mit Worten zu umgarnen, von denen wir beide wussten, dass sie keinerlei ernst gemeinten Wünsche mehr enthielten. Er liebte seine zauberhafte Frau abgöttisch.

»Die Sonne ist herrlich, wird jedoch durch dich in den Schatten gestellt«, erwiderte er auch prompt mit einem Schmunzeln.

Früher hatte ich seine blumige Sprache hin und wieder als unangenehm empfunden, aber mittlerweile wusste ich, dass er nicht aufdringlich sein wollte, und konnte gut damit umgehen, deshalb konterte ich: »Dann hoffe ich, du hast Sonnencreme aufgetragen.«

Er fing an zu lachen, der tiefe Ton seiner Stimme erinnerte an das Brummen eines Bären. »Oh Lindsay, du bist und bleibst anbetungswürdig.«

»Danke, du Charmeur. Ich habe gehört, dass es Agatha und dem Baby gut geht.«

»Oh ja, ich habe sie vorgestern beide aus dem Krankenhaus abgeholt. Es war ein ganz schöner Schrecken, dass der kleine Richard früher auf die Welt kommen wollte, als es der Doc ausgerechnet hat.« Ronald steckte die Hände in die Taschen seiner gefütterten Jacke, die er jedoch wegen des angenehmen Klimas heute offen trug.

»Das glaube ich dir sofort. Hauptsache, der kleine Wurm hat alles gut überstanden und seine Mum auch. Richte Agatha liebe Grüße von mir aus.«

»Das mache ich, und du übermittel den anderen beiden aus

eurer Runde auch einen Gruß.« Er tippte sich an die Stirn und zwinkerte noch einmal, ehe er ging.

Ich schlenderte weiter zu Haileys Café. Mein Magen knurrte, und ich freute mich schon auf das heutige Treffen zum Mittagessen. Bestimmt hatte Hal wieder etwas Leckeres gezaubert.

Im *Lizzy's* war es voll wie immer. Das schöne Wetter hatte offenbar etliche Menschen vor die Tür und in das Café gelockt. Gut, dass zur Mittagszeit immer ein Tisch für uns neben dem Tresen reserviert war.

Ich wurde von ein paar Gästen begrüßt, winkte dem ein oder anderen zu und ging dann direkt zu unserem Tisch. Ein leicht verbrannter Geruch hing in der Luft, den ich sofort bemerkte.

Ally war auch schon anwesend. Mit einem Lächeln auf den Lippen stand sie auf und nahm mich zur Begrüßung kurz in den Arm. »Hey, du strahlst heute so. Steckt dich das Wetter mit seiner guten Laune an?«

»Ja, dich doch offenbar auch, oder etwa nicht?«, reagierte ich mit einer Gegenfrage und zog meine Jacke aus.

»Auf jeden Fall. Ich freu mich schon so auf den Frühling. Endlich raus und den Vorgarten herrichten. Jamies Haus habe ich zwar bereits gemeinsam mit Anna dekoriert, aber der Garten braucht noch ein bisschen weibliche Raffinesse.«

»Mit dir und Anna wird er bestimmt bald in den schönsten Farben erblühen und jeden in Neid erblassen lassen«, neckte ich sie schmunzelnd und setzte mich.

»Und wie. Anna hat sogar ein paar Zeichnungen angefertigt, wie sie sich die Aufteilung der Beete und die Terrasse vorstellen könnte. Sie ist mit Feuereifer dabei.« Ally wirkte so begeistert, dass es ansteckend war.

»Wenn ihr Hilfe oder meinen Rat braucht, sag Bescheid.«

»Na klar! Mache ich. Übrigens erinnern Anna und ihre beste Freundin mich so sehr an unsere Freundschaft und wie wir früher immer die Köpfe zusammengesteckt haben, dass ich ständig grinsend zu ihnen sehen muss, wenn sie bei uns sind. Das ist ihr natürlich extrem peinlich.«

»Wie schön! Endlich Anschluss. Das wird ihr guttun. Und eine beste Freundin oder einen besten Freund muss ein Kind in dem Alter einfach haben.« Auch ich erinnerte mich an unsere gemeinsame Zeit gerne zurück und wünschte mir für Anna, dass sie etwas Ähnliches erleben und fühlen konnte. Wahre Freundschaft konnte man durch nichts ersetzen. Mir hatten Ally und Hal schon so viel Kraft, Freude und Glück gebracht und mich gleichzeitig gelehrt, richtig zu streiten.

»Hey, ihr beiden.« Hal kam zu uns an den Tisch und umarmte jede von uns herzlich, dann setzte sie sich zu uns. »Wie läuft es mit den Registrierungen für den nächsten Workshop?«

Ich lächelte zufrieden. »Fast ausgebucht. Für Samstag habe ich neun Anmeldungen. Unfassbar, oder?«

»Welches Thema hat du dir für diesen Kurs überlegt?« Ally sah mich neugierig an.

»Die Burns Night. Ich will mit Trockenblumen, Holz und Lötkolben etwas erarbeiten, was zu Robert Burns und seinen Gedichten passt. Schilder, die die Teilnehmer anschließend aufhängen können. An Wänden oder den Türen. Jeder, wie er mag.«

»Das hört sich interessant an. Jetzt bin ich traurig, dass wir nicht mehr die leeren Plätze füllen müssen.« Hal schmollte gespielt.

Am Anfang, als ich die Kurse angeboten hatte, waren meine Freundinnen hin und wieder als Lückenfüller aufgetreten, damit ich nicht mit einer Teilnehmerin oder einem Teilnehmer allein dasitzen musste. Mittlerweile war das glücklicherweise nicht mehr notwendig.

»Du hast bestimmt auch anderes zu tun«, gab ich zu bedenken.

»Nicht nur das.« Hal sah von Ally zu mir und wieder zurück. »Mein Kopf ist nicht mehr aufnahmebereit, vermutlich würde ich das Holz mit einem Lötkolben in Brand setzen. Zumindest gehe ich davon aus, nachdem, was mir heute passiert ist!«

»Wieso, was ist los?«, hakte ich neugierig nach.

»Ihr werdet es nicht glauben!« Hailey stöhnte theatralisch auf.

»Was?« Ally sah sie an, als würde sie Hal gleich schütteln, wenn sie nicht endlich mit der Sprache herausrückte.

»Ich habe das erste Mal in meinem Leben etwas verbrennen lassen.« Sie stöhnte ein weiteres Mal und legte ihr Gesicht in die Hände.

»Das kann nicht sein. Wer sind Sie? Warum sehen Sie aus wie meine Freundin? Was haben Sie mit ihr gemacht?«, zog Ally sie auf und brachte mich damit zum Lachen.

»Nein, jetzt mal ehrlich. Was ist dir angebrannt? Und warum?«, wollte ich in vorsichtigem Tonfall von ihr wissen. »Es muss einen guten Grund geben, sonst wäre es nicht passiert.« So kannte ich Hal wirklich überhaupt nicht. Was Kochen und Backen anbelangte, war sie unschlagbar, und niemand konnte sie dabei aus der Ruhe bringen. Nicht einmal in dem Drama um Ben vor ein paar Monaten hatten ihre Backkünste gelitten, und da war es ihr wirklich schlecht gegangen.

Sie hob den Kopf und verdrehte die Augen. »Ich habe mit Ben telefoniert. Er war total aufgedreht und hat mir etwas Unglaubliches berichtet, als ich vor der Tür gestanden habe. Es war so außergewöhnlich, dass ich einfach nicht mehr an den Auflauf gedacht habe. Phil hat heute frei, und im Laden war niemand. Kein Gast, der mich hätte warnen können, dass es angebrannt riecht. Ihr könnt euch vielleicht vorstellen, wie sehr ich mich erschrocken habe, als ich wieder in den Laden gegangen bin.«

»Oh ja, das kann ich sogar schon beinah bildlich sehen«, gab ich kichernd zurück. »Zumindest weiß ich jetzt, woher dieses Aroma stammt.«

»Ja, das ist mir auch aufgefallen, als ich reingekommen bin«, bemerkte Ally und handelte sich einen gereizten Blick von Hal ein. »Aber jetzt mal raus mit der Sprache. Was hat Ben so Aufregendes erzählt?« Allys Gesicht strahlte vor Neugier. Sie war immer total fasziniert von den Hollywoodanekdoten, die Ben oder auch Hal zum Besten geben konnten.

Schlagartig veränderte sich Haileys gesamte Körperhaltung. Sie setzte sich eine Spur aufrechter hin und sah uns mit wachem Blick an. »Die letzte romantische Komödie, in der Ben die Hauptrolle gespielt hat, ist für den Oscar in der Kategorie bester Film nominiert!«

»Nein!«, stieß ich mit weit aufgerissenen Augen hervor.

»Doch!«, quietschte Hal. »Das ist so heftig!«

Ally war sprachlos. Ihr Mund stand leicht offen, was mich dazu veranlasste, unter ihr Kinn zu greifen und es nach oben zu drücken. Verwirrt blinzelte sie und schloss den Mund, um ihn sogleich wieder zu öffnen. »Wahnsinn.«

»Uuuund …!«, fügte Hal hinzu und ließ uns einen Moment zappeln, ehe sie fortfuhr: »Ben ist mit seiner Begleitung zur Oscarverleihung eingeladen.«

Nun saßen Hailey gleich zwei Freundinnen gegenüber, die sie sprachlos und mit offenem Mund anstarrten.

»Guckt nicht so! Jaaa! Die Begleitung bin ich! Ich werde zwei Wochen im März nicht auf Mull sein, sondern bin in den USA unterwegs. Wir wollen uns Los Angeles, Las Vegas und San Francisco anschauen, und das größte Event der Filmbranche in Hollywood wird der Höhepunkt unserer Reise. Wie genial ist das denn?« Unruhig rutschte sie auf dem Stuhl hin und her und sah dabei aus wie ein Kind, das sich auf Weihnachten freut.

So langsam hatte ich mich wieder im Griff und räusperte mich. »Das ist der absolute Wahnsinn!« Ich stand auf, rannte einmal um den Tisch herum und nahm Hal in den Arm. »Eine meiner zwei besten Freundinnen bei der Oscarverleihung! Ich werde die ganze Nacht vor dem Fernseher hängen und schauen, ob ich dich irgendwo entdecke und sehe, wie du über den roten Teppich schwebst oder den Gewinnern applaudierst!«

Haileys Gesicht nahm die Farbe einer Tomate an, als ich sie wieder losließ. Die anderen Gäste starrten bereits zu uns, weil sie mitbekommen wollten, was da gerade bei uns ablief.

»Jetzt bin ich offiziell neidisch!«, entfuhr es Ally. »Superman Henry Cavill wird bestimmt auch da sein und Theo James!« Schmachtend legte sie das Kinn auf ihrer Faust ab und machte einen verträumten Gesichtsausdruck, der uns andere zum Schmunzeln brachte. Sie war ein großer Fan der beiden Schauspieler und sah sich jeden ihrer Filme an.

»Wenn ich einen von ihnen in die Finger bekomme, pack ich ihn ein und bring ihn mit auf die Insel.« Hailey stand auf, als ein Gast ihr andeutete, zahlen zu wollen.

»Nein, lass mal. Das würde Jamie doch nicht so gut gefallen wie mir.« Kichernd machte Ally eine abwehrende Handbewegung. »Aber grüße sie von mir, ja?«, bat sie träumerisch.

Als Hailey hinter dem Tresen stand und abkassierte, setzte ich mich wieder und raunte Ally zu: »Ich habe übrigens mit dem Nähen deines Kleides angefangen.«

Euphorisch klatschte sie in die Hände. »Ich bin schon soooo sehr gespannt!«

»Und ich erst. Ich hoffe, dass es dir gefallen wird.«

»Da bin ich mir absolut sicher. Mach dir nicht so viele Gedanken. Ich bin von deinen Fähigkeiten zu tausend Prozent überzeugt.«

Ich spürte, wie mir die Röte ins Gesicht stieg und lenkte schnell ab. »Was ist eigentlich mit deiner Mum, Jamies Dad und euren Geschwistern? Werdet ihr sie jetzt, da ihr sie kennt, einladen?«, wagte ich mich an ein Thema, das bisher nicht zur Sprache gekommen war.

»Ich glaube nicht.« Nachdenklich sah sie aus dem Fenster. »Sie sind mir alle so fremd. Meine Mutter und meine – unsere Geschwister. Und hinzu kommt, dass Jamie noch immer einen ausgewachsenen Groll auf seinen Vater hat. Ich will die Hochzeit nicht in so großem Stil feiern, lieber nur die wichtigsten Menschen in unserem Leben. Und das seid ihr. Also mein Dad, Du, Hailey und Ben, Toni und Tally, Matt und noch ein paar andere. Der Teil unserer Familie, der in Manchester lebt, ist für mich nicht so wichtig. Hört sich hart an, oder?« Unsicher sah sie zu mir.

»Nein, ich kann das verstehen. Vielleicht kommt ihr euch irgendwann wieder näher, aber man muss es nicht erzwingen, und du solltest den hoffentlich schönsten Tag in deinem bisherigen Leben nicht mit so etwas belasten, sondern ihn voll und ganz genießen.«

»Ich glaube nicht, dass das je passieren wird, aber das ist okay. Doch noch mal zurück zu den Hochzeitsgästen. Mittlerweile zähle ich Callum auch zu unserem Freundeskreis. Aber wenn du ihn nicht sehen willst, lade ich ihn natürlich nicht ein.« Ally lehnte ihren Kopf an meine Schulter.

»Es ist eure Hochzeit, fragt nicht mich, wen ihr dabeihaben sollt. Es kommt drauf an, wer euch wichtig ist, den ladet ihr ein, und damit komme ich schon klar, egal, wer dabei sein wird. Und tu mir einen Gefallen, rechtfertige dich deshalb nicht.« Ich drückte ihr einen Kuss auf die Haare.

»Heiraten ... Kommt mir immer noch so vor, als wäre diese Geschichte von Jamie und mir jemand anderem passiert«, flüsterte Ally.

»Deine Liebesgeschichte. Sie ist so bezaubernd wie die von Hal.« Meine Stimme klang melancholisch, was eigentlich nicht meine Absicht gewesen war.

Sofort hob Ally den Kopf. »Du wirst auch dein Happy End finden. Wenn nicht mit Callum, dann mit jemand anderem.«

Am liebsten hätte ich wie ein bockiges Kind geantwortet, dass ich aber Callum wollte und niemand anderen. Doch das ließ ich bleiben und verriet Ally stattdessen: »Ich habe gestern Callums Schwester kennengelernt.« Als Ally mich aufmerksam ansah, erzählte ich ihr von der Begegnung an der Fähre und wie sie gestern in meinen Laden gekommen war. »Sie heißt Macy und sie meinte, dass Callum von mir fasziniert sei und sie ihn so noch nie in Bezug auf eine Frau erlebt hat, nicht mal bei seiner Ex.«

»Dann müssen wir einen Schlachtplan erarbeiten!« Hailey ließ sich neben mir nieder und grinste mich breit an. Offensichtlich hatte sie unserer Unterhaltung mit halbem Ohr zugehört, während sie den Gast abkassiert hatte. »Ich habe auch schon einen Namen dafür: *Callums Eroberung.*«

Ich schmunzelte. »Und wie stellst du dir das vor? Soll ich in Reizwäsche in seinem Büro einen Tanz vollführen?«

»Oh Gott, Lin. Jetzt bekomm ich das Bild nicht mehr aus dem Kopf!«, gab Ally neben mir von sich. »Erzähl bitte ganz schnell etwas von Katzenbabys oder etwas anderem, an das ich denken kann!«

Hailey wiegte den Kopf hin und her. »Also, so schlimm ist die Vorstellung von Lin in Reizwäsche nun auch nicht!«, empörte sie sich und fuhr dann ernster fort: »Aber nein, Lin. So plump solltest du nicht vorgehen. Ich überleg mir mal was. Da wird mir schon was einfallen.«

»Jetzt habe ich Angst!«, gestand ich und zwinkerte ihr zu, um meine Worte zu entkräften. Aber gegen den Kloß in meinem Hals half das nicht.

»Musst du nicht.« Ally lächelte. »Ich bin mit von der Partie. Ihr wisst doch: Das schaffen wir wie immer gemeinsam.« Voller Tatendrang klatschte sie wieder in die Hände und erntete tatsächlich ein zaghaftes Lächeln von mir. Dann hielt sie eine Hand in die Tischmitte und sagte feierlich: »Zusammen sind wir stark«, und schon stimmten wir anderen beiden mit ein: »Und gemeinsam sind wir unbesiegbar. Jetzt und für alle Zeit!«

Sechs Hände lagen nun übereinandergestapelt, und drei Freundinnen lächelten sich an. Ein Schwur, der uns schon seit der gemeinsamen Kindheit verband und den wir nicht brechen würden. Keine von uns. Das hatten wir noch nie und uns würde auch niemals etwas auseinanderbringen.

Dennoch war ich mir nicht sicher, ob wir diesmal Erfolg haben würden und was wir oder besser gesagt ich machen könnte, um Callum davon zu überzeugen, uns eine Chance zu geben.

* * *

Am späten Nachmittag, nachdem ich den Laden geschlossen und den Hut in einen passenden Karton verpackt hatte, mit dem Macy ihn auch in einem Auto und einem Flugzeug unbeschadet transportieren konnte, fuhr ich mit meinem Transporter hoch zum Hotel. Ich war aufgeregt. Wie würde Macy auf den fertigen Hut reagieren? Würde er ihr gefallen und sie an ihre Großmutter erinnern? Wäre sie allein, oder würde Callum anwesend sein?

Ich wusste jetzt zwar, dass er mich faszinierend fand und mich gernhatte, aber das machte es mir nicht einfacher, ihm zu begegnen. Dieses Hin-und-hergerissen-Sein zwischen *Ich werde um ihn kämpfen* und *Ich habe Angst* machte es mir eher viel schwerer.

Mittlerweile war ich wieder ins Zweifeln gekommen, was Callums Gefühle betraf. Vielleicht irrte sich Macy.

Aber wenn ihn jemand gut kannte, dann mit Sicherheit seine Schwester. Ich hoffte, dass sie recht behalten würde, denn ich hatte bemerkt, dass ich meine eigenen Gefühle nicht unterdrücken konnte. Sie waren zu stark. Ich empfand zu viel für Callum.

Es war das erste Mal, dass ich in diesem Jahr ins *Tobers* kam. Die weihnachtliche Deko war abgenommen worden, und alles sah so blitzblank aus wie immer. Am Tresen stand Esther und hatte den Blick stur auf den Monitor gerichtet. Offenbar hatte sie mich noch nicht wahrgenommen. Ich räusperte mich, damit sie keinen Schreck bekam, wenn ich sie ansprach.

Noch in Gedanken versunken, hob sie den Kopf und blinzelte. »Oh, hallo, Lindsay.«

»Hey, Esther. Alles gut bei dir?«

Sie nickte und nahm die Hände von der Tastatur, um ihre Aufmerksamkeit ganz mir zu widmen. Ihr hochgestecktes Haar wies die ersten grauen Strähnen auf, und um ihre Augen hatten sich feine Fältchen gebildet. So langsam machte sich bei ihr das Alter bemerkbar, aber man konnte sie immer noch als schön bezeichnen. »Ja, ich vermisse nur deine hübschen Blumen.«

Etwas in der Art hatte ich mir schon gedacht. Esther war sehr pflanzenaffin, da reichten vermutlich ein paar Tage in meinem Blumenladen, um ihre Liebe für Blumen anzuheizen. »Ich habe gehört, dass Matt einen Kräutergarten anlegen wird, sicherlich wird er dir die Aufgabe übertragen, sich um die Pflanzen zu kümmern.« Ich wusste von Matt, dass es in Zukunft zu Esthers Arbeitsbereich gehören würde.

»Ja, darauf freue ich mich schon sehr.« Dennoch sah sie nicht ganz so euphorisch aus, wie ich gehofft hatte.

»Und wenn ich wieder jemanden brauche, der zusätzlich zu Shona bei mir aushilft, bist du die Erste, die ich anrufe«, versicherte ich ihr.

Endlich lächelte die scheue Esther. »Danke!«

»Blödsinn. Ich habe dir zu danken, dass du dich so hervorragend um meinen Laden gekümmert hast, als ich nicht auf Mull war.«

»Es hat mir wirklich sehr viel Spaß gemacht. Aber deshalb bist du bestimmt nicht hergekommen, oder?« Sie legte den Kopf ein wenig schräg und sah mich an.

»Nein. Ich bringe Macy Strayton eine Lieferung.« Ich hob den großen Karton an, den ich mit ein paar Seilen umspannt hatte, um ihn besser tragen zu können.

»Oh ja, Macy hat mir von einem Gast erzählt, den sie erwartet. Aber ich wusste nicht, dass du das bist.« Esther strahlte mich an. Diese schüchterne Frau sah vollkommen anders aus, wenn sie sich ein wenig entspannte.

»Na ja, als Gast würde ich mich nicht gerade bezeichnen.«

»Doch, doch. Sie ist im Restaurant und hat den Tisch für eine Tea-Time mit dir decken lassen. Geh ruhig rüber.« Sie deutete zum Eingang des Restaurantbereichs.

»Okay, mach ich.«

Verwundert wandte ich mich von Esther ab. Normalerweise hatten sie um diese Uhrzeit geschlossen. Ab drei Uhr war Nachmittagsruhe, und dann öffnete das *Culinaric* erst wieder um halb sieben am Abend.

Der weinrote Teppich mit den dunkelblauen Mustern dämpfte meine Schritte, dennoch hatte ich das Gefühl, zu hart aufzutreten. Ich holte Luft, versuchte, mich zu beruhigen und normal weiterzugehen. Es war egal, wem ich dort drin begegnen würde.

Im Restaurant war wie erwartet nichts los. Aber an einem der Tische saß tatsächlich Macy und sah mir entgegen, als ich eintrat. Sie hatte sich die Haare zu einem hohen Pferdeschwanz gebunden und dezent Make-up aufgelegt. Genau wie ihr Bruder sah sie eher wie eine Griechin als wie eine Irin aus.

Vor ihr standen eine wunderschöne Etagere, die mit allem bestückt war, dass man für eine anständige Tea-Time benötigte. Shortbread, Scones, Clotted Cream, Konfitüre und kleine belegte Brote waren darauf drapiert, aber auch Obst und andere Leckereien entdeckte ich.

»Hey, Macy. Hier kommt dein Hut!«, sagte ich zu ihr, als ich lächelnd an den Tisch trat. Ich zog einen Stuhl hervor und stellte den Karton darauf ab.

»Hallo, Lin. Schön, dass du ihn mir bringst. Komm, setz

dich zu mir.« Sie deutete auf einen anderen Stuhl, und ich ließ mich darauf nieder. Dann goss sie mir eine Tasse Tee ein, ohne mich zu fragen, ob ich etwas haben wollte, und schob sie zu mir rüber.

»Danke dir.« Ich tat mir etwas Zucker und Sahne in das Getränk, rührte um und führte die Tasse anschließend vorsichtig an meinen Mund.

Macy ließ mich nicht aus den Augen. »Callum kommt auch gleich.«

Die Erwähnung des Namens sorgte dafür, dass ich zu hastig trank und mir prompt die Lippen verbrannte. Rasch stellte ich das edle Porzellan wieder auf dem Tisch ab und versuchte, mir nichts anmerken zu lassen. »Ich zeige dir den Hut, und dann bin ich weg.«

»Was? Nein, so war das nicht gemeint. Du bleibst natürlich hier.« Macy schüttelte vehement den Kopf, so dass ihr Zopf hin und her schwang. »Aber den Hut kannst du mir trotzdem schon mal zeigen«, fügte sie dann versöhnlich hinzu.

»Na gut, ein bisschen kann ich bleiben, aber ich will Shona nicht zu lang allein lassen. Ich bin gespannt, was du dazu sagen wirst.« Aufgeregt griff ich nach dem Seil und löste den Knoten, dann hob ich den Deckel ab und holte den Hut aus dem Karton heraus.

»Oh, Lin! Das ist grandios!« Macy schob energisch den Stuhl nach hinten und stand auf, um mir den Hut abzunehmen. Sie hob ihn hoch und besah ihn sich von allen Seiten. »Wie schön. Er ist perfekt!«

»Ich freu mich riesig, dass er dir so gut gefällt.« Zufrieden grinste ich über das ganze Gesicht. Ich hatte mir viel Mühe gegeben, und die Geschichte hinter dem Hut war so herzzerreißend, dass ich unbedingt Macys Gefühle für ihre Großmutter in diesem Stück verewigen wollte. Dass es offenbar geklappt hatte, machte mich sehr glücklich.

»Gefallen? Ich liebe ihn!«, schniefte sie und fing an zu weinen.

Ich wollte gerade aufstehen und sie trösten, als ich eine Bewegung hinter mir bemerkte.

»Was ist denn hier los?« Ausgerechnet diesen Moment suchte sich Callum dafür aus, zu uns zu treten. Seine Stimme klang ein wenig aufgebracht, und dennoch ging sie mir wie immer unter die Haut. Sie erinnerte mich an stille Stunden, zärtliche Berührungen und Gespräche bis tief in die Nacht. Die Gefühle, die ich für ihn hatte, brandeten wild auf.

»Sieh dir das mal an! Das ist Grannys Hut, den sie immer im Garten getragen hat. Lin hat ihn aufbereitet. Ich habe dir doch davon erzählt. Ist er nicht wunderschön geworden?«, schniefte Macy und hielt ihn Callum hin.

Langsam trat er in mein Sichtfeld und nahm nicht nur das für sich ein. Wie immer trug er bei der Arbeit einen dunklen Anzug und sah darin zum Anbeißen aus. Er begutachtete den Hut von allen Seiten, während Macy ihn festhielt und immer wieder Kommentare dazu verlauten ließ, so dass mir die Röte ins Gesicht schoss. So viel Lob war ich eindeutig nicht gewohnt.

Callum schwieg, bis sein Blick zu mir wanderte. »Das ist mal wieder ein absolutes Meisterwerk von dir, Lin.« Mein Name aus seinem Mund sorgte dafür, dass mir heiß wurde.

Dieser Mann hatte eindeutig zu viel Macht über meinen Körper, und ich hatte dem nichts entgegenzusetzen! Es waren einfach zu viele schöne Erinnerungen, die es mir schwermachten, nicht auf ihn, seine Stimme oder seinen Duft zu reagieren.

Seine Lippen verzogen sich zu einem Schmunzeln, so dass ich mich automatisch fragte, ob er wusste, wie es mir in seiner Gegenwart erging. Unablässig wanderte sein Blick zwischen meinen Augen und meinen Lippen hin und her, als würde er genau wie ich nach einem Kuss gieren.

»Ich bring das gute Stück nach oben und muss dann mal kurz beim Flughafen anrufen und nachhaken, ob mit meinem Flug morgen auch alles klargeht und ich diesen Schatz hier mit ins Handgepäck nehmen darf«, hörte ich in diesem Moment Macy sagen. Schwerfällig löste ich meinen Blick von Callum und sah zu ihr. »Ihr könnt ja die Tea-Time ausnutzen, wäre schade darum, das ganze Zeugs wegzuschmeißen.« Vorsichtig packte Macy den Hut zurück in den Karton und schloss die Schnüre, ehe sie ihn hochhob und verschwand.

Perplex starrte ich ihr hinterher und wusste nicht, wie ich mit dieser Situation umgehen sollte. In diesem Moment würden mir Haileys Schlachtpläne nicht viel helfen, selbst wenn ich schon gewusst hätte, was sie sich ausgedacht hatte.

»Darf ich?«, fragte Callum mit dieser sanften, tiefen Stimme, der ich nichts hätte abschlagen können.

Ich nickte.

Anstatt sich mir gegenüber niederzulassen, setzte er sich neben mich und rückte noch ein Stückchen näher zu mir, so dass sein Knie meins berührte. Ein Kribbeln schoss über meine Haut, und mein Blick suchte seinen.

Callum legte seine Hand neben meine auf dem Tisch ab und fuhr ganz zart mit seinem kleinen Finger über meinen Handrücken. »Schön, dich zu sehen, Lin.«

Oh ja, er war sich der Wirkung seiner Stimme in Kombination mit meinen Namen auf mich durchaus bewusst. Sein wissendes Lächeln war wie ein blinkendes Warnschild, und dennoch konnte ich nicht anders, als in seinen Augen zu versinken.

Ich schluckte den Kloß herunter. »Deine Schwester ist toll.«

Callum nahm seine Hand weg und griff nach meiner Teetasse, die er anschließend an seine Lippen führte. Er trank einen Schluck. Nachdem er sie abgesetzt hatte, holte er sich ein Petit Four von der Etagere und fragte: »Wollen wir jetzt über meine Schwester reden oder über uns?« Doch er ließ mir nicht die Chance, ihm eine Antwort zu geben, denn gerade, als ich den Mund öffnete, hielt er mir die Süßigkeit an die Lippen und sah mich mit amüsiertem Blick an.

Er wollte spielen?

Ohne meine Augen von seinen abzuwenden, legte ich provozierend langsam die Lippen um das kleine Gebäckstück und biss noch langsamer ein Stück davon ab. Dann kaute ich und leckte mir anschließend genüsslich über die Lippen. Ich kam mir vor wie eine Femme fatale aus einem der Liebesromane, die ich so gern las. Starke Protagonistinnen hatten es mir angetan. Frauen, die wussten, was sie wollten, und den Mut hatten, es sich zu nehmen.

Callums Augen hatten sich verdunkelt, und er unterbrach für keinen einzigen Moment den Blickkontakt. Er begehrte mich noch immer. Diese Erkenntnis ließ mich innerlich jauchzen. Er konnte mich genau so wenig vergessen wie ich ihn. Mutiger, als ich eigentlich war, beschloss ich, dieses Spiel noch ein bisschen länger mitzuspielen.

Ich griff nach einer Erdbeere, die als Deko auf der Etagere drapiert war, und hielt sie ihm entgegen.

»Möchtest du auch etwas?« Genau wie er wartete ich keine

Antwort ab und führte das Obststück an seine schön geschwungenen Lippen.

Es war eine Qual, ihm dabei zuzusehen, wie er an der Erdbeere saugte. Bilder von unserer gemeinsamen Nacht liefen wie ein Film vor meinem inneren Auge ab. Zittrig holte ich Atem, doch das half nicht. Ich wollte ihn so sehr, dass es mir die Luft zum Atmen nahm und mich gleichzeitig eine Welle der Angst überrollte.

Hektisch stand ich auf.

»Ich kann das nicht«, stieß ich über mich selbst erschrocken hervor und rannte so hastig aus dem Restaurant, als hinge mein Leben davon ab. Hinaus auf den Flur. Durch das Foyer. Immer weiter.

Ich war keine Spielerin, und die Gefühle, die in mir drin ihr Unwesen trieben, brannten wie Feuer. Sie taten weh. Sie fühlten sich gut an, und doch machten sie mir Angst. So viel Angst.

Was wenn ich mich immer weiter in Callum verlieren und er mich letztendlich fallen lassen würde? Das würde mich zerstören. Ich empfand jetzt schon mehr für Callum als für Brian. Und dessen Schlussstrich unter unsere Beziehung hatte mich so sehr verletzt, dass ich Monate gebraucht hatte, um über ihn hinwegzukommen.

Tränen verschleierten meinen Blick, als ich hinaus ins Freie rannte. Ich hörte Schritte hinter mir. Callum folgte mir, doch ich war schon in meinem Wagen, als er aus der Hoteltür trat. Meine Gefühle verwirrten mich zu sehr, als dass ich ihm noch einmal gegenübertreten konnte. Wo war die Frau, die um den Mann kämpfen wollte? Wo war mein Mut? Wo mein Sinn für solche Spiele? Wo war die Femme fatale, die ich eben noch so bewundert hatte?

Meine Nerven waren für so etwas nicht gemacht. Nicht, solange ich nicht wusste, wohin das führen würde. Callum begehrte mich, aber das würde nicht genügen. Mir nicht. Dennoch besaß ich nicht den Mut, herauszufinden, ob er für mich etwas Ähnliches empfand wie ich für ihn, ob es auch für ihn um mehr gehen könnte.

Deshalb gab ich Gas und raste davon. Weg von dem Mann, dem mittlerweile mein Herz gehörte.

Auf keinen Fall konnte ich nach Hause. Wenn er mir wirklich folgen wollte, wäre er vermutlich schneller den Berg runtergelaufen, als ich über die Landstraße wieder in der Main Street sein konnte. Also beschloss ich, zu einer meiner beiden Freundinnen zu fahren, die genau wie ich schon Feierabend haben würden. Hal wohnte nicht weit von hier, und so bog ich statt nach links runter zum Hafen nach rechts ab, um zu Haileys Cottage zu gelangen.

Dort angekommen, öffnete mir Hal die Tür und sah mich verwirrt an. »Ist irgendwas passiert?«

»Nein, aber ich kann nicht nach Hause«, erklärte ich ihr atemlos und schob mich an ihr vorbei ins Haus. Da Ben nicht da war, war es nicht nötig, zu fragen, ob ich reinkommen könnte.

»Hast du einen Rohrbruch oder den Schlüssel vergessen?«

Hal schloss die Tür und folgte mir in die Küche, wo ihr Kater Warrior maunzend von einem Stuhl sprang und mit zuckendem Schwanz und hocherhobenen Kopf davonstolzierte. Offenbar fühlte er sich von meinem plötzlichen Auftauchen gestört. Wie immer. Eigentlich mochte der Kater nur Ben und Hailey.

»Ich muss mich vor Callum verstecken«, erklärte ich meiner Freundin und bemerkte, wie verrückt sich das anhörte.

»Moment mal. Was habe ich verpasst?« Hal setzte sich an

den Küchentisch, auf dem bereits eine Kanne Tee auf einem Stövchen stand. Daneben lag ein Buch. Offenbar hatte sie gerade gelesen.

Ich setzte mich ihr gegenüber an den Tisch und legte verzweifelt den Kopf auf die Tischplatte. Mittlerweile erkannte ich, wie irrational ich mich verhalten hatte. Wie alt war ich eigentlich? Definitiv hatte ich es nicht über die Pubertät hinausgeschafft. Anders konnte ich mir meine Reaktion auf Callums Tea-Time-Orgie nicht erklären. Orgie? Oh Mann, ich war eindeutig völlig durch den Wind!

»Jetzt erzähl mir endlich, was hier los ist!«, forderte mich Hailey vehement auf.

Langsam hob ich den Kopf und legte ihn in den Nacken, holte tief Luft und sagte: »Ich habe Callum im *Tobers* gesehen, als ich Macy den Hut gebracht habe.« Da von Hal keine Reaktion kam, berichtete ich meiner Freundin, was genau im *Tobers* passiert war. Aufmerksam hörte sie mir zu und ließ mir all die Zeit, die ich brauchte, um meine Geschichte zu erzählen.

»Und dann bin ich einfach losgerannt«, beendete ich meinen Bericht.

»Weil du Angst hattest, er könnte dich küssen?« Hal hörte sich an, als würde sie mich für völlig durchgeknallt halten, was ich mittlerweile ja selbst tat.

»Ja ... Nein. Weil ich Angst habe vor meinen Gefühlen. Davor, dass er mich nicht will.« Ich hob die Hände in die Luft und ließ sie dann wieder sinken. »Dass er mich will, aber mich nicht behalten will. Ich weiß nicht, wie ich dir das erklären soll. Ich versteh mich ja selbst nicht.« Dann fing ich an zu weinen.

Sofort war Hal an meiner Seite und nahm mich in den Arm. Sie stand neben mir, während ich saß. Sie hielt mich wie eine

Mutter ihr Kind, und ich ließ meinen Tränen ihren Lauf. Tränen der Verzweiflung.

Ich erkannte, dass ich das erste Mal wirklich und wahrhaftig liebte. Und das machte mir so fürchterliche Angst, dass ich lieber davongelaufen war, als zu bleiben und zu versuchen, das zu bekommen, was ich mir aus tiefstem Herzen wünschte.

* * *

Samstag, 20. Januar

Callum versuchte nicht, mich zu kontaktieren. Er rief nicht an, klingelte nicht mitten in der Nacht an meiner Haustür Sturm oder stand vor meiner Ladentür. Das erleichterte mich auf der einen Seite ungemein. Aber andererseits machte es mich unendlich traurig.

Macy hingegen rief mich wenigstens an, um sich von mir zu verabschieden, erwähnte Callum jedoch mit keinem Wort mehr, was meine Angst bestärkte, dass ich nicht mehr für ihn war als eine Bettgeschichte, die seine Bedingungen nicht akzeptieren wollte und deshalb nicht mehr interessant war.

Der Arbeitstag am Freitag zog sich ewig in die Länge, so dass ich am späten Nachmittag nur noch müde auf meinem Sessel zusammensackte. Ich las noch ein paar Seiten, dann legte ich mich in die Badewanne und las weiter. Nach einem Abendessen, das aus einer Scheibe Brot mit Käse und einem Apfel bestand, fiel ich ins Bett, doch es dauerte noch ewig, bis ich eingeschlafen war.

Auch der Samstag verlief schleppend. Ich war extrem müde,

weil ich in der Nacht so wenig geschlafen hatte, und die Aussicht auf den Workshop schenkte mir heute keinerlei Freude. Nachdem ich den Laden geschlossen hatte, begann ich damit, den Tisch und die Stühle aufzubauen und alle Materialien bereitzulegen, die wir für den Kurs benötigten. Alles tat ich mechanisch. Es half mir nur bedingt, meine Gefühle zu verdrängen und nicht darüber nachzudenken, was ich falsch gemacht hatte. Wann ich den ersten Fehler begangen hatte. Schon in London? Oder am Donnerstag, als ich nicht mutig genug gewesen war zu kämpfen?

Nach und nach trudelten alle registrierten Teilnehmer ein, bis nur noch Esther McKay fehlte, die sich gestern als Letzte per Mail angemeldet hatte. Im Laden herrschte eine lockere Atmosphäre, alle plauderten miteinander und lachten. Kurz vor sechzehn Uhr bimmelte das Glöckchen über der Ladentür, und jemand betrat den Laden. In Erwartung, dass es Esther sei, hob ich den Kopf und erstarrte mitten in der Bewegung.

Callum!

In Jeans und Pullover gekleidet, schloss er leise die Tür. Die Jacke hatte er sich über den Arm gelegt und grüßte alle, die bereits am Tisch saßen. Nur zu mir sah er nicht.

Hektisch eilte ich zu ihm und zog ihn beiseite.

»Was machst du hier? Ich habe jetzt einen Kurs. Du musst gehen«, flüsterte ich, damit nicht alle mitbekamen, was wir beredeten.

Mit einem nachsichtigen Lächeln sah Callum mich an. »Ich nehme an dem Kurs teil.«

»Das ... Das geht nicht!«

»Warum sollte das nicht gehen?«, fragte Callum mich mit hochgezogenen Augenbrauen.

»Weil der Kurs voll ist.«

»Dann ist es ja gut, dass ich mir von meiner Mitarbeiterin einen Platz habe reservieren lassen.« Er zwinkerte mir frech zu, hängte seine Jacke über den letzten freien Stuhl und setzte sich.

Esther! Sie hatte den Platz nicht für sich, sondern für ihren Boss reserviert! Das war verrückt! Callum interessierte sich bestimmt nicht für Bastelarbeiten. Außer ihm waren noch zwei andere Männer anwesend. Zum einen war Ronald gekommen, für den diese Veranstaltung als eingefleischter Burns-Fan vermutlich zum Pflichtprogramm gehörte. Bei dem anderen handelte es sich um James Carmichael, der etwa Mitte dreißig war und in Tobermory die Post auslieferte. Er war schon einmal bei einem Kurs dabei gewesen, und ich vermutete, dass er nur hier an diesem Tisch saß, um eine Frau zu finden. Kontaktbörse Bastelkurs. Das Inselleben hielt immer wieder Überraschungen bereit.

Aber was wollte Callum hier?

Die verschiedenen Antwortmöglichkeiten ließen mein Herz schneller schlagen. War er meinetwegen hier?

Ich beschloss, Callum so zu behandeln, wie ich jeden anderen in diesem Workshop behandelte. Doch das gestaltete sich gar nicht so leicht. Ich spürte bei allem, was ich tat oder sagte, seinen Blick auf mir. Es fühlte sich an, als würde er mich berühren, liebkosen, und das verwirrte mich so sehr, dass meine Finger anfingen zu zittern, während ich den Teilnehmern erklärte, wie man einen Lötkolben hielt und benutzte. Nervös versuchte ich, Callum zu ignorieren, auszublenden, dass er anwesend war, doch das war definitiv nicht so einfach wie erhofft.

»Ihr könnt euch natürlich auch für ein anderes Thema als die Burns Night entscheiden und ganz beliebige Zitate oder Gedanken auf eure Kunstwerke schreiben. Aber ich dachte, es wäre eine schöne Idee, eine kurze Zeile eines Gedichts in das Holz zu brennen. Danach könnt ihr noch Löcher bohren und durch sie ein schmales Seil oder Band ziehen und daran getrocknete Blumen befestigen. So entsteht ein schönes Schild, das ihr an die Wand hängen oder an der Haustür anbringen könnt.« Ich lächelte Soraya an, die mit ihrer Freundin Lucy gekommen war. Das Paar hielt sich während meiner Erklärungen sogar an den Händen und machte damit nun öffentlich, dass sie zusammengehörten. Meinen Segen hatten sie auf jeden Fall.

»Ich finde, das ist eine ganz tolle Idee!«, schwärmte James und strahlte mich an.

»Selbstverständlich ist das eine tolle Idee. Sie ist schließlich von Lindsay Bloom, die den zweiten Platz beim *Flowers Power* gewonnen hat.« Callum saß nach hinten gelehnt in seinem Stuhl und sah den anderen Mann in der Runde mit verschränkten Armen und einem unerbittlichen Blick an.

Kurz taxierten sich die beiden, dann lächelte James Callum entwaffnend an. Es schien, als hätten die zwei eine nonverbale Unterhaltung geführt und waren sich nun einig. Was auch immer Thema bei diesem nicht zu hörenden Gespräch gewesen war, es erleichterte mich, dass es keinen Streit ausgelöst hatte.

»Dann wünsche ich euch allen viel Spaß. Solltet ihr Fragen haben, bin ich jederzeit für euch da.« Ich setzte mich und beobachtete die Teilnehmer. Dabei fing ich Callums Blick auf, der ernst und undurchschaubar war. Unsicher rutschte ich auf meinem Stuhl herum und atmete erleichtert auf, als er endlich wegsah.

Die Zeit verging dennoch wie im Flug. Immer wieder hatten die Anwesenden Fragen an mich. Mal musste ich helfen, mal nur beratend zur Seite stehen. Nur Callum rief mich kein einziges Mal, und egal wie sehr ich mich anstrengte, ich schaffte es nicht, einen Blick auf das zu werfen, was er mit dem Holzstück tat.

Erst, als der Kurs zu Ende ging, alle anfingen aufzuräumen und mir halfen, die Stühle aufeinanderzustapeln, kam Callum zu mir und hielt mir das Stück Holz hin.

Unsicher nahm ich es entgegen. Doch noch ehe ich es mir anschauen konnte, drehte er sich um. Er griff nach seiner Jacke und verließ wortlos den Laden. Perplex blickte ich ihm hinterher. Dann erst hob ich sein Kunstwerk hoch und las, was er in das Holz gebrannt hatte.

Mo chridhe

»Mein Herz. Das nenne ich mal eine Liebeserklärung!« James stand neben mir und sah auf das kleine Kunstwerk. »War klar, dass er auf dich steht. Hat mich ja ordentlich in meine Schranken verwiesen.«

Ich konnte nichts erwidern und starrte stattdessen weiter auf das Stück Holz in meiner Hand. Die beiden Worte verschwammen vor meinen Augen, und ich hatte Mühe, die Tränen zurückzuhalten.

Warum hatte er mir das gegeben? War es wirklich eine Liebeserklärung? Mein Herz ... Das musste doch etwas bedeuten. Oder etwa nicht? Aber warum war er dann gegangen? Warum versuchte er nicht, mit mir zu reden?

Callum hatte meine Sprache benutzt, gälische Worte, die er extra für mich gelernt hatte. Zwei Worte, die so viel bedeuteten. Und von all den getrockneten Pflanzen, die ich im Angebot hatte, hatte er sich ausgerechnet für die Veilchen entschieden. Blumen, die man für eine Liebesbotschaft verwendete. Blumen, die für Liebe standen.

16

Gun till do cheum, as gach ceàrn, fo rionnag-iùil an dachaidh.

– Mögen deine Schritte von allen Enden der Welt
unter Führung des Heimatsterns heimfinden. –

Donnerstag, 25. Januar

*D*ie ganzen letzten Tage hatte ich Callum kein einziges Mal zu Gesicht bekommen. Wartete er darauf, dass ich mich bei ihm meldete? Das war gut möglich. Immerhin hatte er den ersten Schritt getan und mir dieses wunderschöne Stück Holz geschenkt. Am liebsten wollte ich es den ganzen Tag ansehen. Dennoch hatte ich es am Sonntag nicht fertiggebracht, zum *Tobers* aufzubrechen, um mit Callum zu reden.

Am Montag hatte ich mich durchgerungen, am Hotel anzuhalten, nachdem ich von der Fähre aus Oban zurückgekommen war. Terry hatte an der Rezeption gestanden.

»Ist Mr. Strayton im Haus?«, fragte ich ihn nach kurzem, belanglosem Smalltalk nach seinem Boss.

»Es tut mir leid, Lin, aber er ist gestern Abend zum Festland aufgebrochen. In den nächsten Tagen wird er ein paar wichtige Lieferantengespräche führen und Matt am Mittwoch spätabends vom Flughafen abholen. Die beiden kommen dann erst am Donnerstag zurück auf die Insel.«

Resigniert war ich zum *Blooms for Flowers* gefahren und hatte mich gefragt, ob ich noch ein weiteres Mal den Mut aufbringen würde, mich mit Callum auszusprechen. Ins *Tobers* zu fahren und nach ihm zu fragen war mir extrem schwergefallen.

Heute würde ich ihm jedenfalls nicht aus dem Weg gehen können. Die Burns Night stand bevor, an der er und Matt sicherlich teilnehmen würden. Deshalb hatten wir Händler in der Main Street unsere Läden bereits gegen Mittag geschlossen und angefangen, alles für das Fest vorzubereiten. Etliche Stände mit Zeltdächern und bunten Lichterketten waren zu sehen. Viele von denen, die verkauften, hatten sich in die passende Kleidung des achtzehnten Jahrhunderts geworfen. Die Zeit, in der Robert Burns gelebt hatte. Die Stimmung war jetzt schon fröhlich und festlich, und der Duft nach Essen zog durch die Straße.

Die heutige Feier fand dank des guten Wetters im Freien in der Main Street statt. Hätte es geregnet, wären wir alle in den Saal des *Tobers* umgezogen. Seit Matt das Hotel eröffnet hatte, handhabten wir das so. Dadurch war uns immer ein entspanntes Fest garantiert.

Es waren einige Stände aufgebaut worden, die hauptsächlich dem leiblichen Wohl dienten. Aus Erfahrung wusste ich, dass spätestens, wenn es dunkel wurde, die Hälfte der Besucher schon ein wenig einen über den Durst getrunken hätte.

Nun stand ich vor meinem Laden und sah mit klopfendem Herzen den beiden Männern entgegen, die an den Ständen entlangschlenderten und sich ansahen, was die Händler zu bieten hatten. Shona betreute den Stand, den das *Blooms for Flowers* stellte. Gemeinsam mit ihr hatte ich Gestecke und Dekomaterial erstellt, und Shona hatte darauf bestanden, den Verkauf zu übernehmen.

Nervös tippelte ich von einem Fuß auf den anderen und spielte mit dem Gedanken, mich umzudrehen und mich einfach in meiner Wohnung zu verkriechen. Doch ich blieb stehen, wartete ab und harrte dessen, was unweigerlich geschehen würde.

Matt war braun gebrannt von seinem Urlaub auf den Malediven, und er sah auch ansonsten erholt aus. Als er mich erblickte, strahlte er mich an und überbrückte die Distanz zwischen uns. Wir nahmen uns in den Arm und drückten uns fest.

»Schön, dass du wieder hier bist«, begrüßte ich ihn.

»So wundervoll es dort auch war, so sehr habe ich mich dennoch nach Mull gesehnt«, gestand er mir.

Ich ließ ihn los und sah ihm ins Gesicht. »Das glaube ich dir. Heimat bleibt eben immer Heimat. Egal, wie sehr einen die Fremde verzaubert.«

Matt fuhr mit seinem Finger über meine Nase. »Linnymaus, das passt hervorragend zur Burns Night. Du bist eine Poetin.«

Ich kicherte. Doch dann spürte ich Callums Blick auf mir und sah zu ihm. Mit undurchsichtiger Miene beobachtete er mich. »Hey, Callum.«

»Lin.«

Wie immer machte mich mein Name aus seinem Mund kurzfristig nervös. In seine Augen trat ein amüsiertes Funkeln. Endlich konnte ich eine Gefühlsregung bei ihm erkennen. Noch immer blickten wir uns an. Niemand sagte etwas. Nicht einmal Matt, der sich plötzlich umdrehte und uns ohne ein weiteres Wort stehen ließ. Ich war allein mit Callum.

Irgendwann wurde ich so nervös, dass ich den Blick abwandte.

»Danke für das Holzschild«, sagte ich zu Callum und nestelte unruhig am Gürtel meines Mantels herum.

»Gern geschehen, *mo chridhe*«, erwiderte er leise.

Hatte er das gerade wirklich zu mir gesagt? Ich konnte nicht anders, ich musste ihn ansehen. In seinen Augen standen so viele Emotionen, dass ich das Gefühl hatte, in einen wilden Fluss gerissen zu werden. Zittrig holte ich Luft, wollte irgendetwas sagen, das vermutlich unpassend gewesen wäre. Doch ausgerechnet diesen Moment wählte Shona, um mich zu fragen, ob ich ihr noch die Wechselgeldkasse aus dem Laden holen könnte. Erleichtert über die Unterbrechung, atmete ich aus, und dennoch wollte ich hier stehen bleiben.

»Wir sehen uns später, Callum.« Mit diesen Worten drehte ich mich hastig um und eilte in den Blumenladen, durch den Verkaufsraum bis zu meinem Büro, wo ich mich von innen gegen die Tür lehnte und durchatmete.

Ich hatte Callums Antwort trotzdem gehört.

»Mit Sicherheit«, hatte er gesagt. War das eine Drohung oder ein Versprechen? Vermutlich beides. Zumindest fühlte es sich so an.

Nachdem ich mich ein wenig beruhigt hatte, holte ich die Kasse und brachte sie Shona, die bereits fleißig dabei war, unsere Ware zu verkaufen. Callum konnte ich nirgends mehr entdecken, was mir einen Stich der Enttäuschung versetzte.

Ein wenig später eröffnete der Bürgermeister offiziell die Feier, indem er an das Mikrophon trat, das auf der provisorischen Bühne stand. Er war ein beleibter Mann um die fünfzig, der stets ein Lächeln auf den Lippen trug und so gut wie jeden mit Namen kannte und ansprach.

Nun hob er ein Whiskeyglas in die Höhe, lächelte in die Menge und rief: »So lasst uns wie in jedem Jahr am 25. Januar das Glas erheben und miteinander auf den brillanten schottischen Dichter Robert Burns anstoßen. Prost! *Slàinte mhath!*«

Neben mir standen Ally und Jamie mit Anna, während Hal

gemeinsam mit Phil an ihrem Stand Tee ausschenkte. Da mittlerweile alle ein Getränk in den Händen hielten, hoben wir ebenfalls die Gläser und riefen mit den anderen Bewohnern von Mull im Chor: »*Slàinte mhath!*«

Danach begannen die Dudelsackspieler. Die besonderen Töne hallten durch die Straße, und mich überkam ein festliches Gefühl. Ich liebte die Musik meiner Heimat, die Klänge eines Dudelsacks berührten stets meine Seele. Ich wiegte die Hüften im Takt und sah zur Bühne, wo drei Musiker standen und das Lied *Flower of Scotland* anstimmten. Die Menschen um mich herum begannen zu singen, und eine Gänsehaut überzog meine Arme, als die Dudelsackspieler stoppten und nur noch der Gesang erschallte. Als Nächstes spielten sie *Scotland the brave* und ich lauschte andächtig, so wie auch alle anderen.

Plötzlich spürte ich eine Wärme hinter mir und nahm einen Duft wahr, der mir weiche Knie verursachte. Callum war hier. Bei mir. Er stand in meinem Rücken, so nah und doch zu weit entfernt. Und dennoch drehte ich mich nicht um. So standen wir gemeinsam in der Menge, hörten der Musik zu und berührten einander nicht. Die Sehnsucht danach, mich einfach an ihn zu lehnen, war beinah greifbar. Als ich ihr nicht mehr widerstehen konnte, drehte ich mich um, doch da war er bereits verschwunden. Oder hatte ich mir seine Nähe nur eingebildet?

* * *

Während der kommenden Stunden erhaschte ich immer wieder einen Blick auf Callum. Nicht lange genug. Fast erschien es mir, als wenn er mich absichtlich in den Wahnsinn treiben wollte.

Dass er anwesend war und doch nicht greifbar zu sein schien, brachte mich dazu, mir ständig den Hals zu verrenken und nach ihm Ausschau zu halten.

Je länger diese Qual andauerte, desto mehr wuchs mein Entschluss, ihn auf das, was zwischen uns schon war und eventuell noch werden könnte, anzusprechen. Endlich ein klärendes Gespräch zu führen schien mir an diesem Abend die einzige Alternative zu dieser inneren Unruhe zu sein, die mich seit Stunden quälte.

Rastlos trommelte ich mit den Fingern auf den Rand des Waschbeckens und überlegte, wie ich Callum dazu bringen konnte, dass er und ich eine gemeinsame Zukunft haben konnten. Ihn einfach danach zu fragen erschien mir nicht die richtige Vorgehensweise. Das wäre zu direkt. Es wäre verrückt. Aber ich war nun mal verrückt nach ihm. Wäre es da nicht besser, ein wenig irrational zu handeln?

Als ich wieder vor die Tür trat, fielen die ersten Regentropfen und das Fest neigte sich dem Ende. Die drei Bands, die zuvor für schottische Klänge gesorgt hatten, waren bereits gegangen und die Händler fingen an, die Waren einzuräumen. Ein Blick auf die Uhr verriet mir, dass es beinah halb elf war.

»Lass gut sein, Shona. Den Rest mache ich. Geh ruhig heim, dein Mann wartet sicherlich schon auf dich.«

Shona lächelte dankbar. »Es hat riesigen Spaß gemacht, aber ich bin echt müde. Wir sehen uns am Montag«, verabschiedete sie sich und griff nach ihrer Jacke.

»Bis Montag.« Ich hatte ihr für die beiden kommenden Tage freigegeben, weil die heutige Feier so lange gedauert hatte. Vermutlich würde morgen sowieso niemand den Laden betreten, viele hatten am Tag nach der Burns Night einen Kater, den sie erst einmal auskurieren mussten. Also ging ich von einem ruhigen Geschäftstag aus.

Nach und nach räumte ich die übrig gebliebenen Waren zurück in den Laden, während der Himmel seine Schleusen öffnete und der Regen immer stärker wurde. Es war schon viertel nach elf, und ich schloss gerade die Tür ab, nachdem ich mit allem fertig war, als ich Matt erblickte.

»Hey, brauchst du noch Hilfe?«, wollte er grinsend wissen.

»Nein, jetzt nicht mehr.« Ich boxte ihm freundschaftlich gegen die Schulter, um anschließend meinen Blick hinter ihn zu werfen.

»Wenn du Callum suchst, der ist nach Hause gefahren.« Matt sah mich mit einem wissenden Gesichtsausdruck an.

»Nach Hause?«, hakte ich nach, weil ich mir nicht vorstellen konnte, dass damit das Hotel gemeint war.

»Er ist letzte Woche ins Cottage gezogen. Seine Schwester hat ihm geholfen, es einzurichten«, erklärte er mir und ließ mich dabei nicht aus den Augen.

Ich nickte, weil ich nicht wusste, was ich darauf hätte erwidern können.

»Das Leben wartet nicht auf dich, du musst es dir nehmen und einverleiben. Gib dir einen Ruck, Lin. Callum ist ein feiner Kerl.«

Ich musste auflachen. »Das aus deinem Mund.«

Schmunzelnd stand er vor mir. »Du weißt, dass ich immer das sage, was ich denke.«

»Das weiß ich.« Er hatte mir damals davon abgeraten, mit Brian etwas anzufangen, Matt hatte in ihm immer jemanden gesehen, der nicht ehrlich sein konnte. Und er hatte recht behalten.

»Ich will Callum so sehr, dass es weh tut«, gestand ich ihm.

»Dann schnapp ihn dir.« Matt zwinkerte mir noch einmal zu, ehe er sich umdrehte und davonging.

Er hatte recht. Ich musste es tun, und ich konnte auf keinen Fall bis morgen warten. Da ich nichts getrunken hatte, setzte ich mich in den Transporter und fuhr los. Matt lief gerade in die andere Richtung und winkte mir grinsend zu. Ich winkte zurück und konzentrierte mich mit klopfendem Herzen auf das, was vor mir lag. Hoffnung ließ mein Zwerchfell erzittern.

Das Cottage, das früher Eloise und Bernie gehört hatte, lag ein paar Kilometer außerhalb von Tobermory in der Nähe des Aros Park. Callum hatte mit dem Kauf dieses Gebäudes einen Schatz erworben. Es lag direkt am Sound of Mull und hatte einen herrlichen Ausblick.

Das Tor war jedoch verschlossen, als ich in die Einfahrt bog. Ich stieg aus und klingelte, doch nichts passierte. Kurz haderte ich mit mir und meinem Entschluss, dann kletterte ich kurzerhand über den Zaun und lief die restlichen Meter des Weges bis zum Cottage. Inzwischen regnete es nicht mehr, es goss.

Als ich etwa die Hälfte des Weges geschafft hatte, sah ich jemanden auf mich zukommen. Ich hätte ihn überall erkannt. Auch hier im diffusen Licht der beiden einzigen Straßenlaternen weit und breit, während der Regen auf ihn herabfiel, wusste ich, dass er es war. Wie von einem Magneten angezogen, setzte ich einen Fuß vor den anderen und ging ihm entgegen.

Die Haare klebten an meinem Kopf, und das kühle Nass, das der Himmel auf mich herabprasseln ließ, floss über mein Gesicht. Dicke Regentropfen, gepaart mit dem Wind, ließen mich frösteln, dennoch lief ich unentwegt weiter auf ihn zu.

Callums Blick ruhte auf meinem Gesicht, als wäre ich sein Anker in dieser regnerischen Nacht. Wir näherten uns einander an, hatten keine Eile. Immer weiter trieben wir aufeinander zu, bis uns nur noch ein Schritt voneinander trennte.

»Ich dachte schon, dass du niemals von allein zu mir kommen wirst.« Callums dunkle Stimme hatte nie schöner geklungen.

»Du hast darauf gewartet, dass ich zu dir komme?«, fragte ich ihn überflüssigerweise, als all die Puzzleteile langsam an ihren Platz glitten. Er hatte mir die Zeit gelassen, die ich brauchte, um meine Gefühle zu sortieren und zu wissen, was ich wirklich wollte, und vielleicht hatte auch er sich über einiges klar werden müssen.

»Ja, schon seit wir uns nach den Tagen in London voneinander verabschiedet haben. Ich weiß, ich habe gesagt, ich würde mich melden, aber gleichzeitig war ich mir so unsicher, ob du das überhaupt wolltest. Ich hatte das Gefühl, dir Freiraum geben zu müssen, um dich nicht zu überfahren und mit meinen übertriebenen Gefühlen zu überfordern. Hin und wieder musste ich dich aber sehen und dir zeigen, dass ich noch da bin, nicht, dass ich bei dir in Vergessenheit gerate. Ich wollte dich nicht verlieren, dich aber auch nicht bedrängen.« Ein sanftes Lächeln zupfte an seinen Lippen. »Mich selbst hat all das, was in London passiert ist, ziemlich überrumpelt, und ich war mir sicher, dass es dir ähnlich gehen muss.«

Der Regen ließ nach, wurde zu einem leichten Nieseln, dennoch waren wir beide mittlerweile nass bis auf die Haut.

»Ich hätte dich niemals vergessen können. Du hast dich in meine Seele gebrannt«, gestand ich leise, und ein Zittern erfasste meinen Körper. Diesmal war es nicht nur die Kälte, die dafür sorgte, dass ich schlagartig fröstelte. Es war die Angst, mich zu weit aus meinem Schneckenhaus herausgewagt zu haben. Unsicher sah ich ihn an.

Callum überwand die letzte Distanz zwischen uns, und ich spürte seine Präsenz mit jeder Faser meines Körpers. »So, wie du dich in meine gebrannt hast, *mo chridhe*. Unauslöschlich.«

Ich hatte einen Kloß im Hals und schluckte. Callums Duft drang in meine Nase, verstärkt durch die Feuchtigkeit des Regens. Dieser Duft vernebelte meine Sinne, sorgte dafür, dass ich keinen klaren Gedanken fassen konnte. In meinem Kopf war nur noch Platz für Callum.

Der Regen fiel unentwegt auf uns herab, aber wir nahmen nichts mehr davon wahr, was um uns herum geschah. Wir versanken in den Augen des anderen. Irgendwann legte Callum die Stirn an meine, und ich schloss die Lider. Er war mir so nah, und dennoch war es mir nicht nah genug. Unsere Nasenspitzen berührten sich, und ich konnte nur noch daran denken, wie es sich anfühlen würde, ihn zu küssen. Regennasse Lippen, die sich fanden und erforschten. Der Wunsch, meinen Mund auf seinen zu pressen, wurde noch dadurch verstärkt, dass ich seinen Atem auf meiner Haut spürte.

Und doch blieben wir einfach nur so stehen, genossen sie Nähe des anderen. Unsere Oberkörper lagen mittlerweile aneinander und ich konnte seinen Herzschlag spüren. Stark, unnachgiebig und dennoch schnell. Nicht so schnell wie meiner, aber eindeutig zu schnell. Ich spürte seine Hände, wie sie nach meinen griffen. Unsere Finger verhakten sich ineinander, und so blieben wir stehen. Zwei Menschen, die sich aneinanderklammerten und deren Herzen allmählich im Gleichklang schlugen.

»Ich bin verrückt nach dir, Lindsay Bloom«, raunte er in leicht heiserem Tonfall. »Nach dir, deinem Lachen, deinen Gedanken, deiner Stimme, deinem Duft. Nach allem, was dich ausmacht. Ich kann nicht aufhören, daran zu denken, wie es war, dich zu küssen, dich zu berühren.«

Als ich die Augen wieder öffnete, blickte ich in diese grünen Augen, die mich schon von Anfang an fasziniert hatten. Regentropfen glitzerten im Licht der Straßenlaterne an seinen Wimpern. Callum lächelte, was ich an den Fältchen um seine Augen erkannte.

»Oh Callum«, entfuhr es mir, als meine Gefühle kollabierten und meine Finger sich von seinen lösten, um sich an seiner Jacke festzuklammern.

Zärtlich strich er mir das nasse Haar hinters Ohr. Seine Augen ließen meinen Blick keinen Moment entkommen, als er sich zu mir herabbeugte. Ganz langsam und mit jedem Millimeter, den er näher kam, schlug mein Herz schneller. Dann endlich berührten sich unsere Lippen, und wir küssten uns. Zuerst zärtlich, dann wilder, ich klammerte mich an ihn, und er hielt mich, gab mir die Kraft, dem Sturm, der in meinem Innern tobte, standzuhalten.

Dieser Kuss sorgte dafür, dass sich meine zerbrochene Welt endlich wieder zusammensetzte. Ich fühlte mich vollkommen. Eins mit Callum.

* * *

Erst nach einer gefühlten Ewigkeit löste Callum seine Lippen von meinen, legte noch einmal die Stirn an meine und fragte: »Hast du Zeit? Ich würde dir gerne mein Cottage zeigen.«

»Alle Zeit der Welt«, antwortete ich lächelnd.

Er griff meine Hand und zog mich zu seinem Cottage, wo wir erst einmal unsere triefnassen Jacken und Schuhe auszogen, die kleine Pfützen auf dem Natursteinboden hinterließen. Aus einer Kommode holte Callum Handtücher und reichte mir eins, das ich zum Trocknen meiner Haare benutzte.

Neugierig blickte ich mich um.

Das Erste, das mir auffiel, waren die Farben. Es waren die gleichen, die ich auch für meine Wohnung gewählt hatte. Sanfte Naturtöne und Holz. Sofort fühlte ich mich wohl in Callums neuem Zuhause.

Callum schritt an mir vorbei und betätigte einen Lichtschalter, so dass ich in das Wohnzimmer sehen konnte, das von einem riesigen Kamin dominiert wurde. Davor stand eine Sofalandschaft.

Durch die Fenster konnte ich lediglich die dunkle Nacht erkennen und einen Schimmer des Mondes.

Callum trat neben mich ans Fenster, in dem ich unsere Silhouetten beobachten konnte. Unsere Schultern berührten sich. Hitze schoss durch meinen Körper und ein innerer Frieden. All die Fragen, die ich gehabt hatte, erschienen mir mit einem Mal nicht mehr so wichtig. Das Einzige, was zählte, war, dass Callum und ich eine Chance hatten. Auf eine Zukunft. Auf ein Uns.

»Soll ich uns etwas zu trinken holen?«, fragte er mit dieser dunklen, sanften Stimme, die ich so sehr liebte.

»Gern.« Ich sah ihn nicht direkt an. Hätte ich es getan, wäre ich ihm sofort um den Hals gefallen. Jetzt, da ich wusste, dass er ähnliche Gefühle hegte wie ich, wollte ich nichts anderes, als ihn zu berühren. Also suchte ich nur seine Augen im Spiegelbild in der Fensterscheibe.

Als Callum den Raum verließ, schlenderte ich durch den Wohnbereich. Eine Seite des Wohnzimmers wurde komplett von einem Bücherregal eingenommen, was mein Herz sofort höherschlagen ließ. Neugierig trat ich heran und sah mir die Rücken der Bücher genauer an. In dem Regal erblickte ich ein paar neuere Thriller, aber vor allem waren zwei Regalbretter mit sämtlichen Romanen von Agatha Christie belegt. Wenn ich das Ally erzählte, würde sie bestimmt sofort sehen wollen, um welche Auflagen es sich dabei handelte. Als ich weiter die Rücken absuchte, erkannte ich, dass den größten Teil der Fläche Sachbücher einnahmen. Ich fand Kochbücher, Bücher über die Hotelbranche und etliche Ausgaben des *Guide Michelin*. Plötzlich fragte ich mich, ob Callum eigentlich Französisch sprach. Mit Sicherheit, immerhin hatte er dort gelebt.

»Ich habe uns einen Wein aufgemacht, wenn das für dich okay ist.« Callum hielt zwei Gläser mit einer roten Flüssigkeit in den Händen, unter seinem Arm trug er ein paar Kleidungsstücke mit sich.

»Ich bin zwar keine Weinkennerin, aber ein Glas trinke ich gern mit dir.« Als ich danach griff, berührten sich unsere Finger, und ich hätte beinah zurückgezuckt, weil nicht nur innerlich zwischen uns die Funken flogen.

Callum lachte auf und ging zum Sofa. Ich folgte ihm mit all diesen Gefühlen in mir, die dafür sorgten, dass meine Beine sich anfühlten wie Pudding.

Das Sofa sah gemütlich aus. Naturweißer, grober Stoff, der hervorragend zu den Möbeln aus dunklem Holz passte. Darauf hatte sicherlich Macy etliche Kissen mit Blumenmustern drapiert. Ich konnte mir nicht vorstellen, dass Callum sich diese floralen Stoffe selbst ausgesucht hatte. Andererseits hatte dieser spezielle Mann mich nicht nur einmal überrascht.

Callum stellte die Gläser auf dem Couchtisch ab, der aus

Treibholz gefertigt sein musste. Dann überraschte er mich, als er mir ein Shirt und eine Jogginghose von sich hinlegte. »Vielleicht ist es besser, wenn du dir auch etwas Trockenes anziehst. Zweite Tür rechts ist die Gästetoilette.« Das sanfte Lächeln, das seine Lippen umspielte, ließ mein Herz höherschlagen.

Ich griff nach den Kleidungsstücken und eilte in die Richtung, die er mir gezeigt hatte. Rasch zog ich mich in dem kleinen Badezimmer um. Als ich in den Spiegel schaute, blickte mir eine Fremde entgegen. Nasse Haare, gerötete Wangen und riesengroße Augen, denen man die Nervosität ansah. Ich schenkte mir selbst ein aufmunterndes Lächeln und ging zurück zu Callum.

Er stand vor dem großen Fenster und sah in die Nacht hinaus, genau wie ich eben. Ich räusperte mich, und er drehte sich zu mir um.

Ich gab dem Bedürfnis, die Stille mit Worten auszufüllen, nach. »Das, was ich bis jetzt von deinem Haus gesehen habe, ist wirklich schön eingerichtet«, lobte ich ihn und ließ mich auf dem Sofa nieder. Es war extrem gemütlich, und ich versank darin.

»Den Rest zeige ich dir später.« Callum setzte sich neben mich, so dass ich die Wärme seines Körpers spürte.

Ein einfacher Satz, und doch enthielt er so viele Versprechen, die meinen Puls in die Höhe schießen ließen.

Als Callum den Arm hinter mir auf die Lehne legte, rutschte ich ein Stück näher an ihn heran. Er umschloss mich mit seinen Armen und ich ihn mit meinen. Schweigend hielten wir einander fest. Hier und jetzt erschien es mir richtig, nicht allzu viele Worte zu verlieren. Es war nicht nötig. Ich spürte, dass uns etwas verband, das weit über das Körperliche hinausging. Sämtliche Zweifel waren verschwunden. Wodurch? Durch den Kuss im

Regen? Ich wusste es nicht. Ich wusste nur, dass ich genau da war, wo ich hingehörte. Bei Callum.

Irgendwann fingen wir doch an zu reden. Wir sprachen über alles, was uns gerade in den Sinn kam. Über unsere Kindheit, seine und meine Eltern und darüber, dass ich mir immer einen Bruder gewünscht hatte. Dass diesen Part irgendwann Matt übernommen hatte.

Und dann, in einen Moment des Schweigens hinein, in dem wir beide unseren Gedanken nachhingen, fragte Callum leise: »Wer hat dir das Herz gebrochen?« Also berichtete ich ihm von Brian, seinem Verrat und meinen Problemen, die ich danach mit mir selbst und dem Vertrauen speziell in Männer gehabt hatte.

Callum knirschte mit den Zähnen. »Es ist gut, dass der Kerl nicht mehr hier auf der Insel lebt. Gut für ihn.«

Lachend drückte ich mich hoch. »Du bist doch hoffentlich kein Schläger, Callum Strayton!«

»Nein, aber ich verachte den Kerl für das, was er dir angetan hat. Gleichzeitig bin ich ihm unendlich dankbar.« Er zwinkerte, und ich wartete ab, dass er fortfuhr. »Wenn er dich nicht verlassen hätte, wäre ich vermutlich nie in den Genuss gekommen, dich besser kennenzulernen.«

»Meinst du, ich hätte deswegen deinem Charme widerstehen können?«, forderte ich ihn heraus.

»Vermutlich nicht.« Mit einem Grinsen zog er mich wieder in seine Arme und küsste mich.

Warme Lippen, die mich aufseufzen ließen. Dieses Mal loderte unbändige Leidenschaft zwischen uns auf, gemischt mit Erleichterung, Hoffnung und einem immer tiefer werdenden Vertrauen. Ich schmiegte mich an ihn, legte meine Hände auf seine Brust und erwiderte den Kuss mit all den Gefühlen, die ich in den letzten Wochen versucht hatte, unter Verschluss zu halten. Schmetterlinge, die in meinem Bauch auf den Einsatz gewartet hatten, flatterten empor und sorgten dafür, dass mir schwindlig wurde.

Als ich meine Lippen von seinen löste, legte ich meine Stirn an seine Schulter. Ich musste diesen Moment dazu benutzen, das mit uns zu klären. Es war nicht so, dass ich noch große Zweifel hegte, aber ich wollte, dass nicht einmal der Hauch von etwas anderem zwischen uns stehen konnte. Ich wollte Gewissheit.

Deshalb sagte ich: »Ich bin auch froh, dass ich dich gefunden habe. Und ich würde gern an ein Happy End für uns glauben.« Geflüsterte Worte, und doch offenbarte ich ihm mit diesen wenigen Silben meine Seele.

Obwohl dies zwischen uns erst Anfang von etwas ganz Neuem war, musste ich wissen, dass er das Gleiche wollte wie ich, dass wir das gleiche Ziel hatten. Musste es aus seinem Mund hören. Ich fühlte mich verletzlich, als ich auf eine Antwort wartete.

Callum legte seine Hand auf meine und einen Finger unter mein Kinn, half mir damit, die Angst zu überwinden, ihn anzublicken. Fest sah er mir in die Augen. Sanft malte er Kreise auf die empfindliche Haut meines Handrückens.

»Du kannst bedenkenlos an ein Happy End glauben, *mo chridhe*. Ich werde dich nicht mehr gehen lassen, jetzt da du endlich zu mir gekommen bist. Wenn es nach mir geht, nie wieder. Die letzten drei Wochen sind für mich die Hölle gewesen. Ich wollte dich so sehr, aber ich habe auch gewusst, dass ich erst meine eigenen Gefühle verstehen musste. Mir war klar, dass Sex allein mir nicht reichen würde, dass ich mehr von dir wollte – alles. Und doch war da diese Angst in mir, mich wieder zu öffnen. Mich verletzlich zu machen und dir auszuliefern.«

Ich hielt seinem Blick stand. »Ich habe schon in London gewusst, was ich will. Dich, Callum. Ich habe gedacht, dass du keine Beziehung mehr willst, dass du dich deshalb zurückziehst. Also habe ich dich nicht nerven und bedrängen wollen. Du hast gesagt, du meldest dich, doch das hast du nicht getan. Hast mich nach diesen wunderschönen Tagen zurückgelassen mit meinen Gefühlen und den Zweifeln. Aber es gibt nichts Schlimmeres, als wenn sich Menschen an einen klammern, die man nicht in seinem Leben will. Ich wollte nicht klammern – diesmal nicht.«

Ein Lächeln überzog sein Gesicht, getrübt von einer leichten Traurigkeit, als ich ihm das gestand. Er lehnte sich zu mir. Ein warmer Glanz lag in Callums Augen, und sein Blick verriet mir all seine Gefühle.

»Es tut mir leid, Lin. Ich wollte dir nie das Gefühl geben, lästig zu sein. Du könntest mich niemals nerven, und das, was du gerade gesagt hast, ist das Schönste und Einzige, was ich hören wollte. Du kannst dich zu jeder Tages- und Nachtzeit an mich klammern.«

Die Zeit schien sich auszudehnen, und es fühlte sich an, als wären wir in unserem eigenen kleinen Universum gestrandet, wo es nur uns gab und sonst nichts. Wir versanken in den Augen des anderen. Ich genoss jede einzelne Sekunde.

Callums Blick wanderte zu meinen Lippen, und im nächsten Moment beugte er sich zu mir herab. Zärtlich küsste er mich ein weiteres Mal, und ich erkundete mit meinem Mund den seinen.

Es war wie ein Nachhausekommen. All meine Sorgen und Ängste verpufften, und zurück blieben wir. Callum und Lin. Ich krabbelte auf seinen Schoß, versank in ihm, in seinen Armen. Seine Hände waren überall, strichen über meinen Rücken und griffen in mein Haar. Niemals zuvor hatte ich mich so angenommen gefühlt wie in diesem Moment. Wie mit diesem Mann.

Sanft fuhren seine Finger über meine Kopfhaut, während unsere Zungen einen Tanz vollführten, der eine Begierde in mir entfachte, die ich nicht mehr kontrollieren konnte. Leidenschaft erfüllte die Luft. Callums und meine. Seine Lippen gingen auf Wanderschaft, herab an meinem Hals. Stöhnend legte ich den Kopf in den Nacken.

Callum sah mich mit einem triumphierenden Blick an, doch ich erkannte darin auch eine stille Frage. Ich beantwortete sie mit einem Kuss und spürte, wie Callum sich gemeinsam mit mir erhob. Ich hielt mich an ihm fest, klammerte mich mit Armen und Beinen am ihn, während er mich die Treppe hochtrug und erst stoppte, als wir vor seinem Bett standen. Vorsichtig, als wäre ich zerbrechlich, legte er mich darauf ab und sah mich mit einem Blick an, der mich blinzeln ließ.

»Du bist alles, was ich brauche, Lin, das weiß ich jetzt so sicher, wie noch nie etwas auf dieser Welt. Lass mich nie wieder so lange allein«, bat er mich und legte sich zu mir auf das Bett.

Wir sahen einander an. Er und ich in unserem eigenen Universum.

»Das werde ich nicht. Versprochen.« Mein Mund wurde ganz trocken, und dennoch musste ich es sagen. Es brannte in mir, wollte freigelassen werden. »Ich ... ich liebe dich.«

Für einen Moment schloss Callum die Augen und lächelte nur. Dann sah er mich mit einer Intensität an, die mich zu verbrennen drohte. »Ich liebe dich auch, Lindsay Bloom. Mit allem, was mir zur Verfügung steht. Meiner Seele, meinem Körper und meinem Sein.«

Eine Träne löste sich aus meinem Augenwinkel, als ich erkannte, dass es tatsächlich ein Happy End für uns gab. Ein monumentales Happy End voller Gefühle und mit allem, was es brauchte, um von der ganz großen Liebe sprechen zu können. Callum und mich würde so schnell nichts mehr auseinanderbringen. Wir hatten uns gefunden und lieben gelernt. Und als wir dieses Versprechen mit einem Kuss besiegelten, banden wir auch unsere Seelen aneinander.

* * *

Samstag, 25. Mai

Kichernd drehte sich Ally im Kreis. »Du hast dich selbst übertroffen, ich bin so glücklich mit diesem Kleid. Es ist und bleibt der Wahnsinn, dass du mit deiner Nähmaschine so etwas zaubern kannst!«

Zufrieden beobachtete ich sie. »Ich glaube, du wärst auch in einem Kartoffelsack glücklich. Hauptsache, die Hochzeit fände heute statt.«

Heftig schüttelte sie den Kopf, was den Schleier in Bewegung brachte, den die Friseurin dort angebracht hatte. »Nein, so einfach bin ich nicht zufriedenzustellen.«

Schon als Kinder hatten wir uns gegenseitig erzählt, wie wir uns unsere Hochzeitskleider vorstellten, und ich hatte versucht, ihr Traumkleid für sie zu nähen. Ich hatte mich für einen Spitzenstoff entschieden, der hervorragend zu Allys romantischer Seite passte. Das Kleid war figurbetont, elegant und im Vintagestil. An den langen, eng anliegenden Ärmeln schimmerte

Allys gebräunte Haut durch die Spitze hindurch. Für den Oberkörper hatte ich die Spitze mit einem undurchsichtigen Stoff unterlegt und auf eine herzförmig ausgeschnittene Korsage gesetzt, die ab der Taille in einen weit schwingenden und dennoch locker fallenden Rock überging, der mit Tüll unterfüttert war und letztendlich in einer langen Schleppe mündete. Am Rücken gab es einen schönen Ausschnitt, der auch ein wenig Haut zeigte.

Hal zupfte an der Schleppe herum, bis sie wieder richtig lag. »Zappel nicht so viel!«

»Wisst ihr«, begann in diesem Moment Ally mit leicht weinerlicher Stimme und versetzte mich damit in Alarmbereitschaft. »Ich bin so aufgeregt, ich weiß nicht, ob ich das durchstehen werde!«, gab sie zu, als sie sich im Spiegel begutachtete. Es war zwar nicht das erste Mal, dass sie sich in ihrem Hochzeitskleid sah, aber da heute der Tag der Tage sein würde, war die Aufregung selbst für Hailey und mich spürbar.

»Du schaffst das. Wir sind die ganze Zeit bei dir.« Hal nickte feierlich und strahlte so viel Zuversicht aus, dass Ally zumindest schon mal tief einatmete. Kurzfristig hatte ich befürchtet, sie könnte ohnmächtig werden.

Wir beiden Brautjungfern trugen jede ein Kleid aus schieferblauem Chiffon, das ebenfalls eine herzförmige Korsage hatte und bodenlang war.

»Vielleicht hätten wir die Feier doch nur zu zweit machen sollen. Obwohl wir so klein feiern, ist es mir irgendwie zu viel.« Ally sah ängstlich von einer zu anderen.

»Deshalb haben Ben und ich heimlich in Las Vegas geheiratet.« Erschrocken schlug Hailey sich die Hand vor den Mund.

Plötzlich herrschte eine Stille in dem Hotelzimmer im *Tobers*, das man hätte meinen können, wir wären alle erstarrt. Hailey räusperte sich, griff sich ein Glas Champagner und trank es in einem Zug leer, nachdem sie die Bombe schlechthin platzen gelassen hatte, während wir sie anstarrten, als wäre sie eine Fremde.

Ein Quietschen ertönte, und ich erkannte, dass es von mir gekommen war. Pure Freude erfüllte mich, und ich fiel Hailey um den Hals. Ally kam dazu, und so standen wir zu dritt in dieser Umarmung, die zum Großteil aus etlichen Bahnen Stoff und Tüll bestand.

»Seid ihr mir nicht böse, dass wir heimlich geheiratet haben?«, fragte Hal vorsichtig nach.

Ich drückte sie noch einmal an mich, ehe ich ein Stück abrückte und sie nachsichtig ansah. »Also ich bin dir nur böse, dass du es uns erst jetzt erzählst! Wann ist das passiert? Im März, als die Oscar-Verleihung war? Oder letzte Woche, als ihr zu der Gala in Vegas eingeladen wart?«

»Letzte Woche. Deshalb wollte ich es nicht erzählen. Ich wollte Ally nicht die Show stehlen. Immerhin ist das hier dein großer Tag, und als wir zurückgekommen sind, wart ihr bereits so in die Planung und Vorfreude vertieft und hattet mit ganz anderen Dingen den Kopf voll. Es ist mir eben auch nur so rausgerutscht.« Hal sah aus, als ärgerte es sie sehr, dass sie es ausgerechnet heute erzählt hatte.

Ally lächelte. »Glaub mir, das war genau das, was ich hören musste. Jetzt geh ich da raus und denke: Hey, wenn eine meiner beiden besten Freundinnen das kann, dann kann ich das auch! Und vor allem muss ich mir nur vorstellen, ich wäre so weit weg von meiner Insel, von euch allen, und weiß dann ganz sicher, dass ich es genauso will, wie es jetzt ist. Mit euch zusammen, hier auf Mull, in meinem Zuhause.«

»Genial!«, stieß ich hervor und stieß die Faust in die Luft. »Auf in den Kampf.«

Hal sah auf die Uhr. »Na ja, ein bisschen Galgenfrist hat Ally noch.«

In diesem Moment klopfte es an der Tür. Als ich sie öffnete, schob sich Anna mit ihrer Freundin Trudy durch den schmalen Spalt. Die beiden setzten sich auf das Bett und sahen Ally mit großen Augen an.

»Gefällt es dir?«, wollte Ally von ihrer Bonustochter wissen, wie sie die Kleine immer nannte.

»Bisschen kitschig, aber schön«, gab diese von sich. »Ich meine, wer heiratet denn heute noch?«

Das brachte uns alle zum Lachen, und ich war froh, dass sich die Stimmung ein wenig gelockert hatte. Ally wirkte viel entspannter, und das beruhigte auch meine Nerven.

* * *

»Wie geht es dir?«, fragte ich Jamie, als ich auf die wunderschön geschmückte und dekorierte Terrasse hinaustrat. Diese Hochzeitsfeier war Matts Geschenk für das Hochzeitspaar und hätte normalerweise sicherlich ein Vermögen gekostet.

Jamie lief unruhig auf und ab und sah dabei aus, als könnte er es nicht abwarten, endlich mit seiner Ally vor den Altar zu treten.

»Ich kann das kaum beschreiben. Mir ist, als würde mein Herz aus allen Nähten platzen, und es rast in einem so atemberaubenden Tempo in meiner Brust, dass Doc Morrison wahrscheinlich für einen Abbruch der Hochzeit plädieren würde, wenn er das mitbekäme.« Unsicher lachte er und sah dabei so herzerwärmend aus, dass ich den zukünftigen Mann meiner Freundin noch ein bisschen mehr ins Herz schloss.

»Das kann ich mir gut vorstellen.« Lachend boxte ich gegen seinen Oberarm. »Bist du heute Nacht ein wenig zur Ruhe gekommen, oder hast du die ganzen Stunden wachgelegen?« Während ich neben ihm stand, atmete ich tief ein, weil die Aufregung, die in der Luft lag, auch immer mehr zu mir überschwappte. Mein Herz schlug jedenfalls viel zu schnell.

Jamie zuckte mit den Schultern. »Na ja, genug Schlaf habe ich definitiv nicht abbekommen.«

»Dann hoffen wir mal, dass du nicht während der Zeremonie einschläfst«, zog ich ihn auf.

»Niemals, vermutlich werde ich bei Allys wunderschönem Anblick eher einen Herzinfarkt bekommen.« Jamie strahlte vor Liebe für seine Frau.

»Sei vorgewarnt, sie sieht einfach bezaubernd aus.«

»Wie immer«, erwiderte Jamie, zwinkerte mir zu und nahm einen Schluck aus der Wasserflasche, die Hal ihm kurz zuvor in die Hand gedrückt hatte.

Ich blickte auf. Der Himmel strahlte in einem hellen Blau. Schäfchenwolken trieben in dem sanften Wind dahin. Die Luft war erfüllt vom duftenden Jasmin, den Esther McKay dort in Blumenkübeln aufgestellt hatte. Das Wetter hatte sich eindeutig dazu entschieden, diese Hochzeit gutzuheißen.

Leise wehte ein Lied, das Ben auf dem Klavier spielte, zu mir herüber. Als er meinen Blick bemerkte, lächelte er mich an. Sein Klavierspiel war wirklich gut, und ich konnte mir vorstellen, wie Hailey förmlich dahinschmolz, wenn er mal für sie spielte. Mittlerweile stand sie neben dem Klavier und schmachtete ihren Mann an. Die beiden waren ein so hübsches Paar.

»Na, Jamie, bekommst du kalte Füße?«, fragte Matt und riss mich aus meinen Gedanken, als er zu uns trat. Sofort machte er sich an Jamies Krawatte zu schaffen und ordnete dessen Kragen.

»Nein, du Nervensäge. Bekommst du etwa mütterliche Gefühle für mich, oder warum fummelst du an meinen Kleidern herum?«, antwortete Jamie feixend.

Als ich Matts ernsten Blick bemerkte, konnte ich mir das Lachen nicht mehr verkneifen, und er fiel mit ein.

»Wenn überhaupt, dann sind es väterliche Gefühle, die ich für dich entwickelt habe. Aber eigentlich bist du hier der Ältere von uns beiden – und der Vater. Apropos, schau mal, wer da kommt.« Matt ließ von Jamies Kleidung ab und deutete mit dem Kinn zu Allys Vater, der gerade neben uns zum Stehen kam.

Die Hand, die auf Jamies Schulter landete, hatte nichts an Kraft eingebüßt, obwohl die Zeit nicht spurlos an dem inzwischen neunundsechzigjährigen Mann vorbeigegangen war. Frank, in Schlips und Anzug, ein Anblick, den ich schon lange nicht mehr zu Gesicht bekommen hatte. Doch seit er fest mit Mrs. Tenner liiert war, hatte sich einiges an seinem Äußeren verändert. Auf jeden Fall tat ihm diese Beziehung gut, und ich freute mich sehr für die beiden.

»Lin, Jamie, Matt«, begrüßte er uns nacheinander und lächelte stolz. »Ich habe schon befürchtet, dass ich zu spät komme.«

Jamie schüttelte resigniert den Kopf. »Nein, nein, deine und meine Tochter lassen sich noch ein wenig Zeit, bis die Zeremonie losgeht.«

»Sehr schön. Gut, wenn sie dich ein bisschen zappeln lässt. Nicht, dass du übermütig wirst«, neckte Frank seinen zukünftigen Schwiegersohn.

Ich ließ die Männer unter sich und trat an den Rand der Terrasse. Der Wind bauschte mein Kleid leicht auf und ich schloss für einen Moment die Augen. Ich war glücklich. Glücklicher, als ich es je gewesen war. Das lag nicht nur an der Tatsache, dass meine beiden Freundinnen ihr Glück gefunden hatten. Maßgeblich trug Callum dazu bei.

Seit wir in dieser regnerischen Burns Night zusammengekommen waren, konnten wir uns kaum voneinander trennen. Entweder ich schlief bei ihm oder er bei mir. Das hatte dazu geführt, dass wir schon nach so kurzer Zeit beschlossen hatten, im nächsten Monat zusammenzuziehen. Alles ging so schnell und doch nicht schnell genug. Wir wussten jetzt beide, dass wir den Menschen fürs Leben gefunden hatten, und jetzt hielt uns nichts mehr zurück. Wir waren bereit, alles zu geben und alles zu nehmen.

Ich trauerte allerdings jetzt schon meiner Wohnung nach, die ich mit so viel Herzblut und so wenig Geld eingerichtet hatte. Sie war stets mein Rückzugsort gewesen, aber sie würde in gute Hände übergeben werden. Callums Schwester Macy hatte sich dazu entschieden, nach ihrem Abschluss ein paar Monate auf Mull zu verbringen und meine Wohnung zu beziehen.

Ich freute mich schon sehr, sie wiederzusehen und ihr ein bisschen was von meiner Heimatinsel zu zeigen. Sie gehörte nun zu meiner Familie, und ich hoffte, wir würden auch gute Freundinnen werden.

Mein Glück fühlte sich so groß an, dass ich es immer noch nicht fassen konnte. Callum war alles, was ich mir je gewünscht hatte und doch so viel mehr. Er brachte mich zum Lachen, ich konnte stundenlang Gespräche mit ihm führen oder mit ihm gemeinsam schweigen. Und die Nächte waren ... heiß. Wir gehörten einfach zusammen. Es musste das Schicksal gewesen sein, das Callum auf die Isle of Mull geführt hatte. Zu mir.

Und während mir diese ganzen Gedanken über Gefühle und Zugehörigkeit durch den Kopf gingen, wurde mir eines ganz deutlich bewusst. Ich hatte Brian nie geliebt. Es war eine jugendliche Verliebtheit gewesen, eine Leidenschaft und irgendwann eine Vertrautheit, aber keine echte Liebe. Das, was mich mit Callum verband, war nach so kurzer Zeit so viel mehr geworden, als ich es mit Brian jemals gehabt hatte.

Ich hätte auf Callum gewartet, wenn ich nicht den Mut gefunden hätte, in der Burns Night zu ihm zu fahren. Immer in seiner Nähe zu sein, hätte mich vermutlich herausgefordert, aber ich war von Anfang an in ihn verliebt gewesen. Und irgendwann hätte er mich gesehen, meine Seele, meine Liebe für ihn. Aber das war gar nicht nötig gewesen, er hatte sich schon viel früher für mich entschieden, als mir bewusst gewesen war.

»Eine Million Pfund für deine Gedanken«, hörte ich ihn in diesem Moment leise hinter mir sagen.

Ich drehte mich zu ihm um und musste schlucken. Er sah dermaßen begehrenswert in seinem Anzug aus, dass ich mich zurückhalten musste, nicht über seinen Mund herzufallen.

»Ich habe an den Mann gedacht, den ich liebe.«

Callum schmunzelte, während sich das Sonnenlicht in seinen dunklen Haaren verfing und Lichtreflexe hineinzauberte. »Welch ein Glückspilz dieser Mann sein muss!«

»Ja, das finde ich auch.« Wir lächelten einander an, und ich wusste, dass ich Callum niemals wieder gehen lassen konnte. Er war die Liebe meines Lebens, ein Teil von mir, auf den ich nicht verzichten konnte.

»Du siehst atemberaubend aus in diesem Kleid.« Langsam

ließ er den Blick über meinen Körper wandern, was mich leicht erschauern ließ.

»Du bist auch nicht übel«, erwiderte ich und schmiegte mich an ihn.

So standen wir eine ganze Weile aneinandergelehnt, hielten uns an den Händen, als das Schreien eines Babys auf der Terrasse erklang. Tallys und Tonis kleiner Sohn Morty hatte ein extrem lautes Organ. Wenn er schrie, zuckten alle zusammen. Auch wir.

Lachend sahen wir uns an.

»Irgendwann möchte ich auch so etwas Kleines haben«, gestand ich Callum und hätte mich im nächsten Moment dafür ohrfeigen können. Warum platzte ich mit einem so heiklen Thema einfach heraus? Die Geschichte über Yvonnes Schwangerschaftsabbruch, die Macy mir erzählt hatte, konnte ich schließlich nicht vergessen.

Doch ehe ich mich erklären konnte, sagte Callum: »Dann sollten wir bald damit anfangen.«

Ungläubig sah ich ihn an, aber in seinen Augen fand ich nur Liebe und Zuversicht. Und als er bestätigend nickte, wusste ich, dass sich auch dahingehend mein Wunsch erfüllen würde. Ich stellte mich auf die Zehenspitzen und küsste ihn vorsichtig.

In diesem Moment erklang der erste Ton eines Dudelsacks. Eine Melodie, die mir ans Herz ging. Musik, die durch die Jahrhunderte hinweg gleich geblieben war. Nach ein paar Akkorden verstummten die Dudelsäcke jedoch wieder.

»Ich glaube, das war mein Zeichen.« Kurz drückte ich Callums Hände und eilte dann zum Altar, wo Hailey und Matt bereits auf mich warteten. Als ich an der richtigen Position stand und kurz darauf alle Gäste Platz genommen hatten, setzte die

Musik wieder ein, und das Lied, das die Dudelsackspieler zum Besten gaben, hallte über die Bucht.

Gänsehaut überzog meine Unterarme, und ein Kloß bildete sich in meinem Hals, als ich zur Tür schaute und dort Ally in ihrem Hochzeitskleid erblickte.

Jamie schritt langsam, aber voller Stolz, auf uns zu und stellte sich neben Matt. Doch dann konnte er die Aufregung nicht mehr ganz verbergen und fing an, ungeduldig von einem Fuß auf den anderen zu tippeln.

Frank stand seelenruhig neben Ally. Man konnte ihm ansehen, wie stolz er auf seine Tochter war. Als Ally seinen Blick strahlend erwiderte, lächelte er glücklich und zufrieden. Dann wurde die Musik noch lauter, was ich kaum für möglich gehalten hatte. Sie erfüllte die Luft und unsere Herzen. Meine brennenden Augen waren nach vorne auf Ally und Frank gerichtet.

Und dann schwenkte mein Blick kurz zur Seite, und ich sah ihn. Meine Liebe, mein Leben. Unsere Blicke verhakten sich ineinander, und ich spürte die tiefe Verbundenheit, die nicht nur ich für ihn, sondern er auch für mich empfand. Kurz schloss ich lächelnd die Lider und unterbrach den Blickkontakt.

Im Rhythmus des Dudelsackspiels sah ich wieder zu Ally und ihrem Vater. Sie schritt an Franks Arm langsam auf uns zu. Ihr Blick hielt Jamies gefangen. Er sah seine Ally an, als wäre sie seine Sonne, der Mittelpunkt in seinem Universum, und ich war mir sicher, die beiden würden ein glückliches Leben führen.

Jamies und Allys Hände berührten sich, als Frank sie feierlich an seinen Schwiegersohn übergab. In Jamies Augen glitzerten Tränen, und auch Allys Augen waren feucht. Vorsichtig drückte er ihre Hand und hob sie an seine Lippen.

»Für immer«, hörte ich ihn sagen.

»Für immer«, antwortet Ally ihm.

Ich sah, wie Allys zarter Körper zu zittern begann, als sie den Blick von Jamie abwandte und zu Hal und mir sah. Wir lächelten sie beide zuversichtlich an.

Dann begann die Zeremonie, nach der die zwei auch vor dem Gesetz Mann und Frau sein würden.

* * *

Ein paar Stunden, nachdem die beiden sich das Ja-Wort gegeben hatten, stand ich wieder an die Terrassenumrandung gelehnt und ließ meinen Blick über die kleine Gruppe gleiten, die sich hier anlässlich von Jamies und Allys Hochzeit versammelt hatte. Mein Blick blieb an Matt hängen. Er wirkte zufrieden, doch ich konnte die Sehnsucht in seinen Augen erkennen. Die Sehnsucht, die jemand in sich trug, der noch auf das große Glück wartete. Inständig hoffte ich, dass er eine Frau finden würde, die in ihm das gleiche Gefühl hervorriefe, wie Callum bei mir. Matt hatte es verdient, so jemanden an seiner Seite zu haben. Er war so ein netter Kerl und würde seine Frau sicherlich auf Händen tragen.

Hailey stand bei Ben, der erneut am Klavier saß und alle möglichen romantischen Songs der letzten Jahre spielte. Immer wieder sahen die zwei sich in die Augen, und man konnte selbst auf diese Entfernung die Liebe zwischen ihnen spüren.

Auf der Tanzfläche lagen sich Ally und Jamie in den Armen und tanzten neben Frank und Mrs. Tenner. Glück in doppelter Ausfertigung in Allys Familie. Aber auch Anna tanzte mit ihrer besten Freundin Trudy. Immer wieder ertönte ihr leises Kichern.

Es war ein so milder Abend, und die Luft war erfüllt von den

Klängen des Klaviers. Liebe war so allgegenwärtig, dass selbst ein Blinder gewusst hätte, was hier gerade zwischen den Menschen geschah.

Callum kam auf mich zu, und sein Lächeln ließ meine Knie weich werden. Ich war froh, dass ich das stützende Geländer in meinem Rücken spürte, während ich dem Mann, den ich über alles begehrte, in die Augen sah.

»Hast du auf mich gewartet, *mo chridhe*?« Er hatte diesen romantischen Spitznamen für mich beibehalten, und ich liebte ihn dafür noch ein klitzekleines bisschen mehr.

»Immer. Das weißt du doch.« Lächelnd blickte ich zu ihm empor, als er vor mir stehen blieb und meine Hand ergriff.

»Mittlerweile weiß ich es, und dafür bin ich so unglaublich dankbar. Ich kann das wirklich kaum in Worte fassen, wie glücklich du mich machst und wie sehr ich dich liebe.«

Mein Herz machte einen Satz. »Ich liebe dich auch, Callum.«

Sanft legte er mir den Finger auf die Lippen. »Du musst wissen, dass du der wichtigste Mensch in meinem Leben bist. Meine große Liebe, mit der ich jedes Jahr verbringen möchte, das noch kommen wird.«

Ich japste leise nach Luft, als ich langsam verstand, auf was Callum hinauswollte.

Ein Schmunzeln erschien auf seinen Lippen. »Ich liebe dich, Lindsay Bloom. Weil du das schönste Lächeln der Welt besitzt und weil dein Herz so groß und gütig ist wie kein anderes. Ich weiß, wir sind noch nicht so lange zusammen, aber es gibt für mich keine schönere Vorstellung, als mit dir den Rest meines Lebens zu verbringen. Bist du auch bereit für den nächsten Schritt, und willst du mich heiraten?«

Tränen rannen meine Wangen hinab, und ich nickte unaufhörlich. Leise flüsterte ich: »Ja! Ja! Ja!«

Im nächsten Augenblick lag ich in seinen Armen. Seine Lippen fanden meine, und wir besiegelten den Entschluss mit einem Kuss, in den ich alles legte, was ich empfand, so dass ich kaum hörte, wie meine Freunde applaudierten.

Als ich zu den anderen sah, entdeckte ich Matt, der sein Handy auf uns richtete, mit dem er den Heiratsantrag gefilmt hatte. Allys und Hals Tränen glitzerten im Licht der vielen Kerzen, die Esther aufgestellt hatte. Sie freuten sich mit mir so sehr wie ich mich mit ihnen.

Wir waren die drei besten Freundinnen, und jede von uns hatte ihre Liebe und ihr Glück gefunden, und keine von uns würde das je wieder hergeben.

Ende

Danksagung

Das war er, der dritte und vorerst letzte Teil der Isle-of-Mull-Reihe. Es hat mir so viel Spaß gemacht, die drei Freundinnen auf ihrem Weg zu begleiten. Ihre Geschichten zu erzählen und wie sie ihr Glück gefunden haben, obwohl das Leben nicht zu allen immer freundlich war. Ally, Hal und Lin haben mich nun mehr als eineinhalb Jahre begleitet, und es fällt mir schwer, sie ziehen zu lassen.

Ich hoffe, es hat Ihnen und Euch Spaß gemacht, die Isle of Mull zu erkunden und ihre Bewohner kennenzulernen. Vielleicht ist der Abschied für Euch ebenfalls nicht so einfach? Den Menschen, die mich bei diesem Projekt begleitet haben, erging es jedenfalls so. Und deshalb möchte ich ihnen ein besonderes Dankeschön widmen, für ihr Mitfiebern, Mitlieben und für ihre Unterstützung.

Danke, mein Fels in der Brandung, liebe Karina Reiß. Ohne dich hätte ich den Einstieg in die Buchwelt nicht gemeistert.

Meine liebe Freundin Sina Müller war es schließlich, die es mit ihrem guten Zureden geschafft hat, dass ich die Isle-of-Mull-Idee einer Agentur vorgelegt habe. Außerdem hat sie meine Geschichten vorab auf Herz und Nieren geprüft. Danke, du Engel!

Und dass die Reihe zu einem so tollen Verlag wie dem S. Fischer Verlag gekommen ist, ist meiner wundervollen Agentin Eva Semitzidou von der Literaturagentur Michael Gaeb zu verdanken. Danke für deinen Glauben an mich!

Noch ein großes Dankeschön gilt Tanja Seelbach, meiner Lektorin beim S. Fischer Verlag, die mich während meiner Arbeit an dieser Geschichte betreut und mit ihrer umfassenden Kompetenz unterstützt hat. Und der lieben Christiane Branscheid, die mir durch ihr liebevolles Lektorat dabei geholfen hat, diese Reihe noch besser zu machen.

Außerdem möchte ich natürlich meinem Bloggerteam danken, denn ohne diese wunderbaren lesebegeisterten Bloggerinnen und Blogger wäre ich niemals so sichtbar geworden, dass Fremde meine Bücher entdeckt haben.

Doch mir stehen auch Menschen zur Seite, die im Hintergrund bleiben und die nur wenige zu Gesicht bekommen. Meine Familie hilft mir, wenn ich mal wieder in meinen Schreibtiefen versinke und erst wieder auftauche, wenn das Wort Ende unter einem Manuskript steht.

Meiner Tochter muss ich ein besonderes Danke schenken, sie macht für mich die wunderschönen Fotos, die man auf Instagram und Facebook entdecken kann.

Aber ganz wichtig sind meine Leserinnen und Leser, diejenigen, die meine Romane lesen, verschlingen und lieben. Ohne Leserinnen und Leser wären Bücher nur eine Aneinanderreihung von Buchstaben auf kaltem Papier. Erst wenn jemand ein Buch aufschlägt, zu lesen beginnt und seine eigenen Emotionen mit in die Geschichte legt, werden die Figuren lebendig.

Danke allen, die mich schon so lange oder aber auch erst seit kurzem begleiten und mir so tolle Rückmeldungen, Rezensionen, Mails, PNs und Leserbriefe schicken. Das ist es, was meine Kreativität anfeuert. Ich freue mich über jede einzelne Nachricht.

Danke allen, und hoffentlich lesen wir uns bald wieder.

Emma Bishop alias Tanja Neise

Rezept für

Bannocks

(Kann man auch an anderen Tagen
als zur Burns Night essen)

Zutaten für 12 Bannocks:
500 g   Mehl
240 ml   Wasser
1 TL   Salz
2 TL   Backpulver

1. Trockene Zutaten in einer Schüssel vermischen und langsam mit Wasser vermengen. Das Ganze mit den Händen kneten, bis der Teig nicht mehr an den Fingern kleben bleibt. Eventuell noch Mehl hinzugeben, wenn notwendig.
2. Kleine Kugeln formen und auf der Arbeitsfläche platt drücken, bis sie nur noch etwa 1 cm hoch sind.
3. Die Bannocks werden nun in einer Pfanne (ohne Fett) bei mittlerer Hitze gebacken, bis sie leicht gebräunt sind.
4. Warm genießen!

Emma Bishop
Ein schottischer Buchladen zum Verlieben

Auf der malerischen Isle of Mull ist die Welt noch in Ord-
nung. Die Häuser in Tobermory leuchten in allen Farben
des Regenbogens – für Allison, Hailey und Lin gibt es
keinen schöneren Ort. Hier, wo die schottische See den
Rhythmus der Herzen bestimmt, betreibt jede der drei
Freundinnen einen eigenen Laden.
Als eines Tages der gutaussehende Jamie Pearson auf der
Insel auftaucht, ist die Aufregung groß! Prompt verirrt er
sich in Allisons Buchladen und in ihr Herz. Haben ihre
Freundinnen recht, sie vor ihm zu warnen?
**Kleinstadtidyll in Schottland und das Glück der großen
Liebe – der erste Band der Isle-of-Mull-Reihe**

Roman
448 Seiten, broschiert
978-3-596-70928-1

Weitere Informationen finden Sie auf
www.fischerverlage.de

Emma Bishop
Die schottische Bäckerei zum Glück

Smalltown-Romance in Tobermory

Eines Tages findet Hailey bei ihrer Bäckerei einen Mann
in zerrissener Kleidung vor. Hailey geht davon aus, dass
er ein Obdachloser ist und gibt ihm etwas zu essen. Er ist
am Strand von Tobermory zu sich gekommen und kann
sich an gar nichts mehr erinnern. Verwirrt sitzt er vor Haileys Laden und überlegt, was passiert sein könnte. Als sie
ihn nach seinem Namen fragt, nennt er ihr den erstbesten
Namen, der ihm einfällt: Arran Hamilton. Hailey nimmt
ihn bei sich auf, ohne zu ahnen, wer bei ihr eingezogen ist
…

Roman
432 Seiten, broschiert
978-3-596-70929-8

Weitere Informationen finden Sie auf
www.fischerverlage.de

Herzklopfen

von der ersten bis zur letzten Seite

Ob **Enemies to Lovers**,
Spicy Sports Romance
oder **Forbidden Love**:
Findet genau den Romance-Lesestoff,
aus dem eure Träume sind.

Lasst euch von außergewöhnlichen Liebesgeschichten
verzaubern und lauscht dabei dem Romance-Song
»Love at first page«.

Scannt ganz einfach den QR-Code oder geht auf
https://www.fischerverlage.de/spezial/loveatfirstpage
und erfahrt alles über

- aktuelle Neuerscheinungen
- persönliche Buchempfehlungen
- regelmäßige exklusive Gewinnspiele